Nineteen Eighty – Four

The Classic Books

1984

조지 오웰

북로드

차
례

제1부

1

청명하고 쌀쌀한 4월 어느 날, 시계 종소리가 13시를 알렸다. 윈스턴 스미스는 바람을 맞지 않으려고 턱이 가슴까지 닿도록 잔뜩 움츠린 채 승리동(勝利棟) 유리문 안으로 재빨리 들어갔다. 그 틈에 먼지바람도 뒤따라 문 안으로 휘날렸다.

복도에는 양배추 끓이는 냄새와 낡은 매트리스 냄새가 진동했다. 복도 한쪽 끝에는 컬러 포스터가 붙어 있었다. 실내에 걸어놓기에는 너무 큰 그 포스터에는 폭이 1미터가 넘는 거대한 얼굴이 그려져 있었다. 덥수룩한 검은 수염에 마흔다섯 살쯤 되어 보이는 멋진 남자의 초상이었다. 윈스턴은 계단을 올라갔다. 승강기는 있으나 마나 했다. 경기가 좋을 때도 멈춰 있었고, 대낮인 지금은 전기조차 들어오지 않았다. 증오주간(憎惡週間)에 대비한 절전 운동의 일환이었다. 윈스턴의 숙소는 7층에 있었다. 서른아홉 살의 그는 오른쪽 발목의 정맥류궤양 때문에 몇 번이나 쉬면서 천천히 올라갔다. 계단참을 지날 때마다 승강기 맞은편 벽에 붙은 포스터의 거대한 얼굴이 보였다. 그를 노려보고 있는 이 초상화의 눈동자는 교묘하게도 마치 사람의 움직임을 좇고 있는 듯했다. 얼굴 아래에는 '빅 브라더가 당신을 지켜보고 있다'는 문구가 적혀 있었다.

방 안에서 또랑또랑한 목소리가 들렸다. 주철 생산 관련 수치를 읽는 것이었다. 이 소리는 오른쪽 벽에 붙은 흐릿한 거울처럼 생긴 긴 네모꼴 금속판에서 흘러나왔다. 윈스턴이 스위치를 돌리자 소리가 줄어들기는 했지만 또렷하게 들리기는 매한가지였다. '텔레스크린'이라고 하는 이 금속판은 소리를 줄일 수는 있을망정 끌 수는 없었다. 윈스턴은 창가로 갔다. 그렇잖아도 작고 파리한 얼굴과 볼품없는 그의 몸집이 당의 푸른 제복 때문에 더욱 허약해 보였다. 머리칼은 반질반질했지만 원래 불그스레한 얼굴은 질 낮은 비누와 무딘 면도칼을 쓰는 데다 이제 막 풀린 겨울 추위로 꺼칠했다.

창밖은 추워 보였다. 거리 저편에서 한차례 바람이 일더니 먼지와 함께 종잇조각이 흩날렸다. 해는 빛나고 하늘은 맑았지만 사방에 붙은 포스터 말고 도무지 색채라고는 찾아볼 수 없었다. 높직한 구석구석에서 검은 수염의 얼굴이 내려다보고 있었다. 맞은편 건물에도 붙어 있었다. 검은 눈동자가 윈스턴의 눈을 매섭게 노려보면서 '빅 브라더가 당신을 지켜보고 있다'고 위협하는 것 같았다. 길한쪽 구석에 모서리가 찢어진 포스터가 바람에 펄럭이자 '영사(英社)'(INGSOC, 신어로 만든 영국 사회주의(England Socialism)의 약어)라는 단어가 나타났다 사라졌다 했다. 멀리서 헬리콥터가 지붕 사이를 쇠파리처럼 맴돌다가 선회하며 날아갔다. 창으로 사람들을 감시하는 순찰기였다. 그러나 이런 것쯤은 별것 아니었다. 문제는 사상경찰(思想警察)이었다.

윈스턴의 등 뒤 텔레스크린은 주철 생산과 제9차 3개년 계획 초과 달성을 쉴 새 없이 지껄이고 있었다. 이 텔레스크린은 방송하는 동시에 이쪽 소리를 조송한다. 윈스턴이 아무리 작은 소리를 내도 어김없이 걸려든다. 그뿐 아니라 이 금속판의 시야에 있는 한 그의 행동을 하나하나 빠짐없이 보고 듣는다. 물론 언제 감시당하는지는 알 수 없다. 사상경찰이 얼마나 자주, 어떤 방법으로 개인을 감시하는지는 추측할 수밖에 없다. 사실상 사상경찰이 모든 사람을 항상 감시한다고 할 수도 있다. 어쨌든 그들은 내키면 언제든지 감시의 선을 꽂을 수 있다. 그래서 사람들은 자기 소리가 도청되고, 캄캄할 때 말고는 자신의 모든 행동이 감시당한다고 생각하며 살아야 한다. 하도 오래 이렇게 살다 보니 이제 인이 박이다시피 되었다.

윈스턴은 텔레스크린을 등지고 있었다. 그런다고 해서 이쪽이 안 보이는 것은 아니었지만 그래도 이게 좀더 안전하다고 생각했다. 그가 일하는 진리부(眞理部) 건물이 1킬로미터 거리의 스산한 풍경 위로 하얗게 빛나며 높다랗게 솟아 있었다. 이것이 런던이라니. 윈스턴은 씁쓸했다. 제1공대(空帶)의 중심지이며 오세아니아에서 세 번째로 인구가 많은 도시. 런던이 옛날에도 이랬던가? 윈스턴은 어릴 적 기억을 애써 더듬어보았다. 그때도 지금처럼 낡은 19세기 가

옥들이 늘어서 있었던가? 벽들을 나무로 떠받치고, 창문은 마분지로 더께더께 바르고, 지붕 함석판은 쭈그러지고, 뜰 담벼락은 보기 싫게 들쭉날쭉했던가? 폭탄이 떨어진 자리에는 횟가루가 풀썩거리고, 분홍바늘꽃 이파리가 자갈 더미 위를 뒹굴고 있었던가? 폭탄이 터져 공터가 되어버린 자리에 닭장 같은 판잣집이 즐비했던가? 그러나 그런 광경은 기억나지 않았다. 유년 시절의 기억은 배경도 없고 알아볼 수도 없는 그저 환한 정경뿐이었다.

신어(新語, 오세아니아 공용어)로 '진부'라고 부르는 진리부는 다른 건물과 모양이 판이했다. 번쩍이는 백색 콘크리트의 거대한 피라미드형 건물은 높이가 3백 미터나 되었다. 윈스턴이 바라보는 앞면에는 당의 세 가지 슬로건이 멋진 글씨로 쓰여 있었다.

전쟁은 평화
자유는 속박
무지는 힘

진리부의 지상 건물에는 방이 3천 개 있고 지하에도 그 정도 있다고 한다. 런던에는 모양과 크기가 이와 비슷한 건물이 3개 더 있다. 이 건물들 때문에 주위 건물은 형편없이 초라하고 작아 보였다. 승리동 지붕에서는 이들 건물 4개를 한꺼번에 볼 수 있다. 네 건물은 모든 정부 기관이 들어서 있는 청사다. 보도, 연예, 교육, 예술을 관장하는 진리부, 전쟁을 관장하는 평화부(平和部), 법과 질서를 유지하는 애정부(愛情部), 경제문제를 담당하는 풍요부(豊饒部)가 그것이다. 신어로는 각각 진부, 평부, 애부, 풍부라고 부른다.

애정부는 살벌하기 짝이 없는 곳이다. 애정부 건물에는 창문이 하나도 없다. 윈스턴은 애정부에 들어가 보기는커녕 그 근처에 가 본 적도 없다. 거기는 공적인 용무가 있어야 들어갈 수 있는데, 그 것도 가시철망과 철문, 기관총으로 무장하고 잠복해 있는 삼엄한 경계 구역을 지나가야 한다. 건물 외곽의 검문소 앞에도 검은 제복에 곤봉을 찬 고릴라 같은 위병이 왔다 갔다 했다.

윈스턴은 일순간 유쾌한 표정을 지으며 돌아섰다. 텔레스크린을 마주 볼 때는 이런 표정이 유리한 법이다. 그는 방을 가로질러 좁은 부엌으로 갔다. 이 시간에 사무실을 나오느라 구내식당에서 점심을 먹지 못했다. 집에 먹을 것이라고는 다음 날 아침에 먹으려고 남겨둔 거무튀튀한 빵 한 덩이밖에 없었다. 그는 선반에서 '승리주'라는 흰색 상표가 붙은 투명한 술병을 꺼냈다. 이것은 중국의 화주처럼 독하고 메스꺼운 냄새가 나는 술이었다. 윈스턴은 잔 가득 술을 따라 쓰디쓴 약을 삼키듯 몸을 부르르 떨면서 꿀꺽 삼켰다.

그러자 얼굴이 금세 붉어지고 눈물까지 그렁그렁했다. 이 술은 꼭 초산 같아서 삼켰을 때 마치 뒤통수를 한 대 얻어맞은 것 같았다. 그러나 곧 배 속의 후끈한 기운이 가라앉고 취기가 돌면서 기분이 좋아졌다. 그는 꾸깃꾸깃한 '승리연' 담뱃갑에서 담배 한 개비를 꺼내 아무 생각 없이 만지작거렸다. 그러자 담배 가루가 마룻바닥으로 홀홀 떨어졌다. 그는 한 개비를 하나 더 꺼내 입에 물고 거실로 돌아가 텔레스크린 왼쪽에 있는 작은 책상 앞에 앉았다. 서랍에서 펜대와 잉크병, 그리고 뒤표지는 붉은색이고 앞표지는 대리석 색깔인 두꺼운 4절 크기 노트를 꺼냈다.

거실의 텔레스크린은 위치가 조금 달랐는데 이유가 있었다. 보통 텔레스크린은 방 전체를 볼 수 있도록 벽 끝에 있는데, 이 거실에서는 창문 맞은편 기다란 벽에 있었다. 그 벽 한쪽 끝이 움푹 들어가 있었는데 바로 윈스턴이 앉아 있는 곳이다. 이 건물을 지을 때 책장을 놓으려고 일부러 그렇게 만든 듯했다. 이 구석에서 몸을 잘 감추면 텔레스크린의 시야에서 벗어날 수 있었다. 물론 소리는 들리겠지만 지금처럼 움츠리고 있으면 보이지 않을 것이다. 이 방의 특이한 구조도 그가 하려는 일의 동기 중 하나였다.

주요 동기는 방금 서랍에서 꺼낸 노트였다. 너무나 멋진 노트였다. 크림색의 부드러운 종이는 오래되어 조금 바래기는 했지만 지난 40년 동안 생산된 적이 없는 것이었다. 말하자면 40년 전에 만든 것이다. 이 도시 한 빈민가(어디인지는 잊어버렸다)에 있는 곰팡내 나는 작은 고물상에서 진열장에 놓인 이 노트를 보자마자 그는 몹시도 탐이 났다. 당원은 일반 상점(일명 '자유시장 거래'라고 한다)을 이용할 수 없다는 규칙이 있지만 엄격하게 지켜지는 것은 아니었다. 다른 곳에서는 도저히 살 수 없는 구두끈이나 면도날 등

갖가지 물건들이 일반 상점에 있기 때문이다. 그는 얼른 주위를 살펴보고 고물상에 뛰어들어 가서 2달러 50센트를 주고 그 노트를 샀다. 그때만 해도 별다른 목적이 없었다. 하지만 그는 죄라도 지은 양 노트를 가방에 넣고 집으로 돌아왔다. 노트는 의심을 사기에 충분한 물건이었다. 아무것도 적혀 있지 않아도 말이다.

윈스턴은 일기를 쓸 작정이었다. 일기가 불법은 아니지만(법이란 게 없으니 불법이 있을 리도 없었다) 발각되면 사형 아니면 적어도 강제노동 25년형을 선고받을 게 분명했다. 윈스턴은 펜촉을 펜대에 꽂고 펜 끝의 기름기를 제거했다. 펜은 서명할 때도 쓰지 않는 옛날 필기도구였지만 이 멋진 크림색 종이에는 볼펜으로 끼적거리기보다 진짜 펜촉이 어울릴 것 같아 몰래 겨우 구한 것이다. 그는 손으로 글을 쓰는 데 익숙하지 않았다. 아주 짧은 글 말고는 구술기록기에 불러주는 것이 상례였다. 당연히 지금은 그렇게 할 수 없다. 그는 펜에 잉크를 찍고 나서 잠시 망설였다. 배 속에서 지르르 전율이 일었다. 종이에 글을 쓴다는 것은 결심을 굳혀야 하는 중차대한 일이었다. 그는 작고 서투른 글씨로 적어 내려갔다.

1984년 4월 4일

그는 무력감이 온몸을 내리누르는 듯해 몸을 뒤로 젖혔다. 우선 올해가 1984년인지 알 수 없었다. 그의 나이가 올해 서른아홉 살인 것은 확실했다. 태어난 해가 1944년이나 1945년인 것으로 기억하고 있으니 말이다. 그러나 요즘은 1, 2년 내의 날짜도 정확히 꼭 집어 말할 수 없었다.

누구를 위해 이 일기를 쓰는가? 그는 갑자기 그것이 궁금했다. 미래를 위해? 아직 태어나지 않은 후세 사람들을 위해? 일기장의 확실치 않은 날짜를 의아한 눈빛으로 바라보던 그의 머릿속에 문득 '이중사고'라는 신어가 떠올랐다. 그때 자신이 지금 엄청난 짓을 저지르고 있음을 비로소 절감했다. 어떻게 미래와 소통할 수 있겠는가? 그것은 근본적으로 불가능하지 않은가? 미래가 지금과 비슷하다면 아무도 그의 얘기에 귀 기울이지 않을 것이고, 지금과 다르다면 이 수난의 기록은 아무 의미가 없다.

그는 한동안 멍하니 노트를 바라보았다. 텔레스크린에서 귀에 거슬리는 군악이 흘러나왔다. 이상하게도 그는 자신의 생각을 표현하는 능력은 물론 애초에 무엇을 말하려고 했는지도 잊어버린 듯했다. 지난 몇 주 동안 이 순간을 준비하면서 용기만 있으면 무엇이든 할 수 있다고 굳게 믿었다. 글을 쓰는 것 자체는 어렵지 않았다. 지난 몇 년 동안 자신의 머릿속을 스친 수많은 독백을 종이에 옮겨 적기만 하면 된다. 그러나 이 순간 웬일인지 그런 독백마저 떠오르지 않았다. 더구나 정맥류궤양이 근질거려 참을 수가 없었다. 그렇다고 마냥 긁어댈 수도 없었다. 그러면 어김없이 벌겋게 부어올라 염증이 생기기 때문이었다. 똑딱거리는 시계 소리에 맞춰 시간이 흘

러갔다. 앞에 놓인 노트의 빈 공간, 발목의 가려움, 군악대의 나팔
소리, 약간의 취기……, 그는 이런 것들밖에 느낄 수 없었다.

그는 문득 자신이 무엇을 하고 있는지도 모르면서 낭패감에 빠져
글을 쓰기 시작했다. 어린아이 글씨처럼 작고 삐뚤삐뚤했다. 그는
문장 첫 자를 대문자로 쓰고 한 문장이 끝나면 마침표를 찍어야 한
다는 것도 잊은 채 빈 공간을 채워나갔다.

1984년 4월 4일

어젯밤 영화관에 갔다. 온통 전쟁 영화뿐이었다. 피난민을 잔뜩 실
은 배가 지중해 부근에서 폭격되는 장면이 가장 볼 만했다. 무척 뚱뚱
한 사내가 자기를 쫓는 헬리콥터를 피해 헤엄치다가 사살되는 장면에
서 관객들이 환호성을 질렀다. 그 뚱뚱보가 돌고래처럼 허우적거리는
장면이 나오고, 그다음은 헬리콥터의 사격 조준장치에 사내가 나타나
는 장면이었다. 이어서 사내의 온몸에 총구멍이 났고 바닷물은 붉게
물들었다. 마침내 몸에 난 구멍에 물이 들어찬 듯 사내가 물속으로 쑥
가라앉자 관객들은 소리를 지르며 웃어댔다. 그다음 헬리콥터가 아이
들을 가득 태운 구명보트 위를 맴도는 장면이 나왔다. 뱃머리에 유대
인으로 보이는 중년 부인이 세 살쯤 된 사내아이를 안고 앉아 있었다.
아이는 놀라 비명을 지르며 엄마 가슴에 머리를 파묻었다. 아이를 달
래는 부인의 얼굴 역시 공포로 새파랗게 질려 있었다. 부인은 자신의
팔로 총알을 막을 수 있다고 믿는 듯 아이를 꼭 껴안았다. 헬리콥터는

20킬로그램짜리 폭탄을 떨어뜨렸고 무시무시한 섬광이 번쩍하더니 보트가 산산조각 났다. 그때 한 아이의 팔이 공중으로 솟아올랐다. 헬리콥터 앞부분에 카메라를 달고 팔을 따라 올라가면서 찍은 것이 틀림없었다. 당원석에서 박수가 터져 나왔다. 그러나 앞자리 노동자석에 앉아 있던 한 여자가 "이런 걸 아이들에게 보여줘서는 안 된다." "어린아이들에게 보여주는 것은 옳지 않다."고 소리를 질렀다. 경찰이 여자를 끌고 나갔다. 그녀는 별고 없을 것이다. 그 누구도 노동자의 항변 따위는 신경 쓰지 않으니까. 노동자 특유의 반발에도 절대…….

윈스턴은 팔이 저려 글을 멈췄다. 갑자기 무엇 때문에 이런 쓸데없는 짓을 하고 있나 하는 의문이 들었다. 그런데 신기하게도 글을 멈추자 생뚱맞은 기억이 또렷하게 떠올랐다. 그리고 그것을 꼭 적어야겠다는 생각이 들었다. 오늘 집에 와서 일기를 쓰기로 결심하게 된 것도 바로 그 사건 때문이라는 것을 비로소 깨달았다. 그처럼 사소한 일도 사건이라고 할 수 있다면 말이다.

그 사건은 그날 아침 진리부에서 일어났다. 11시쯤이었다. 윈스턴이 일하는 기록국에서 커다란 텔레스크린이 마주 보이는 사무실 한가운데 의자를 모두 모아 '2분간 증오'를 준비하고 있었다. 윈스턴이 가운데 줄에 앉았을 때 갑자기 두 사람이 사무실로 들어왔다. 얼굴은 익히 알고 있었지만 이야기를 나눈 적은 없는 사람들이었다. 한 사람은 복도에서 가끔 스치곤 하는 여자였다. 이름은 모르지만 창작국 소속이라는 것을 알고 있었다. 기름때 묻은 손에 스패너를 들고 다녔던 것으로 보아 소설 제작기를 담당하고 있을 것이다. 스물일곱 살쯤 되어 보이는 그 여자는 검은 머리숱이 풍성하고 얼굴은 주근깨투성이였다. 운동을 했는지 몸짓이 민첩하고 대범하게 느껴졌다. 작업복을 입은 그녀는 '청년반성동맹(靑年反性同盟)'의 휘장인 가느다란 진홍색 띠를 허리에 돌돌 감아 엉덩이가 매력적으로 돋보였다. 윈스턴은 첫눈에 그녀가 마음에 들지 않았다. 하키 운동장이나 냉수욕, 단체행군의 이미지가 어울리는 여자였기 때문이다. 또 순결하려고 애쓰는 모습도 보기 싫었다. 그는 거의 모든 여자, 특히 젊고 아름다운 여자들이 탐탁지 않았다. 맹목적으로 당에 충성하는 사람들, 슬로건을 곧이곧대로 믿는 사람들, 아마추어 스파이, 이단의 냄새를 기가 막히게 잘 맡는 사람들은 대부분 여자, 특히 젊은 여자들이었다. 그런데 이 여자는 누구보다 더 위험해 보였다. 한번은 복도에서 스친 적이 있는데 여자가 슬쩍 곁눈질을 했다. 그때 윈스턴은 그녀가 자신의 속을 꿰뚫어보는 듯해 소름이 끼쳤다. 그녀가 사상경찰의 정보원일지 모른다는 생각이 들기도 했다. 그건 아니라 하더라도 그 여자를 볼 때마다 적개심과 두려움이 뒤섞인 묘한 불안감에 사로잡히곤 했다.

또 한 사람은 내부당원 '오브라이언'이었다. 어떤 일을 하는지는 잘 모르지만 아무튼 꽤 영향력 있는 지위에 있는 사람이었다. 검은 제복 차림의 내부당원이 가까이 오자 의자에 앉아 있던 사람들이 일제히 입을 다물었다. 크고 건장한 몸집의 오브라이언은 목이 굵고 우락부락하게 생겨서 우스워 보이기도 하고 비열해 보이기도 했다. 하지만 외모와 달리 태도가 꽤 매력적이었다. 그는 버릇인 듯 간간이 코허리에 내려온 안경을 추켜올렸다. 그러나 이 행동은 왠지 우아해 보였고, 긴장을 풀어주었다. 그의 이런 태도를 보면 마치 18세기에 귀족이 손님에게 담뱃갑을 내놓는 모습이 떠올랐다. 윈스턴은 최근 몇 년 동안 오브라이언을 열두어 번쯤 보았을 것이다. 오브라이언에게 마음이 끌리는 것은 도회적이고 고상한 태도와 권투 선수 같은 몸집이 기묘한 대조를 이루기 때문만은 아니었다. 그런 모습에 흥미를 느끼기는 했지만 그보다 오브라이언의 정치적 신조가 확고하지 않다는 은근한 믿음, 아니 그러기를 바라는 마음 때문이었다. 그의 얼굴에서 뭔지 모르지만 막연한 희망을 느낀 것이다. 어쩌면 그의 얼굴에서 엿보이는 것은 이단적인 분위기가 아니라 단순히 지적 분위기인지도 모른다. 아무튼 텔레스크린이 없는 곳에서 단둘이 만날 수만 있다면 한 번쯤 말을 걸어보고 싶은 사람이었다. 하지만 윈스턴은 실제로 그럴 생각이 조금도 없었다. 어차피 방법도 없었다.

오브라이언은 손목시계를 힐끗 보았다. 11시가 다 되었으니 '2분간 증오'가 끝날 때까지 기록국에 있기로 한 모양이었다. 그는 윈스턴 옆으로 두 자리 건너에 앉았다. 그들 사이에는 윈스턴 옆자리에서 일하는 갈색 머리에 몸집이 작은 여자가 앉아 있었다. 검은 머리 여자는 바로 뒤에 앉았다.

그때 사무실 끝에 있는 커다란 텔레스크린에서 마치 기름이 다 떨어진 거대한 기계가 움직이듯 섬뜩한 굉음이 울렸다. 그 소리가 들리자 어금니가 악물리고 머리카락이 곤두섰다. '증오'가 시작된 것이다.

여느 때처럼 인민의 적 이마누엘 골드스타인의 얼굴이 스크린에 나타났다. 여기저기서 성난 목소리가 터져 나왔다. 갈색 머리의 작은 여자가 공포와 증오가 뒤섞인 비명을 꽥꽥 질러댔다. 골드스타인은 오래전(얼마나 오래되었는지는 아무도 모른다) 당의 지도자 중 한 사람이었다. 빅 브라더와 거의 비슷한 지위에 있었던 그는 반혁명 활동에 가담했다가 사형 선고를 받았으나 극적으로 탈출해 자취를 감춘 배신자이자 반동분자였다. '2분간 증오' 프로그램은 매번 달랐지만 대상은 언제나 골드스타인이었다. 그는 최초의 반역자요 최초로 당의 순수성을 모독한 사람이었다. 그 후에 일어난 모든 반당 행위, 다시 말해 반역, 파업, 이단, 탈선 등은 모두 그가 뒤에서 부추긴 것이었다. 골드스타인은 지금까지 살아남아 어딘가에서 음모를 꾸미고 있었다. 그가 바다 건너 어느 나라에서 그곳 정부의 보호를 받고 있다거나, 혹은 바로 이 오세아니아 어딘가에 숨어 있다는 소문이 있었다.

윈스턴은 아랫배가 쪼이는 듯했다. 그는 골드스타인의 얼굴을 볼 때마다 몹시 혼란스러웠다. 그 유대인은 비쩍 마른 얼굴에 후광처럼 굼실거리는 하얀 머리카락, 짧은 염소수염 때문에 꽤 지혜로운 인상을 풍겼다. 하지만 기다란 코에 안경을 걸친 모습에서 미련한 노인의 분위기가 엿보였다. 그리고 어딘지 모르게 천성적으로 야비한 인상을 풍기기도 했다. 얼굴과 목소리는 마치 염소 같았다. 골드스타인은 당의 강령을 강력하게 비판하고 있었는데 지나치게 과장되고 공격적이어서 어린아이도 그것이 꾸며진 것임을 알아차릴 듯했다. 그러나 그의 주장이 놀라우리만큼 그럴싸해서 보통 이하의 지능을 가진 사람은 틀림없이 깜박 속아 넘어갈 터였다. 그는 빅 브라더를 비난하고 당의 독재정치를 비판했으며 유라시아와 즉각 평화협정을 맺으라고 강력하게 주장했다. 그리고 광분한 목소리로 언론, 출판, 집회, 사상의 자유를 역설하며 혁명의 정신을 어겼다고 소리쳤다. 그는 당의 웅변가처럼 음절을 딱딱 끊어가면서 단어를 재빨리 지껄였고, 당원들이 하루에 쓰는 것보다 더 많은 신어를 사용했다. 그러는 동안 그의 머리 뒤로 유라시아 군대가 행진하는 모습이 나타났다. 그것은 골드스타인의 그럴듯한 말을 사람들이 행여 믿을까 봐 그의 실체를 더욱 강조하기 위한 장치였다. 굳은 표정의 아시아 군대 행렬이 스크린에 계속 나타났다 사라졌다. 둔탁하고 규칙적인 군화 소리는 염소 울음 같은 골드스타인의 목소리 뒤에 깔리는 배경음악과도 같았다.

'2분간 증오'가 시작되고 채 30초도 되지 않아 사무실에 있던 사람들 절반 이상이 노여움에 가득 차 소리를 질렀다. 자만심에 절은 염소 얼굴, 그 얼굴 뒤에 나타난 소름 끼치는 유라시아 군인들을 보고 분노를 참을 수가 없었던 것이다. 골드스타인을 보거나 그를 생각하는 것만으로 사람들 마음속에서 분노와 공포가 들끓었다. 그는 유라시아나 동아시아보다 더 큰 증오의 대상이었다. 오세아니아는 두 나라 중 한 나라와 전쟁을 시작하면 다른 한 나라와는 평화를 유지하지만 그는 언제나 적이었다. 그러나 이상한 점은 골드스타인은 언제나 무시할 수 없는 존재라는 것이다. 모든 사람들이 증오하고 경멸하며, 하루에도 수천 번 연단이나 텔레스크린, 신문과 책 등에서 그의 이론을 공격하고, 부정하고, 조롱하며 헛소리를 지껄인다고 욕하는데도 말이다. 그의 영향력은 커지면 커졌지 결코 줄어들지 않았다. 더구나 그의 편으로 넘어가는 사람들이 끊임없이 생겨났다. 그의 지령에 따라 움직이는 스파이와 태업을 일삼는 자들이 사상경찰에게 발각되지 않는 날이 없었다. 그는 거대한 비밀 군대의 사령관이자 국가를 전복하려고 결사한 지하조직의 우두머리였다. 그 조직의 이름이 '형제단'이라고 했다. 또한 골드스타인의 모든 이단적 주장이 기록된 무시무시한 책이 은밀히 돌고 있다는 소문도 있었다. 사람들은 제목도 없는 그 책을 그저 '그 책'이라고 불렀다. 그러나 이것도 어렴풋이 들리는 소문일 뿐이었다. 일반 당원들은 '형제단'이니 '그 책'이니 하는 말을 좀처럼 입에 담지 않았다.

2분째 접어들자 '증오'는 광적으로 변했다. 사람들은 자리에서 펄쩍펄쩍 뛰며 고래고래 소리를 질렀다. 마치 스크린에서 나오는 그

미칠 것 같은 염소 목소리를 집어삼킬 기세였다. 몸집이 작은 갈색 머리 여자는 벌겋게 달아오른 얼굴로 마치 뭍에 올라온 물고기처럼 입을 뻐끔거렸다. 오브라이언의 굳은 얼굴도 벌게졌다. 그는 밀려오는 파도에 맞서듯 허리를 곧추세우고 앉아 널찍한 가슴을 벌떡거렸다. 윈스턴 뒤에 앉은 검은 머리 여자는 "돼지! 돼지! 돼지 새끼!"라고 소리 지르더니 갑자기 스크린을 향해 두꺼운 신어사전을 던졌다. 사전은 정확하게 골드스타인의 코에 맞고 떨어졌다. 하지만 염소 목소리는 여전히 나왔다. 얼핏 정신을 차린 윈스턴은 자신이 다른 사람들과 마찬가지로 소리를 지르고 뒤꿈치로 의자 가로대를 정신없이 차고 있다는 것을 깨달았다. 이 '2분간 증오'가 끔찍한 것은 어쩔 수 없이 의무적으로 참여하는 것이 아니라 자기도 모르게 그 분위기에 휩쓸린다는 것이었다. 30초도 되지 않아 억지로 꾸밀 필요 없게 된다. 공포와 강렬한 복수심에 휩싸이고, 커다란 쇠망치로 쳐 죽이고 싶고, 고통을 주고 싶고, 얼굴을 짓이기고 싶은 욕망이 전류처럼 모든 사람들에게 전파된다. 그러고 싶지 않아도 자기도 모르게 얼굴을 찌푸리고 비명을 지르며 광분한다. 그러나 이들의 분노는 등잔 불빛처럼 대상을 이쪽에서 저쪽으로 쉽게 바꿀 수 있는 추상적이며 방향성도 없는 감정이었다. 그리하여 윈스턴의 증오는 한순간에 골드스타인이 아니라 그 반대 세력인 빅 브라더와 당, 사상경찰로 향했다. 바로 이 순간 그는 스크린 속의 외롭고 조롱당하는 이단자이자 거짓이 지배하는 세상에서 진실과 온전한 정신의 유일한 수호자에게 애정을 느꼈다. 그러나 다음 순간 그는 주위 사람들과 마찬가지로 골드스타인을 향해 쏟아내는 말들이 모두 진실처럼 여겨졌다. 빅 브라더에 대한 은밀한 역겨움이 숭배로 바뀌었고, 빅 브라더가 바위처럼 우뚝 서서 아시아의 유목민을 막아주는 무적의 용감한 수호자로 느껴졌다. 그리고 골드스타인은 무력한 외톨이로 살아 있는지 죽었는지는 모르지만 목소리만으로 문명사회를 무너뜨리는 간악한 마술사로 보였다.

때때로 인간은 의식적으로 증오의 대상을 바꿀 수 있다. 윈스턴은 갑자기 악몽에서 깨어나려는 사람처럼 머리를 쥐어뜯을 듯이 격렬하게 몸부림치며 증오의 대상을 스크린 속 얼굴에서 뒤에 앉은 검은 머리 여자로 바꿨다. 그 순간 그의 머릿속에 생생한 환영이 스쳤다. 그는 고무 방망이로 그녀를 죽도록 때리고 싶었다. 그녀를 발가벗겨 몸뚱이를 말뚝에 묶고 성 세바스찬처럼 온몸에 화살을 퍼붓고 싶었다. 그녀를 능욕하여 절정의 순간에 목을 조르고 싶었다. 그는 이제야 왜 그녀가 그토록 미운지 좀더 명확하게 알 것 같았다. 그녀를 미워하는 것은 그녀가 젊고 아름다운 데다 섹스에 냉담하고, 동침을 절대 허락하지 않을 것이며, 안아달라고 유혹하는 듯한 날씬한 허리에 순결의 상징인 저 역겨운 진홍색 띠가 감겨 있기 때문이었다.

'증오'는 절정에 이르렀다. 골드스타인의 목소리는 진짜 염소 울음으로 변했고, 일순간 얼굴도 염소 낯짝으로 변했다. 염소 얼굴은 흐물거리더니 다시 유라시아 군인으로 바뀌었다. 무시무시한 거인 같은 이 군인은 기관총을 휘갈기며 스크린 밖으로 뛰쳐나올 기세였다. 앞에 앉은 사람들은 움찔하며 뒤로 물러났다. 그러나 그 순간 적개심에 가득 찬 군인이 사라지고, 권위적인 분위기와 고요한 신비가 감도는 검은 머리와 검은 수염의 빅 브라더의 얼굴이 화면 가득 클로즈업되었다. 사람들은 비로소 안도의 한숨을 길게 내쉬었다. 빅 브라더가 몇 마디 했으나 아무도 그의 말에 귀 기울이지 않았다. 일종의 격려사였는데 제대로 알아들을 수 없었다. 하지만 그의 목소리 자체가 믿음직하고 든든해서 마치 전장의 아우성 속에서 지시를 듣는 것 같았다. 이윽고 빅 브라더의 얼굴이 사라지고 커다란 당의 세 가지 슬로건이 등장했다.

전쟁은 평화

자유는 속박

무지는 힘

그러나 너무 생생한 충격은 곧바로 지워지지 않듯이 빅 브라더의 잔영이 몇 초 동안 스크린에 그대로 남아 있는 듯했다. 갈색 머리 작은 여자는 자기 앞 의자 등받이로 몸을 내밀고 스크린을 향해 양팔을 벌리며 떨리는 목소리로 "나의 구세주여!"라고 중얼거렸다. 그러고는 기도하는 듯 두 손으로 얼굴을 감쌌다.

그리고 모든 사람들이 "빅—브라더! ……빅—브라더! ……빅—브라더"라는 찬가를 천천히 나지막하게 불렀다. '빅'과 '브라더' 사이를 길게 늘여 부르는 장엄하고 묵직한 합창은 마치 야만인들이 맨발로 춤추며 쳐대는 북소리처럼 배경으로 깔렸다. 합창은 30초쯤 계속되었다. 광적인 순간에 흔히 부르는 일종의 후렴구였다. 빅브라더의 지위와 존엄을 찬양하는 이 노래는 의식을 잠재우기 위해 자기최면을 거는 곡조이기도 했다. 윈스턴은 오장이 얼어붙는 것 같았다. '2분간 증오' 때는 다른 사람들과 마찬가지로 광기에 빠지지 않을 수 없었지만, '빅—브라더! 빅—브라더!'라는 야만적인 노래를 부를 때는 온몸에 소름이 돋았다. 물론 그도 어쩔 수 없이 다른 사람들과 함께 노래를 불렀다. 하지만 그것은 본능적이고 반사적으로 자신의 감정을 속이고 다른 사람들의 행동을 따라 하는 것이다. 그러나 눈빛은 그처럼 완벽하게 위장할 수 없는 법이다. 바로 그때 사건이라면 사건기랄 수 있는 중대한 일이 일어났다.

그는 오브라이언과 눈이 마주쳤다. 안경을 벗고 서 있던 오브라이언이 특유의 몸짓으로 다시 안경을 쓰려던 찰나였다. 그때 윈스턴은 오브라이언이 자신과 같은 생각을 하고 있다고 느꼈다. 그렇다. 확실히 마음이 통했다. 두 사람은 마음의 문을 열고 자신의 생각을 눈빛으로 서로에게 전하고 있는 것 같았다. 오브라이언은 이렇게 말하는 듯했다. 나는 당신 편이오. 당신이 무슨 생각을 하고 있는지 나는 잘 알고 있지. 당신이 무엇을 경멸하고 증오하고 혐오하는지 잘 알고 있어. 하지만 걱정 마시오. 난 당신 편이니까!' 하지만 오브라이언의 지적인 눈빛은 이내 사라지고 그는 다시 다른 사람들처럼 알 수 없는 표정을 지었다.

이것이 사건의 전모였다. 그래서 윈스턴은 그 일이 진짜 일어났었는지조차 가물가물했다. 그 사건과 관련해 어떤 일도 벌어지지 않았다. 다만 자기 외에 당의 적이 또 있다는 신념과 희망이 생겼을 뿐이다. 어쩌면 방대한 지하조직이 있다는 소문이 사실인지도 모른다. 그 '형제단'이 실제로 있는지도 모를 일이었다. 그렇지만 계속해서 체포되고 자백하고 처형되고 있다고 해서 '형제단'의 존재가 신화가 아니라고 주장할 수는 없었다. 윈스턴은 때로는 믿기도 하고 때로는 믿지 않았다. 암암리에 들리는 이야기나 화장실 벽에 휘갈겨 쓴 흐릿한 낙서, 낯선 두 사람이 스치면서 서로 알고 있다는 듯한 표정으로 간단한 손짓을 하는 것에 의미를 부여하기도 했다. 그러나 이 모든 것은 그의 추측이자 상상일 뿐이었다. 윈스턴은 오브라이언으로부터 시선을 돌리고 자신의 책상으로 돌아왔다. 그들이 일순간 눈빛을 나눴다는 사실을 더 깊이 파고들 생각은 없었다. 너무 위험한 일이기 때문이다. 그들은 1, 2초 동안 애매하게 눈이 마주쳤고 그게 전부였다. 혼자 외롭게 살아가는 사람에게는 이런 것도 기억할 만한 사건이었다.

윈스턴은 몸을 꼿꼿이 세우고 똑바로 앉았다. 트림이 나고 마셨던 술이 넘어올 것처럼 속이 울렁거렸다.

그는 노트를 바라보았다. 그 순간 자신이 힘없이 앉아 생각에 잠겨 있을 때도 저도 모르게 글을 쓰고 있었음을 깨달았다. 전처럼 볼품없는 악필은 아니었다. 그는 한 문장을 대문자로 큼직하고 깔끔하게 계속 써 내려갔다. 어느새 매끄러운 종이의 절반을 그 한 문장으로 채웠다.

빅 브라더를 타도하라!
빅 브라더를 타도하라!
빅 브라더를 타도하라!
빅 브라더를 타도하라!

그는 아찔한 기분이 들었다. 그러나 후회해도 부질없는 일이었다. 일기를 쓰기 시작했다는 것 자체가 위험한 일이었다. 그는 한순간 망쳐버린 페이지를 찢어내고 더 이상 일기를 쓰지 말아야겠다고 생각했다.

그러나 그 또한 부질없는 일이라는 것을 알고 있었기 때문에 그러지 않았다. 그가 '빅 브라더를 타도하라!'고 썼든 안 썼든 별 차이 없었다. 그가 일기를 계속 쓰든 이쯤에서 중단하든 별 차이 없는 것이다. 어차피 사상경찰은 똑같이 취급할 것이다. 그가 펜을 들지 않았다 하더라도 이미 다른 모든 소소한 죄까지 포함해 본질적으로 범죄를 저지른 것이다. 그게 바로 '사상죄'다. 사상죄는 영원히 숨길 수 없는 것이다. 얼마 동안 혹은 몇 년 동안은 운 좋게 숨길 수 있겠지만 결국은 발각되고 만다.

사상범 체포는 예외 없이 밤에 이루어진다. 잠든 어깨를 휘어잡는 거친 손, 눈에 갖다 대는 휘황한 불빛, 침대를 빙 둘러싼 험상궂은 얼굴들, 대부분 재판이나 체포 보고서도 없다. 사람들은 밤중에 그냥 사라진다. 모든 문서에서 그의 이름이 삭제되는 것을 비롯해 그에 관한 모든 기록이 말소된다. 그가 잠시나마 존재했다는 사실도 남아 있지 않고 망각 속으로 영영 사라져버린다. 어느 날 갑자기 무(無)가 되는데, 이것을 흔히 '증발했다'고 말한다.

윈스턴은 잠시 신경질적으로 휘갈겨 쓰기 시작했다.

그들은 나를 총살하겠지. 상관없다. 그들은 목 뒤에서 나를 쏘겠지. 상관없다. 빅 브라더를 타도하라! 그들은 언제나 목 뒤에서 쏜다. 하지만 상관없다. 빅 브라더를 타도하라…….

그는 얼핏 부끄러운 생각이 들어 펜을 놓고 의자에 기댔다. 그때 노크 소리가 들렸다. 온몸에 소름이 돋았다.

벌써! 그는 한 번만 더 두드려보고 돌아가기를 바라면서 생쥐처럼 가만히 앉아 있었다. 그러나 부질없는 기대였다. 노크 소리가 계속 들렸다. 시간을 끌면 더 안 좋을 터였다. 그의 가슴은 북을 치듯 쿵쿵댔지만 오랜 습관으로 얼굴은 무표정이었다. 그는 일어나 문

쪽으로 무거운 걸음을 옮겼다.

2

윈스턴은 문손잡이를 잡는 순간 책상 위에 일기장을 펴두었다는 사실이 떠올랐다. '빅 브라더를 타도하라'는 큼직한 글씨가 문 앞에서도 보였다. 엄청난 바보짓이었다. 그러나 그 와중에 잉크가 마르지 않은 채로 덮으면 크림색 종이가 얼룩질 거라는 걱정이 앞섰다.

그는 숨을 한 번 몰아쉬고 문을 열었다. 그 순간 안도감이 온몸으로 퍼졌다. 창백한 얼굴에 꾀죄죄한 여자가 서 있었던 것이다. 머리카락은 듬성듬성하고 얼굴에는 주름이 한가득이었다.

"아, 동무. 동무가 돌아온 소리를 들은 것 같아서요. 부엌 싱크대 배수관 좀 봐주시겠어요? 막힌 것 같아서요. 그런데⋯⋯."

그녀는 속상한 듯 코 먹은 소리로 말했다.

바로 옆집에 사는 파슨스 부인이었다(당에서는 '부인'이라는 말을 못 쓰게 한다. 누구든 '동무'라고 불러야 한다. 그러나 어떤 여자들에게는 본능적으로 이 말을 쓰게 된다). 그녀는 서른 살쯤 되었는데 나이보다 훨씬 더 늙어 보였고, 얼굴 주름살에는 때가 낀 것 같았다. 윈스턴은 그녀를 따라 복도로 나왔다. 이런 소소한 수리는 거의 매일 닥치는 골칫거리였다. 1930년경에 지어진 '승리동'은 금방이라도 허물어질 것 같은 낡은 건물이었다. 천장과 벽에서 횟가루가 떨어지고 수도관은 심심하면 얼어 터지고, 눈만 오면 지붕으로 물이 샜다. 난방장치는 절약을 이유로 아예 잠가두거나 가동해봤자 스팀이 반밖에 들어오지 않았다. 이런 수리는 직접 하는 게 나았다. 그렇잖으면 당국의 인가를 받아야 하는데 그러면 창문 하나 고치는 데도 2년이 걸린다.

"하필이면 톰이 집에 없을 때 이럴 게 뭐예요."

파슨스 부인이 웅얼거리듯 말했다.

파슨스의 집은 윈스턴의 집보다 조금 더 컸지만 어딘지 모르게 침침하고 마치 맹수가 휩쓸고 지나간 듯 온통 어수선했다. 하키 스틱, 권투 장갑, 터진 축구공 같은 운동기구며 땀에 젖어 뒤집힌 운동복 등이 마룻바닥 여기저기 흩어져 있었다. 탁자 위에는 구질구질한 접시와 다 해진 운동 관련 책이 널려 있었다. 벽에는 청년동맹과 스파이단의 깃발과 큼직한 빅 브라더의 초상화가 붙어 있었다. 숨을 쉴 때마다 늘 건물 전체에 감도는 양배추 끓이는 냄새와 뭐라고 표현할 수 없을 만큼 심한 악취가 코를 찔렀다. 그것은 이 자리에 없는 사람의 땀 냄새였다. 옆방에서는 누군가 텔레스크린에서 나오는 군악 소리에 맞춰 빗과 화장지 조각을 흔들고 있었다. 파슨스 부인이 신경 쓰이는 듯 그쪽을 힐끗 쳐다보더니 말했다.

"아이들이에요. 오늘은 밖에 안 나갔거든요. 물론……."

그녀는 말을 끊는 버릇이 있었다. 더럽고 시커먼 물이 가득 찬 부엌 싱크대에서 양배추 끓이는 냄새보다 더 지독한 악취가 났다. 윈스턴은 쭈그리고 앉아 배수관 이음매를 살펴보았다. 그는 몸을 숙이면 기침이 터져 나와서 이런 작업을 하고 싶지 않았다. 파슨스 부인은 힘없이 바라보며 말했다.

"톰이 있었으면 당장 고쳤을 텐데. 그이는 이런 일이 있으면 신이 나서 하거든요. 손재주도 좋고요."

파슨스는 윈스턴과 함께 진리부에서 근무하는 동료였다. 그는 뚱뚱하지만 활동적이고 몹시 아둔한 데다 맹목적인 열성파였다. 사실 당이 안정적으로 굴러가는 것은 사상경찰이 아니라 아무런 의구심 없이 충성을 다하는 이런 사람들이 있기 때문이다. 파슨스는 서른다섯 살 때 청년동맹에서 쫓겨나기는 했지만 거기에 가입하기 전 스파이단에 들어가 규정 연한보다 1년 더 활동했다. 그는 진리부에서 머리를 쓸 필요 없는 미관말직에 있었지만 체육위원회라든가 단체행군, 시위, 저축 운동 등 자발적으로 조직되는 온갖 위원회를 주도했다. 그는 담배를 빨아대면서 "나는 말이야, 지난 4년 내내 매일 저녁 공회당에 나갔지."라고 자랑스럽게 떠드는 그런 위인이었다. 그는 왕성하게 활동한다는 것을 과시하듯 항상 지독한 땀 냄새를 풍겼고, 그가 떠난 뒤에도 냄새가 떠나지 않고 코를 찔렀다.

"스패너 있어요?"

윈스턴은 이음매의 모가 난 나사를 만지면서 물었다.

"스패너요? 모르겠는데요. 아마 애들이……."

파슨스 부인은 기운 없는 목소리로 대답했다.

발소리가 쿵쿵거리더니 아이들이 소란을 떨며 거실로 나왔다. 파슨스 부인이 스패너를 가져왔다. 윈스턴은 물을 빼내고 얼굴을 찡그리면서 파이프에 낀 머리카락 뭉치를 빼냈다. 그러고는 수돗물로 최대한 깨끗이 손을 씻고 거실로 들어갔다.

"손들어!"

거친 목소리가 들렸다.

귀엽고 당차게 생긴 아홉 살짜리 사내아이가 탁자 뒤에서 불쑥 튀어나오더니 장난감 자동권총으로 그를 위협했다. 두 살쯤 어린 누이동생도 나무토막을 가지고 제 오빠 흉내를 내고 있었다. 두 꼬마는 스파이단 제복인 푸른색 바지와 회색 셔츠를 입고 붉은 머플러를 둘렀다. 윈스턴은 찜찜한 기분으로 머리 위로 손을 올렸다. 사내아이의 태도가 너무 사납고 당돌해서 장난 같지 않았다.

"반역자! 사상범! 유라시아 스파이! 총살하겠다. 없애버리겠어. 소금 광산으로 보내버릴 테다."

사내아이가 거침없이 내뱉었다.

그러더니 갑자기 두 꼬마가 윈스턴 주위를 빙빙 돌면서 "반역자! 사상범!"이라고 소리치며 껑충껑충 뛰었다. 여자아이는 오빠가 하는 짓을 그대로 따라 했다. 윈스턴은 언젠가 크면 사람을 잡아먹을 호랑이 새끼들이 뛰어다니는 것 같아 섬뜩한 기분이 들었다. 소년의 눈에서 빈틈없는 잔혹성이 엿보였던 것이다. 윈스턴을 발로 차고 때리고 싶은 강렬한 욕망의 빛이 뚜렷했고, 자라면 충분히 그럴 것 같왔다. 이 녀석이 들고 있는 권총이 진짜가 아니라서 다행이었다.

파슨스 부인은 당황스러운 눈빛으로 윈스턴과 아이들을 번갈아 바라보았다. 밝은 불빛 아래에서 보니 어처구니없게도 그녀의 얼굴 주름살에 정말 때가 끼어 있었다.

"아이들이 어찌나 떠들어대는지. 교수형 구경을 못 가서 저래요. 저는 너무 바빠서 갈 수가 없고 톰은 그때까지 못 올 거고요."

부인이 말했다.

"왜 교수형 구경 안 가?"

사내아이가 큰 소리로 외쳤다.

"교수형 보고 싶어! 보고 싶어!"

여자아이가 깡충거리며 소리쳤다.

윈스턴은 그날 저녁 유라시아 포로 몇 명이 전범죄로 교수형에 처해진다는 것을 기억해냈다. 한 달에 한 번쯤 있는 일이어서 그리 드문 구경거리가 아니었다. 그런데도 아이들은 항상 그것을 구경 시켜달라고 졸라댔다. 그는 파슨스 부인 앞을 지나 문 쪽으로 갔다. 그러나 여섯 발짝도 못 가 뭔가가 목덜미를 매섭게 때렸다. 마치 벌 겋게 달군 철사에 찔린 것 같았다. 획 돌아서서 보니 파슨스 부인이 아들을 방으로 잡아끌고 있었다. 녀석은 고무총을 주머니에 쑤셔 넣고 있었다. 사내아이는 방문이 닫힐 때 "골드스타인!"이라고 소리 질렀다.

그 순간 윈스턴에게 더 충격적이었던 것은 아이 어머니의 표정이었다. 그녀의 잿빛 얼굴이 겁에 질려 있었던 것이다.

윈스턴은 자기 집으로 돌아오자마자 재빨리 텔레스크린을 지나 책상 앞에 앉아 목덜미를 문질렀다. 텔레스크린에서 나오던 음악이 그치고, 대신 잔뜩 흥분한 목소리가 똑똑 끊어지는 군대식 말투로 아이슬란드와 페로제도 사이에 방금 정박한 유동 요새의 장비를 설명했다.

'저 아이들 때문에 그 불쌍한 부인은 평생 공포에 떨며 살겠군.'

윈스턴은 생각했다. 1, 2년 후면 그 아이들은 이단의 낌새가 없는지 제 어머니를 밤낮으로 감시할 것이다. 오늘날 모든 아이들은 무서운 존재였다. 가장 악질적인 조직이 '스파이단'인데, 이것이 아이들을 작은 야만인으로 만들었다. 이런 아이들은 당의 교육에 조금도 반발하지 않을뿐더러 오히려 당과 당에 관한 모든 것을 찬양했다. 군가, 행진, 깃발, 행군, 모의 사격 훈련, 슬로건 복창, 빅 브라더 숭배 등은 어린아이에게 영광스러운 놀이였다. 아이들은 국가의 적, 외국인과 반역자, 태업을 벌이는 자와 사상범을 향해 잔인성을 거침없이 드러냈다. 서른 살이 넘은 어른들이 자신의 아이들을 두려워하는 것은 조금도 이상한 일이 아니었다. 그럴 만도 한 것이 아이가 부모의 대화를 엿듣다가 위험한 말이 나오면 슬쩍 사상경찰에 고발했다(이들을 '어린 영웅'이라고 부른다)는 기사가 거의 매주 〈타임스〉에 실렸다.

고무 총알에 맞아 목덜미가 얼얼했지만 통증은 사라졌다. 윈스턴은 펜을 들고 일기에 더 쓸 것이 없는지 생각했다. 그러자 문득 또다시 오브라이언이 떠올랐다.

몇 년 전이지? 얼마나 됐을까? 아마 7년쯤 된 것 같았다. 그는 꿈속에서 어느 캄캄한 방 안을 걷고 있었다. 그런데 갑자기 옆에서 누군가가 "우리는 어둠이 없는 곳에서 만날 것이오."라고 속삭였다. 그 목소리는 아주 작게 들렸는데 명령이 아니라 일반적인 말투였다. 그는 쉬지 않고 걸었다. 이상하게도 그 당시에는 꿈속에서 들은 그 말에 크게 신경 쓰지 않았다. 그러나 시간이 지나면서 점차 의미심장하게 와 닿았다. 그가 오브라이언을 처음 본 것이 그 꿈을 꾸기 전인지 후인지는 확실하지 않았다. 그리고 언제부터 꿈속의 목소리가 오브라이언이라고 생각했는지도 알 수 없었다. 어쨌든 그는 목소리의 주인공이 누구인지 확신했다. 어둠 속에서 그에게 말한 사람은 바로 오브라이언이었다.

윈스턴은 오브라이언이 자기편인지 아니면 적인지는 알 수 없었다. 오늘 아침 눈이 마주쳤을 때도 확신할 수 없었다. 하지만 그게 중요한 것 같지는 않았다. 그들 사이에 우정이나 당파심보다 더 중요한 '이해하는 마음'이 있기 때문이었다. "우리는 어둠이 없는 곳에서 만날 것이오."라고 그가 말했다. 윈스턴은 그 말이 무슨 뜻인지 알 수 없었다. 다만 언젠가 그 말이 실현될 거라고 확신했다.

텔레스크린에서 나오던 목소리가 멈추더니 곧 맑고 아름다운 트럼펫 소리가 침울한 분위기를 깨뜨렸다. 이어서 거친 목소리가 흘러나왔다.

"알립니다. 알립니다. 방금 말라바에서 들어온 긴급 뉴스입니다. 우리 군대가 남인도에서 영광의 승리를 거뒀습니다. 이 전투로 종전이 멀지 않았다고 합니다. 긴급 뉴스를 말씀드렸습니다."

'나쁜 뉴스가 나오겠군.'

윈스턴은 생각했다. 아니나 다를까 유라시아 군대가 전멸했다는 상세한 보도에 이어 엄청난 사상자와 포로 숫자를 늘어놓은 뒤 다음 주부터 초콜릿 배급을 30그램에서 20그램으로 줄이겠다고 발표했다.

그는 다시 트림을 했다. 술이 깨자 마음이 허전했다. 텔레스크린은 승전을 축하하는 것인지, 아니면 줄어든 초콜릿에 미련을 두지말라는 것인지, 갑자기 〈오세아니아, 그대를 위해〉가 시끄럽게 흘러나왔다. 이때는 모두 차렷 자세를 취해야 한다. 그러나 윈스턴은 텔레스크린의 감시가 미치지 않는 곳에 있었다.

〈오세아니아, 그대를 위해〉에 이어 경음악이 흘러나왔다. 윈스턴은 창가로 다가가 텔레스크린을 등지고 섰다. 날씨는 여전히 차고 맑았다. 저 멀리에서 로켓 폭탄이 떨어지는 둔중한 소리가 들렸다. 요즘은 일주일에 20개에서 30개씩 런던 시내에 떨어졌다. 거리 맞은편의 찢어진 포스터가 바람에 날려 '영사'라는 글자가 나타났다 사라졌다 했다. '영사', '영사'의 신성한 강령, 신어, 이중사고, 덧없는 지난날……. 그는 괴상한 세계에서 괴물로 변해 해저의 숲속을 헤매는 기분이었다. 그는 혼자였다. 과거는 죽었고 미래는 알 수 없었다. 단 한 명이라도 내 편을 들어줄 살아 있는 사람이 있을까? 당의 통치가 영원하지 않을 거라는 근거가 있을까? 그에 대한 대답인 듯 진리부의 하얀 건물 앞면에 붙은 당의 세 가지 슬로건이 눈에 들어왔다.

전쟁은 평화

자유는 속박

무지는 힘

윈스턴은 주머니에서 25센트짜리 동전 하나를 꺼냈다. 거기에도 조그만 글씨로 똑같은 슬로건이 또렷이 박혀 있었고, 뒷면에는 빅 브라더의 얼굴이 있었다. 동전 속 빅 브라더의 눈 역시 그를 좇고 있는 듯했다. 동전에도, 우표에도, 책 표지와 깃발에도, 포스터에도, 그리고 담뱃갑에도, 어디든 있었다. 언제나 그 눈이 감시하고 그 목소리가 주위를 에워쌌다. 잠을 잘 때나 깨어 있을 때나, 일을 하든 식사를 하든, 집 안이든 밖이든, 목욕할 때나 침대에 누워 있을 때나 도무지 빅 브라더의 눈으로부터 벗어날 수 없었다. 몇 세제곱센티미터 해골 속 말고는 온전히 자기 것이라고 할 만한 것이 없었다.

해가 넘어가고 어둠이 드리우자 진리부의 수많은 창문은 마치 요새의 총안처럼 음산한 분위기를 풍겼다. 그 거대한 피라미드 건물을 보자 가슴이 절로 죄이는 듯했다. 너무 견고해서 폭풍이 몰아쳐도 끄떡없을 것이다. 로켓 수천 개로도 무너지지 않을 것이다. 누구를 위해 일기를 쓰는가? 윈스턴은 다시 생각했다. 미래를 위해서? 과거를 위해서? 아니면 지금은 존재하지 않는 어떤 시대를 위해서? 미래에는 죽음이 아니라 무(無)가 있을 뿐이다. 일기는 재가 되어 사라질 것이고 자신은 증발할 것이다. 오직 사상경찰만이 그의 기록을 없애기 전에 한 번 읽어볼 것이다. 자신은 흔적도 없이 사라지고 종이에 긁적거린 익명의 기록마저 남지 않을 텐데 도대체 무엇으로 미래에 호소한단 말인가?

텔레스크린이 14시를 알렸다. 10분 안에 출발해야 한다. 14시 30분까지 사무실로 돌아가야 한다.

시각을 알리는 종소리가 울리자 이상하게도 기분 전환이 되었다. 그는 결국 아무도 듣지 않는 가운데 혼자 진실을 말하는 고독한 유령이었다. 완곡하게 표현하는 한 계속 말할 수 있을 것이다. 후대에 남길 유산은 말이 아니라 올바른 정신일 것이다. 그는 책상으로 돌아가 펜을 들고 다시 써 내려갔다.

미래에게, 혹은 과거에게, 자유롭게 생각하고 저마다 개성을 드러내며 결코 외롭지 않게 살아가는 시대에게, 진실이 살아 있고 한번 일어난 일은 결코 지워지지 않는 시대에게.

획일적인 시대로부터, 고독의 시대로부터, 빅 브라더의 시대로부터,

이중사고의 시대로부터……, 축복이 있기를!

윈스턴은 자신은 이미 죽은 것과 같다는 생각이 들었다. 그리고 바로 지금이야말로 자신의 생각을 체계화할 수 있는 때이며 지금이 아니면 할 수 없다고 생각했다. 모든 행위의 결과는 그 행위 자체인 것이다. 그는 다시 썼다.

사상죄는 죽음을 부르는 것이 아니다. 바로 죽음 자체다.

자신은 죽은 것이나 진배없다고 생각한 이상 되도록 오래 살아야 할 것이다. 오른 손가락에 잉크가 묻었다. 이런 사소한 실수로 함정에 빠지는 법이다. 사무실의 냄새 잘 맡는 열성파(갈색 머리 작은 여자나 창작국의 검은 머리 여자)들이 그가 왜 점심시간에 글을 썼을까, 왜 지금은 거의 쓰지 않는 옛날 펜을 사용했을까, 어떤 내용을 썼을까 의심하며 당국에 일러바칠 것이다. 그는 욕실에서 까끌까끌한 암갈색 비누로 꼼꼼히 잉크를 지웠다. 마치 사포로 문지르는 것처럼 거친 비누가 이런 때는 아주 쓸 만했다.

그는 일기장을 서랍에 넣었다. 이것을 감추려는 생각 자체가 어처구니없는 짓이었지만 최소한 일기장을 들켰다는 사실은 알아야 했다. 노트 끝에 머리카락 한 올을 올려두면 금방 알 수 있을 것이다. 그는 손끝으로 허연 먼지 뭉치를 집어 노트 표지 한쪽에 살짝 올려놓았다. 노트가 움직이면 먼지도 제자리에 붙어 있지 않을 것이다.

3

윈스턴은 어머니 꿈을 꾸었다. 그는 어머니가 사라진 것이 그가 열 살인가, 열한 살 때였던 것으로 기억했다. 어머니는 키가 크고 늘씬하고 균형 잡힌 몸매에 머릿결이 탐스러웠으며 말수가 적고 차분한 여성이었다. 희미한 기억이었지만 아버지는 마른 몸에 피부색이 검은 편이었다. 그는 항상 안경을 쓰고 깔끔한 검정색 양복을 입고 있었다(윈스턴은 아버지의 닳아빠진 구두창이 유난히 기억에 남았다). 두 사람은 1950년대 제1차 대숙청 때 처형된 게 틀림없었다.

꿈속에서 어머니는 어린 누이동생을 안은 채 윈스턴의 발아래 깊은 곳에 앉아 있었다. 조그맣고 몸이 약한 누이동생은 말없이 커다란 눈을 동그랗게 뜨고 말끄러미 쳐다보곤 했던 기억밖에 없다. 어머니와 동생은 우물이나 무덤 속 같은 곳에서 윈스턴을 올려다보면서 아래로 더욱 깊숙이 내려가고 있었다. 두 사람은 침몰하는 배의 일등 선실에서 시꺼먼 물 너머로 그를 올려다보았다. 두 사람과 윈스턴은 서로를 바라보고 있었다. 두 사람은 아직 공기가 남아 있는 선실에 앉아 푸른 물속으로 하염없이 가라앉았다. 곧 모습이 영영 사라져버릴 것 같았다. 그는 빛과 공기가 있는 바깥 세상에 있었고,

그들은 죽음 속으로 빨려 들어가고 있었다. 그가 높은 곳에 있기 때문에 그들이 더욱 깊이 빠지는 것 같았다. 그는 이 사실을 알고 있었다. 그들도 그랬다. 윈스턴은 그들의 표정에서 그것을 알 수 있었다. 하지만 그들은 원망 어린 눈빛으로 쳐다보지 않았다. 그가 살려면 그들이 죽어야 하고, 이것은 피할 수 없는 운명이라는 것을 알고 있는 듯했다.

그는 꿈속에서 무슨 일이 일어났는지 기억나지 않았지만 어머니와 누이동생이 자기 때문에 희생되었다고 짐작했다. 깨고 나서도 쉽사리 머릿속을 떠나지 않는 그 꿈은 다시 떠올릴 때마다 새로운 사실과 가치를 일깨워주었다. 지금 문득 거의 30년 전 어머니의 죽음이 너무도 참혹한 비극이었다는 사실이 윈스턴의 가슴을 때렸다. 그는 비극이란 옛날, 그러니까 아직 사생활과 사랑, 우정이 존재하던 시대, 그리고 한 가족이 득실을 따지지 않고 서로 의지하며 살아가는 시대에나 있었던 것이라고 생각했다. 그는 어머니를 떠올릴 때마다 가슴이 아렸다. 어머니는 죽는 순간까지 그를 사랑했다. 그는 너무 어리고 이기적이어서 어머니의 사랑에 보답하지 못했다. 무엇 때문에 그런 일이 일어났는지는 기억나지 않지만 어머니는 자식에 대한 무한한 사랑으로 자신을 희생했다. 지금 같은 사회에서는 존재하지 않는 희생이었다. 요즘은 공포와 증오, 고통만 있을 뿐 숭고한 감정이나 깊은 슬픔 같은 것은 찾아볼 수 없었다. 그는 이 모든 사실을 수백 길 물속으로 가라앉으면서 자기를 올려다보던 어머니와 누이동생의 커다란 눈망울을 보고 알았다.

갑자기 장면이 바뀌어 그는 햇빛이 비끼는 여름 저녁 깔끔하게 정리된 푹신한 잔디밭에 서 있었다. 꿈속에 자주 등장했던 경치였다. 얼마나 자주 등장했는지 실제로 이런 경치를 본 게 아닌가 하는 착각이 들었다. 그리고 깨어났을 때는 그곳이 '황금의 나라'라고 생각했다. 그곳에는 토끼가 풀을 뜯는 오래된 풀밭과 그 위로 오솔길이 나 있었고 두더지 굴도 여기저기 보였다. 들판 저편 엉성한 울타리 안쪽에는 느릅나무의 가느다란 가지가 잔바람에 산들거렸고, 이파리가 여인의 머리카락처럼 나풀거렸다. 보이지 않지만 그 근처에 맑고 고요한 시내가 있고, 버드나무 아래 웅덩이에는 황어 떼가 헤엄치며 놀고 있을 것 같았다.

검은 머리 여자가 들판을 지나 윈스턴 쪽으로 다가오고 있었다. 그녀는 단번에 옷을 벗어 옆으로 휙 던졌다. 그녀의 몸은 하얗고 매끈했지만 그는 아무런 욕구도 생기지 않았다. 사실 그녀의 몸에는 관심도 없었다. 그저 그녀가 대범하게 옷을 벗는 모습에 감탄했을 뿐이다. 그녀의 몸짓은 우아했고 아무 거리낌이 없었다. 마치 모든 문화와 사고체계를 무의미하게 만들어버리는 듯했다. 단 한 번의 현란한 팔놀림으로 빅 브라더나 당, 사상경찰까지 무너뜨리는 것 같았다. 이것 역시 옛날에나 볼 수 있었던 것이다. 어렴풋이 잠에서 깬 윈스턴은 '셰익스피어!'라고 중얼거렸다.

텔레스크린에서 귀청이 떨어져 나갈 것 같은 호루라기 소리가

30초 동안 계속 울렸다. 7시 15분, 관리들의 기상 시간이었다. 윈스턴은 몸을 비틀며 벌거벗은 채 침대에서 내려왔다. 외부당원에게 의류비로 1년에 겨우 3천 쿠폰을 주는데, 잠옷 한 벌에 6백 쿠폰이었다. 그는 의자에 걸쳐놓은 더러운 내의와 바지를 입었다. 3분 안에 체조가 시작될 것이다. 그는 몸을 구부리면서 발작적으로 기침을 토해냈다. 매일 아침마다 기침이 터져 나왔다. 기침을 심하게 하고 나면 허파가 완전히 쪼그라든 것 같아서 반듯이 누워 몇 번 헐떡거리면서 숨을 고르고 나서야 정상적으로 숨을 쉴 수 있었다. 기침을 할 때면 힘이 들어가는 바람에 혈관이 튀어나오면서 정맥류궤양이 가려웠다.

"3, 40대 그룹!"

날카로운 여자의 목소리가 울렸다.

"3, 40대 그룹! 제자리로. 3, 40대 그룹!"

윈스턴은 텔레스크린 앞으로 뛰어가 차렷 자세를 했다. 스크린에는 마른 편이지만 근육질의 젊은 여자가 튜닉 차림에 운동화를 신고 이미 나타나 있었다.

여자가 구령을 붙였다.

"팔 구부렸다 뻗기! 구령에 맞춰 시작! 하나, 둘, 셋, 넷! 하나, 둘, 셋, 넷……! 동무들 어서 따라 하세요. 좀더 힘차게, 하나, 둘, 셋, 넷……!"

발작적으로 기침을 하는 동안에도 머릿속에서 사라지지 않던 꿈속 장면이 구령에 맞춰 체조하는 동안 또다시 떠올랐다. 그는 체조 시간에 어울리는 유쾌한 표정을 짓고 기계적으로 팔을 뻗었다 당겼다 하면서 어린 시절의 기억을 끄집어내려고 애썼다. 하지만 몹시 어려운 일이었다. 1950년대 이전 일을 모두 잊어버렸기 때문이다. 물적 기록이 없으면 자기 삶의 윤곽조차 잊어버리고 만다. 굉장히 큰 사건이 있었던 듯하면서도 또다시 생각해보면 그런 일이 전혀 없었던 것 같기도 했다. 세세한 부분은 생각나는데 전반적인 분위기가 전혀 기억나지 않을 때도 있었고, 아무것도 기억나지 않는 긴 공백기도 있었다. 모든 것이 그때와 전혀 달랐다. 나라 이름과 지도까지 달랐다. 그 당시에는 '제1공대'를 '잉글랜드'나 '브리튼'이라고 불렀던 것 같고, '런던'은 그때도 '런던'이라고 불렀던 기억이 있다.

윈스턴이 기억하는 한 이 나라는 전쟁을 하지 않은 적이 없다. 어렸을 때 공습으로 사람들 모두 깜짝 놀랐던 기억이 있는데, 그걸 보면 그전에 꽤 오랫동안 평화가 유지된 것이 틀림없었다. 그때의 공습은 아마 콜체스터에 원자폭탄이 떨어진 것이리라. 그는 공습 자체는 기억나지 않지만 아버지가 그의 손을 꼭 잡고 발을 디딜 때마다 삐걱거리는 나선층층대를 돌아 지하 깊숙이 내달렸던 기억이 있다. 그가 다리가 너무 아파서 울자 아버지가 쉬었다 가자며 걸음을 멈췄다. 어머니는 저만치 떨어져 묵묵히 그들을 따라왔다. 그때 어머니는 갓난아이였던 여동생을 안고 있었다. 아니 그때 동생이 태어났는지도 확실하지 않았다. 어쩌면 어머니는 담요를 끌어안고 있

었는지 모른다. 어쨌든 그들은 사람들로 가득하고 시끌벅적한 지하
철역으로 갔다.

사람들은 대합실 돌바닥에 주저앉거나 철제 의자에 다닥다닥 붙
어 앉아 있었다. 윈스턴과 그의 부모는 바닥에 자리를 잡았는데 그
들 옆 의자에 할아버지와 할머니가 나란히 앉아 있었다. 얼굴에 붉
은 기가 도는 할아버지는 검정색 고급 양복에 검은 빵모자를 비스
듬히 쓰고 있었다. 그의 파란 눈에는 눈물이 그렁그렁했다. 땀 냄새
대신 술 냄새가 풍겨 얼핏 그의 눈에 고인 것이 눈물이 아니라 술이
아닌가 생각하기도 했다. 그는 조금 취하기도 했지만 깊은 슬픔에
빠져 괴로워하고 있었다. 윈스턴은 어린 마음에 무언가 무서운 일
이 일어났다는 것을 알아챘다. 결코 용서할 수도 없고 돌이킬 수도
없는 일 말이다. 무슨 일인지 알 것 같기도 했다. 할아버지가 사랑
하는 누군가, 어쩌면 손녀가 죽었는지도 몰랐다. 할아버지는 몇 분
마다 같은 말을 끊임없이 중얼거렸다.

"그놈들을 믿지 말아야 했어. 그렇잖소? 그놈들을 믿는 바람에 이
꼴이 됐다고. 내가 누누이 말했건만. 그놈들을 믿는 게 아니었어."

그러나 믿지 말아야 했다는 그놈들이 누구인지 윈스턴은 기억나
지 않았다. 어쨌든 그 후로 항상 똑같은 전쟁은 아니었지만, 아무튼
전쟁은 말 그대로 끊이지 않았다. 그가 어렸을 때 런던 시내가 몇
달에 걸친 시가전으로 혼란에 빠진 적이 있다. 생생하게 기억나는
장면도 있었지만 그 당시의 역사, 말하자면 누가 언제 누구와 전쟁

을 벌였는지는 알 수 없었다. 그때의 일을 기록한 것이나 어떤 언급도 없기 때문이다. 바로 이 순간, 예를 들어 1984년(올해가 1984년이 맞다면), 오세아니아는 유라시아와 전쟁 중이고, 동아시아와는 동맹을 맺었다고 할 때, 공적으로나 사적으로 이들 3대 강국의 관계가 지금과 달랐던 적이 있다고 말해서는 안 된다. 그러나 사실은 그가 잘 알고 있듯이 4년 전만 해도 오세아니아는 동아시아와 전쟁을 했고 유라시아와 동맹을 맺었다. 그러나 이것은 윈스턴이 당의 통제에 굴하지 않고 몰래 알아낸 사실이었다. 공식적으로는 동맹국이 바뀌지 않은 것으로 되어 있다. 오세아니아는 현재 유라시아와 전쟁 중이다. 그러므로 오세아니아는 예전부터 계속 유라시아와 전쟁 중인 것이다. 현재의 적이 언제나 절대악이며 미래든 과거든 적과 타협하는 일은 없다.

놀라운 일은 그 모든 것이 사실일 수도 있다는 것이었다. 윈스턴은 뻣뻣한 어깨를 억지로 젖히면서(손을 엉덩이에 얹고 몸통을 돌리면 등 근육이 발달한다고 한다) 수만 번 그런 생각을 했다. 당이 이런저런 과거의 일을 가리키며 그런 일은 절대 없었다고 말한다면 그것은 단순한 고문이나 죽음보다 더 무서운 일일 것이다.

당은 오세아니아가 유라시아와 동맹을 맺은 적이 없다고 말했다. 그러나 윈스턴 스미스는 오세아니아가 불과 4년 전 유라시아와 동맹 관계였다는 사실을 알고 있었다. 도대체 이런 지식은 어디에 존재하는가? 바로 그의 의식 속에, 그것도 자칫하면 영영 사라질 그의 의식 속에만 있을 뿐이었다. 그래서 다른 모든 사람들이 당의 거짓말을 믿는다면, 그리고 모든 기록이 그렇게 되어 있다면 그 거짓말은 역사이자 진실이 된다. '과거를 지배하는 사람이 미래를 지배한다. 현재를 지배하는 사람이 과거를 지배한다.' 이것이 당의 슬로건이다. 이 논리라면 과거는 바뀔 수 있는 것인 동시에 절대 바뀌지 않는 것이다. 현재의 진실이 미래에도 영원히 진실이기 때문이다. 이것은 지극히 간단하다. 자신의 기억을 끊임없이 지워버리면 된다. 그들은 이것을 '현실제어'라고 부른다. 신어로 하면 '이중사고'다.

"편히 쉬어!"

여자 강사가 조금 부드러운 투로 말했다.

윈스턴은 양팔을 내리고 천천히 심호흡을 했다. 그의 생각은 미궁과도 같은 이중사고에 빠져들었다. 알면서도 모르는 것, 무엇이 진실인지 잘 알면서도 거짓을 진실이라고 말하는 것, 상반된 두 가지 견해를 동시에 갖는 것, 서로 모순된 두 가지를 동시에 믿는 것, 논리로 논리에 대항하는 것, 민주주의가 아닌 줄 알면서 당이 민주주의의 수호자라고 믿는 것, 잊어버려야 할 것은 무엇이든 잊어버리고 필요하면 다시 기억 저편에서 끄집어냈다가 또다시 잊어버리는 것, 그리고 무엇보다 이 모든 것을 하는 데 똑같은 과정을 거친다는 것이다. 정말 기이하게도 의식적으로 무의식 상태에 빠질 뿐아니라 스스로 최면을 걸었다는 사실까지 의식하지 못한다. '이중사고'라는 말을 이해하는 데도 이중사고를 적용하는 것이다.

여자 강사가 다시 "차렷!" 하더니 열을 내며 말했다.

"이제 손끝을 발끝에 대어봅시다! 엉덩이부터……. 자, 동무들, 하나, 둘! 하나, 둘……!"

윈스턴은 이 운동이 싫었다. 발뒤꿈치부터 엉덩이까지 당기고 잘 못하면 발작적으로 기침이 터져 나오기 때문이었다. 혼자 생각하는 즐거움이 반쯤 달아나버렸다. 과거는 단순히 바뀐 것이 아니라 파괴되었다. 자신의 기억 말고는 아무 기록이 없는 마당에 아무리 명백한 사실이라 한들 어떻게 증명한단 말인가. 그는 빅 브라더라는 이름을 언제 처음 들었는지 떠올려보았다. 1960년대였던 듯한데 확인할 길이 없었다. 당사(黨史)를 보면 빅 브라더는 혁명 초기부터 당의 지도자이자 수호자였다고 기록되어 있다. 더구나 그가 활동하던 시대는 얼토당토않게 연통 모양의 괴상한 톱햇(영국 신사들이 즐겨 썼던 남성 정장용 모자─옮긴이)을 쓴 자본가들이 번쩍거리는 자동차나 유리창이 달린 마차를 타고 런던 시가지를 활보하던 1940년대와 1930년대로 거슬러 올라간다. 이 신화가 어디까지 사실이며 얼마나 조작된 것인지 알 수 없었다.

윈스턴은 당이 언제 성립됐는지도 모른다. '영국 사회주의'라는 구어는 훨씬 이전에도 두루 쓰였지만 1960년 이전까지 '영사'라는 말을 들어본 적이 없다. 모든 것이 안개 속으로 사라졌다. 거짓말이 틀림없다고 단정 지을 만한 것도 있었다. 당이 비행기를 발명했다는 당사의 기록은 사실이 아니다. 그는 어렸을 때부터 비행기를 보왔다. 그러나 그것을 증명할 수는 없었다. 증거가 없기 때문이었다. 그는 살아오면서 단 한 번 역사적 사실을 조작했다는 것을 증명할 문서를 손에 쥔 적이 있다. 그런데 그때…….

"스미스 동무!"

텔레스크린에서 찢어질 듯한 소리가 울렸다.

"6079 스미스 동무! 그래, 당신 말이에요! 더 굽혀요! 더 잘할 수 있는데 왜 안 하죠? 더 숙여요! 좀 낫군. 자, 여러분, 편히 쉬면서 나를 봐요."

온몸에서 땀이 줄줄 흘러내렸다. 윈스턴은 무표정한 얼굴이었다.

'싫은 표정 짓지 마! 화난 표정도 짓지 마! 눈 하나 깜박해선 안 돼! 그럼 끝이야.'

그는 속으로 중얼거리며 여자 강사를 보았다.

그녀는 팔을 머리 위로 올린 채로 몸을 굽히더니 손끝을 발끝에 갖다 대었다. 우아하지는 않지만 유연하면서도 힘이 있었다.

"자, 동무들! 나처럼 해봐요. 나를 봐요. 나는 서른아홉 살이고 아이도 넷이나 두었어요. 자, 봐요."

여자 강사가 다시 몸을 굽혔다.

"나는 무릎을 굽히지 않았어요. 여러분도 마음만 먹으면 할 수 있어요."

그녀는 몸을 펴고 말했다.

"마흔다섯 살 이하는 누구나 발끝에 손을 댈 수 있어요. 우리 모두 일선에서 싸울 수 있는 특권은 없어도 건강은 지켜야죠. 말라바 전선에 있는 우리 젊은이들을 생각해봐요! 유동 요새에 있는 해병 들도! 그들이 무엇과 맞서고 있는지 생각해봐요. 자, 다시 합시다. 좋아요. 동무, 훨씬 좋아졌어요."

윈스턴이 힘껏 몸을 굽혀 몇 년 만에 처음으로 무릎을 굽히지 않 고 발끝에 손이 닿는 것을 보고 여자 강사가 격려해주었다.

4

업무를 시작하면서 윈스턴은 텔레스크린이 있는데도 자기도 모 르게 한숨을 지었다. 그는 구술기록기를 앞으로 당겨 주둥이의 먼 지를 닦고 안경을 썼다. 그런 다음 책상 오른쪽 압축 전송관에서 벌 써 툭 떨어진 말린 종이 뭉치 4개를 펼쳐 하나로 묶었다.

자리 옆 벽에 난 구멍 3개 중에 구술기록기 오른쪽에 있는 것은 문서가 들어오고 나가는 작은 압축 전송관이고, 왼쪽 커다란 전송 관은 신문 같은 것이 들어오고 나가는 곳이다. 마지막으로 윈스턴 자리 옆쪽으로 손이 닿을 위치에 있는, 쇠창살로 막아놓은 직사각 형의 커다란 구멍은 파지를 버리는 곳이다. 사무실뿐 아니라 복도 에도 이런 구멍이 많다. 이 건물에만 수천수만 개는 될 것이다. 이 유가 뭔지는 모르지만 이 구멍을 기억통이라고 부른다. 누구든 없 애야 할 문서라든가 휴지를 보면 습관적으로 가까운 기억통에 던져

넣는다. 그러면 이것들은 뜨거운 바람에 휩쓸려 건물 깊숙한 곳에 있는 대형 아궁이 속으로 떨어진다.

윈스턴은 긴 종이 네 장을 살펴보았다. 각각 지시문이 한두 줄씩 적혀 있었는데 내부 문서여서 뜻을 알기 어려운 약어로 적혀 있었다(전부는 아니지만 대부분 신어였다). 그것은 다음과 같았다.

〈타임스〉 84. 3. 17. 빅 브라더 아프리카 연설 오보 수정
〈타임스〉 83. 12. 19.   3개년 계획 83년 사사분기 예보 인쇄 오류
  금일 확인
〈타임스〉 84. 2. 14. 풍요부 초콜릿 인용 오류 수정
〈타임스〉 83. 3. 12.   빅 브라더 일일 명령 극불만 무인(無人) 언급
  충분 재기(再記) 사전 제출

윈스턴은 은근히 만족해하며 네 번째 지시문을 따로 빼놓았다. 까다롭고 중요한 작업이어서 맨 나중에 처리하는 것이 좋을 것 같았다. 두 번째 것은 수치 목록을 뒤져야 하는 지루한 작업이지만 어쨌든 앞의 3개는 늘 하던 일이었다.

윈스턴은 텔레스크린 뒤에 붙은 다이얼을 돌려 〈타임스〉 해당 호를 요청했다. 몇 분 지나지 않아 전송관으로 도착했다. 지금까지 그가 받은 지시문들은 모두 이런저런 이유로 변경, 즉 공식적인 말로 표현하면 수정할 필요가 있다고 생각되는 논문이나 기사에 관한 것

이었다. 예를 들어 3월 17일자 〈타임스〉는 빅 브라더가 전날 연설에서 남인도 전선은 이상 없겠지만 유라시아 군대가 곧 북아프리카를 공격할 거라고 예언했다는 기사를 게재했다. 그러나 실제로는 유라시아 최고사령부가 북아프리카는 놔두고 남인도를 공격했다. 그러므로 빅 브라더의 예언이 적중한 것처럼 실제로 일어난 일에 맞춰 연설문을 고쳐야 했다. 또 다른 예를 들면 12월 19일자 〈타임스〉는 1983년 사사분기, 즉 제9차 3개년 계획 6차 분기의 각종 소비품 생산량을 공식적으로 예보했다. 그러나 오늘 신문에 발표된 실제 생산량은 그와 엄청난 차이를 보였다. 따라서 윈스턴은 앞 날짜에 실린 숫자를 실제 생산량에 맞춰 수정해야 했다. 세 번째 지시문은 단순한 오류여서 수정하는 데 2, 3분밖에 안 걸린다. 즉, 최근 2월 풍요부는 1984년에 초콜릿 배급량을 줄이지 않겠다고 발표했다(공식적으로는 이것을 '절대 서약'이라고 한다). 그러나 실제로는 이번 주말부터 30그램이던 초콜릿 배급량이 20그램으로 줄어든다. 따라서 처음에 약속했던 내용을 4월에 배급량이 줄어들 거라는 예고로 바꾸면 된다.

윈스턴은 지시문에 따라 처리하고 나서 구술기록기로 정정한 내용을 〈타임스〉 해당 호에 붙여 전송관으로 밀어 넣었다. 그리고 거의 무의식적으로 지시문과 자기가 쓴 초고를 구겨 기억통에 던져 넣었다.

윈스턴은 전송관으로 밀어 넣은 것들이 미로 속으로 들어간 다음 어떻게 되는지 대충 알고 있었다. 〈타임스〉의 수정할 문구들을 모두 수집하고 대조한 다음 신문을 다시 인쇄한다. 그리고 이전 신문은 폐기하고 새로 찍은 신문을 철한다. 이런 정정 과정은 신문뿐 아니라 책과 정기간행물, 책자, 포스터, 팸플릿, 영화, 녹음테이프, 만화, 사진 등 정치적으로나 사상적으로 의미 있는 모든 인쇄물과 기록에 적용된다. 그리하여 나날이 매 순간 과거는 현재의 내용으로 바뀐다. 이런 방법으로 당의 모든 예언은 단 한 번도 틀린 적이 없는 것으로 문서에 기록되고, 필요 없는 기사나 의견은 기록에서 삭제된다. 모든 역사가 필요할 때마다 깨끗이 지웠다가 다시 고쳐 쓰는 양피지의 글씨와도 같았다. 이렇듯 완전무결하게 처리되고 나면 거짓말이라고 주장하거나 증명할 수 없다. 윈스턴이 일하는 기록국은 대개 없애버려야 할 모든 책과 신문, 기록을 찾아내 정정하는 임무를 맡는다. 정치적 서열이 바뀌었다거나 빅 브라더의 예언이 틀리는 바람에 열두 번도 더 수정한 〈타임스〉를 원래 날짜로 버젓이 철했다. 물론 수정했다는 기록은 어디에도 없다. 책도 다시 거둬들여 고치고 나서 내용이 바뀌었다는 한마디 언급도 없이 다시 발간했다. 윈스턴이 받아서 처리하고 바로 없애야 하는 지시문에도 위조하라는 언급이나 암시는 없다. 언제나 오식이나 오자, 인쇄에 문제가 있거나 잘못 인용된 것들을 찾아서 정확하게 바로잡으라는 지시뿐이었다.

윈스턴이 생각하기에 풍요부의 수치를 수정하는 것은 사실상 위조라고 할 수도 없었다. 이것은 거짓말을 또 다른 거짓말로 바꾸는 것일 뿐이었다. 그가 취급하는 자료는 대부분 실제 사실과는 아무 관련이 없고 거짓말이라고도 할 수 없었다. 처음에 발표된 통계 역시 수정된 것처럼 터무니없는 것이기 때문이다. 이것을 이해하려면 꽤 시간이 걸릴 것이다. 예를 들어 풍요부는 사사분기 구두 생산량을 1억 4,500만 켤레로 추정했다. 그러나 실제 생산량은 6,200만 켤레였다. 윈스턴은 할당량을 초과 달성했다고 선전해야 하는 점까지 고려해 처음 예상치를 5,700만 켤레로 수정했다. 하지만 실제 생산량이라고 하는 6,200만이라는 수치가 5,700만이나 1억 4,500만보다 실제에 더 가까운 것도 아니었다. 아마 구두가 한 켤레도 생산되지 않았다는 게 진실인지 모른다. 더 정확한 것은 구두 생산량을 아무도 모를뿐더러 관심도 없다는 것이다. 확실한 것은 모두 알고 있듯이 매년 서류상으로는 천문학적인 수량의 구두가 생산되지만 오세아니아 인구 절반이 맨발로 생활한다는 사실이었다. 수치가 크든 작든 기록된 내용은 모두 이런 식으로 조작된 것이다. 모든 것이 어둠 속으로 사라지고 결국 정확한 날짜조차 미궁에 빠진다.

윈스턴은 사무실을 둘러보았다. 맞은편에 앉은 틸로슨이 열심히 일하고 있었다. 체구가 작고 철두철미한 인상에 턱수염을 기른 그는 접은 신문을 무릎에 놓고 입을 구술기록기에 대고 있었다. 마치 텔레스크린과 비밀 이야기를 주고받는 듯한 표정이었다. 그는 일하다 말고 고개를 들더니 안경 너머 적개심 어린 눈빛으로 윈스턴을 쏘아보았다.

윈스턴은 틸로슨에 대해 아는 것이 없을뿐더러 그가 무슨 일을 하는지도 모른다. 기록국 직원들은 남에게 자기 일에 관해 이야기하지 않았다. 창 없는 긴 사무실에는 책상이 두 줄로 놓여 있었고, 종이 만지는 소리, 구술기록기에 대고 중얼거리는 소리가 끊이지 않았다. 매일 복도에서 마주치고 '2분간 증오' 때 미친 듯이 소리를 지르는 모습을 보면서도 윈스턴이 이름조차 모르는 사람이 12명이 넘었다. 그는 옆자리에서 일하는 갈색 머리의 작은 여자가 무슨 일을 하는지는 알고 있었다. 그녀는 증발되어 결국 존재한 적도 없게 된 사람들 이름을 출판물에서 찾아내 삭제하는 일을 맡고 있었다. 그녀의 남편이 2, 3년 전에 증발되었으니 그녀는 이 일에 적임자인 셈이었다. 책상 몇 개 건너에는 앰플퍼스가 앉아 있었다. 온순하고 무능하며 멍한 인상을 풍기고 귀에 솜털이 수북한 그는 시의 운율을 맞추는 재주가 뛰어났다. 그래서 그는 불온하지만 남겨둘 가치가 있는 시들을 고치는 작업(고쳐서 낸 시집을 '정본(定本)'이라고 한다)을 하고 있었다. 50명쯤 일하는 이 사무실은 굉장히 복잡한 기록국의 한 분과에 지나지 않는다. 이 사무실 양옆과 아래위층에는 상상하기 힘들 만큼 수많은 부문과 직원들이 있다. 대형 인쇄소에는 최신 설비를 갖춘, 위조 사진을 만드는 스튜디오가 있고 편집자와 제판 기술자도 있다. 텔레스크린 편성과에는 기술자와 제작자, 성대모사를 잘해서 특별히 뽑힌 성우들도 있다. 전문가뿐 아니라 회수해야 할 책과 잡지 목록을 만드는 참고 서기도 있다. 수정된 문서를 보관하는 널찍한 창고도 있고, 원본을 태워 없애는 용광로도 보이지 않는 어딘가에 있다. 그리고 어디 있는 누구인지는 모르지만 이 모든 작업을 지휘하고 정책 노선에 따라 과거의 기록이나 문서 중에 보관할 것과 위조할 것, 없애야 할 것 등을 구분해서 결정하는 지도급 인물도 있다.

진리부의 한 부서인 기록국의 궁극적인 업무는 과거를 재건하는 것이 아니라 오세아니아 국민들에게 신문, 영화, 교과서, 텔레스크린 프로그램, 연극, 소설 등(조각상부터 슬로건까지, 서정시부터 생물학 논문까지, 어린이 글씨 교본부터 신어사전에 이르기까지 모든 종류의 정보, 교육, 오락)을 제공하는 것이다. 그리고 당의 각종 요구에 응할 뿐 아니라 노동자계급에 맞게 수준을 낮춰서 그 모든 과정을 되풀이한다. 노동자계급의 문학, 음악, 연극, 오락을 맡는 기구는 따로 있다. 여기에서는 스포츠와 범죄, 점성술 기사를 잔뜩 실은 황색 신문과 선정적인 5센트짜리 삼류 소설, 섹스를 주로 다룬 영화, 그리고 만화경과 비슷한 독특한 기계를 이용해 저급한 유행가를 만들어낸다. 외설물을 만드는 분과도 있는데(신어로 '외설과'라고 한다) 여기에서 만든 작품은 포장을 해서 발송하기 때문에 그 일을 담당하는 사람 말고는 당원조차 볼 수 없다.

윈스턴은 지시문에 따라 작성한 문서 3개를 압축 전송관으로 보냈다. 이처럼 간단한 일은 '2분간 증오' 전에 끝낼 수 있었다. '2분간 증오'가 끝나고 나서 그는 자리로 돌아와 책꽂이에서 신어사전을 꺼냈다. 그리고 구술기록기를 한쪽으로 밀어놓고 나서 안경을 닦고 다시 오전 업무를 시작했다.

윈스턴은 하루 중 일할 때가 가장 좋았다. 매일 똑같고 수학 문제처럼 굉장히 복잡하고 어렵지만 자신을 잊어버릴 정도로 열중할 수 있기 때문이다. 그가 맡은 일은 '영사'의 강령에 따라 당의 요구 사항을 미리 추측해서 위조하는 것이었다. 그는 이 기묘한 일을 능숙하게 해치웠다. 그래서 가끔 신어로만 쓰여진 〈타임스〉 사설을 수정하기도 했다. 그는 따로 빼놓은 지시문을 펼쳤다. 내용은 다음과 같았다.

〈타임스〉 83. 12. 3. 빅 브라더 일일 명령 극불만 무인(無人) 언급 완전 재기(再記) 사전 제출

이것을 고어, 즉 표준 영어로 번역하면 다음과 같다.

1983년 12월 3일자 〈타임스〉에 보도된 빅 브라더의 일일 명령에 관한 기사는 매우 못마땅한 것으로, 존재하지 않는 사람을 언급하고 있음. 전문을 다시 작성해서 철하기 전에 고위 당국에 제출할 것.

윈스턴은 문제의 기사를 읽어보았다. 빅 브라더의 일일 명령은 유

동 요새의 해병들에게 담배와 여러 가지 위문품을 공급하는 단체인 FFCC를 치하한 것이었다. 그중 내부당 고위급 인물인 위더스에 관한 기사가 있었는데, 그가 2등 특별 훈장을 받았다고 적혀 있었다.

석 달 뒤 FFCC는 해명 한마디 없이 해체되었다. 위더스가 그의 지지파와 함께 숙청된 듯했다. 그러나 신문이나 텔레스크린에는 이런 보도가 일체 없었다. 정치범이 재판이나 공개재판에 나서는 경우가 드물기 때문에 이상한 일도 아니었다. 관련자들까지 포함해 수천 명을 제거하는 대숙청 때는 반역자를 공개재판에 세워 자기 범죄를 비굴하게 자백하게 한 후 처형했다. 그러나 이런 일은 2년에 한 번 있을까 말까 했다. 보통은 당에게 밉보인 사람들이 어느날 갑자기 흔적도 없이 사라졌다. 더 이상 소식을 들을 수 없는 것은 물론이었다. 이들에게 무슨 일이 일어났는지 알 만한 실마리도 없었다. 더러 죽지 않고 살아 있는 사람도 있겠지만 윈스턴이 개인적으로 아는 사람 가운데 스르르 사라져버린 사람이 그의 부모 말고도 30명은 되었다.

윈스턴은 종이 집게로 코를 톡톡 쳤다. 맞은편에 앉은 틸로슨은 여전히 구술기록기에 대고 비밀 얘기를 하듯 몸을 잔뜩 웅크리고 있었다. 그는 잠시 머리를 들고 안경 너머 적의에 찬 눈빛으로 다시금 쏘아봤다. 윈스턴은 틸로슨이 자기와 똑같은 일을 하지 않을까 생각했다. 그럴 만했다. 이처럼 교묘한 일을 한 사람에게 맡길 리 없었다. 그렇다고 위원회에 맡기는 것은 날조 행위를 공개적으로 인정하는 것이나 마찬가지였다. 지금 열두어 명이 빅 브라더의 연설을 고치는 일에 투입되어 서로 경쟁하고 있을 것이다. 그리고 내부당의 지도급 인물이 그중 적당한 원고를 골라 다듬은 다음 복잡한 참조 과정을 거쳐 영구 기록으로 남길 것이고, 결국 그들이 꾸민 거짓말은 진실이 될 것이다.

윈스턴은 위더스가 왜 숙청되었는지 모른다. 어쩌면 부정부패를 저질렀거나 어떤 일을 제대로 처리하지 못했기 때문인지도 모른다. 아니면 그를 좋아하는 사람들이 많다는 것을 빅 브라더가 눈치채고 제거했는지 모른다. 또 어쩌면 위더스나 그 지지파들이 이단 혐의를 받았는지도 모른다. 그러나 가장 가능성이 큰 것은 단지 권력을 유지하기 위해서라는 것이다. 숙청이나 증발은 권력을 유지하기 위해 꼭 필요한 수단이기 때문이다. 위더스가 이미 죽었다고 할 만한 유일한 단서는 '무인 언급'이라는 말이다. 체포된 것만으로는 이말을 쓰지 않는다. 때로는 처형되기 1, 2년 전에 석방해 자유를 주기도 한다. 드물기는 하지만 오래전에 이미 죽은 줄 알았던 사람이 유령처럼 공개재판에 나타나 피고석에서 수백 명을 연루자로 얽어넣고 영영 자취를 감추기도 한다. 그러나 위더스는 이미 '무인'이다. 그는 더 이상 존재하지 않고, 과거에 존재한 적도 없다는 뜻이다. 윈스턴은 빅 브라더의 연설 내용을 바꾸는 것만으로 부족하다고 판단했다. 원래 주제와 완전히 다른 내용으로 처리하는 것이 좋을 듯했다.

연설문을 반역자나 사상범에 대한 비난으로 바꾸자니 너무 뻔해 보였다. 그렇다고 어떤 전선에서 승리했다거나 제9차 3개년 계획을 초과 달성했다고 조작하자니 너무 복잡해질 염려가 있었다. 완벽하게 조작할 필요가 있었다. 그때 문득 대기하고 있었던 듯 오길비 동무가 떠올랐다. 최근 전선에서 영웅적으로 활약하다가 전사한 사람이었다. 빅 브라더는 일일 명령에서 초라한 하급 당원이지만 본받을 만한 일생을 보내고 죽은 동무의 명복을 빌어주어야 한다고 힘주어 말하곤 했다. 윈스턴은 오늘 오길비 동무의 명복을 빌어주어야겠다고 생각했다. 사실 그는 가상 인물이지만 글 몇 줄과 위조 사진 두어 장이면 순식간에 그를 실존 인물로 만들 수 있었다.

윈스턴은 잠시 생각한 다음 구술기록기를 당겨 빅 브라더와 비슷한 말투로 불러주었다. 빅 브라더의 군대식 말투는 현학적이고 스스로 묻고 대답하는 식(예를 들어 '동무들, 우리는 이 사건으로부터 어떤 교훈을 얻을 수 있는가? 영사의 기본 강령 중 하나인 그 교훈은 곧……' 하는 식이다)이어서 흉내 내기 쉬웠다.

오길비 동무는 세 살에 이미 북과 장난감 기관총과 모조 헬리콥터 말고 다른 것에는 아예 관심도 없었다. 당의 특별대우로 규정 나이보다 1년 빠른 여섯 살에 스파이단에 입단했다. 아홉 살에 단장이 되었고 열한 살에 숙부의 대화를 엿듣고 불순한 말이 튀어나왔다며 사상경찰에 고발했다. 열일곱 살에 '청년반성동맹'의 지역 조직책이 되었고, 열아홉 살에 수류탄을 개발했다. 평화부는 그가 개발한 수류탄을 채택했는데, 첫 실험에서 단 한 발로 유라시아 포로 31명을 죽였다. 그리고 그는 스물세 살에 전사했다. 기밀문서를 가지고 헬리콥터로 인도양을 건너가다가 적의 제트기에 피격되었는데, 기관총으로 몸의 중량을 늘려 기밀문서를 품고 바닷속으로 뛰어들었다. 빅 브라더는 오길비야말로 영예로운 최후를 맞이했다고 칭찬하면서 그는 누구보다 순수하고 성실한 삶을 살았다고 덧붙였다. 그는 금주 금연은 물론 오락도 즐기지 않았다. 기껏해야 하루 한 시간 체육관에서 운동한 것이 다였다. 그리고 결혼을 해서 가정을 꾸리다 보면 하루 24시간 내내 당에 헌신할 수 없다며 평생 독신을 선언했다. 그는 '영사'의 강령에 대한 이야기밖에 하지 않았고, 삶의 유일한 목표는 유라시아 군대를 모조리 격퇴하고, 스파이, 태업자, 사상범, 반역자를 하나도 남김없이 처단하는 것이었다.

윈스턴은 오길비 동무에게 특별 훈장을 줄까 망설였지만, 그러려면 일일이 대조해야 하기 때문에 그만두기로 했다.

그는 다시 한번 맞은편에 앉은 자신의 경쟁자를 쳐다보았다. 틸로슨이 자신과 똑같은 일에 열중하고 있다는 생각이 들었다. 누구의 원고가 채택될지는 모르지만 윈스턴은 자신의 원고가 뽑힐 거라고 확신했다. 한 시간 전만 해도 상상 속 인물이었던 오길비 동무가 이제 실존 인물이 되었다. 살아 있는 사람은 그렇게 할 수 없어도 죽은 사람은 그렇게 할 수 있다는 사실에 그는 적잖이 놀랐다. 존재한 적도 없는 오길비 동무가 이제 과거에 존재하게 되었다. 날조했다는 사실조차 잊어버리면 오길비는 샤를마뉴 대제나 율리우스 카이사르처럼 확실한 증거를 가지고 명백한 실존 인물이 되는 것이다.

5

지하 깊은 곳에 있는 천장 낮은 식당에서 사람들이 점심을 먹으려고 줄을 서 있었다. 줄은 천천히 움직였다. 식당은 벌써 사람들로 북적거렸고 귀가 아플 정도로 시끄러웠다. 창구에는 김이 모락모락 나는 시큼한 스튜가 끓고 있었다. 승리주 냄새가 더욱 코를 찔렀다. 식당 한쪽 벽을 뚫어 만든 작은 판매대에서 술 한 잔을 10센트에 팔았다.

"그렇게 찾아다녔는데 여기 있었군."

윈스턴 뒤에서 누군가 말했다.

윈스턴이 돌아보니 조사국에서 일하는 친구 사임이었다. 엄밀히 말해 '친구'라고 할 수는 없을 것이다. 오늘날 친구는 없고 동무만 있으니 말이다. 그러나 동무 중에서도 좀더 친한 동무가 있게 마련이었다. 언어학자인 사임은 신어 전문가였다. 지금은 신어사전 제11판을 편집하는 막강한 편집위원회 일원이었다. 검은 머리의 그는 윈스턴보다 몸집이 작았다. 툭 튀어나온 커다란 눈은 슬퍼 보이기도 하고 상대를 비웃는 듯한 인상을 풍기기도 했다. 그는 얘기할 때 상대의 얼굴을 뚫어지게 쳐다보는 버릇이 있었다.

"자네한테 면도날 좀 있나 해서 말이야."

사임이 말했다.

"아니, 하나도 없어! 나도 사방으로 알아봤는데 못 구하겠더라고."

윈스턴은 잘못이라도 저지른 듯 대답했다.

사람들은 친한 사람을 만나면 으레 면도날 좀 있냐고 물었다. 사실 윈스턴은 새 면도날 2개를 가지고 있었다. 지난 몇 달 동안 면도날을 구하기가 몹시 힘들었다. 때때로 당원 전용 상점에 생필품이 떨어질 때가 있었다. 단추나 털실, 구두끈이 떨어질 때도 있었는데 지금은 면도날이 똑 떨어진 것이다. 그는 면도날을 '자유시장'에서 몰래 겨우 구했다.

"나는 지금 6주째 면도날 하나로 버티고 있네."

윈스턴은 거짓말을 했다.

줄이 조금 앞으로 나가다 멈추자 그는 사임을 향해 돌아섰다. 두 사람은 배식 창구 끝에 있는 선반에서 가져온 기름기 묻은 쇠 쟁반을 들고 있었다.

"어제 포로들 교수하는 거 봤나?"

사임이 물었다.

"일하느라 못 봤어. 영화로 보면 되지, 뭐."

윈스턴은 관심 없다는 투로 말했다.

"영화로 보는 거랑 달라."

사임이 말했다.

그는 비웃는 듯한 눈빛으로 윈스턴의 얼굴을 훑었다. 그 눈은 마치 '널 알고 있단 말이지. 네 속을 훤히 꿰뚫고 있다고. 포로들 교수형을 보러 왜 안 갔는지 나는 알고 있지'라고 말하는 듯했다. 사임은 사상적으로 열성적인 정통파였다. 그는 불만스러운 척하면서도 헬리콥터가 적의 마을을 공격했다든가, 사상범의 재판과 자백, 애정부 감방에서 처형되었다는 얘기를 통쾌하다는 듯이 신나게 떠들어댔다. 그와 얘기할 때는 화제를 딴 데로 돌리는 것이 나았다. 가능한 그의 전문이자 좋아하는 신어에 관심 있는 것처럼 얘기해야 했다. 윈스턴은 쏘아보는 듯한 그의 시선을 피하려고 고개를 살짝 돌렸다.

"멋진 교수형이었어. 발을 안 묶었더라면 좋았을 텐데. 발버둥치는 모습을 보고 싶었거든. 아무튼 마지막에 혓바닥을 쑥 빼무는 건 봤지. 아주 새파랗더군. 그 장면이 너무너무 인상적이었어."

사임이 다시 떠올린 듯 말했다.

"다음 분."

하얀 앞치마를 두른 종업원이 국자를 들고 소리쳤다.

윈스턴과 사임이 쟁반을 배식대로 내밀었다. 두 사람의 쟁반에 규정 식단이 올려졌다. 쇠 접시에 담은 거무스름한 스튜, 빵 하나, 치즈 한 조각, 우유를 타지 않은 승리 커피 한 잔, 사카린 한 덩이였다.

"텔레스크린 아래로 가세. 진도 한 잔 사고."

사임이 말했다.

종업원이 손잡이 없는 원통형 잔에 진을 따라 주었다. 둘은 사람들을 헤치고 나가 자리 잡은 철제 식탁에 쟁반을 내려놓았다. 식탁 한쪽에 누가 흘렸는지 스튜 국물이 떨어져 있었다. 보는 것만으로 구역질이 날 정도로 더러웠다. 윈스턴은 숨을 한 번 들이쉬더니 단숨에 진을 들이켰다. 메스꺼운 듯하면서 눈물이 찔끔 나왔다. 허기진 그는 스튜를 퍼먹기 시작했다. 걸쭉한 스튜에 해면처럼 흐물흐물한 분홍색 건더기가 들어 있었다. 고기랍시고 넣은 모양이었다. 두 사람은 식사하는 내내 한마디도 하지 않았다. 윈스턴 왼쪽 식탁에서 누군가 속사포처럼 떠들어대고 있었다. 오리가 꽥꽥거리는 듯한 그 목소리는 식당의 웅성거림을 압도했다.

"사전은 잘되고 있나?"

윈스턴이 큰 소리로 말했다.

"그럭저럭. 난 형용사를 맡았는데 아주 재밌어."

사임은 신어 얘기가 나오자 금세 표정이 밝아졌다.

그는 스튜 접시를 옆으로 밀어놓더니 가느다란 두 손에 각각 빵과 치즈를 든 채 잘 들리도록 상체를 앞으로 쑥 내밀고 말했다.

"제11판이 최종판이지. 마지막 정리 단계인데 작업이 끝나면 다른 언어는 쓰지 않아도 돼. 자네 같은 사람들은 처음부터 다시 배워야 할 거야. 자네는 우리의 주요 업무가 새로운 언어를 창조하는 것이라고 생각하겠지만 천만에! 우리는 하루에 수십 내지 수백 개 단어를 없애고 있다네. 뼈만 남기고 살을 다 발라내는 셈이지. 제11판에는 2050년 이전에 없어질 말은 단 하나도 수록되지 않네."

사임은 배가 고팠는지 빵을 덥석 베어 물고 두어 번 씹더니 꿀꺽 삼켰다. 그러고는 현학적인 단어들을 늘어놓으며 열띤 목소리로 말했다. 마르고 가무스름한 얼굴에 생기가 돌았고, 비웃는 듯한 눈빛은 어느새 꿈을 꾸는 듯 반짝거렸다.

"단어를 없앤다는 건 정말이지 멋진 일이야. 물론 버려야 할 단어는 동사와 형용사가 더 많지만 명사도 수백 개는 되지. 동의어뿐 아니라 반대말도 없애야 해. 도대체 그저 다른 말의 반대말이라는 게 무슨 필요가 있겠나? 하나의 단어는 그 자체로 반대말의 의미를 표현할 수 있지. 예를 들어 '좋다'의 반대말로 철자도 다른 '나쁘다'는 말이 굳이 필요할까? '안 좋다'고 하면 되지. 철자도 비슷하고 오히려 더 정확하지. '좋다'는 것을 더 강조할 때도 '훌륭하다'느니 '멋있다'느니 이런 말들이 필요하냐고? '더 좋다'로 충분하지. 더욱 강조하고 싶으면 '더욱더 좋다'고 하면 되고. 물론 이런 단어를 쓰고 있기는 하지만 신어사전 최종판에는 '좋다'는 단어 하나만 수록될 거야. 결국 '좋다', '나쁘다'는 개념의 단어는 6개인데, 실제로는 하나로 다 표현할 수 있는 거지. 멋지지 않나, 윈스턴? 물론 이것은 빅 브라더가 처음 생각해낸 거라네."

사임은 이제 막 생각난 듯 빅 브라더 이야기를 덧붙였다. 그때 윈스턴 얼굴에 시들한 표정이 스쳤으나 사임은 윈스턴이 신어에 관심 없는 것으로 여기고 말았다.

사임은 맥 빠진 표정으로 말했다.

"윈스턴, 자네는 신어의 진가를 잘 모르는군. 자네는 구어를 생각하면서 신어를 쓰지. 〈타임스〉에 실린 자네 기사를 자주 읽어봤는데 잘 쓰기는 했지만 번역일 뿐이야. 자네는 막연하고 쓸데없는 의미가 내포되어 있는 구어에 집착하고 있어. 어휘를 추리는 작업이 얼마나 멋진 일인지 자네는 모르는 것 같군. 전 세계에서 매년 어휘가 줄어드는 언어는 신어뿐일 거야."

물론 윈스턴은 알고 있었다. 그는 대꾸하지는 않았지만 동조한다는 듯 슬쩍 웃었다. 사임은 거무스름한 빵을 한 입 뜯어 씹고는 계속 말했다.

"신어의 목적이 사고의 범위를 좁히는 것이라는 사실을 알고 있나? 마침내 우리는 사상죄를 아예 저지르지 못하게 되는 거야. 그것을 표현할 말이 없을 테니 말이야. 필요한 개념은 단어 하나로만 표현되고, 정확한 정의 말고 다른 뜻은 모두 없어지지. 제11판은 그것을 중점으로 만들고 있네. 그러나 이런 과정은 자네나 내가 죽은 뒤에도 계속될 거야. 해마다 어휘가 줄어들고 그럴수록 의식의 폭도 좁아지겠지. 물론 지금도 사상죄에 이유나 구실을 갖다 붙일 수는 없지. 그것은 그저 자기 훈련이 부족했거나 현실제어를 못 했기 때문이니까. 그러나 결국 그럴 필요조차 없게 돼. 신어가 완성될 때 비로소 혁명이 완수되는 것이지. 신어가 '영사'이고 '영사'가 신어가 되는 거지."

사임은 만족해하며 덧붙였다.

"적어도 2050년까지 지금 우리가 사용하는 말을 이해하는 사람이 한 명이라도 남아 있겠나?"

"글쎄……."

윈스턴은 머뭇거리다가 입을 다물었다.

그는 '노동자계급을 제외하고는'이라는 말이 혀끝까지 나왔으나 이단적인 비정통주의 발언인 듯싶어 그만두었다. 그러나 사임은 윈스턴이 무슨 말을 하려다 말았는지 알아챘다.

"노동자계급은 인간이 아닐세."

사임이 거리낌 없이 말했다.

"2050년까지, 아마 그 전이 되겠지만 구어가 완전히 사라질 거야. 과거의 문학작품도 모두 없어지겠지. 초서, 셰익스피어, 밀턴, 바이런, 이런 작가들의 작품은 신어로 번역된 것만 남을 거네. 단어만 바뀌는 정도가 아니라 전혀 다른 의미로 해석될 거라는 말이지. 당의 문학도 예외가 아니야. 슬로건도 바뀔 거고. 자유라는 개념이 없어졌는데 '자유는 속박'이라는 슬로건이 있을 수 있겠나? 사상적 분위기도 완전히 달라질 걸세. 지금 우리가 알고 있는 사상도 존재하지 않을 거야. 정통주의는 의식적으로 생각하는 것이 아니야. 생각할 필요도 없는 것, 즉 무의식적인 것이지."

머잖아 사임은 증발할 것이다. 윈스턴은 문득 이런 확신이 들었다. 그는 너무나 지적이고, 너무 명백하게 관찰하고, 너무 명확하게 말한다. 당은 이런 부류의 인간을 좋아하지 않는다. 언젠가 그는 자취를 감출 것이다. 그의 얼굴에 그렇게 씌어 있었다.

윈스턴은 빵과 치즈를 남김없이 먹었다. 그는 조금 비스듬히 앉아 커피를 마셨다. 왼쪽 식탁에 앉은 목소리 큰 사내가 여전히 시끄럽게 떠들고 있었다. 윈스턴에게 등을 돌리고 앉은 젊은 여자는 그의 비서인 모양이었다. 그녀는 그의 말에 주의를 기울이며 다 옳은 말이라는 듯 연신 고개를 끄덕였다. 중간 중간 "선생님 말이 옳아요. 저도 같은 생각이에요."라는 말이 들렸다. 순진하고 어수룩한 목소리였다. 여자가 비위를 맞추는 동안에도 남자는 쉬지 않고 지껄였다. 윈스턴은 얼굴을 본 적은 있지만 이 남자가 창작국의 높은 자리에 있다는 것 말고 아는 것이 없었다. 서른 살쯤 된 남자는 목이 굵고 입이 컸으며 변덕맞은 인상이었다. 머리를 조금 뒤로 젖힌 데다 비스듬히 앉아 있어서 안경에 빛이 반사되어 윈스턴 쪽에서는 그의 눈은 안 보이고 허연 유리알만 2개 보였다. 게다가 청산유수처럼 쏟아내는 그의 말을 거의 한 마디도 알아들을 수 없어서 음산하게 느껴졌다. 인쇄기로 찍어내듯 쏟아져 나오는 그의 말 중에 얼핏 '골드스타인주의 완전 제거'라는 말이 윈스턴의 귀에 들렸다. 나머지는 꼭 오리가 꽥꽥거리는 소리 같았다. 윈스턴은 남자의 말을 제대로 알아들을 수는 없었지만 무슨 말을 하고 있는지는 알 것 같았다. 그는 골드스타인을 비난하거나 사상범과 태업자를 좀더 강력하게 다뤄야 한다고 역설하고 있을 것이다. 유라시아 군대의 잔인한 공격에 울분을 터뜨리거나, 빅 브라더와 말라바 전선의 영웅을 찬양하고 있을 것이다. 어쨌든 모두 마찬가지였다. 무슨 말이든 한 마디 한 마디가 순수 정통파요 순수한 '영사'라는 것을 말해주었다. 윈스턴은 턱이 위아래로 부산히 움직이는 눈 없는 얼굴을 쳐다보다가 남자가 진짜 사람이 아니라 허수아비 아닌가 하는 생각이 들었다. 말하고 있는 것은 남자의 얼굴이 아니라 목구멍이다. 그의 말은 단어로 구성되어 있지만 진정한 의미에서 말이 아니다. 그저 꽥꽥거리는 오리 울음소리처럼 무의식적으로 내뱉는 소음일 뿐이다.

잠시 잠잠해진 사임은 숟가락 손잡이 부위로 식탁에 떨어진 스튜 국물을 찍어 그림을 그리고 있었다. 옆 식탁의 남자는 주위가 시끄러운 것도 신경 쓰지 않고 여전히 꽥꽥거렸다.

사임이 다시 입을 열었다.

"신어에 이런 말이 있네. 자네도 아는지 모르겠는데 '오리말'이라고 말이야. '오리처럼 꽥꽥거린다'는 뜻이지. 이건 정반대되는 두 가지 의미가 내포된 재미있는 말이야. 적에게 말할 때는 '비난'의 뜻이고, 우리 편에게 말할 때는 '칭찬'의 뜻이 되지."

윈스턴은 다시 한번 사임이 증발할 거라고 생각했다. 그는 사임이 자기를 경멸한다는 것을 알고 있었다. 따라서 사소한 꼬투리만 잡으면 자기를 사상범으로 몰아세우고도 남을 인물이었다. 그러나 윈스턴은 사임이 증발할 거라고 생각하니 슬펐다. 사임한테는 부족한 것이 하나 있었다. 그는 절제할 줄을 몰랐다. 적당히 관심을 끊

거나 적당히 어리숙하게 굴 줄을 몰랐던 것이다. 그렇다고 비정통
주의자도 아니었다. 외부당원들이 미처 입수하지 못한 최근 보도까
지 찾아낼 만큼 열성적인 그는 '영사'의 강령을 신봉하고 빅 브라더
를 숭배하며, 승전 소식에 기뻐하고 이단자를 뼛속까지 증오했다.
그런데도 좋지 않은 평판을 받았다. 그는 굳이 안 해도 될 말을 지
껄였고, 책도 지나치게 많이 읽었다. 미술가나 음악가들의 단골 체
스닛트리 카페에도 자주 드나들었다. 성문으로든 불문으로든 체스
닛트리 카페의 출입을 금하는 규정은 없지만 왠지 불길한 곳이었
다. 당으로부터 외면당한 나이 든 지도자들이 숙청당하기 전에 자
주 모이는 곳이 바로 이 카페였다. 십수 년 전 골드스타인도 이 카
페에 가끔 나타났다고 한다. 사임의 운명을 예측하기란 어렵지 않
았다. 그러나 단 몇 초라도 윈스턴이 무슨 생각을 하고 있는지 알아
챘다면 그는 당장 사상경찰에 고발할 것이다. 다른 사람도 그러겠
지만 사임이야말로 그 누구보다 확실했다. 어쨌든 열성만으로는 부
족하다. 정통성이란 무의식이니까.

"파슨스가 오는군."

사임이 앞을 보며 말했다.

그의 말에는 '저 지독한 얼간이'라는 욕설이 생략되어 있었다. 승
리동에서 윈스턴 옆집에 사는 파슨스가 정말 사람들을 헤치며 다가
오고 있었다. 중키에 몸집이 통통하고 금발인 파슨스는 얼굴이 개
구리처럼 생겼다. 서른다섯 살인데 벌써 목살과 허릿살이 두툼했

다. 하지만 동작이 민첩하고 소년같이 활기가 넘쳤다. 전체적인 분위기가 마치 몸집만 큰 어린아이 같았다. 정복을 입고 있었지만 푸른색 바지에 회색 셔츠를 입고 빨강 머플러를 두른 스파이단이 떠올랐다. 그를 생각하면 바지 무릎이 봉긋 나오고 소매를 두툼한 팔뚝까지 걷어 올린 모습이 맨 먼저 떠오른다. 사실 파슨스는 단체행군 같은 육체적인 활동을 할 때마다 그 핑계로 반바지를 입었다.

파슨스는 두 사람에게 "여보게들!"이라고 쾌활하게 인사하고 땀 냄새를 풍기며 의자에 털썩 앉았다. 불그레한 그의 얼굴에서 땀이 줄줄 흘러내렸다. 그는 땀을 지독히도 많이 흘렸다. 공회당에서 탁구를 칠 때마다 탁구채 손잡이가 축축할 지경이었다. 사임은 손가락에 볼펜을 끼고 종이쪽지에 빼곡히 적힌 긴 글을 읽고 있었다.

"점심시간에도 일하는 것 좀 보게."

파슨스가 팔꿈치로 윈스턴을 툭 치면서 말했다.

"열심인데? 도대체 뭘 하는 거야? 보나 마나 나 같은 사람한테는 골치 아픈 일이겠지. 스미스, 자네를 찾고 있었어. 나한테 기부금을 안 줬잖나."

"무슨 기부금?"

그러면서 윈스턴은 돈을 찾아 주머니를 더듬었다. 매달 월급의 4분의 1을 의연금으로 내놓아야 하는데 기부금이 하도 많아서 일일이 다 기억하기 힘들었다.

"증오주간을 위한 거 말이야. 집집마다 내는 거 있잖아. 내가 우리 구역 수금을 맡았어. 지금 온 힘을 다하고 있는데 굉장한 전시효과를 거두게 될 거야. 유서 깊은 승리동이 다른 곳보다 깃발을 더 많이 달지 못하더라도 내 잘못이 아니야. 자네는 2달러 내겠다고 했지?"

윈스턴이 주머니에서 꼬깃꼬깃하고 손때 묻은 지폐 두 장을 꺼내주자 파슨스는 어리석은 사람들이 으레 그러듯 작은 수첩에 일일이 적었다.

"그런데 어제 우리 집 아이가 자네한테 고무총을 쐈다며? 내가 따끔하게 혼내줬네. 한 번만 더 그러면 고무총을 뺏어버리겠다고 했어."

파슨스가 말했다.

"처형장 구경을 못 가서 심술이 났던 모양이더군."

윈스턴이 말했다.

"그래, 정신은 좋아. 둘 다 말썽쟁이라서 그렇지 똑똑하거든. 그 녀석들 머릿속은 온통 스파이하고 전쟁뿐이지. 지난 토요일에 우리 딸아이가 대원들하고 버크햄스테드로 행군을 갔을 때 무슨 사고를 쳤는지 아나? 다른 여자애 둘을 데리고 대열에서 슬쩍 빠져나와 오후 내내 수상한 사람을 뒤쫓아 다녔다는 거야. 딸아이가 하는 말이 2시간이나 그 사람을 쫓아 숲속까지 들어갔다가 애머샴에서 경찰에 넘겼대."

"무엇 때문에 그랬다던가?"

윈스턴이 주춤하더니 물었다.

파슨스가 의기양양하게 말했다.

"그자가 적의 정보원이라고 믿은 거지. 낙하산으로 침투했다고 말이야. 그런데 중요한 건 바로 이거야. 우리 딸아이가 첫눈에 뭘 보고 수상하게 여겼겠나? 그 사람이 이상한 구두를 신고 있었다는 거야. 그런 신발을 한 번도 본 적이 없으니 외국인이라고 생각한 거지. 일곱 살짜리치고 똑똑하지 않나?"

"그래서 그 사람은 어떻게 됐나?"

윈스턴이 물었다.

"그건 모르지. 하지만 이렇게 됐더라도 놀랄 일이 아니지."

파슨스는 총을 겨누는 시늉을 하며 입으로 총소리를 냈다.

"좋아."

사임은 종이쪽지에서 눈을 떼지 않고 말했다.

"물론 놀랄 일이 아니지."

윈스턴이 말했다.

"내가 말하고 싶은 건 전쟁이 계속되고 있다는 거야."

파슨스의 이 말을 확인이라도 하듯 갑자기 그들 위 텔레스크린에서 나팔 소리가 울렸다. 그러나 승전 소식이 아니라 풍요부의 공고였다.

"동무들!"

젊은이의 힘찬 목소리였다.

"동무들, 주목하십시오! 영광스러운 소식입니다. 우리가 생산 전선에서 승리했습니다. 방금 완성된 각종 소비재 생산 통계에 의하면 생활수준이 작년 대비 최저 20퍼센트 이상 향상되었습니다. 오늘 아침 오세아니아 전역에 걸쳐 열정적이고 자발적인 집회가 있었습니다. 공장과 직장에서 노동자들이 쏟아져 나와 깃발을 흔들고 행진하면서 뛰어난 지도력으로 새롭고 행복한 삶을 선사해주신 빅 브라더에게 감사한다고 목청껏 외쳤습니다. 완성된 통계를 보면 식량은……."

'새롭고 행복한 삶'이라는 말이 여러 번 나왔다. 이것은 풍요부가 근래 들어 자주 쓰는 말이었다. 나팔 소리에 정신을 빼앗겼던 파슨스는 지루해하면서도 귀를 기울였다. 그는 통계 수치를 제대로 이해하지는 못했지만 만족스러운 것이라고 생각했다.

파슨스는 크고 구질구질한 파이프를 꺼냈다. 파이프에는 까맣게 탄 담배가 반쯤 차 있었다. 일주일에 1백 그램씩 배급되는 담배로는 파이프를 가득 채울 수 없었다. 윈스턴은 승리연을 꺼내 똑바로 들고 조심스럽게 피웠다. 내일 새 담배가 배급되는데 지금 남은 것은 네 개비뿐이었다. 그는 잠시 텔레스크린에 귀를 기울였다. 초콜릿 배급량을 일주일에 20그램 늘린 것에 대해 빅 브라더에게 감사하는 집회도 있었던 모양이다. 그런데 바로 어제 초콜릿 배급량을 일주일에 20그램으로 '줄인다'고 발표하지 않았던가? 24시간 만에 그것을 잊어버릴 수 있을까? 그렇다. 그들은 잊어버린 것이다. 파슨스는 짐승처럼 머리가 아둔해서 쉽게 잊어버렸다. 옆 식탁의 눈 없는 사내도 지난주에 초콜릿 배급량이 30그램이었다고 말하는 사람은 누구든 당장 색출해 증발시켜버리겠다는 듯 열의에 가득 차 그 사실을 잊어버렸다. 사임 역시 복잡한 이중사고로 그것을 잊었다. 그러면 윈스턴만 그것을 기억하고 있는 것일까?

스크린에서 얼토당토않은 통계 수치들이 계속 흘러나왔다. 작년에 비해 식량, 의복, 집, 가구, 식기, 연료, 배, 헬리콥터, 책, 유아까지 모든 것이 늘어났다는 것이다. 줄어든 것은 질병과 범죄, 정신병뿐이었다. 매년 매시간 사람과 물건이 빠른 속도로 늘어나고 있었다. 윈스턴은 조금 전 사임이 그랬던 것처럼 숟가락을 들고 식탁에 떨어진 허연 국물을 찍어 기다란 줄을 그었다. 그는 실제 생활수준을 생각하니 화가 치밀었다. 전에도 늘 이랬던가? 음식 맛이 이랬던가? 그는 식당을 둘러보았다. 사람들이 우글거리는 천장 낮은 식당, 수많은 사람들의 손때가 묻어 거무죽죽한 벽, 찌그러진 철제 식탁과 의자, 그마저도 너무 다닥다닥 붙어 있어 앉으면 팔꿈치가 서로 부딪쳤다. 숟가락은 휘어지고, 쟁반은 죄 찌그러져 있었다. 엉성하게 만든 보안 잔은 금이 간 틈새마다 기름때가 끼어 있었다. 싸구려 술과 커피에서는 희한한 냄새가 났다. 스튜에서는 쇳내가 났고, 이런저런 냄새가 뒤섞인 더러운 옷가지에서는 시큼한 악취가 풍겼다. 마땅히 가져야 하는 것을 가지지 못한 위장과 피부는 좀처럼 적응하지 못했다. 그렇다면 예전에는 이렇지 않았을까? 그렇지도 않다. 그가 똑똑히 기억하건대 언제나 먹을 것이 부족했고, 양말과 속옷은 해지다 못해 구멍투성이였으며, 가구는 깨지고, 난방이 되지 않아 방은 늘 추웠다. 지하철은 만원이었고, 집 한쪽은 무너져 내렸고, 빵은 거무스름했고, 홍차는 귀해서 보기도 힘들었고, 멀건 커피는 맛이 없었으며, 담배도 늘 부족했다. 합성주 말고는 도무지 싼 것도 풍족한 것도 없었다. 몸은 늙어가게 마련이고, 그래서 점차 건강이 나빠지는 것이 자연의 이치 때문만은 아니었다. 불안, 불결, 궁핍, 끊임없는 겨울 추위, 구멍 난 양말, 꿈쩍도 하지 않는 승강기, 차디찬 물, 까끌까끌한 비누, 푸석푸석한 담배, 지독히 맛없는 음식, 이런 것들로 병들어 가는 것이 과연 자연의 이치인가? 옛날이 어땠는지도 기억 못 하면서 사람들은 왜 참을 수 없다고 느끼는 걸까?

윈스턴은 다시 한번 식당을 둘러보았다. 추한 몰골들뿐이었다. 푸른색 제복을 입지 않았더라도 마찬가지였다. 딱정벌레처럼 생긴 자그마한 사내가 구석에 혼자 앉아 불안한 눈빛으로 두리번거리면서 커피를 마시고 있었다. 이런 몰골들을 보지 않았다면 윈스턴은 대부분의 사람들이 당에서 말하는 이상적인 신체 조건을 가진 줄 알았을 거라고 생각했다. 청년은 키가 크고 근육이 발달했으며, 젊은 여자들은 금발에 명랑하고, 피부는 적당히 그을려 건강미 넘치며, 풍만한 가슴을 가졌다고 말이다. 그러나 그가 아는 한 제1공대 국민 대부분이 자그마하고 피부가 칙칙했으며 제대로 먹지 못해 몰골이 형편없었다. 이것이 현실이었다. 어떻게 정부 기관에는 딱정벌레처럼 생긴 사람들이 늘어나는지 알 수가 없었다. 젊을 때부터 이미 몸이 퍼져 땅딸막한 체구, 다리는 짧지만 행동은 잽싸고, 가느스름한 눈에 무표정하고 통통한 얼굴……. 당의 지배 체제에서는 이런 사람들이 출세하는 듯했다.

풍요부의 방송이 나팔 소리로 끝나고 징을 울리는 것 같은 음악이 흘러나왔다. 파슨스는 엄청난 통계 수치에 감격했는지 물고 있던 파이프를 떼더니 말했다.

"올해 풍요부가 멋지게 해냈군."

그는 잘 안다는 듯이 고개를 끄덕이며 말했다.

"그건 그렇고 스미스, 자네 면도날 좀 있으면 빌려주겠나?"

"하나도 없네. 6주째 하나로 버티고 있어."

윈스턴이 대답했다.

"그래? 혹시나 해서 물어본 거야."

"미안하네."

윈스턴이 말했다.

옆 식탁의 그 오리 소리는 풍요부가 방송할 때는 입을 다물고 있더니 방송이 끝나자마자 다시 떠들어대기 시작했다. 윈스턴은 문득 머리카락이 성글고 얼굴 주름살에 때가 긴 파슨스 부인이 떠올랐다. 2년 안에 그 자식들이 제 어미를 사상경찰에 고발할 것이다. 그러면 파슨스 부인은 증발할 것이다. 사임도 증발할 것이다. 오브라이언도, 윈스턴도 증발할 것이다. 그러나 파슨스는 무사할 것이다.

오리 소리를 내는 저 눈 없는 사내도 증발하지 않을 것이다. 정부 기관의 미로 같은 복도를 재빠르게 뛰어다니는 딱정벌레 같은 조그만 사내들도 살아남을 것이다. 그리고 저 창작국의 검은 머리 여자도 증발하지 않을 것이다. 윈스턴은 뚜렷한 기준은 없지만 누가 살아남고 누가 없어질지 직감으로 알 듯했다.

그때 윈스턴은 공상에서 퍼뜩 깨어났다. 옆 식탁에 앉아 있던 여자가 몸을 조금 돌려 그를 쳐다봤던 것이다. 바로 검은 머리 여자였다. 그녀는 매서운 눈빛으로 곁눈질을 하다가 윈스턴과 눈이 마주치자 재빨리 다른 곳을 보았다.

윈스턴의 등줄기에서 식은땀이 흘러내렸다. 공포의 전율이 온몸을 스쳤다. 이내 사라지기는 했지만 한 줄기 불안감이 여전히 남아 있었다. 그녀가 왜 그를 쳐다보았을까? 왜 그의 뒤를 쫓고 있는 것일까? 윈스턴은 자기가 이 식탁에 앉기 전에 그녀가 먼저 와 있었는지 아니면 자기가 온 다음에 왔는지 기억나지 않았다. 하지만 어제도 '2분간 증오' 때 별 이유 없이 그녀가 바로 뒤에 앉아 있었다. 그녀의 목적은 분명 그의 말을 귀 기울이며 크게 소리치는지 알아보려는 것이었다.

윈스턴은 지난번에 그녀가 사상경찰의 정보원일지도 모른다고 생각했던 일이 떠올랐다. 그보다는 가장 조심해야 할 비공식 첩보원일 가능성이 컸다. 그녀가 자기를 얼마나 오래 쳐다봤는지는 모르겠지만 한 5분쯤 됐을 것이고, 그동안 자신의 표정이 흐트러졌는지도 모른다. 공공장소나 텔레스크린의 시야가 미치는 곳에서 상념에 잠기는 것은 아주 위험한 짓이다. 사소한 표정 하나로 속마음을 들킬 수 있기 때문이다. 얼굴을 씰룩거리거나 자기도 모르게 불안한 표정을 짓는다거나, 혼자 중얼거리는 것도 안 된다. 조금이라도 남달라 보여서는 안 된다. 불만스러운 표정을 짓는(예를 들어 승전 보도를 못 믿겠다는 표정 따위) 것만으로 처벌감이었다. 그 모든 것이 신어로 말하면 '표정죄'에 해당했다.

그녀는 다시 등을 돌렸다. 사실 그를 쫓아다닌 것이 아닌지도 모른다. 어제오늘 우연히 그의 가까이 있었던 것이 아닐까? 윈스턴은 담뱃불이 꺼지자 식탁 가장자리에 조심스럽게 놓았다. 누가 집어가지 않으면 일을 끝내고 꽁초를 마저 태울 수 있다. 옆 식탁에 앉은 사람이 사상경찰의 정보원이고, 그래서 자기를 한 사흘 동안 애정부의 감방에 처넣을지도 모르지만 그렇다고 담배꽁초를 버려서는 안 된다. 사임은 종이쪽지를 접어 주머니에 넣었다. 파슨스는 다시 떠들어대기 시작했다.

"내가 말했던가?"

파슨스가 파이프를 만지작거리며 낄낄거렸다.

"우리 집 애들이 늙은 여자가 빅 브라더의 포스터로 소시지를 싸서 들고 가는 것을 보고 그 여자 뒤로 살금살금 가서 치맛자락에 불을 놨다지 뭔가. 엄청 뜨거웠을 거야. 쪼끄만 녀석들이 제법이지 않나? 어쩜 그렇게 독한지. 요즘에는 이런 식으로 스파이 단원을 훈련하거든. 우리 때보다 낫더라고. 요즘 그 애들한테 지급하는 게 뭔지 아나? 열쇠 구멍으로 방 안 소리를 엿들을 수 있는 나팔 귀라네. 얼마 전 밤에 딸아이가 집으로 가져와서 우리 방을 엿들어보고는 귀를 갖다 대는 것보다 2배는 더 잘 들린다더군. 물론 장난감이지만 말이야. 그렇지만 아이디어가 기발하지 않나?"

그때 텔레스크린에서 찢어질 듯한 호루라기 소리가 들렸다. 일을 시작하라는 신호였다. 세 사람은 벌떡 일어나 승강기로 몰려가는 사람들 틈에 끼었다. 그 바람에 윈스턴의 담배꽁초가 부스러졌다.

6

윈스턴은 일기를 썼다.

3년 전 어둑어둑한 저녁때였다. 큰 기차역 부근 골목길에서 그녀는 불 꺼진 가로등 아래 문 앞에 서 있었다. 짙은 화장을 한 젊은 여자였다. 껍데기를 씌운 듯 허연 분을 덕지덕지 바르고 입술에 새빨간 립스틱을 칠한 것이 아주 매력적이었다. 거리에는 아무도, 텔레스크린도 없었다. 그녀는 2달러를 불렀다. 나는…….

윈스턴은 더 이상 쓰지 못했다. 그는 눈을 감고 계속 떠오르는 그 장면들을 지워버리려는 듯 손으로 눈을 눌렀다. 마음껏 욕을 퍼붓고 싶었다. 머리로 벽을 치고 책상을 발로 차고 잉크병을 집어 창문을 향해 힘껏 던지고 싶었다. 포악한 짓을 하든 소리를 지르든 무슨 짓을 해서라도 괴로운 기억들을 지우고 싶었다.

그는 '가장 무서운 적은 바로 내 신경조직'이라고 생각했다. 긴장 감은 언제고 드러나게 마련이었다. 그는 몇 주 전 길에서 본 남자가 떠올랐다. 평범한 당원인 듯한 그 남자는 키가 크고 마른 체형이었다. 서른다섯 살에서 마흔 살 사이로 보이는 그는 작은 가방을 들고 있었다. 몇 미터쯤 다가왔을 때 그 사람의 왼쪽 뺨에 경련이 일어나면서 얼굴이 일그러졌다. 두 사람이 스쳐 지나갈 때 또 한 번 경련이 일어났다. 카메라 셔터가 찰칵하는 것과 같은 찰나에 일어난 경련이었는데 습관인 모양이었다. 윈스턴은 그가 참 불쌍하다는 생각을 했다. 더구나 자기도 모르게 그러니 더 안된 일이었다. 그러나 가장 위험한 것은 잠꼬대였다. 그건 도저히 어떻게 해볼 도리가 없었다.

윈스턴은 숨을 몰아쉬고 다시 써 내려갔다.

나는 그 여자와 함께 문 앞을 지나 뒤뜰을 통해 지하실 부엌으로 들어갔다. 벽 쪽으로 침대가 놓여 있었고, 탁자에 놓인 등잔의 짧은 심지가 희미한 불빛을 비추고 있었다. 그녀는…….

윈스턴은 이를 악물었다. 침을 뱉고 싶었다. 지하실 부엌에서 그 여자와 함께 있자니 아내 캐서린이 생각났다. 윈스턴은 이미 결혼한 사람이었다. 그의 아내가 죽지 않고 살아 있는 한 그는 기혼자였다. 지하실 부엌에는 빈대가 득시글거렸고, 퀴퀴한 옷 냄새와 싸구려 화장품 냄새에 숨이 막힐 지경이었다. 하지만 마음은 들떴다. 여성 당원들은 화장품을 쓰지 않았고, 그럴 생각조차 하지 않았다. 화장품을 쓰는 것은 노동자계급뿐이었다. 어쨌든 그 냄새가 그의 성욕을 자극했다.

여자와 잠자리를 하는 게 2년여 만이었다. 물론 창녀들과 관계를 맺는 것은 금지되어 있지만 마음만 먹으면 충분히 어길 수 있었다. 생사가 걸린 범죄는 아니기 때문이다. 창녀와 관계를 맺은 사실이 발각되면 다른 죄가 없는 한 5년 동안 강제노동수용소에서 생활하는 것 말고 다른 형을 받지 않는다. 그러니 들키지 않게 해볼 만했다. 빈민가에는 몸을 파는 여자들이 많았다. 진 한 병이면 여자를 살 수 있었다. 노동자들은 이 술을 맛볼 수 없기 때문이다. 당은 억제할 수 없는 본능의 분출구로 암암리에 매춘을 장려했다. 단순한 음행, 즉 쾌락을 추구하지 않는 한 하층 계급과 은밀히 관계를 맺는 것은 그리 큰 문제가 되지 않았다. 하지만 당원 간의 풍기 문란은 용납하지 않았다. 이것은 대숙청 때마다 예외 없이 자백하는 죄 중 하나였다. 그러나 실제로 이런 일이 일어나기는 어려웠다.

남녀 사이의 애정을 미리 통제하는 것이 당의 진짜 목적은 아니었다. 숨겨진 진짜 목적은 모든 성적 쾌락을 사전에 차단하는 것이었다. 결혼한 부부든 아니든 모든 도색 행위가 금지되었다. 당원끼리 결혼하는 것도 담당 위원회의 승인을 얻어야 한다. 뚜렷한 원칙이 있는 것은 아니지만 결혼할 남녀가 성적으로 서로 끌렸다는 낌새가 보이면 결혼을 허가하지 않는다. 결혼의 목적으로 인정하는 것은 단 하나, 당에 봉사할 아이를 낳는 것뿐이다. 성교는 관장(灌腸)과 같이 역겨운 짓으로 취급했다. 이런 성적 관념을 대놓고 가르치지는 않았지만 당원들이 어릴 때부터 간접적으로 주입했다. 그래서 청년반성동맹과 같은 단체가 생겨나 남자든 여자든 독신으로 살면서 금욕적인 생활을 하도록 권장했다. 아이들은 모두 인공수정(신어로 '인수'라고 한다)으로 낳고 공공시설에서 키웠다. 윈스턴은 이런 풍조를 심각하게 받아들이지는 않았지만 당의 이념에 딱 들어맞는다고 생각했다. 당은 성적인 본능을 애초에 없애려 했고, 그럴 수 없다면 본질을 왜곡하거나 더러운 행위로 규정해버렸다. 윈스턴은 왜 그렇게 하는지는 잘 모르지만 그럴 수도 있다고 생각했다. 아무튼 여자들에 관한 한 당의 노력은 어느 정도 성공했다.

그는 다시 캐서린을 생각했다. 그들이 헤어진 지 9년인가 10년, 아니 11년째 접어들 것이다. 그동안 그녀를 거의 생각하지 않은 것이 이상했다. 어떤 때는 한동안 자신이 결혼했다는 사실조차 잊고 지낼 때도 있었다. 두 사람은 겨우 15개월 정도 같이 살았다. 당은 이혼을 허락하지 않았지만 아이가 없을 경우 오히려 따로 사는 것을 권했다.

캐서린은 키가 크고 날씬하며 금발에 우아한 여자였다. 이목구비가 뚜렷하고 독수리상이어서 속내를 알기 전에는 누구나 고상한 여자라고 말했다. 그는 결혼 초기부터 그녀가 누구보다 어리석고 경박하고 머리가 텅 빈 여자라는 것을 알았다. 조금 모자라는 정도가 아니라 머릿속에는 당의 슬로건밖에 들어 있지 않았고 당이 주입하는 대로 무조건 받아들였다. 그는 혼자 속으로 그녀를 '인간 녹음기'라고 불렀다. 하지만 그 모든 것을 떠나 성적인 문제만 없었더라도 어떻게든 같이 살았을 것이다.

그가 손만 대도 아내는 몸을 움츠리고 경직되었다. 그녀를 안으면 꼭 나무토막을 껴안는 기분이었다. 이상하게도 아내가 그를 안을 때조차 그를 밀어내는 듯한 기분이 들었다. 근육이 단단해서 그런 듯했다. 그녀는 그저 눈을 감은 채 반항도 협조도 하지 않고 마음대로 하라는 듯 누워 있었다. 윈스턴은 그때마다 몹시 당황했다. 그러다 나중에는 섬뜩하고 무서운 생각이 들었다. 하지만 그렇더라도 부부관계 없이 지내기로 합의했다면 계속 함께 살았을 것이다. 그러나 놀랍게도 이를 거부한 것은 캐서린이었다. 그녀는 툭하면 아기를 가져야 한다고 고집을 부렸다. 그래서 일주일에 한 번씩 정해진 날 관계를 맺었다. 그날 아침이면 그녀는 저녁에 할 일을 잊지 말라고 일깨워주었다. 아내는 그 일에 두 가지 이름을 붙였다. 하나는 '아이 만드는 일'이고, 또 하나는 '당을 위한 의무'(아내는 대개 이 말을 썼다)였다. 그러나 그 일을 치러야 하는 날이 가까워질수록 윈스턴은 두려웠다. 다행히 아이가 생기지 않자 그 짓을 그만하자는 데 그녀도 찬성했다. 그리고 얼마 뒤 둘은 헤어졌다. 윈스턴은 조용히 한숨을 내쉬고 다시 펜을 들었다.

여자는 침대에 몸을 던지고 더없이 천박하고 거칠게 치마를 올렸다. 나는……

그는 빈대와 싸구려 화장품 냄새가 진동하는 희미한 등잔불 밑에서 당의 최면에 걸려 굳어버린 캐서린의 하얀 몸뚱이를 생각하며 패배감과 분노에 사로잡혀 우두커니 서 있는 자신을 상상해보았다. 왜 항상 이래야 하는 것일까? 몇 년에 한 번씩 이런 지저분한 씨름을 할 것이 아니라 내 여자를 가지면 안 되는 것일까? 그러나 순수한 의미의 정사는 거의 불가능했다. 여성 당원들은 모두 하나같이 순결은 당에 대한 충성심의 상징이라는 인식이 깊이 뿌리 박혀 있었다. 그것은 어릴 때부터 철저하게 훈련한 결과였다. 운동과 냉수욕을 하고, 학교와 스파이단, 청년동맹에서 주입하는 쓰레기 같은 말들과 강의, 행진, 노래와 슬로건, 행진곡, 이런 것들로 인간의 자연스런 감정들이 모두 파괴되었다. 윈스턴은 머리로는 예외도 있을 거라고 생각했지만 마음속으로는 믿지 않았다. 그들은 당의 요구대로 완고했다. 그리고 그가 사랑보다 더 원하는 것은 일생에 단 한 번만이라도 그 도덕적 장벽을 부숴보는 것이었다. 쾌락을 위한 성

행위는 반역이다. 성욕은 사상죄에 속한다. 그가 운 좋게 캐서린을 일깨워 그런 행위를 했다 하더라도 자기 아내를 유혹한 죄를 짓는 것이었다.

어쨌든 그는 다음 이야기를 써 내려갔다.

나는 등잔 심지를 돋웠다. 불빛에 비친 그녀를 보니······.

어둠 속이어서 그런지 희미한 파라핀 등불이나마 꽤 환해 보였다. 윈스턴은 비로소 여자를 제대로 보았다. 그녀에게 한 걸음 다가가던 그는 멈칫했다. 욕망과 동시에 공포가 엄습했던 것이다. 여기에 들어온 것 자체가 얼마나 위험한 일인가를 생각하니 무서웠다. 문밖으로 나가자마자 경찰에 붙잡힐지도 몰랐다. 어쩌면 지금도 그놈들이 문밖에서 기다리고 있는지도 모를 일이었다. 하지만 아무 짓도 하지 않고 그냥 나갈 거라면 뭐하러 여기에 들어왔겠는가?

계속 써야 한다. 고백해야 한다. 그가 불빛 아래에서 본 그녀는 몹시 늙은 여자였다. 화장이 너무 두꺼워서 마분지로 만든 가면처럼 쩍쩍 갈라질 것 같았다. 희끗희끗 새치도 있었지만 더 무서운 것은 동굴처럼 시커먼 입속이었다. 그녀는 이가 하나도 없었다.

그는 빠르게 휘갈겨 썼다.

불빛 아래에서 보니 족히 쉰 살은 된 듯한 늙은 여자였다. 그러나 나는 그런 것에 개의치 않고 그 일을 해치웠다.

그는 또다시 손가락으로 눈을 꾹꾹 눌렀다. 마침내 다 쓰기는 했지만 쓰나 안 쓰나 달라진 것이 없었다. 이런 처방은 별 효과가 없었다. 갑자기 욕설을 퍼붓고 싶은 충동이 솟구쳤다.

7

윈스턴은 이렇게 썼다.

희망이 있다면 그것은 노동자계급뿐이다.

희망이 있다면 그것은 노동자계급뿐이다. 오세아니아 인구의 85퍼센트를 차지하는 이 우글거리는 억압받는 대중만이 당을 분쇄할 힘을 모을 수 있기 때문이다. 당은 내부적으로 전복될 수 없는 구조였다. 당 내에 적이 있다 해도 그들은 모일 수도 없고 서로 누구인지도 알 수 없다. 떠도는 소문대로 형제단이 실제로 있다 해도 두어 명 이상 모이기 힘들 것이다. 눈짓, 말투, 귓속말도 반역으로 몰아붙였다. 그러나 노동자계급은 자신의 힘을 의식하기만 하면 애써 모의할 필요조차 없다. 그냥 모두 함께 들고일어나 말이 파리를 쫓듯 몸을 흔들기만 하면 된다. 마음만 먹으면 내일 아침에라도 당장 당을 산산이 부숴버릴 수 있다. 곧 그들에게 그런 마음이 생겨야 한다. 그러나 아직은…….

윈스턴은 언젠가 수많은 사람들이 모인 거리를 지날 때가 떠올랐다. 여자 수백 명이 내지르는 커다란 함성이 길 저쪽에서 터져 나오자 그는 얼른 그쪽으로 달려갔다. 엄청난 분노와 절망의 외침, 종소리가 메아리치듯 "우-우-우!" 하고 가슴속 깊은 곳에서 솟아나는 울부짖음에 그의 심장이 터질 듯 두근거렸다. 그는 "시작이다!"라고 중얼거렸다. 폭동이다! 마침내 노동자들이 쇠사슬을 끊은 것이다! 소리 나는 곳으로 달려가자 여자 2, 3백 명이 마치 침몰하는 배에 탄 승객들처럼 비통한 얼굴로 한 상점 앞에서 소리를 지르고 있었다. 그러나 절망에 찬 여자들은 일순간 서로 악다구니를 치고 있었다. 상점에서 양은 냄비를 팔고 있었던 모양이었다. 아주 얇고 허접한 것이었지만 어떤 종류든 식기를 구하기 어려웠는데 마침 냄비를 팔고 있었으니 그럴 만도 했다. 운 좋게 산 여자들은 냄비를 가지고 사람들 틈을 빠져나가려고 애썼다. 미처 못 산 여자들 수십 명은 아는 사람에게만 팔았다느니, 있으면서 내놓지 않는다느니 하며 주인에게 욕을 퍼부었다. 그들은 또다시 아우성을 쳤다. 억척스럽고 사나운 여자 둘이 냄비 하나를 서로 가지려고 몸싸움을 했다. 한 여자는 머리카락이 마구 헝클어져 있었다. 한동안 서로 잡아당기고 밀치고 하더니 결국 손잡이가 떨어져 나가고 말았다. 윈스턴은 인상을 찌푸리며 두 여자를 바라보았다. 욕지기가 나올 것 같았다. 그러나 '수백 명의 외침이 놀랄 만큼 대단하다!'는 생각이 들었다. 이들은 왜 좀더 중요한 일에 울부짖지 않는 것인가? 그는 이렇게 썼다.

그들은 의식이 깨어나기 전에는 절대 반란을 일으키지 않을 것이다. 또한 반란을 일으킬 때까지 그들의 의식은 깨어나지 못할 것이다.

이 구절은 당의 교과서에도 나오는 말인 것 같았다. 물론 당은 노동자들을 해방했다고 주장했다. 혁명이 일어나기 전에 노동자들은 자본가들 밑에서 학대를 받으며 굶주림 속에서 혹사당했고, 여자들은 탄광에서 강제노동을 했으며(여자들은 여전히 탄광에서 일하고 있다) 아이들은 여섯 살 때부터 공장에 팔려갔다고 했다. 그러나 당은 노동자들이란 천성적으로 열등 인간이기 때문에 이중사고의 원리를 적용한 몇 가지 규율로 통제하며 짐승처럼 굴복시켜야 한다고 주장했다. 실제로 노동자들이 어떤 사람들인지 알려진 게 거의 없었다. 많이 알 필요도 없었다. 그들이 일하고 아이를 낳는 것 말고 다른 것은 중요하지 않았다. 마치 아르헨티나의 초원에 놓아먹이는 소처럼 그들은 선조들이 했던 대로 자신들에게 맞는 생활양식을 찾을 것이다. 빈민가에서 태어나고 자란 그들은 열두 살 때부터 일한다. 아름답게 꽃피는 시기를 잠깐 지나고, 성욕이 왕성한 스무 살에 결혼하고, 서른 살에 중년이 되고, 거의 예순 살에 죽는다. 육체적인 노동을 하고, 집안 살림과 아이들을 걱정하고, 종종 이웃집과 소소한 일로 다투고, 영화, 축구, 맥주, 도박에 탐닉하며 세월을 보낸다. 이들을 지배하기는 그리 어렵지 않았다. 사상경찰의 정보원 몇 명이 그들 속에 숨어들어 유언비어를 퍼트리고, 위험하다고 생각되는 이들을 눈여겨보다가 없애버리면 된다. 그들에게 당의 이념을 가르칠 필요도 없다. 노동자들의 정치의식이 강해져서 좋을 것이 없기 때문이다. 당이 원하는 것은 노동 시간을 늘리거나 배급량을 줄일 때 등 필요할 때마다 자연스럽게 호응을 이끌어낼 수 있는 원초적인 애국심뿐이다. 그들은 불만이 있어도 사상이 없기 때문에 그것을 어떻게 풀어야 할지 모른다. 그래서 아무 상관도 없는 곳에 대고 말썽을 피운다. 결국 그들은 자기도 모르게 큰 죄를 짓는 것이다. 노동자계급의 집에는 텔레스크린이 없다. 경찰도 그들을 거의 신경쓰지 않는다. 런던은 온갖 범죄의 온상이다. 도둑, 강도, 깡패, 매춘부, 뜨내기, 약장수, 공갈범들이 곳곳에 득시글거린다. 그러나 이런 범죄들 모두 노동자계급이 저지르는 것이기 때문에 별 문제 삼지 않는다. 노동자들은 모든 도덕적인 사항을 관례에 따라 행한다. 당이 강요하는 청교도적인 성관계도 그들하고는 상관없는 일이다. 간통도 처벌되지 않고 이혼도 허용된다. 노동자들이 필요하다거나 원했다면 종교의 자유까지 허용했을 것이다. '노동자와 동물은 자유'라는 당의 슬로건 대로 그들은 어떤 의심도 사지 않는다.

원스턴은 팔을 뻗어 발뒤꿈치의 정맥류궤양 부위를 살살 긁었다. 또다시 가렵기 시작한 것이다. 혁명 전의 생활이 실제로 어땠는지 알 수 없어 무척 답답했다. 그는 파슨스 부인한테 빌려온 어린이 역사 교과서를 서랍에서 꺼내 일부를 옮겨 적었다.

옛날 영광스러운 혁명이 일어나기 전 런던은 오늘날 우리가 살고 있는 아름다운 도시가 아니었다. 어둡고 더럽고 가난한 도시였다. 거의 모든 사람들이 굶주림에 허덕였고, 신발도 신지 못했으며, 잠잘 방도 마땅찮아 밖에서 잠을 청했다. 당시 여러분과 비슷한 또래 소년들은 가혹한 주인 밑에서 하루 12시간씩 일해야 했고, 느릿느릿하면 채찍으로 맞기도 했다. 그러고도 주는 건 썩은 빵 조각과 물뿐이었다. 그러나 이 엄청난 빈곤 속에서도 굉장히 크고 멋진 집들이 몇 채 있었는데 거기에는 시중드는 하인들을 30명이나 거느린 부자들이 살고 있었다. 이 부자들을 자본가라고 불렀다. 이들은 옆 페이지 그림에서 보듯이 악독하고 심술궂게 생겼으며 대체로 뚱뚱했다. 그림처럼 그들은 프록코트라고 부르는 긴 검정 코트를 입었고, 난로 연통처럼 괴상하게 생긴 번쩍거리는 모자를 썼다. 이것은 자본가들의 제복이었다. 다른 사람들은 이런 차림을 할 수 없었다. 자본가들한테는 없는 게 없었고 다른 사람들은 모두 자본가의 노예였다. 그들은 모든 땅과 집, 공장과 돈을 독차지했다. 누구든 그들에게 반항하면 감옥에 갇히거나 일자리를 빼앗겨 굶어 죽기도 했다. 보통 사람이 자본가에게 말을 걸려면 모자를 벗고 몸을 움츠리고 굽실거리며 '나리'라고 불러야 했다. 자본가의 우두머리를 왕이라 불렀고…….

윈스턴은 보지 않아도 다음 이야기를 알 수 있었다. 무명 소매가 달린 옷을 입은 주교들, 하얀 담비 털로 만든 제복을 입은 법관들, 죄인들에게 씌우는 칼과 족쇄, 발로 돌리는 수레바퀴, 9개의 끈이 달린 채찍, 시장의 연회, 그리고 교황의 발등에 입맞춤하는 관습에 대해 설명해놓았을 것이다. 어린이 교과서에 적합하지 않은 '초야권(初夜權)'도 언급되어 있었다. 이것은 자본가들이 자기 공장의 모든 여공들과 동침할 권리를 갖는다는 법률적인 용어였다.

이런 설명 중 무엇이 진실이고 또 무엇이 거짓인지 알 수 없었다. 오늘날의 평민들이 혁명 전보다 훨씬 나은 삶을 살고 있다는 말이 사실인지도 모른다. 그렇지 않다는 증거라고는 깊숙이 숨겨진 말 없는 외침, 지금 생활이 견딜 수 없다거나 옛날에는 분명 지금과 달랐다는 막연한 느낌뿐이었다. 현대 생활의 가장 뚜렷한 특징은 잔인성이나 불안전성이 아니라 적나라함, 추함, 무관심이라는 사실에 윈스턴은 놀랐다. 주위 사람들을 보라. 그들의 생활이 텔레스크린이 쏟아내는 거짓말은 물론 당의 이상과 비슷한 점이 조금이라도 있는가? 심지어 당원들의 생활조차 대부분 중립적이고 비정치적이었다. 하루도 빠짐없이 똑같은 일을 지겹도록 하고, 지하철에서는 서로 자리를 차지하려고 안달이고, 구멍 난 양말을 기워 신고, 사카린을 얻으러 다니고, 담배꽁초를 모아두었다.

당은 더 크고 빛나는 이상을 내세웠다. 바로 강철과 콘크리트로 만든 세상, 굉장한 기계와 무시무시한 무기가 지배하는 세상이었다. 그 세상에서 모두 한마음 한뜻으로 전진하며, 똑같은 생각을 하고 똑같은 슬로건을 외치며, 끊임없이 일하고 싸우고 승리하며, 이단자를 억압하는 나라. 3억 인구가 똑같은 표정을 짓는, 전사와 광신자의 나라. 그러나 현실은 황폐하고 더러운 도시일 뿐이었다. 거리에는 영양실조에 걸린 사람들이 구멍 난 구두를 신고 배회했고, 19세기 때 지은 집에서 밤낮으로 양배추 끓이는 냄새와 오물 냄새가 나는 그런 도시였다. 윈스턴이 바라보는 런던은 쓰레기통 1백만 개로 이루어진 드넓은 폐허였다. 그 속에 주름투성이 얼굴에 성긴 머리칼의 꾀죄죄한 파슨스 부인이 막힌 배수관을 뚫으려고 애쓰는 모습도 있었다.

윈스턴은 다시 손을 뻗어 발목을 긁었다. 텔레스크린은 하루 종일 직직거리며 오늘날의 국민들은 50년 전보다 더 많은 식량과 옷, 더 좋은 집과 오락을 누리고 있으며, 더 오래 살고, 덜 일하고, 체구가 더 크고, 더 건강하고, 더 행복하고, 더 교양 있고, 더 좋은 교육을 받고 있다며 그 증거로 통계 수치들을 들먹였다. 귀가 따가울 정도로 늘어놓는 통계 수치는 증명된 것이 단 하나도 없고, 또 그것에 대해 이의를 제기하는 사람도 없다. 예를 들어 당은 현재 성인 노동자의 45퍼센트가 글을 읽고 쓸 줄 아는 데 비해 혁명 전에는 15퍼센트밖에 되지 않았다고 주장했다. 유아 사망률이 지금은 1천 명당 160명인데 혁명 전에는 3백 명이었다고 했다. 이것은 마치 미지수가 2개인 등식과 같다. 역사책의 모든 기록이나 그것을 의심 없이 받아들이는 것 둘 다 순전히 환상인지도 몰랐다. 그는 초야권, 자본가, 연통 모양의 톱햇은 없었을 것이라고 생각했다.

모든 것이 오리무중이었다. 과거는 말소되었고 말소되었다는 사실도 잊혀졌다. 그렇게 해서 허위가 진실이 되어버렸다. 그가 살아오면서 날조했다는 구체적이고 명백한 증거를 손에 쥔 적이 딱 한 번 있었다(그 사건 뒤였다). 그는 30초쯤 그 증거물을 손에 꼭 쥐고 있었다. 1973년이었던가, 아내 캐서린과 헤어질 무렵이었다. 실제로 사건이 일어난 날짜는 그로부터 7, 8년 전이었다.

1960년대 중반 혁명 지도자들이 한꺼번에 밀려난 대숙청으로 말미암아 1970년에는 초창기 지도자들 중 빅 브라더 말고 살아남은 사람이 거의 없었다. 당시 모든 지도자들은 반역자이자 반동분자라는 모함에 빠졌다. 가까스로 도망친 골드스타인은 아무도 모르는 곳에 숨었고, 몇몇은 쥐도 새도 모르게 사라졌다. 대부분은 공개재판에서 스스로 죄를 자백하고 참혹하게 처형되었다. 끝까지 살아남은 존스, 아론슨, 러더포드 세 사람이 체포된 것은 1965년 무렵이었다. 흔히 그렇듯 이들은 1년여 동안 죽었는지 살았는지도 몰랐는데, 어느 날 갑자기 나타나 자신들의 죄를 자백했다. 그들은 적(당시에도 적은 유라시아였다)과 내통했고, 공금을 횡령했으며, 충성스러운 당원 여러 명을 살해했고, 혁명이 일어나기 오래전부터 빅 브라더의 권력을 전복할 모의를 꾸몄으며, 수천 명을 죽음으로 몰아넣은 태업을 주도했다고 고백했다. 그 후 세 사람은 풀려났다. 그들은 한직이었지만 듣기에는 꽤 그럴듯한 자리에 복직되었다. 그들은 어떻게 해서 자신들이 그런 잘못을 저지르게 되었는지 원인을 분석하고 다시는 그런 짓을 저지르지 않겠다고 구구하고 긴 글을 써서 〈타임스〉에 기고했다.

그들이 석방되고 얼마 지나지 않아 윈스턴은 체스닛트리 카페에서 세 사람을 보았다. 그는 호기심이 생겨 그들을 곁눈질로 관찰했다. 윈스턴보다 나이가 훨씬 많은 그들은 지난 시대의 유물이자 혁명 초기 당의 영웅적 지도자 중 마지막 남은 거물들이었다. 그들은 비밀 투쟁과 내전에 참여한 사람 특유의 카리스마가 조금은 남아 있었다. 당시 그들에 관한 여러 사건과 날짜까지 거의 잊혀졌지만 윈스턴은 빅 브라더를 알기 몇 년 전부터 그들의 명성을 알고 있었다는 사실이 어렴풋이 떠올랐다. 그러나 그들은 범죄자요 적이며, 가까이 다가가서는 안 되는 사람들이었다. 그들은 1, 2년 안에 세상에서 완전히 사라질 사람들이었다. 일단 사상경찰의 손아귀에 들어간 사람은 누구든 죽음을 피할 수 없었다. 그들은 무덤으로 실려가기를 기다리는 시체와 같았다.

사람들은 그들이 앉은 탁자 가까이 가지 않았다. 이런 사람들과 가까이 앉아 있는 것 자체가 어리석은 짓이었기 때문이다. 그들은 이 카페에서 특별히 만든 정향이 나는 진이 담긴 잔을 앞에 놓고 말 없이 앉아 있었다. 가장 눈에 띄는 사람은 러더포드였다. 유명한 풍자 만화가였던 그는 격렬한 그림으로 혁명 이전부터 시작하여 혁명

기간에 대중을 선동하는 데 큰 공을 세웠다. 그때도 가끔 그의 만화가 〈타임스〉에 실리곤 했다. 그러나 그것은 옛날 그림을 답습한 것이었고, 생동감이나 선동하는 힘이 없었다. 빈민굴과 굶어 죽는 아이들, 시가전, 실크 톱햇을 쓴 자본가(바리케이드 앞에서도 그들은 꿋꿋이 톱햇을 쓰고 있었다) 등 옛날 주제들을 다시 끄집어내 끊임없이 과거로 돌아가려고 애썼다. 머릿기름을 발라 번지르르하고 뻣뻣한 그의 회색 머리카락은 마치 말갈기 같았고, 주름이 가득하고 자루처럼 축 늘어진 얼굴에 입이 툭 튀어나와 마치 괴물 같았다. 한때는 굉장히 건장한 체격이었던 것 같았다. 그러나 커다란 몸집은 늘어지고, 부풀고, 뭉그러지고 있었다.

한산한 15시였다. 윈스턴은 어쩌다 그 카페에 들어가게 되었는지 기억나지 않았다. 홀은 거의 텅 비어 있었고, 텔레스크린에서 양철 두드리는 듯한 음악이 흘러나왔다. 세 사람은 구석 자리에서 거의 움직이지 않고 묵묵히 앉아 있었다. 주문하지 않았는데 웨이터가 진 세 잔을 새로 가져왔다. 그들 옆 탁자에는 체스판에 말까지 놓여 있었지만 아무도 손대지 않았다. 그때 30초나 될까, 텔레스크린에서 갑자기 다른 연주곡이 튀어나왔다. 너무 독특해서 뭐라고 설명할 수 없는 음악이었다. 뭔가 깨지는 소리 같기도 하고, 당나귀 울음 같기도 하고, 야유 소리 같기도 했다. 윈스턴 귀에는 꽤 선정적으로 들렸다. 그러더니 노래가 흘러나왔다.

우거진 밤나무 아래

내 그대를 팔고 그대는 나를 팔았네.

그들은 누웠네. 여기 우리도 누웠네.

우거진 밤나무 아래

여전히 세 사람은 미동조차 없었다. 그러나 윈스턴이 러더포드의 늙은 얼굴을 흘깃 보니 그의 눈에 눈물이 그렁그렁했다. 윈스턴은 아론슨과 러더포드의 축 처진 모습을 보고 왠지 모를 전율을 느꼈다.

얼마 후 세 사람은 다시 체포됐다. 그들은 석방된 직후부터 새로운 모의를 계획한 것으로 밝혀졌고, 두 번째 재판에서 옛날 죄를 다시 자백하는가 하면 새로운 죄를 털어놓았다. 그들은 처형되었고, 후세에 경고하는 뜻에서 그들의 최후가 당사에 기록되었다. 그 후 5년이 지난 1973년 윈스턴은 압축 전송관에서 책상으로 떨어진 문서 뭉치를 펴다가 종이쪽지 하나를 발견했다. 다른 문서에 끼여 있다가 예기치 않게 들어온 것이 분명했다. 그는 종이를 펴보고 나서 바로 중요한 것임을 알아챘다. 그것은 반쯤 찢겨나간 10년 전(날짜가 박힌 위쪽이 남아 있었다) 〈타임스〉였다. 거기에는 뉴욕에서 열린 당의 행사에 참석한 대표들 사진이 실려 있었는데, 그중 존스와 아론슨, 러더포드가 있었다. 잘못 볼 리도 없었고, 사진 아래 설명글에도 그들의 이름이 있었다.

문제는 두 번의 재판에서 세 사람이 그때 당시 유라시아 땅에 있었다고 자백했다는 사실이었다. 그들은 캐나다의 비밀 비행장에서 출발해 시베리아 어딘가에서 유라시아 군 참모들을 만나 군사기밀을 누설했다고 자백했다. 그날이 성 요한 축일(6월 24일—옮긴이)이었기 때문에 윈스턴은 똑똑히 기억하고 있었다. 다른 모든 문서에도 그렇게 기록되어 있을 것이다. 따라서 그들이 거짓을 자백했다는 한 가지 결론이 나왔다.

물론 이 자체가 새로운 발견은 아니었다. 그 당시에도 윈스턴은 숙청되어 사라진 사람들이 진짜 범죄를 저질렀다고 생각하지 않았다. 그러나 이것은 확실하고 구체적인 증거였다. 마치 엉뚱한 지층에서 발굴되는 바람에 기존의 지리학설을 뒤집는 화석처럼 깊숙이 파묻힌 과거의 단편이었던 것이다. 어떻게든 이것을 세상에 알려서 중요하다는 사실이 부각되면 당은 분명 와르르 무너질 것이다.

사진이 무엇을 의미하는지 알아챈 윈스턴은 계속 일을 하면서 다른 종이로 그것을 가렸다. 다행히 그가 종이를 펴볼 때 텔레스크린을 등지고 있었다.

그는 노트를 무릎에 올려놓고 의자를 뒤로 밀어 텔레스크린에서 되도록 멀리 떨어졌다. 무표정한 얼굴도 어렵지 않았고 숨소리도 안정된 상태로 고를 수 있었다. 그러나 가슴이 방망이질 치는 것은 어쩔 도리가 없었다. 신기하게도 텔레스크린은 이런 것을 너무나 잘 잡아냈다. 한 10분쯤 작업하는 내내 윈스턴은 갑자기 바람이 불어 종이가 날아가면 발각되지 않을까 하고 속으로 몹시 애를 태웠다. 그러다 사진을 다시 펴보지도 않고 다른 종이와 함께 기억통에 던져버렸다. 그것은 1분도 안 되어 재로 변했을 것이다.

그것이 10년, 아니 11년 전 일이었다. 지금 같으면 그 사진을 갖고 있을 것이다. 한낱 기억에 지나지 않는데도 손가락으로 그걸 집어봤다는 사실이나 사진과 기록된 사건이 지금까지 중요하게 느껴진다는 것이 놀라웠다. 그는 '새로운 증거가 나타났다고 해서 과거에 대한 당의 통제력이 약화될까?'라고 생각했다.

그러나 잿더미에서 그 사진이 다시 살아난다 해도 지금은 증거가 될 수 없을 것이다. 그가 사진을 발견했을 당시에는 오세아니아의 전쟁 상대국이 유라시아가 아니었으므로 그 세 사람이 정보를 팔아먹은 나라는 유라시아가 아닐 것이다. 그 후로 두 차례인지 세 차례인지 기억나지는 않지만 몇 차례 변화가 있었다. 그때마다 그들의 자백서는 원래 사건이나 날짜는 조금도 개의치 않고 다시 수정되었다. 과거는 한 번 위조되고 끝나는 것이 아니라 계속 위조될 것이다. 악몽처럼 그를 괴롭히는 것은 왜 이렇게 대대적으로 협잡을 꾸미는지 명확한 이유를 알 수 없다는 점이었다. 과거 조작의 이점은 분명 있지만 궁극적인 동기는 수수께끼였다. 윈스턴은 다시 펜을 들었다.

나는 '어떻게 하는지'는 안다. 그러나 '왜 그러는지'는 모른다.

그는 전에도 그랬듯이 자신이 미친 것은 아닐까 하는 생각이 들었다. 단지 소수자를 '미친 사람'이라고 말하는 것인지도 모른다. 옛날에는 지구가 태양 주위를 돈다고 믿으면 미친 사람 취급을 받았다. 지금은 과거가 변하지 않는 것이라고 믿으면 미친 사람이다. 윈스턴 혼자만 그렇게 믿고 있다면 그는 미친 사람이라고 할 수 있었다. 그러나 그는 자신이 미쳤는지도 모른다는 생각 때문에 두려운 것이 아니었다. 정작 두려운 것은 자신의 믿음이 잘못된 것인지도 모른다는 의구심이 든다는 사실이었다.

윈스턴은 어린이 역사 교과서를 들어 첫머리에 실린 빅 브라더의 사진을 보았다. 그의 눈이 최면을 걸듯 쏘아보고 있었다. 마치 어떤 거대한 힘이 자신의 두개골을 뚫고 들어와 머릿속을 두들기면서 신념을 위협하고 압박해 스스로 확신하는 것들을 부정하도록 만드는 것 같았다. 당은 '2+2=5'라고 발표하고는 모든 사람들이 그것을 믿도록 만들 것이다. 머잖아 틀림없이 그런 주장을 할 것이다. 그들의 상황이 그것을 요구하기 때문이었다. 직접 경험해보고 얻은 타당한 가치나 외적 현실마저 그들의 철학으로 교묘하게 부정할 것이다. 이치에 반하는 이론이 정상으로 취급되고 있다. 무서운 것은 다른 의견을 가진 사람들을 죽이는 것이 아니라 그들이 옳을지도 모른다고 생각하는 것이었다. 도대체 '2+2=4'라는 것을 어떻게 아는가? 중력이 작용한다는 것을 어떻게 아는가? 과거는 변할 수 없다는 것은 또 어떻게 알 수 있는가? 과거와 현실 세계가 오직 정신 속에만 있고, 그 정신을 조종할 수 있다면 어떻게 되는가?

그래서는 안 된다! 윈스턴은 갑자기 용기가 솟구쳤다. 문득 아무 관련도 없는 오브라이언의 얼굴이 떠올랐다. 그는 오브라이언이 자기편이라는 것을 전보다 더욱 확신했다. 그는 오브라이언을 위해, 오브라이언에게 일기를 쓰고 있었다. 일기는 아무도 읽지 않겠지만 한 사람에게 보내는 편지 같은 것이었다.

당은 눈으로 보고 귀로 들은 증거를 거부하라고 명령했다. 이것이 그들의 가장 궁극적이고 본질적인 명령이었다. 윈스턴은 당의 지식인들이 그가 대답하기는커녕 이해하기도 힘든 문제를 가지고 논쟁을 벌이면 자신이 쉽게 굴복할 수도 있다는 생각이 들었다. 그는 거대한 힘이 자신을 가로막고 있는 듯해 무력감이 들었다. 그러나 그의 믿음은 옳다. 당이 틀렸고 그가 옳다. 명백하고 순수한 진실은 보호해야 한다. 명백한 것은 진실이므로 끝까지 지켜야 한다. 세상은 견고하고 세상의 이치는 변하지 않는다. 돌은 단단하고, 물은 축축하고, 공중에 던진 물체는 지구로 떨어진다. 그는 오브라이언에게 말하듯, 그리고 명백한 이치를 분명하게 밝히듯 다시 글을 썼다.

자유란 '2+2=4'라고 말할 수 있는 것이다. 그 자유가 허락된다면 다른 모든 것은 따라오게 마련이다.

길가 어딘가에서 커피 냄새가 퍼졌다. 승리 커피가 아니라 진짜 커피였다. 윈스턴은 저도 모르게 걸음을 멈췄다. 잠시 그는 반쯤 잊어버린 유년 시절로 돌아갔다. 그때 문이 쾅 하고 닫히는 소리가 들리더니 마치 소리처럼 커피 냄새도 뚝 끊어졌다.

윈스턴은 몇 킬로미터나 걸었다. 정맥류궤양 부위가 쓰라렸다. 그는 오늘로 지난 3주 동안 공회당 저녁 모임에 두 번 빠지는 것이었다. 이것은 경솔한 행동이었다. 공회당에서 출석 일수를 철저히 점검하기 때문이었다. 원칙적으로 당원한테는 휴식이 없고, 잠자리에 들 때까지 혼자 있어서는 절대 안 된다. 일하고 먹고 잠잘 때 말고는 단체 오락에 참여해야 한다. 혼자 행동하는 것, 심지어 혼자 길을 거니는 것도 위험한 일이었다. 혼자 생활하는 것을 신어로 '독거'라고 하는데 이것은 곧 개인주의와 기이한 습관을 의미하기도 했다.

어쨌든 오늘 저녁 윈스턴은 청사에서 나오자 4월의 향긋한 기운에 매혹되었다. 올해 들어 가장 따뜻하고 하늘은 푸르렀기 때문에 공회당에서 지루하고 시끄러운 저녁 모임을 가지거나, 고단한 게임, 강의, 술잔을 주고받으며 피상적인 우정을 나누는 일 따위를 견딜 수 없을 것 같았다. 그는 버스 정류장에서 갑자기 발길을 돌려 복잡한 런던 거리를 헤매고 다녔다. 처음에는 남쪽으로 갔다가 다시 동쪽으로 갔다. 그리고 북쪽으로 향하더니 어느 쪽이든 무작정 낯선 거리를 걸었다.

윈스턴은 문득 '희망이 있다면 그것은 노동자계급뿐이다'라는 말이 떠올랐다. 자신이 일기에 썼던 그 구절은 진실이면서 이치에 맞지 않는 기묘한 말이었다. 그는 어느새 옛날 세인트 팬크러스 역이 있던 동북 지역의 지저분하고 칙칙한 빈민가에 있었다. 자갈길 양옆으로 늘어선 작은 이층집 출입문들이 마치 쥐구멍 같았다. 자갈 틈에는 오물이 괴어 있었다. 출입문 안쪽과 바깥쪽, 그리고 좁은 골목길에 많은 사람들이 모여 있었다. 빨간 립스틱을 칠한 젊은 여자들, 이 여자들 꽁무니를 쫓아다니는 젊은 남자들, 아가씨들의 10년 뒤 모습을 보여주는 듯한 뒤뚱거리는 뚱뚱한 아낙네, 발을 질질 끌며 서성거리는 구부정한 노인네들이었다. 해진 옷을 입고 맨발로 흙탕물을 튀기던 아이들이 어머니 고함 소리에 사방으로 달아났다. 길가로 난 창문의 4분의 1 정도가 깨진 유리창 대신 판자를 덧대었다. 그들 대부분은 윈스턴을 쳐다보지도 않았다. 몇 사람만 호기심 어린 눈빛으로 주의 깊게 그를 쳐다볼 뿐이었다. 앞치마를 두른 덩치 큰 부인네 둘이 벽돌색 팔을 드러내고 팔짱을 긴 채 문간에 서서 수다를 떨고 있었다. 그 앞을 지나가던 윈스턴 귀에 부인들 얘기가 들렸다.

"내가 그 여편네한테 그랬지. 그거 참 잘됐다고 말이야. 너라도 그렇게 했을 거라고. 남 말 하기는 쉽지. 내가 당한 것처럼 너도 당해보라고 말이야."

그러자 다른 부인이 맞장구를 쳤다.

"그럼, 당연하지. 말 한번 잘했네."

윈스턴이 지나가자 큰 목소리가 뚝 그치더니 여인네들이 적의 어린 눈초리로 그를 주의 깊게 쳐다봤다. 그러나 사실 적의는 아니었다. 못 보던 동물을 마주쳤을 때와 같은 경계심으로 긴장한 것뿐이었다. 이 거리에서 당의 푸른 제복이 흔할 리 없었다. 사실 특별한 볼일 없이 이런 곳에 다니는 것은 현명하지 못한 짓이었다. 경찰 눈에 띄면 검문을 당할지도 모른다. "동무, 신분증 좀 봅시다. 여기에서 뭘 하고 있는 거요? 언제 사무실을 나왔소? 집으로 가는 길이오?" 등등. 집으로 갈 때 다른 길로 가지 말라는 규정은 없지만 사상경찰이 알면 가만히 있지 않을 일이었다.

갑자기 온 거리가 수런수런했다. 여기저기서 조심하라는 소리가 들렸다. 사람들은 토끼처럼 출입문 안으로 뛰어들어 갔다. 윈스턴 앞 출입문에서 한 젊은 여인이 튀어나오더니 흙탕물을 튀기며 놀던 아이를 앞치마로 휙 감싸 재빨리 안으로 들어갔다. 그때 옆 골목에서 주름 잡힌 검정색 양복 차림의 사내가 뛰어나와 윈스턴 쪽으로 달려오더니 하늘을 가리키며 흥분한 목소리로 외쳤다.

"기선이요! 조심해요. 터질 겁니다. 얼른 엎드려요!"

기선이란 노동자들이 로켓 폭탄을 부르는 말이었다. 윈스턴은 재빨리 엎드렸다. 노동자들의 이런 경고는 거의 틀린 적이 없다. 소리가 들리지도 않는데 그들은 로켓 폭탄이 터지기 몇 초 전에 직감적으로 아는 모양이었다. 윈스턴은 엎드린 상태에서 팔로 머리를 감쌌다. 엄청난 굉음과 함께 땅바닥이 흔들리더니 파편이 소나기처럼 그의 등허리에 후드득 떨어졌다. 가까운 창문에서 날아온 유리 파편이었다.

윈스턴은 일어나서 계속 걸어갔다. 2백 미터 앞에 있는 집 두 채가 폭격을 맞아 부서져 있었다. 검은 연기가 솟아올랐고 횟가루를 뒤집어쓴 사람들이 파괴된 집 주위로 몰려들었다. 길을 가던 그는 횟가루 더미에 박힌 선홍색 나무토막을 발견하고 가까이 다가가 보았다. 그것은 손목이 떨어져 나간 사람의 팔이었다. 피 묻은 부위 말고는 하얀 석고 같았다.

윈스턴은 잘린 팔을 도랑으로 차버리고 사람들을 피해 오른쪽 길로 꺾어 들어갔다. 3, 4분쯤 걸어 폭탄이 떨어진 지역을 벗어나자 아무 일도 없었다는 듯 더럽고 왁자지껄한 거리가 다시 나타났다. 20시가 가까워오자 노동자들의 단골 술집(그들은 '대폿집'이라고 불렀다)에는 손님들이 벅신거렸다. 삐걱거리며 계속 열렸다 닫혔다 하는 얼룩진 문 사이로 오줌 냄새, 톱밥 냄새, 시큼한 맥주 냄새가 새어 나왔다. 조금 더 가니 길가로 툭 튀어나온 집 모퉁이에 세 사람이 모여 있었다. 가운데 사람이 신문을 펴고 두 사람은 양쪽 어깨너머로 읽고 있었다. 가까이 다가가 얼굴 표정을 보지 않아도 그들이 얼마나 정신을 쏟고 있는지 알 수 있었다. 무척 중요한 기사인 모양이었다. 윈스턴이 그들을 막 지나쳤을 때 갑자기 두 사람이 드세게 말다툼을 벌였다. 금세라도 주먹다짐할 기세였다.

"무슨 말인지 모르겠어? 지난 14개월간 끝자리가 7인 숫자가 당첨된 적이 없다니까!"

"아냐, 있었어!"

"없었어, 없었다고! 2년 동안 한 번도 안 빼고 당첨 번호를 적어뒀단 말이야. 시계처럼 꼬박꼬박. 끝자리가 7인 숫자는 없었어."

"아냐. 7이 당첨된 적도 있어. 틀림없어. 끝자리가 4 아니면 7이었다고. 2월…… 그래, 2월 둘째 주."

"2월? 말도 안 돼. 내가 분명히 적어놨는데 그런 숫자는 없었어."

"둘 다 집어치워."

세 번째 사람이 말했다.

그들은 복권을 가지고 다투고 있었다. 윈스턴은 30미터쯤 걸어갔을 때 뒤를 돌아봤다. 그들은 여전히 핏대를 세우며 언쟁을 벌이고 있었다. 엄청난 당첨금이 걸린 복권은 노동자들의 가장 큰 관심사였다. 수백만 노동자들에게 복권은 삶의 유일한 이유는 아니더라도 꽤 큰 비중을 차지했다. 그것은 노동자들의 기쁨이자 그들을 바보로 만드는 것, 즉 진통제이자 지적 자극제였다. 겨우 읽고 쓸 줄 아는 사람들도 복권에 관한 한 복잡한 계산도 했고 자신의 기억이 정확하다고 우길 줄도 알았다. 개중에는 분류표나 예상 번호, 부적 등을 팔아 먹고사는 축도 있었다. 복권은 풍요부에서 관리하므로 윈스턴과는 아무 관련이 없지만 그는 당첨금이 부풀려진 것을 알고 있었다(당원들은 다 알고 있었다). 실제 당첨금은 형편없이 적었고 실제로 거액을 받은 사람이 없다. 오세아니아 각 지방을 연결하는 통신망이 없기 때문에 이런 일을 꾸미기는 어렵지 않았다.

그러나 희망이 있다면 그것은 노동자계급뿐이다. 이 사실에 주목해야 한다. 마음속에서는 그저 말뿐인 이 말이 거리를 지나다니는 노동자들을 보는 순간 구체적인 신념으로 다가왔다. 윈스턴은 비탈진 길을 걸어갔다. 예전에 이 근처에 살았던 적이 있는데 조금 더 가면 큰길이 나올 것 같았다. 앞쪽에서 시끄럽게 떠드는 소리가 어렴풋이 들렸다. 모퉁이를 돌자 계단이 나타났다. 계단 아래쪽 골목길에는 시든 채소를 파는 상점들이 있었다. 그제야 윈스턴은 그곳이 어디인지 깨달았다. 골목길을 지나 큰길 모퉁이를 돌아 5분쯤 더 가면 일기장으로 쓰고 있는 노트를 샀던 고물상이 나온다. 거기서 멀지 않은 작은 문구점에서 펜대와 잉크를 샀다.

윈스턴은 계단 맨 위에서 걸음을 멈췄다. 골목 건너편에 지저분하고 작은 대폿집이 있었다. 그 술집 창문에는 성에가 낀 것처럼 먼지가 잔뜩 내려앉아 있었다. 새우 수염 모양의 콧수염을 단 늙은이가 대폿집 문을 밀고 들어갔다. 등은 굽었지만 아직 기운이 있어 보였다. 윈스턴은 족히 여든 살은 먹었을 노인을 보면서 혁명이 일어났을 때는 그도 중년이었을 거라는 생각이 들었다. 그 노인 세대는 사라진 자본주의 세계와 지금을 이어주는 마지막 고리였다. 혁명 전에 사상이 정립된 당원은 많지 않았다. 노인 세대의 당원들은 1950년대와 1960년대 대숙청 때 거의 밀려났고, 살아남은 사람들도 오래전 모진 핍박 끝에 결국 정신적으로 항복하고 말았다. 20세기 초에 세상이 어땠는지 말해줄 수 있는 생존자는 오직 노동자뿐일 것이다. 문득 자신이 일기에 썼던 역사책 구절이 생각난 윈스턴은 대폿집에 들어가 그 늙은이에게 물어보고 싶은 충동에 사로잡혔다. '당신의 소년 시절을 얘기해주시오. 그때는 어땠소? 지금보다 더 좋았소, 아니면 더 나빴소?'

윈스턴은 두려움이 엄습하기 전에 얼른 해치워야겠다는 듯 급히 계단을 내려가 좁은 골목길을 건넜다. 이것은 두말할 것도 없이 미친 짓이었다. 노동자와 이야기를 나눈다거나 대폿집에 들락거리지 말라는 규정은 없다. 그러나 사람들 눈길을 끌기에 충분한 행동인 것은 분명했다. 경찰 눈에 띄면 미처 몰랐다고 대충 둘러댈 수는 있겠지만 그 말을 곧이곧대로 믿을 리 없었다. 그가 문을 밀고 들어서자 시큼한 맥주 냄새가 확 풍겼다. 그가 들어가자 시끌벅적하던 소리가 절반으로 줄어들었다. 그는 모든 사람들의 눈이 푸른 제복을 입은 자신의 등 뒤에 꽂혔다는 것을 느꼈다. 구석에서 한창 다트 게임을 하던 사람들도 멈칫했다. 그가 밖에서 봤던 노인은 바에서 점원과 말다툼을 하고 있었다. 덩치 크고 뚱뚱한 점원은 팔뚝이 유난히 굵은 매부리코 젊은이였다. 그 주위로 몇 사람이 술잔을 들고 서서 이 광경을 지켜보았다.

"내가 뭘 잘못했나? 1파인트짜리가 없다는 게 말이 되나?"

노인이 대항하듯이 어깨를 젖히며 말했다.

"도대체 파인트가 뭔데요?"

점원은 손으로 바를 짚고 몸을 앞으로 쭉 내밀며 물었다.

"무식하기는! 술을 판다는 놈이 파인트도 모른단 말이야! 파인트 란 1쿼트의 절반, 4쿼트면 1갤런 아닌가. 다음에는 A, B, C부터 가 르쳐줘야겠군."

"들어본 적도 없어요. 우리는 1리터, 0.5리터, 이렇게만 팔아요. 여기 선반에도 이런 잔밖에 없잖아요."

점원이 말했다.

"난 1파인트짜리가 좋아. 구하기 쉬울 텐데 말이야. 내가 젊었을 때는 리터니 뭐니 이딴 거 없었다고."

노인이 고집을 꺾지 않았다.

"어르신이 젊었을 때는 우리 모두 나무 꼭대기에서 살았겠네요."

점원이 다른 손님들을 둘러보며 빈정댔다.

사람들 사이에서 웃음소리가 터져 나왔다. 윈스턴이 들어와 어색 해졌던 분위기도 어느새 사라진 것 같았다. 흰 수염 노인의 얼굴이 벌게졌다. 그는 혼자 투덜거리며 돌아서다가 윈스턴과 마주쳤다. 윈스턴은 점잖게 노인의 팔을 잡고 물었다.

"술 한잔 사드릴까요?"

"어이구, 신사 양반이로구먼?"

노인이 어깨를 쭉 펴며 말했다. 아직 윈스턴이 입은 푸른 제복을 눈치채지 못한 듯했다.

"1파인트 하나!"

노인은 대드는 듯한 투로 점원에게 소리쳤다.

점원은 바 밑 물통에서 0.5리터짜리 두꺼운 유리잔을 헹궈 맥주를 따라 주었다. 노동자들이 이용하는 대폿집에서 마실 수 있는 술은 맥주뿐이었다. 노동자들에게 허용되지 않는 진은 쉽게 구할 수 있는데도 마시지 않는 것 같았다. 사람들은 다시 다트 게임을 시작했고 이내 화살 꽂히는 소리가 들렸다. 바에 앉은 사람들도 복권 얘기로 열을 올렸다. 어느새 윈스턴의 존재는 잊어버린 듯했다. 그는 노인과 주고받는 얘기가 남들 귀에 들리지 않도록 전나무 탁자가 놓인 창가 자리에 앉았다. 이것은 정말 위험한 짓이었지만 어쨌든 이곳에는 텔레스크린이 없었다. 그는 술집에 들어오자마자 그것부터 확인했다.

"1파인트짜리 잔이 있을 텐데. 0.5리터로는 성에 안 차서 말이야. 1리터는 너무 많고. 값도 값이지만 오줌보가 난리 나지."

노인은 잔을 자기 앞으로 당기며 투덜거렸다.

"노인장이 젊었을 때랑은 많이 다르죠?"

윈스턴이 슬며시 물어보았다.

노인은 창백하고 푸른 눈으로 다트판에서 바로, 바에서 다시 문쪽으로 두리번거렸다. 달라진 것을 찾는 것 같았다. 마침내 노인이 말했다.

"맥주 맛이 좋았지. 값도 쌌고. 내가 젊었을 때는 말이야, 월럽이라는 순한 맥주가 있었지. 그게 1파인트에 4페니였어. 물론 전쟁 전 얘기지만."

"전쟁이요? 무슨 전쟁이요?"

윈스턴이 물었다.

"전쟁이란 전쟁은 다."

노인이 속삭이듯 말했다. 그러고는 잔을 들고 다시 어깨를 쭉 펴더니 외쳤다.

"당신 건강을 위해 건배!"

노인의 가는 목에 툭 튀어나온 목젖이 몇 번 꿀렁거리자 맥주잔이 비워졌다. 윈스턴은 바로 가서 0.5리터짜리 두 잔을 더 사 왔다. 노인은 1리터는 너무 많다고 했던 말을 어느새 잊은 듯했다. 윈스턴이 말했다.

"노인장은 저보다 연세가 훨씬 많으십니다. 제가 태어났을 때 노인장은 이미 어른이었으니 혁명 전에는 세상이 어땠는지 기억하실 겁니다. 우리 또래는 그 시절에 대해 아무것도 몰라요. 책에서 읽은 게 전부인데, 그나마 사실인지 알 수 없거든요. 그래서 그때 얘기를 좀 듣고 싶어요. 혁명 전에는 지금하고 완전히 달랐다고 역사책에 나오던데요. 우리가 상상할 수 없을 만큼 억압받았고, 부정부패가 심각한 데다 가난에 시달렸다고요. 런던 사람들은 평생 먹을 것이 부족했고, 절반은 신발이 없어서 맨발로 다녔다고요. 그때는 하루 12시간씩 일했고, 아홉 살까지만 교육을 받았는가 하면 한 방에서 10명이 잤다더군요. 자본가라고 하는 극소수 사람들이 부와 권력을 독차지했고요. 그들은 모든 것을 가지고 커다란 저택에서 하인을 30명이나 부리며 살았고, 자동차와 사두마차를 타고 다녔으며, 샴페인을 마시고 톱햇을 썼다고요."

그때 노인이 밝은 표정을 지었다.

"톱햇이라니! 당신이 그 말을 하니 우습군. 어제 나도 똑같은 생각을 했는데. 왜 그런 생각이 들었는지는 모르겠지만 문득 떠오르더군. 몇 년 동안 그걸 굣 봤다고 말이야. 지금은 찾아볼 수 없지. 내가 마지막으로 써본 게 형수 장례식 때였어. 확실하지는 않지만 족히 50년은 된 것 같군. 물론 잠깐 빌려 쓴 것이지."

윈스턴이 진지하게 말했다.

"중요한 건 톱햇이 아닙니다. 제가 말하고 싶은 것은 자본가들에게 기생해서 살아가던 법률가나 목사들이 영주나 마찬가지였다는 거죠. 모든 것이 그들의 뱃속을 채우는 일이었죠. 노인장 같은 평범한 노동자들은 그들의 종이었고요. 저들 마음대로 조종했다는 거예요. 가축처럼 배에 태워 캐나다에 보내고 아무 집 처녀나 건드리고요. 끈이 9개 달린 채찍을 휘두르며 혹사시키고, 그들이 지나갈 때는 모자를 벗으라고 했다면서요. 자본가들은 외출할 때 하인을 데리고 다녔다던데……."

노인이 다시 환한 표정을 지었다.

"하인이라! 참 오랜만에 들어보는 말이군. 그러고 보니 생각나네 그려. 아주 오래전 얘기야. 난 일요일 오후에 가끔 하이드파크에 가서 그들의 연설을 들었지. 구세군, 가톨릭, 유대인, 인디언, 별별 사람들이 다 모였지. 그중 한 사람이 연설을 정말 잘했어. 이름은 잘 모르겠지만. 그 사람이 말하더군. '부르주아의 하인들! 지배계급의 아첨꾼들'이라고! '기생충'이라는 말도 했지. 욕심쟁이, 맞아, 욕심쟁이라고 했어. 물론 노동당원을 겨냥한 말이었지."

윈스턴은 동문서답하는 기분이었다.

"제가 알고 싶은 건 노인장이 생각하기에 지금이 더 자유로운가 하는 겁니다. 지금이 그때보다 더 사람답게 살고 있느냐 말입니다. 옛날 부자들, 그 상류층들⋯⋯."

"그 상원의원 말이구먼."

노인은 회상하듯 말했다.

"뭐 상관없어요. 상원의원이든 뭐든. 아무튼 제가 알고 싶은 것은 부자라는 사람들이 노인장 같은 사람, 가난한 사람들을 함부로 대하고 우습게 여겼느냐는 겁니다. 말하자면 노인장 같은 사람들이 그들을 '나리'라 부르고 그들이 지나갈 때 모자를 벗었다는 게 사실이냐 그 말이에요?"

노인은 깊이 생각하는 듯하더니 맥주를 몇 모금 마시고 대답했다.

"맞아. 그들은 우리가 모자 벗는 걸 좋아했어. 그건 존경의 표시거든. 난 내키지 않았지만 그래도 했어. 하지 않으면 안 되었다고나 할까."

"그리고 역사책을 보면 그들이 평민이나 하인들을 길거리 시궁창으로 밀어버리기도 했다던데 그것도 사실인가요?"

"나도 한 번 당했지. 어제 일처럼 생생하군. 보트 경주가 있던 날 밤이었어. 그런 날이면 사람들이 엄청나게 많이 몰리지. 난 샤프츠버리 가에서 한 젊은 녀석과 부딪혔거든. 한눈에 봐도 신사였어. 셔츠에 검정색 코트를 걸치고 톱햇을 썼더군. 그 녀석이 갈짓자걸음으로 걷다가 부딪힌 거야. 그런데 녀석이 나한테 '똑바로 안 보고 다니냐'고 큰소리를 치더군. 그래서 나도 '이 길 네가 전세 냈냐'고 대꾸했지. 그랬더니 녀석이 '또 한 번 그러면 목을 비틀어버리겠다'고 하더군. 나도 가만있지 않았어. '젊은 놈이 취해서 정신을 못 차리나 본데 경찰을 부르겠다'고 말했어. 그랬더니 녀석이 내 어깨를 잡고 사정없이 밀어버리더군. 하마터면 버스 바퀴에 깔릴 뻔했어. 나도 그때는 한창나이라 한번 붙어보려고 했는데……."

윈스턴은 허탈하고 맥이 빠지는 듯했다. 이 노인한테는 자질구레한 기억밖에 없었다. 하루 종일 물어봤자 정말 중요한 것을 얻기 힘들 것 같았다. 당사(黨史)의 기록은 웬만큼 사실인지도 모른다는 생각이 들었다. 아니면 모두 진실이거나. 윈스턴은 마지막으로 물었다.

"제대로 말씀드리지 못한 것 같군요. 제가 말하고 싶은 것은 이겁니다. 노인장은 꽤 오래 사셨고, 혁명 이전에 인생의 절반을 보냈습니다. 1925년에 노인장은 이미 성인이었죠. 그런데 그때의 생활이 지금보다 더 좋았는지 아니면 나빴는지 알고 싶습니다. 선택할 수 있다면 지금이 좋은가요, 그때가 좋은가요?"

노인은 다트판을 응시하며 생각에 잠겼다. 그러고는 조금 천천히 남은 맥주를 들이켰다.

그는 술기운에 마음이 조금 누그러진 듯 부드럽고 사색하는 듯한 투로 말했다.

"무슨 말을 듣고 싶은지 알겠네. 내가 다시 젊어졌으면 한다는 말을 듣고 싶은 거지. 사람들은 대개 다시 젊어지고 싶어 하지. 젊어야 건강하고 기력도 있으니 말이야. 하지만 내 나이에는 어쩔 수 없어. 난 이제 다리가 쑤시고 오줌보도 말을 듣지 않아. 밤마다 예닐곱 번은 깨거든. 하지만 늙어서 좋은 점도 있네. 근심이 없거든. 여자랑 그 짓을 하려고 안달할 일도 없어. 이런 게 좋아. 믿을지 모르겠지만 30년 동안 여자를 안아보지 못했다고. 이제 그러고 싶은 생각도 안 들어."

윈스턴은 창틀에 몸을 기댔다. 노인을 붙들고 얘기해봐야 소용없는 일이었다. 술을 몇 잔 더 사려고 했는데 노인이 갑자기 일어나더니 구석의 지린내 나는 화장실로 갔다. 0.5리터가 넘었다는 신호를 보내는 모양이었다. 윈스턴은 1, 2분 동안 앞에 놓인 빈 잔을 멍하니 바라보다가 자기도 모르게 술집을 나와 거리에 서 있었다. 20년 밖에 지나지 않았는데 혁명 전 생활이 지금보다 더 좋았느냐는 지극히 단순한 질문의 답도 아마 영원히 얻지 못할 거라는 생각이 들었다. 제각각 흩어져 살고 있는 옛날 사람들마저 그 시대와 지금을 비교할 수 없게 되었으니 그 질문에 답할 수 없는 것이다. 그들은 직장 동료와 다툰 일, 잃어버린 자전거펌프를 찾아다닌 일, 오래전 세상을 떠난 누이동생의 얼굴을 설명할 수는 있다. 70년 전 어느 날 아침 몰아쳤던 회오리바람을 기억할 수는 있다. 그러나 그런 소소한 것만 기억할 뿐 자신들의 삶에 직접적으로 영향을 미친 중요한 사건들은 그들의 뇌리에 남아 있지 않았다. 그들은 작은 것은 볼 수 있지만 큰 것은 보지 못하는 개미 같았다. 그리하여 기억은 사라지고 기록마저 날조되면 생활이 개선되었다는 당의 주장은 모두 사실이 되고 말 것이다. 게다가 검증할 기준이나 반박할 근거가 지금은 물론 앞으로도 결코 없을 것이다.

그때 윈스턴은 생각을 뚝 멈췄다. 그는 걸음을 멈추고 주위를 둘러보았다. 그는 주택 사이에 작고 칙칙한 상점이 드문드문 자리 잡은 좁은 골목길에 서 있었다. 그는 머리 위로 도금이 벗겨진 쇠공 3개가 달려 있는 것을 보고 어디인지 알 것 같았다. 그랬다! 일기장을 샀던 고물상 앞이었다.

그 순간 두려움이 엄습했다. 애초에 노트를 산 것 자체가 경솔한 짓이었으므로 다시는 여기에 오지 않기로 결심했다. 그러나 생각에 잠겨 걷다가 무심코 여기까지 오고 말았다. 그가 일기를 쓰려고 마음먹었던 것은 사실 이런 자살 충동을 막기 위해서였다. 21시가 다

되었는데도 상점 문이 열려 있었다. 그는 길에 멀거니 서 있으니 차라리 안에 있는 게 의심을 덜 사겠다 싶어 문을 열고 들어갔다. 누가 물으면 면도날을 사러 왔다고 말할 참이었다.

상점 주인이 막 석유램프에 불을 붙이고 있었는데 탁하지만 부드러운 냄새가 났다. 허리가 굽고 쇠약한 노인은 예순 살쯤 되어 보였다. 온화한 이미지를 풍기는 긴 코와 도수 높은 안경에 비치는 뱅글뱅글 도는 듯한 눈 때문에 무척 순해 보였다. 머리는 거의 백발이었지만 눈썹은 아직 검고 숱도 많았다. 그의 안경이며 점잖고 바지런한 동작이며 낡은 검정 벨벳 조끼 차림이 작가나 음악가처럼 지적인 이미지를 풍겼다. 노인의 목소리는 작지만 부드러웠고 노동자답지 않게 차분했다. 노인이 대뜸 말했다.

"길에 서 있을 때 알아봤어요. 여자들 선물용 일기장을 산 분이죠? 그게 참 좋은 종이로 만든 거요. 크림 종이라고들 하죠. 모르긴 몰라도 한 50년 동안은 그런 종이가 안 나왔을 겁니다."

윈스턴이 대꾸를 하지 않자 노인은 안경 너머로 그를 바라보며 말했다.

"뭐 필요한 게 있나요? 아니면 그냥 구경하려고 들렀나요?"

윈스턴이 계면쩍어하며 말했다.

"지나가는 길에 그냥 들러봤습니다. 특별히 필요한 것은 없습니다."

"괜찮아요. 어차피 당신에게 필요한 건 우리 집에 없을 테니까."

그는 손바닥을 펴며 미안한 표정을 지었다.

"보세요, 텅 비었잖습니까? 이제 당신한테 팔아먹을 골동품도 없어요. 사고 싶은 것도 없겠지만 팔 것도 없어요. 가구나 도자기나 유리 제품 모두 조금씩 깨진 것뿐이죠. 쇠로 만든 것들은 녹여버렸고. 놋 촛대를 본 지도 여러 해예요."

좁은 가게 안에는 물건이 잔뜩 들어차 있었지만 값나가는 것은 거의 없었다. 벽면마다 먼지가 내려앉은 액자가 잔뜩 쌓여 있어서 통로도 비좁기 그지없었다. 창가에는 나사며 볼트, 끝이 닳은 끌, 이 빠진 손칼, 시침이 멈춘 녹슨 시계 등 잡동사니들이 그득했다. 그런데 구석 작은 탁자에 옻칠한 담뱃갑이며 규석 박힌 브로치 같은 재미있는 물건들이 있었다. 윈스턴은 탁자 위를 훑어보다가 램프 불빛 아래에서 흐릿하게 빛나는 둥글고 매끄러운 물건을 집어 들었다. 한 면은 둥글고 반대쪽은 평평한 유리 덩어리였다. 물방울 모양의 유리는 꽤 투명하고 부드럽게 빛났다. 유리 속에는 소라 껍데기 모양의 분홍색 물체가 들어 있었는데, 어떻게 보면 장미꽃 같기도 하고 또 어떻게 보면 말미잘 같기도 했다.

"이게 뭐죠?"

윈스턴은 그 물건을 뚫어져라 보며 말했다.

"산호요. 아마 인도양에서 채집한 걸 겁니다. 유리 속에 넣곤 하죠. 아마 백 년도 더 됐을 겁니다. 모양으로 봐서는 더 되었을 수도 있고."

"예쁘군요."

윈스턴이 말했다.

"그럼요, 예쁘죠. 하지만 지금은 예쁘다고 말하는 사람이 없더
군요."

주인이 감상하듯 말하고는 기침을 했다.

"4달러에 가져가세요. 옛날에는 8파운드 받았던 거요. 8파운드
면……, 금방 계산은 안 되지만 아무튼 큰돈이에요. 요즘 누가 진짜
골동품에 관심이나 있나요? 물건도 없지만요."

윈스턴은 곧바로 4달러를 내고 물건을 주머니에 넣었다. 그가 이
물건을 산 것은 예쁘기도 했지만 지금과는 전혀 달랐던 옛날 물건
을 갖는다는 데서 묘한 기분을 느꼈기 때문이다. 그는 이처럼 물방
울 모양의 매끄러운 유리를 한 번도 본 적이 없다. 옛날에 문진으로
쓰였던 것 같은데 지금은 아무 가치 없다는 점이 더 매력적이었다.
주머니가 묵직하기는 했지만 다행히 불룩 튀어나오지는 않았다. 당
원이 이런 물건을 가지고 있는 것 자체가 위험한 일이었다. 무엇이
든 간에 오래되었거나 아름다운 물건을 가지고 있으면 영락없이 의
심을 샀다. 노인은 4달러를 받고 몹시 좋아했다. 그걸 보고 윈스턴
은 노인이 3달러나 2달러에도 팔았을 거라는 생각이 들었다.

"2층에 방이 하나 있는데 보시겠어요? 많지는 않지만 볼 만한 게
몇 가지 있을 거예요. 올라가서 보시겠다면 불을 켜드리죠."

노인은 다른 램프에 불을 켜고 허리를 굽힌 채 낡고 가파른 계단
을 올라갔다. 그는 2층 좁은 복도를 지나 어느 방으로 들어갔다. 길

쪽이 아니라 자갈이 깔린 안뜰로 창이 나 있었고, 창으로 여기저기 솟은 굴뚝이 보였다. 방 안은 지금도 사용하고 있는 듯 가구들이 잘 정리되어 있었다. 마룻바닥에는 카펫이 깔려 있었고 벽에는 그림 몇 점이 걸려 있었다. 벽난로 앞에는 푹 꺼진 안락의자도 있었다. 12시 간이 표시된 옛날 유리 시계가 벽난로 위에서 재깍거렸다. 창 밑으 로 매트리스가 깔린 침대가 방의 4분의 1이나 차지하고 있었다.

"아내가 죽기 전까지 사용했던 방이에요."

노인은 무슨 변명이라도 하듯 조심스럽게 말했다.

"난 여기 있던 가구를 하나씩 팔았지요. 이건 정말 귀한 마호가니 침대예요. 오래돼서 빈대가 들끓기는 하지만. 빈대는 참 귀찮단 말 이지."

그가 램프를 높이 들어 방 전체를 비췄다. 은은한 불빛 아래에서 보니 윈스턴은 이 방이 더욱 마음에 들었다. 위험하기는 하지만 일 주일에 몇 달러를 내고 이 방을 빌려도 되겠다는 생각이 문득 들었 다. 물론 경솔한 짓인 게다 그럴 수도 없었지만 윈스턴은 방을 보는 순간 향수 어린 기억이 떠올랐다. 벽난로에 불을 피우고 발은 받침 대에 올리고 주전자는 삼발이에 얹어놓는 것이다. 감시하는 사람이 나 뒤쫓는 소리도 없이 혼자 아늑하게 앉아 오직 주전자 물 끓는 소 리와 재깍거리는 시계 소리만 들으며 조용히 시간을 보내는 기분이 어떨지 상상할 수 있었다.

"텔레스크린이 없네요."

윈스턴은 무심결에 말했다.

"아, 난 그런 것을 가져본 적도 없어요. 너무 비싸잖아요. 필요도 없고요."

노인이 대답했다.

"저기 구석에 있는 접이식 책상이 아주 멋있죠? 조금 손을 보기는 해야 하지만요."

다른 구석에는 조그만 책장이 있었다. 윈스턴은 이미 거기에 마음이 끌렸다. 책장에는 잡동사니만 잔뜩 놓여 있었다. 이 노동자 구역도 다른 곳처럼 모든 책을 수거해 하나도 없었던 것이다. 그래서 오세아니아 어디에도 1960년 이전에 발간된 책이 남아 있지 않았다. 노인은 계속 램프를 들고 다니다 침대 맞은편 벽난로 옆에 걸린 자단 액자 앞에 섰다.

"옛날 그림에 관심이 있다면……."

노인이 넌지시 말했다.

윈스턴은 액자 속 그림을 자세히 들여다보았다. 네모난 창 너머로 작은 탑이 보이는 타원형 건물을 그린 판화였다. 건물을 둘러싼 철책 뒤로 동상 같은 것이 서 있었다. 윈스턴은 한참이나 그림을 들여다보았다. 누구의 동상인지는 모르겠지만 왠지 낯이 익었다.

"액자는 벽에 붙은 겁니다. 그래도 사겠다면 떼어드릴 수도 있어요."

노인이 말했다.

"저 건물을 알아요. 지금은 없어졌죠. 정의궁(正義宮) 앞 거리 한가운데 있었어요."

윈스턴이 말했다.

"맞아요. 법원 앞이었는데 수년 전 폭격을 맞았지요. 옛날에 교회로 사용할 때는 성 클레멘트 데인이라고 불렀지요."

노인은 실없는 말을 했다는 듯 멋쩍게 웃더니 덧붙였다.

"오렌지와 레몬이여! 성 클레멘트의 종이 말하네!"

"그게 뭐죠?"

윈스턴이 물었다.

"아, '오렌지와 레몬이여! 성 클레멘트의 종이 말하네.' 어렸을 때 불렀던 노래예요. 그다음 가사는 생각이 안 나는군요. 어쨌든 이렇게 끝나지요. '그대 침대를 비출 촛불이 오네. 그대 목을 단칼에 잘라버릴 도끼가 오네.' 일종의 댄스곡이죠. 사람들이 팔을 벌리고 서면 그 밑으로 다른 사람들이 지나가지요. 그러다 '그대 목을 단칼에 잘라버릴 도끼가 오네'라는 구절에서 팔을 얼른 내려 지나가는 사람을 붙잡죠. 이 가사에 교회 이름이 많이 나오는데, 런던 시내의 큰 교회는 다 나와요."

윈스턴은 그 교회가 몇 세기에 지어졌는지 짐작조차 할 수 없었다. 런던에 있는 건물이 지어진 시기를 알기는 어려웠다. 겉이 온전한 크고 멋진 건물은 무조건 혁명 이후에 지은 것이라고 했고, 그보다 낡은 것은 모두 애매하게 중세기 때 건물이라고 우겼다. 자본주의가 지배한 수세기 동안 도대체 가치 있는 물건이라고는 하나도 만들지 못했다는 것이다. 그러니 책을 통해서든 건축물을 직접 보든 올바른 역사를 배울 수 없기는 매한가지였다. 동상이나 비문, 기념비, 거리 이름 등 과거를 말해주는 것은 무엇이든 조직적으로 왜곡되었다.

"교회인 줄은 몰랐어요."

윈스턴이 말했다.

"아직 남아 있는 교회 건물도 많아요. 다른 용도로 쓰이고 있어서 그렇지."

노인이 말했다.

"그건 그렇고 그 노래가 어떻게 되더라? 그래 맞아."

오렌지와 레몬이여! 성 클레멘트의 종이 말하네.

그대는 내게 3페니를 빚졌지. 성 마틴의 종이 말하네.

"여기까지밖에 생각이 안 나는군요. 페니라면 지금의 센트처럼 아주 적은 액수의 동전이지요."

"성 마틴 교회는 어디 있었죠?"

윈스턴이 물었다.

"성 마틴 교회요? 아직 승리 광장 옆에 있어요. 미술관 쪽으로, 삼각형 입구에 계단이 죽 있고, 앞에 돌기둥이 여러 개 늘어선 건물이죠."

윈스턴도 그곳을 잘 알고 있었다. 그곳은 선전물을 전시하는 일종의 박물관이었다. 로켓 폭탄과 유동 요새의 모형, 잔학한 적의 모습을 재현한 밀랍 인형 등이 진열되어 있었다.

"보통 '광야의 성 마틴 교회'라고 했지요. 근처에 들판이 있었는지는 잘 모르겠지만."

노인이 말했다.

윈스턴은 그림을 사지 않았다. 그걸 모두 해체하지 않는 한 집에 가져갈 수도 없었고 유리 문진보다 보관하기 힘들었다. 그는 몇 분 더 노인과 얘기를 나눴다. 간판을 보고 그의 이름이 위크스라고 짐작했는데 사실은 채링턴이라고 했다. 채링턴은 예순세 살의 홀아비로 30년째 이곳에 살고 있었다. 간판에 적힌 이름을 고칠 생각을 안 한 건 아니지만 결국 실천하지 못했다. 이런저런 이야기를 하는 동안에도 윈스턴의 머릿속에서 노랫말이 떠나지 않았다. '오렌지와 레몬이여! 성 클레멘트의 종이 말하네. 그대는 내게 3페니를 빚졌지. 성 마틴의 종이 말하네.' 정말 알 수 없는 가사였다. 재미있는 것은 이 노래를 흥얼거리다 보면 지금 어디엔가 남아 있지만 용도가 바뀌어 사람들 기억에서 사라져버린 런던 교회의 종소리가 실제로 들리는 듯한 착각이 든다는 것이었다. 유령 같은 첨탑에서 차례차례 종이 울려 퍼지는 것 같았다. 그러나 아무리 생각해봐도 교회 종소리를 실제로 들어본 기억이 없었다.

채링턴의 상점을 나온 윈스턴은 문 앞에서 머뭇거리고 있으면 그 모습을 노인이 볼까 싶어 곧장 계단을 내려왔다. 그는 기회를 봐서, 그러니까 한 달쯤 뒤에 채링턴의 상점을 다시 찾아가리라 결심했다. 적어도 공회당 저녁 모임에 빠지는 것보다 더 위험한 일은 아니었다. 일기장을 사고, 더구나 상점 주인이 믿을 만한 사람인지도 모르면서 다시 찾아갔다는 것은 정말 바보 같은 짓이었다. 그러나……!

윈스턴은 다시 와야겠다고 생각했다. 그 아름다운 골동품들을 몇 개 더 사고 싶었다. 성 클레멘트 데인 교회를 그린 판화를 사서 제복 윗도리에 감춰 집으로 가져오고 싶었다. 채링턴의 기억에서 그 노래의 전 구절을 끌어내고 싶었다. 2층 방을 빌려야겠다는 충동적인 계획이 또다시 머릿속에 번뜩 떠올랐다. 이런 생각을 하며 마음이 들뜬 윈스턴은 5초쯤 방심하고 말았다. 주위를 제대로 살펴보지도 않고 큰길로 나와버린 것이다. 더구나 기분에 따라 떠오르는 대로 아무 가락이나 붙여서 노래를 흥얼거렸다.

오렌지와 레몬이여! 성 클레멘트의 종이 말하네.
그대는 내게 3페니를 빚졌지. 성…….

그때 갑자기 그의 가슴이 철렁 내려앉으면서 간담이 서늘했다. 10미터도 떨어지지 않은 거리에서 푸른 제복을 입은 사람이 다가오고 있었던 것이다. 창작국에서 일하는 검은 머리 여자였다. 어둠 속에서도 그 여자를 알아볼 수 있었다. 그녀는 윈스턴의 얼굴을 빤히 쳐다보고도 못 알아본 척 쌩하게 스쳐 지나갔다.

한순간 윈스턴은 몸이 얼어붙은 듯 꼼짝도 하지 않았다. 그는 무거운 발을 끌면서 오른쪽으로 돌아 길을 잘못 들었는지 어쨌는지도 모른 채 한참을 걸었다. 아무튼 한 가지 의심이 풀린 것은 분명했다. 그 여자가 그를 정탐하고 있었던 것이다. 그녀는 그의 뒤를 쫓아 여기까지 온 게 틀림없었다. 그날 저녁 그녀가 당원들 거주지에서 몇 킬로미터나 떨어진 허름한 뒷골목을 걷고 있다는 것은 우연이라고 할 수 없었다. 우연치고는 너무 절묘했다. 그녀가 사상경찰의 정보원인지, 아니면 뒤에서 그들을 보조하는 조무래기 첩보원인지는 중요하지 않았다. 그녀가 그를 감시하고 있다는 것 자체가 중요했다. 그녀는 아마 그가 대폿집에 들어가는 것도 지켜봤을 것이다.

윈스턴은 걸음이 점점 무거워 걷기조차 힘들었다. 주머니 속에 든 유리 덩어리가 걸음을 옮길 때마다 허벅지를 스쳤다. 그는 유리를 꺼내 어디론가 던져버릴까 하는 생각이 들기도 했다. 게다가 배가 너무 아팠다. 당장 화장실에 가지 않으면 죽을 것만 같았다. 그러나 빈민가에는 공중 화장실이 없었다. 조금 지나자 통증이 웬만큼 가라앉았다.

한참을 걷던 윈스턴은 막다른 길에 이르렀다. 그는 잠시 망설이다가 오던 길을 되돌아가기 시작했다. 그는 돌아서면서 불과 3분 전에 그 여자와 스쳤으니 뛰어가면 그녀를 따라잡을 수 있겠다는 생각이 들었다. 여자 뒤를 따라가 후미진 곳에서 돌멩이로 머리통을 내려칠 수도 있을 것이다. 주머니에 든 유리 덩이로도 충분히 해치울 수 있었다. 하지만 그런 생각을 머릿속에서 지워버렸다. 폭력은 생각만 해도 끔찍했다. 그는 지금 뛰어갈 수도, 한 대 칠 수도 없었다. 게다가 그 여자는 젊고 힘이 세어서 혼자서도 충분히 맞설 수 있을 것이다. 그는 빨리 공회당으로 가서 집회가 끝날 때까지 앉아 있으면 조금이라도 알리바이를 만들 수 있겠다 싶었다. 그러나 그것도 할 수 없었다. 그는 너무 피곤해서 빨리 집으로 돌아가 조용히 쉬고 싶을 뿐이었다.

윈스턴은 22시가 넘어서야 집으로 돌아왔다. 23시 30분이면 전기가 끊어질 것이다. 그는 부엌으로 가서 승리주 한 잔을 따라 마셨다. 그리고 구석 책상 앞에 앉아 서랍에서 일기장을 꺼냈다. 그러나 바로 펼치지는 않았다. 텔레스크린에서 쇳소리 같은 여자 목소리로 국가가 흘러나왔다. 그는 대리석 색깔의 일기장 표지를 쳐다보며 국가 소리를 듣지 않으려고 애썼지만 소용없었다.

놈들은 밤에 온다. 체포하러 오는 때는 언제나 밤이다. 그놈들한테 체포되기 전에 자살하는 것이 상책이다. 그렇게 하는 사람들도 있었다. 사라져버리는 사람 중에 실제로 자살하는 사람들이 많았다. 그러나 총이나 순식간에 숨통을 끊어줄 독약 같은 것을 구할 수 없는 세상에서 자살하려면 엄청난 용기가 필요했다. 그는 고통과 공포에 대한 생리적 무용성과 특별한 노력이 필요한 순간 무력해지는 육체의 배신을 생각하고 소스라치게 놀랐다. 그가 재빨리 움직였다면 검은 머리 여자를 제거할 수 있었을지 모른다. 그러나 그는 극도로 위험한 상황에서 과감하게 실행할 기력을 잃고 말았다. 그는 위기의 순간 맞서 싸워야 할 것은 외부의 적이 아니라 바로 자신의 육체라는 사실을 깨닫고 적잖이 놀랐다. 술을 마셨는데도 여전히 배가 아파서 차근차근 생각할 수 없었다. 영웅적인 상황이든 비극적인 상황이든 겉보기에는 다를 게 없었다. 전장이나 고문실, 또는 침몰하는 배 안에서 사람들은 늘 정말 싸워야 할 상대가 누구인지 잊어버린다. 몸이 우주 끝까지 터져 나갈 듯하고, 공포와 고통으로 비명을 지르는 극단적인 상황이 아닌 일상에서도 생명이란 추위와 불면, 복통과 치통 등에 맞서 끊임없이 싸운다.

윈스턴은 일기장을 펼쳤다. 무엇이든 쓰는 것이 중요했다. 텔레스크린에서 나오는 여자 목소리는 이제 다른 노래를 부르기 시작했다. 목소리는 마치 깨진 유리 파편처럼 그의 머릿속에 날카롭게 박혔다. 그는 오브라이언 생각을 하려고 했다. 일기는 그를 위해 그에게 쓰는 것이니 말이다. 그런데 사상경찰에게 잡혀갔을 때 일어날 일들이 떠올랐다. 바로 처형된다면 차라리 나을 것이다. 처형은 이미 각오하고 있으니. 그러나 죽기 전에 (아무도 말하지 않지만 누구나 알고 있다) 반드시 자백을 해야 한다. 그 과정에서 무릎을 꿇고 살려달라고 애원하고, 뼈가 부러지고, 이가 뽑히고, 머리털은 피에 엉길 것이다. 이러나저러나 끝은 같은데 왜 그런 고통을 견뎌야 하는가? 왜 며칠, 혹은 몇 주 안에 삶을 끝내지 못하는가? 그 누구도 수색과 자백을 피할 수 없다. 일단 사상범으로 몰리면 정해진 날 반드시 죽는다. 예외는 없다. 그런데 왜 아무것도 바꿀 수 없는 공포가 앞을 가로막는가?

윈스턴은 오브라이언 생각에 좀더 집중할 수 있었다. "어둠이 없는 곳에서 우리는 만날 것이오."라고 오브라이언이 말했다. 그는 이 말의 의미를 알아챘다. 아니, 알 수 있을 것 같았다. 어둠이 없는 곳이란 상상 속의 미래다. 아무도 볼 수 없지만 예지로 다가갈 수 있는 신비로운 세계다. 그러나 귀가 따가울 정도로 울려대는 텔레스크린의 목소리 때문에 더 이상 생각할 수 없었다. 그는 담배를 피웠다. 담배 가루가 입 안에서 터져 씁쓸한 맛이 감돌았다. 부스러기를 뱉었으나 혓바닥에 붙어 잘 떨어지지 않았다. 오브라이언 대신 빅브라더의 얼굴이 떠올랐다. 며칠 전에 그랬던 것처럼 그는 주머니에서 동전을 꺼내 들여다보았다. 굳게 입 다문 엄숙한 얼굴이 지켜주겠다는 듯 그를 바라보았다. 그러나 검은 콧수염 아래 감춰진 미소의 진짜 의미는 무엇일까? 슬로건이 침울한 장례식의 종소리처럼 다시 떠올랐다.

전쟁은 평화

자유는 속박

무지는 힘

제2부

1

아침나절이었다. 윈스턴은 화장실에 가려고 사무실을 나왔다. 그의 앞쪽으로 길고 환한 복도 끝에서 한 사람이 다가오고 있었다. 검은 머리 여자였다. 그날 저녁 고물상 근처에서 그녀와 마주치고 나흘이 지났다. 가까이 왔을 때 보니 그녀의 오른쪽 팔에 붕대가 감겨 있었다. 제복과 같은 색 붕대여서 멀리서는 알아볼 수 없었다. 아마소설 줄거리를 만드는 커다란 만화경이 돌아갈 때 손이 걸린 모양이었다. 창작국에서는 흔한 사고였다.

윈스턴 앞으로 4미터 거리쯤 왔을 때 갑자기 여자가 삐끗하더니 악 소리를 지르며 바닥에 쓰러졌다. 다친 팔 쪽으로 넘어져 몹시 아픈 모양이었다. 윈스턴은 순간적으로 멈칫했다. 여자는 무릎을 딛고 상체를 일으켰다. 그녀의 얼굴은 희누르스레하게 변했지만 입술은 더 빨개졌다. 그녀는 고통스럽다기보다 두려운 듯 애처로운 눈빛으로 그를 빤히 쳐다보았다.

윈스턴은 묘한 감정을 느꼈다. 바로 앞에서 무릎을 꿇고 있는 이 사람은 그를 없애려는 적이다. 그러나 알고 보면 이 사람 역시 뼈마디가 삐끗하면 고통스러워하는 똑같은 인간이다. 그는 본능적으로 그녀를 향해 팔을 뻗었다. 그는 그녀가 붕대를 감은 팔 쪽으로 넘어지는 것을 보는 순간 마치 자기가 다친 것처럼 그녀의 고통이 그대로 전해진 듯했다.

"다쳤나요?"

윈스턴이 물었다.

"괜찮아요. 팔이 좀……. 곧 나을 거예요."

떨리는 목소리로 말하는 그녀의 얼굴빛이 몹시 창백했다.

"접질리거나 부러진 곳은 없나요?"

"아뇨, 괜찮아요. 한순간 뜨끔한 것뿐이에요."

그녀는 성한 팔을 내밀었다. 그가 팔을 잡고 부축해서 일으키자 그녀의 얼굴빛이 조금 나아졌다.

"괜찮아요."

그녀는 계속 괜찮다고 말했다.

"손목이 살짝 눌렸을 뿐이에요. 고맙습니다, 동무!"

여자는 아무렇지 않은 듯 가던 길을 걸어갔다. 그 모든 것이 30초도 채 안 되어 벌어진 일이었다. 윈스턴은 무표정한 얼굴이 습관으로 굳어져 어떤 일이 일어나도 텔레스크린 앞에서는 침착했다. 그런데도 그가 손을 내밀었을 때 그녀가 그의 손에 무언가 떨어뜨린 2, 3초 동안 소스라치게 놀란 나머지 감정을 감추기가 여간 어렵지 않았다. 그녀가 의도적으로 그런 것이 분명했다. 윈스턴은 화장실 문을 열고 들어가면서 그것을 주머니에 넣고 손끝으로 더듬어보았다. 네모나게 접은 종이쪽지였다.

그는 소변을 보면서 손가락으로 쪽지를 폈다. 분명 무슨 글이 씌어 있을 것이다. 대변기가 있는 칸막이로 들어가서 읽어볼까 생각했지만 지극히 어리석은 짓임을 알고 있었기에 그만두었다. 텔레스크린의 감시가 거기보다 더 심한 곳도 없었다.

그는 자리로 돌아와 아무 일 없는 듯 무심하게 종이쪽지를 책상 위 다른 서류들 속으로 던졌다. 그리고 안경을 쓰고 구술기록기를 당겼다. '5분, 5분이면 돼!' 그는 마음속으로 되뇌었다. 심장 박동 소리가 밖까지 들릴 것 같았다. 다행히 긴 숫자 표를 수정하는 단순한 작업이어서 크게 신경 쓰지 않아도 되었다.

어쨌든 그 종이쪽지에는 정치적인 내용이 적혀 있는 게 분명했다. 그가 생각할 수 있는 가능성은 두 가지였다. 그중 가장 큰 것은 그가 두려워했던 대로 그 여자가 사상경찰의 정보원이라는 것이다. 사상경찰이 왜 이런 식으로 메시지를 보내는지 알 수 없지만 은밀한 이유가 있을 것이다. 종이쪽지에 쓴 글은 협박, 소환, 또는 자살하라는 명령이거나 아니면 함정일 것이다. 무시하고 싶었지만 아무리 해도 머릿속에서 사라지지 않는 또 다른 가능성은 사상경찰이 아니라 어떤 지하단체에서 보낸 메시지라는 것이었다. 어쩌면 '형제단'이 정말 있는지도 모른다. 알고 보니 여자가 그 일원이었던 것이다. 이것은 아무 근거 없는 생각이었지만 종이쪽지를 받아 든 순간 맨 먼저 그 생각이 스쳤다. 아니, 몇 분 지나서야 그런 생각을 했다. 이성적으로는 이 메시지가 죽음을 의미한다고 생각하면서도 가슴은 도저히 믿지 못했다. 꼭 들러붙은 비이성적인 소망 때문에 그는 가슴이 답답했다. 그는 구술기록기에 대고 숫자를 말할 때 자칫 목소리가 떨리려는 것을 겨우 누그러뜨렸다.

그는 작업을 끝내고 나서 서류 뭉치를 압축 전송관으로 밀어넣었다. 8분이 지났다. 그는 콧등에 내려온 안경을 다시 올리고 숨을 한 번 내쉬었다. 그리고 다른 서류를 집으려고 하는데, 맨 위에 놓인 종이쪽지가 눈에 들어왔다. 펼쳐보니 투박하고 큰 글씨로 이렇게 씌어 있었다.

당신을 사랑합니다.

한동안 그는 너무 아연한 나머지 자신을 파멸의 구렁텅이로 몰아넣을지도 모르는 그 위험한 쪽지를 기억통에 넣는 것조차 잊어버렸다. 그는 기억통에 집어넣을 때 지나치게 신경 쓰면 위험하다는 것을 잘 알고 있었다. 그러나 종이쪽지 내용을 한 번 더 읽지 않을 수 없었다. 그 말이 정말 거기에 씌어 있는지 확인하고 싶었던 것이다.

윈스턴은 오전 내내 일에 집중할 수가 없었다. 자질구레한 일에 신경 쓰기도 그랬지만 텔레스크린에 들키지 않도록 마음의 동요

를 감추기도 여간 힘든 게 아니었다. 마치 배 속이 타들어 가는 듯
했다. 후덥지근하고 혼잡스럽고 귀가 따가울 정도로 시끄러운 식당
에서 점심을 먹는 것도 고역이었다. 그는 점심시간만이라도 혼자
있고 싶었다. 그런데 재수 없게 멍청한 파슨스가 옆에 앉았다. 그
는 스튜에서 나는 쇳내보다 더 괴로운 땀 냄새를 풍기면서 증오주
간 준비에 대해 장황하게 늘어놓았다. 그는 특히 자기 딸이 속한 스
파이단이 증오주간을 위해 2미터짜리 빅 브라더의 두상을 마분지
로 만드는 것에 대해 한참을 지껄여댔다. 식당 안이 어찌나 시끄러
운지 그는 파슨스의 말을 거의 알아들을 수 없었다. 그래서 이 얼빠
진 이야기를 다시 한번 말해보라고 계속 말하다 보니 더욱 짜증이
났다. 여자는 식당 끝에 두 여자와 함께 앉아 있었다. 그는 그녀를
흘깃 바라보았지만, 그녀는 그를 보지 못한 듯했다. 그래서 그도 더
이상 그쪽을 보지 않았다.

　오후에는 그럭저럭 좀 나은 편이었다. 점심시간이 끝나자 곧바로
몇 시간이 걸리는 복잡하고 어려운 일을 처리하느라 다른 일을 생
각할 겨를이 없었다. 그것은 의심받고 있는 고위 당원을 비판하기
위해 2년 전 생산 보고서를 수정하는 일이었다. 윈스턴은 2시간 넘
게 이 일을 하는 동안 그 여자를 생각하지 않을 수 있어서 좋았다.
하지만 일을 마치자마자 다시 여자 생각이 났다. 그는 혼자 있고 싶
어서 견딜 수가 없었다. 혼자 있어야 이런 생각을 마음대로 할 수
있었다. 그러나 오늘 밤에는 공회당 야간 집회에 참석해야 했다. 그

는 저녁 식사로 맛도 없는 음식을 게걸스럽게 먹어치우고 급히 공회당으로 갔다. 거기에서 '토론회'라는 엄숙한 바보 놀이에 참여한 다음 탁구를 두 게임 쳤다. 그리고 진을 몇 잔 마시고 나서 30분 동안 '체스와 영사의 관계'라는 강의를 들었다. 너무 지루해서 돌아버릴 지경이었지만 이날은 공회당 집회를 빠져나가고 싶은 충동이 단한 번도 일지 않았다. '당신을 사랑합니다'라는 글을 보고 나서 그의 마음속에 살고 싶은 욕망이 솟아올랐다. 그리고 비로소 위험한 행동을 하는 것은 어리석은 짓이라는 것을 느꼈다. 그가 생각에 잠길 수 있었던 것은 집으로 돌아와 23시가 조금 못 되어 침대에 누웠을 때였다. 어둠 속에서 조용히 있으면 텔레스크린의 감시로부터 안전했다.

실제로 그가 해결해야 할 문제는 어떻게 그 여자에게 접근해서 밀회 약속을 잡는가 하는 것이었다. 함정일지 모른다는 의심은 더이상 하지 않았다. 그녀가 종이쪽지를 건네줄 때 틀림없이 당황하고 있었기 때문이다. 그녀는 겁이 나서 어쩔 줄을 몰랐다. 당연히 그랬을 것이다. 그런 점으로 미뤄 함정은 아닐 것이다. 그는 그녀의 제안을 거절하고 싶지 않았고 그럴 생각도 없었다. 불과 닷새 전에 그는 그녀의 머리통을 돌로 내려칠 생각을 했다. 그러나 지금은 아니었다. 그는 꿈속에서 본 그녀의 젊고 싱싱한 알몸을 떠올렸다. 그는 그녀가 다른 사람들처럼 어리석고, 머릿속에는 거짓과 증오, 배속에는 차가운 얼음만 들어차 있을 거라고 생각했다. 그러나 이제는 달랐다. 자칫하면 그녀를 잃을지도 모른다, 싱싱하고 부드러운 우윳빛 육체가 멀리 달아날지도 모른다는 생각이 들자 불안했다. 무엇보다 하루라도 빨리 접촉하지 않으면 그녀의 마음이 변할지도 모른다는 생각에 두려웠다. 그러나 남몰래 그녀를 만나기는 쉽지 않았다. 그것은 마치 체스에서 꼼짝 못 하게 된 말을 움직이는 것과 같았다. 어디든 텔레스크린을 피할 수 없었다. 사실 그는 종이쪽지를 보고 5분도 안 되어 그녀에게 연락할 길을 찾았다. 그리고 이제 여유를 가지고 마치 책상에 늘어놓은 물건을 고르듯 그 방법들을 하나씩 검토했다.

오늘 아침과 같은 만남은 앞으로 없을 것이다. 그녀가 기록국에 근무한다면 조금 간단하지만 건물 어디에 창작국이 있는지 어렴풋이 알 뿐인 데다 거기에 갈 구실도 없었다. 그녀가 어디에 사는지, 몇 시에 출근하는지 알 수만 있다면 그녀가 퇴근하는 길목에서 기다렸다가 만날 수도 있을 것이다. 그러나 집으로 가는 그녀를 뒤따라가는 것도 안전한 방법은 아니었다. 그러려면 청사 밖에서 서성거려야 하는데 자칫 눈에 띌 염려가 있었다. 우편으로 편지를 보내는 것은 생각해볼 가치도 없었다. 통상적으로 모든 편지는 수신자에게 전달되기 전에 검열되기 때문이다. 그러다 보니 편지를 쓰는 사람이 거의 없었다. 꼭 편지로 소식을 전해야 할 일이 있으면 해당 내용이 인쇄된 엽서를 부쳤다. 그러나 지금 상황에 맞는 엽서가 있을 리 없었다. 게다가 그녀의 집 주소는커녕 이름조차 모르지 않는

가. 결국 그가 생각한 가장 안전한 방법은 식당에서 접촉하는 것이었다. 식탁에 그녀 혼자 앉아 있으면 주위가 시끄럽기 때문에 한가운데라도 텔레스크린 가까이 있지 않는 한 30초 정도 몇 마디 나눌 수 있을 것이다.

그 일이 있고 나서 일주일 동안 윈스턴은 매일 꿈을 꾸는 듯했다. 다음 날 업무 시작을 알리는 호루라기 소리가 나고 그가 식당을 나올 즈음 그녀가 나타났다. 교대 시간이 바뀐 모양이었다. 두 사람은 서로 못 본 척 그냥 지나쳤다. 다음 날 그녀는 다른 때와 같은 시간에 식당으로 들어왔다. 하지만 그녀가 다른 여자 셋과 함께 텔레스크린 바로 아래에 자리를 잡았다. 그다음 사흘 동안 식당에서 그녀의 모습을 볼 수 없었다. 윈스턴은 견딜 수가 없었다. 그는 신경이 극도로 예민해진 나머지 모든 것을 참을 수 없었다. 모든 행동, 모든 소리, 모든 접촉, 주고받는 모든 말들이 짜증스러웠다. 잠자리에서도 그녀의 모습을 떨쳐버릴 수가 없었다. 그동안 일기장에는 손도 대지 못했다. 유일한 위안은 일이었다. 일하는 동안은 10분이나마 자신을 잊을 수 있었다. 윈스턴은 그녀에게 무슨 일이 일어났는지 짐작조차 할 수 없었다. 알아보고 싶은 마음이 간절했지만 방법이 없었다. 증발했거나 아니면 자살했을지도 모른다. 어쩌면 오세아니아 변경 지역으로 유형을 떠났을 수도 있다. 그러나 가장 그럴듯하고 최악인 것은 그녀의 마음이 변해서 그를 만나지 않기로 결심했다는 것이다.

다음 날 그녀가 다시 모습을 드러냈다. 팔의 붕대를 풀고 손목에 반창고를 붙이고 있었다. 윈스턴은 그녀를 보자 마음이 놓여 한동안 그녀를 똑바로 쳐다보았다. 다음 날에도 그녀가 나타났다. 그는 거의 말을 걸 뻔했다. 그가 식당에 들어가자 그녀는 마침 벽에서 꽤 떨어진 식탁에 혼자 앉아 있었다. 시간이 일러 아직 북적거리지는 않았다. 배식을 기다리는 줄이 술술 움직이다가 윈스턴이 배식대 앞에 왔을 때 뚝 멈췄다. 한 사람이 사카린을 못 받았다고 시비를 거는 바람에 2분 정도 지체되었다. 윈스턴은 음식을 받자마자 그녀가 앉아 있는 식탁 쪽으로 갔다. 그녀는 여전히 혼자였다. 그는 그녀 맞은편 자리를 보며 천연스레 그쪽으로 걸어갔다. 2초면 닿을 수 있는 3미터쯤 앞까지 다가갔을 때였다. 뒤에서 "스미스!"라고 부르는 소리가 들렸다. 그는 못 들은 척했다. 그러자 다시 "스미스!"라고 큰 소리로 불렀다. 그는 돌아서지 않을 수 없었다. 금발 머리에 아둔하게 생긴 윌셔였다. 친하지도 않은 그가 자기 주위의 빈자리를 가리키며 오라고 손짓했다. 윈스턴은 거절할 수 없었다. 위험한 짓이었기 때문이다. 오라고 손짓하는데 굳이 혼자 앉아 있는 여자 앞에 가서 앉는다면 누구나 이상하게 생각할 것이다. 그는 반가운 듯 웃으며 윌셔 옆자리에 앉았다. 바보 같은 금발 머리가 활짝 웃었다. 그 순간 윈스턴은 곡괭이로 금발의 면상을 찍어버리고 싶었다. 얼마 지나지 않아 여자가 앉아 있는 식탁도 자리가 다 차버렸다.

그녀는 윈스턴이 자기 쪽으로 걸어오는 것을 눈치챘을 것이다.

다음 날 그는 일부러 일찍 식당에 갔다. 역시나 그녀는 어제와 같은 자리에 혼자 앉아 있었다. 배식을 기다리는 윈스턴 바로 앞에 작고 민첩하며 딱정벌레처럼 생긴 남자가 서 있었다. 둥그스름하고 평평한 얼굴에 눈이 작은 그 남자는 의심이 많아 보였다. 윈스턴이 음식 쟁반을 받고 돌아서자 그 작은 남자가 곧장 여자가 앉아 있는 식탁 쪽으로 가고 있는 게 아닌가. 또다시 그의 기대가 무너졌다. 그러나 좀 떨어진 곳에 빈 식탁이 보이자 남자가 어쩐지 그리 갈 것 같았다. 윈스턴은 차가운 눈빛으로 남자의 뒤를 보며 따라갔다. 여자 혼자 있지 않으면 아무 소용 없다는 생각을 하고 있을 때였다. 난데없이 쿵 하는 소리가 나더니 작은 남자가 사지를 쭉 뻗고 발라당 넘어졌다. 커피와 스튜가 바닥에 쏟아졌고, 남자가 들고 있던 쟁반은 어디론가 날아가 버렸다. 잠시 뒤 남자가 벌떡 일어나더니 윈스턴이 발을 걸었다고 여기는 듯 사나운 눈초리로 그를 노려봤다. 어쨌든 윈스턴한테는 잘된 일이었다. 정확히 5초 뒤 그는 두근거리는 가슴을 안고 여자 맞은편에 앉았다.

그는 그녀를 쳐다보지 않았다. 그는 쟁반을 내려놓자마자 허겁지겁 먹었다. 누가 오기 전에 얼른 이야기해야 하는데 도무지 입이 떨어지지 않았다. 그녀가 그에게 접근한 지 일주일도 더 지났으니 그새 마음이 변했는지도 모를 일이었다. 아니, 분명 변했을 것이다. 이런 일이 성공하기란 불가능했다. 더구나 현실에서 절대 일어날 수 없었다. 그때 윈스턴은 쟁반을 들고 자리가 없나 하고 두리번거리는 앰플퍼스를 못 봤다면 결국 한마디도 꺼내지 못했을 것이다. 귀에 솜털이 수북한 시인 앰플퍼스는 막연하게나마 윈스턴을 좋아했으므로 그를 보면 이쪽으로 오지 않을 리 없었다. 따라서 행동할 시간은 단 1분이었다. 윈스턴과 그녀는 사실은 강낭콩으로 끓인 묽은 스튜를 묵묵히 먹었다. 윈스턴은 낮은 소리로 말을 걸었다. 두 사람은 서로를 쳐다보지 않고 스튜 국물을 입으로 떠 넣으면서 필요한 말만 했다.

"몇 시에 퇴근하시죠?"

"18시 30분요."

"어디서 만날까요?"

"승리 광장, 기념비 근처."

"사방에 텔레스크린이 있는데."

"사람이 많으면 괜찮아요."

"신호는?"

"없어요. 제가 사람들 무리로 들어갈 때까지 다가오지 마세요. 쳐다보지도 말고요. 조금 떨어져 계세요."

"몇 시?"

"19시."

"좋아요."

앰플퍼스는 윈스턴을 보지 못하고 다른 식탁에 앉았다. 두 사람은 더 이상 이야기를 나누지 않았다. 우연히 같은 식탁에 마주 앉게

된 것처럼 보이려고 서로 쳐다보지도 않았다. 잠시 뒤 그녀는 식사를 끝내고 일어났다. 윈스턴은 계속 남아 담배를 피웠다.

약속 시간보다 조금 일찍 승리 광장에 도착한 윈스턴은 세로 홈이 파인 거대한 돌기둥 근처에서 서성거렸다. 이 돌기둥 꼭대기에 제1공대에서 유라시아 비행대(몇 년 전에는 동아시아 비행대였다)를 격파한 빅 브라더의 동상이 남쪽 하늘을 바라보며 서 있었다. 앞쪽 거리에 있는 말을 탄 동상은 올리버 크롬웰인 듯했다. 약속 시간 5분이 지났는데도 여자가 나타나지 않았다. 윈스턴은 두려움이 엄습했다. 그녀가 오지 않는다. 마음이 바뀐 것이다. 그는 광장 북쪽으로 천천히 걸어가 예전에 '그대는 내게 3페니를 빚졌지'라고 종이 울렸던 성 마틴 교회를 바라보았다. 교회를 보고 있으니 마음이 조금 가라앉았다. 그때 기념비 앞에 서 있는 여자의 모습이 보였다. 그녀는 읽고 있는지, 아니면 그러는 척하는지 돌기둥에 돌돌 감긴 포스터를 보고 있었다. 사람들이 더 몰려들기 전에 그녀 가까이 다가가는 것은 위험했다. 박공(박공지붕 옆면 모서리에 'ㅅ' 모양으로 붙여놓은 두꺼운 널빤지—옮긴이)마다 텔레스크린이 있었다. 바로 그때 떠들썩한 소리가 나더니 왼쪽에서 트럭이 부릉거리는 소리가 들려왔다. 사람들이 갑자기 광장을 건너 그쪽으로 뛰어갔다. 여자도 기념비 받침돌의 사자상을 빙 돌아 얼른 군중들 무리에 섞였다. 윈스턴도 따라 뛰면서 떠들썩한 소리가 유라시아 포로 수송차 행렬이라는 것을 알았다.

수많은 사람들이 순식간에 광장 남쪽으로 몰려들었다. 윈스턴은 보통 때 같으면 아우성치고 떠밀고 부딪치는 군중들에게 밀려났겠지만 지금은 혼잡한 틈을 헤집고 들어갔다. 곧 팔을 뻗으면 닿을 거리까지 왔다. 그러나 그와 그녀 사이에 덩치가 산만 한 노동자와 그 아내인 듯한 몸집 큰 여자가 끼여 있었다. 그들은 마치 쉽게 지나가지 못하게 가로막고 선 육체의 벽 같았다. 윈스턴은 숨을 한 번 몰아쉬고 나서 그들 사이로 한쪽 어깨를 밀어넣었다. 엄청나게 큰 엉덩이 사이에 끼여 내장이 터져 나올 것 같았다. 겨우 빠져나왔을 때는 온몸이 땀에 젖어 있었다. 그는 이제 여자 바로 옆에 섰다. 그들은 나란히 앞을 바라보며 서 있었다.

긴 트럭 행렬이 모퉁이마다 지키고 서 있는 위병의 감시를 받으며 천천히 움직이고 있었다. 목석같이 서 있는 위병은 기관총으로 무장하고 있었다. 트럭 안에는 푸른색 낡은 제복을 입은 왜소한 황인종들이 콩나물시루처럼 빽빽이 쪼그리고 앉아 있었다. 몽골족들은 슬픈 표정으로 거리를 멍하니 바라보고 있었다. 트럭이 덜컹거릴 때마다 철그렁철그렁 쇠붙이가 맞부딪는 소리가 났다. 포로들 두 다리가 쇠사슬로 묶여 있었던 것이다. 서글픈 얼굴들을 태운 트럭이 연달아 지나갔다. 그러나 윈스턴은 포로들을 싣고 가는 트럭을 한 번씩 보면서도 마음은 다른 곳에 가 있었다. 그녀의 어깨와 오른팔이 그의 몸에 닿았다. 그녀의 뺨이 체온을 느낄 수 있을 만큼 가까이 있었다. 그녀는 식당에서 보았을 때와 똑같은 분위기였다. 그때처럼 아무 표정 없이 입술만 움직여 단조롭게 말했다. 윈스턴은 거리의 소음과 덜컹거리는 트럭 소리 때문에 제대로 알아들을 수 없었다.

"제 목소리 들리세요?"

"네."

"일요일 오후에 만날 수 있어요?"

"네."

"잘 기억해두세요. 패딩턴 역에서……."

그녀는 군인처럼 정확하게 길을 가르쳐주었다. 기차로 30분을 달린 뒤 내려 역 왼쪽으로 꺾어서 2킬로미터, 문설주 없는 문을 지나 들판을 가로질러 난 풀이 무성한 오솔길로 접어들어, 덤불 사이 샛길을 지나 이끼 돋은 고목 한 그루……. 그녀 머릿속에 지도가 들어 있는 듯했다.

"외울 수 있겠어요?"

그녀가 나지막이 물었다.

"네."

"왼쪽으로 꺾어서 오른쪽, 다시 왼쪽이에요. 문설주 없는 문."

"알겠어요. 몇 시에?"

"15시쯤. 좀 기다리세요. 저는 다른 길로 갈 거예요. 다 외웠죠?"

"물론이죠."

"그럼 이제 빨리 이곳을 떠나세요."

그렇게 말할 필요도 없었다. 사람들이 너무 많아 빠져나갈 수가 없었다. 트럭 행렬은 아직 끝나지 않았다. 사람들은 지겹지도 않은 지 하염없이 바라보았다. 처음에는 간간이 욕을 해댔다. 하지만 그 것은 군중 틈에 있는 당원들이 내뱉은 것이었다. 그나마도 얼마 지나지 않아 뚝 그쳤다. 대부분의 사람들은 그저 단순한 호기심에서 구경할 뿐이었다. 유라시아에서 왔든 동아시아에서 왔든 외국인이란 처음 보는 신기한 동물이었다. 외국인이라고는 포로들밖에 없었고 그나마 이렇게 보는 게 다였다. 포로 몇 명이 전범으로 교수대에 오른다는 것 말고는 그들이 어떻게 될지 아무도 몰랐다.

그들은 아마 강제노동수용소로 보내질 것이다. 둥그런 얼굴의 몽골족이 지나가고 이어서 지저분하고 덥수룩한 수염에 몹시 고단해 보이는 유럽인들이 지나갔다. 앙상한 얼굴들이 스쳐 지나가면서 윈스턴을 쏘아보는 듯했다. 수송차 행렬이 거의 끝나고 마지막 트럭에 탄 한 노인이 윈스턴의 눈에 들어왔다. 반백의 수염이 덥수룩한 노인은 늘 그래 온 듯 팔짱을 끼고 똑바로 앉아 있었다. 이제 윈스턴은 그녀와 헤어져야 했다. 군중들이 여전히 길을 가로막고 있는 동안 그녀가 그의 손을 스치는가 싶더니 별안간 꽉 잡았다 놓았다.

10초도 되지 않았으나 두 사람은 꽤 오래 손을 잡고 있었던 듯했다. 그 짧은 순간에 그는 그녀의 손을 온전히 느낄 수 있었다. 그녀의 손가락은 길고 손톱은 뾰족했으며, 손바닥에는 굳은살이 박여 있었다. 손목은 보드라웠다. 만지기만 했을 뿐인데 직접 본 것처럼 상세하게 떠올랐다. 그러다 문득 그녀의 눈동자가 무슨 색인지 모

른다는 생각이 들었다. 갈색일 것이다. 머리카락은 검은데 눈동자
는 푸른 사람도 있다. 그는 고개를 돌려 그녀를 보고 싶었지만 너무
위험한 듯싶어 그만두었다.

두 사람은 사람들에 둘러싸여 손을 잡은 채 앞만 바라보았다. 여
자의 눈 대신 덥수룩한 늙은 포로가 서글픈 눈빛으로 윈스턴을 바
라보았다.

2

윈스턴은 그늘과 햇빛으로 아롱진 오솔길을 걸어갔다. 나뭇가지
사이로 금빛 햇살이 내리쬐는 곳에 이르면 갑자기 환해졌다. 나무
아래 블루벨 꽃이 잔뜩 피어 있었다. 부드럽고 향기로운 대기가 입
맞추듯 피부를 감쌌다. 5월 2일. 깊은 숲속 어디선가 산비둘기 울음
소리가 한가롭게 들려왔다.

그가 좀 일찍 도착한 모양이었다. 오는 동안 별 어려움은 없었
다. 그녀가 길을 자세히 알려주었기 때문에 평소와 달리 별 두려움
도 없었다. 그녀가 안전한 장소를 골랐을 것이다. 런던보다 시골이
더 안전하다고 장담할 수는 없었다. 물론 텔레스크린은 없지만 도
청 장치인 마이크로폰이 숨겨진 곳이 많았다. 게다가 남의 눈에 띄
지 않고 혼자 여행하기란 여간 어려운 게 아니었다. 1백 킬로미터
이내는 여행증명서가 필요 없지만, 역 근처에서 어슬렁거리는 경

찰 눈에 띄면 당원증을 조사하면서 꼬치꼬치 캐물을 것이다. 그러
나 다행히 경찰도 없었고 역에서부터 계속 뒤돌아보았는데 미행하
는 사람은 없는 듯했다. 여름철 일요일이라 기차 안은 노동자들로
북적거렸다. 그는 나무 좌석 차량에 탔다. 그곳에는 이가 몽땅 빠진
할머니부터 태어난 지 한 달 남짓 된 갓난아이까지 있는 대가족이
타고 있었다. 그들은 암시장에서 버터도 살 겸 온 가족이 야외에서
오후를 즐길 거라고 윈스턴에게 거리낌 없이 말했다.

　오솔길이 넓어지면서 곧바로 그녀가 말한 덤불 사이 샛길이 나타
났다. 마치 소가 지나다니면서 만든 길 같았다. 그는 시계가 없었지
만 아직 15시 전인 것 같았다. 블루벨 꽃이 총총히 피어 있어 계속
꽃을 밟고 걸어갔다. 그는 무릎을 꿇고 몇 송이 꺾었다. 시간도 보
내고 또 꽃다발을 만들어 그녀에게 주고 싶었다. 그는 커다란 꽃다
발을 만들어 향긋한 냄새를 맡았다. 그때 그의 등 뒤에서 소리가 났
다. 틀림없이 나뭇가지 밟는 소리였다. 그는 움찔했으나 계속 블루
벨 꽃을 꺾었다. 그게 가장 현명한 대처였다. 그녀가 아니면 미행하
는 사람일 것이다. 두리번거리는 것은 죄를 자백하는 것이나 다름
없었다. 그는 꽃을 하나씩 하나씩 꺾었다. 그때 누군가 손으로 그의
어깨를 살짝 쳤다.

　윈스턴이 올려다보니 그 여자였다. 그녀는 말하지 말라는 뜻으
로 고개를 젓더니 재빨리 덤불을 헤치고 숲으로 이어진 좁은 샛길
을 앞서 갔다. 물웅덩이를 살짝살짝 피해가는 폼이 전에도 와본 것

이 틀림없었다. 윈스턴은 꽃다발을 꼭 쥐고 따라갔다. 그는 처음에는 안도감이 들었다. 그러나 허리에 진홍색 띠를 바짝 동여매 엉덩이 선이 고스란히 드러난 쾌활하고 날씬한 그녀의 몸을 보자 그는 자신이 너무나도 초라하게 느껴졌다. 지금 그녀가 돌아서서 자기를 보면 뒤로 주춤할 것 같았다. 달콤한 공기와 푸른 잎사귀에도 그는 주눅이 들었다. 역에서 걸어오는 동안 5월의 햇빛을 느끼면서 그는 자신이 땀구멍에 런던의 시커먼 먼지가 잔뜩 낀, 집구석에 틀어박힌 더럽고 시든 존재라는 생각이 들었다. 그녀는 환한 대낮에 밖에서 그를 본 적이 없을 것이다. 두 사람은 그녀가 말했던 쓰러진 고목 근처에 왔다. 그녀는 나무를 뛰어넘어 덤불을 헤치고 들어갔다. 넓은 자리가 있을 것 같지 않았는데 가서 보니 자연적으로 생긴 평평한 공간이 나타났다. 잔디가 깔리고 살짝 경사진 빈터가 관목 숲으로 완전히 가려져 있었다. 그녀는 걸음을 멈추고 돌아서며 말했다.

"여기예요."

그는 몇 발짝 앞에 있는 그녀를 바라보았다. 그러나 아직 그녀에게 다가갈 수 없었다. 그녀가 계속 말했다.

"샛길에서는 얘기할 수 없었어요. 마이크로폰이 숨겨져 있을지 몰라서요. 혹시 또 모르잖아요. 저 돼지 같은 놈들은 우리 목소리를 금방 알아챌 거예요. 하지만 여기는 안전해요."

그는 여전히 다가갈 용기가 없었다.

"여기는 안전하다고요?"

그는 바보처럼 되받았다.

"그래요. 저 나무들 좀 보세요."

베어낸 자리에 다시 싹이 나서 나지막한 울타리를 이룬 작은 물푸레나무였는데, 굵기가 손목보다 얇았다.

"마이크를 숨겨놓을 큰 나무가 없거든요. 그리고 전에 여기 와봤어요."

그들은 말만 주고받았다. 하지만 그는 이제 그녀에게 다가갈 수 있을 것 같았다. 그녀는 그의 앞에 똑바로 서서 왜 그렇게 굼뜨냐는 듯 약간 익살맞은 미소를 지었다. 블루벨 꽃잎이 우수수 떨어졌다. 저절로 떨어진 것이다. 마침내 그는 그녀의 손을 잡았다.

"지금까지 나는 당신 눈동자가 무슨 색인지도 몰랐어요."

윈스턴은 그녀의 눈을 바라보며 말했다. 갈색이었다. 검은 속눈썹에 밝은 갈색. 그가 계속 말했다.

"이제 내가 어떻게 생겼는지 똑똑히 보고도 내가 좋나요?"

"물론이에요."

"나는 서른아홉 살이에요. 헤어질 수 없는 아내가 있고, 정맥류궤양을 앓고 있죠. 이는 5개나 해 넣었어요."

"상관없어요."

그녀가 곧바로 말했다.

그다음 누가 먼저랄 것도 없이 두 사람은 와락 부둥켜안았다. 윈스턴은 이 순간이 도무지 믿어지지 않았다. 젊은 여자의 몸을 끌어

안고, 여자의 검은 머리카락이 그의 얼굴에 스치다니. 그렇다! 꿈이 아니었다. 그녀는 고개를 들어 그를 보았고, 그는 여자의 크고 붉은 입술에 키스했다. 게다가 그녀는 그의 목을 팔로 꼭 껴안고 사모한다고, 사랑한다고, 말했다. 그는 그녀를 잔디에 눕혔다. 그녀는 그를 밀치지 않았다. 그는 자신이 원하는 대로 할 수 있었지만 그냥 안고만 있고 싶었다. 그는 그저 꿈만 같았고 스스로가 자랑스러웠다. 그는 이렇게 있는 것 자체가 기뻤을 뿐 욕정이 생기지는 않았다. 너무 갑작스레 젊고 아름다운 육체가 다가왔고, 오랫동안 여자 없이 살아왔기 때문에 어쩔 줄을 몰랐다. 그러나 그녀는 그가 이러는 이유를 알 리 없었다. 그녀는 일어나 머리에서 블루벨 꽃잎을 떼어내고 팔로 그의 허리를 안고 기대앉았다.

"괜찮아요. 서두를 것 없어요. 오후 내내 시간이 있으니까요. 참 멋진 곳이죠? 단체행군 때 길을 잃고 헤매다 우연히 발견했어요. 1백 미터 거리에서 나는 발소리도 들려요."

"당신 이름이 뭐죠?"

윈스턴이 물었다.

"줄리아. 당신 이름은 알아요. 윈스턴이죠? 윈스턴 스미스."

"어떻게 알아요?"

"뭔가 알아내는 데는 당신보다 나아요. 내가 종이쪽지를 건네기 전에 나를 어떻게 생각했는지 알고 싶어요."

그는 거짓말하고 싶지 않았다. 사랑을 시작하면서 좋지 않은 말

150

을 할 수도 있으니까. 그가 말했다.

"당신을 미워했어요. 당신을 강간하고 죽이고 싶었죠. 2주일 전에
는 돌멩이로 당신 머리를 짓이겨버릴 생각까지 했어요. 솔직히 당
신이 사상경찰의 끄나풀이라고 생각했거든요."

그녀는 유쾌하게 웃었다. 자신의 성공적인 위장술이 뿌듯한 듯
했다.

"사상경찰요? 정말 그렇게 생각했어요?"

"뭐, 꼭 그런 건 아니지만 겉으로 봐서는……. 당신은 젊고 활달
하고 건강하니까 그냥……."

"충직한 당원이라고 생각했군요. 하긴 말이나 행동을 보면 그럴
만도 하죠. 행진이며 슬로건이며 게임이니 단체행군 모두 열심히
하니까요. 꼬투리를 잡아 당신을 사상경찰에 고발해서 잡아넣을 거
라고 생각했군요?"

"그래요. 젊은 여자들이 대개 그렇지 않소?"

"이것 때문에 더 그랬겠네요."

그녀는 청년반성동맹의 진홍색 허리띠를 풀어 나뭇가지에 걸었
다. 그러더니 그제야 생각났는지 제복 주머니를 뒤져 초콜릿 한 조
각을 꺼냈다. 그녀는 둘로 쪼개 한 쪽을 그에게 주었다. 그는 맛을
보기도 전에 냄새만으로도 보통 초콜릿이 아님을 알았다. 은박지에
싸인 것은 윤기 나는 검은 초콜릿이었다. 보통 초콜릿은 밝은 갈색
으로 잘 뭉그러졌고, 굳이 맛을 표현하자면 쓰레기 타는 냄새가 났

다. 예전에 윈스턴은 지금 그녀가 준 그런 초콜릿을 맛본 적 있다. 처음 그 초콜릿 향을 맡았을 때 딱 꼬집어 말할 수는 없지만 강렬하고 고통스러운 추억이 떠올랐던 기억이 났다.

"어디서 구했죠?"

그가 물었다.

"암시장에서요."

그녀는 대수롭지 않다는 듯 말했다.

"겉보기에는 제가 그래요. 게임도 잘하고, 스파이단 분대장이죠. 자진해서 일주일에 3일 저녁을 청년반성동맹에서 봉사해요. 몇 시간이고 런던 거리를 돌아다니며 그 헛소리를 붙이고, 행진 때마다 깃발 한쪽을 잡죠. 저는 뭐든 열심히 해요. 부지런하고요. 사람들과 함께 고함도 잘 지르고요. 그게 가장 안전한 방법이거든요."

초콜릿이 윈스턴의 혓바닥에서 사르르 녹았다. 맛도 그만이었다. 그러나 그 추억은 아직 희미했다. 마치 힐끔힐끔 곁눈질하듯 의식의 가장자리에서 맴돌 뿐 선명하게 떠오르지 않았다. 그는 기억을 떠올리는 일을 단념했다. 그것은 하고 싶었지만 할 수 없었던 어떤 것이었기 때문이다.

"당신은 참 젊어요. 나보다 열 살이나 열다섯 살 정도 어릴 거요. 그런데 나 같은 남자한테 무슨 매력이 있다는 거요?"

그가 물었다.

"당신 얼굴이요. 저는 얼굴만 봐도 열성파인지 아닌지 금방 알 수 있거든요. 당신을 보는 순간 '그 사람'들과 다르다고 생각했어요. 그들에게 저항하고 있는 것을요. 그래서 기회를 엿봤죠."

'그 사람'들이란 당원, 특히 내부당원을 두고 하는 말일 것이다. 그녀가 그들을 대놓고 비웃고 증오하는 것을 보고 이곳이 비록 안전하다 해도 윈스턴은 불안감을 떨칠 수 없었다. 더구나 그녀의 거친 말에 놀랐다. 당원은 욕을 해서는 안 된다. 윈스턴도 큰 소리로 욕한 적이 없다. 그러나 줄리아는 외진 골목길 담벼락의 지저분한 낙서에서나 볼 법한 저속한 말이 아니면 당원, 특히 내부당원에 대해 얘기할 수 없는 모양이었다. 그는 그런 그녀가 싫지 않았다. 그것은 당에 반감을 갖고 있다는 뜻이며 마치 말들이 썩은 건초 냄새를 맡고 코를 킁킁거리는 것처럼 자연스럽고 건전하다는 증거였다. 그들은 빈터에서 나와 다시 햇빛과 그늘로 아롱진 숲을 걸었다. 나란히 걸을 만큼 넓은 길에서는 서로의 허리를 안았다. 허리띠를 묶지 않은 그녀의 허리는 훨씬 가늘고 부드러웠다. 두 사람은 속삭이듯 얘기했다. 언덕을 내려오자 줄리아가 조용히 걷는 것이 좋겠다고 말했다. 관목 숲 끝에 다다랐을 때 그녀가 그를 붙잡고 말했다.

"밖으로 나가지 말아요. 누가 볼지 몰라요. 여기 나뭇가지 뒤에 숨어 있는 게 가장 좋아요."

그들은 개암나무 그늘 아래 섰다. 잎사귀 사이로 따가운 햇살이 비쳐 들었다. 윈스턴은 멀리 들판을 바라보고 있자니 전에 온 적이 있는 듯한 기분이 들어 살짝 놀랐다. 그의 눈은 알고 있었다. 고색

창연한 풀밭과 그곳을 가로질러 난 오솔길, 군데군데 보이는 두더지 굴, 마주 보이는 낡은 울타리의 느릅나무, 잔바람에 여자의 머리카락처럼 너울거리는 풍성한 이파리. 여기에서는 보이지 않지만 가까운 곳에 분명 냇물이 있고 푸른 웅덩이에서 황어 떼가 헤엄치고 있으리라.

"이 근처에 냇물이 있나요?"

그는 속삭이듯 말했다.

"네, 있어요. 저 들판 너머에요. 물고기도 살아요. 꽤 큰 놈도 있고요. 버드나무 아래 웅덩이에서 꼬리를 흔들며 헤엄치는 물고기들이 보이죠."

"'황금의 나라'로군."

그가 중얼거렸다.

"황금의 나라요?"

"아니, 아무것도 아니에요. 언젠가 꿈에서 본 경치예요."

"저기 보세요!"

줄리아가 속삭였다.

개똥지빠귀 한 마리가 나뭇가지에 앉았다. 5미터도 채 안 되는 거리에 있는, 그들의 키 높이 나무였다. 새는 그들을 못 본 모양이었다. 새는 햇빛 속에, 그들은 그늘 속에 있었다. 개똥지빠귀는 날개를 폈다가 슬며시 다시 접었다. 그리고 햇님에게 인사라도 하듯 잠깐 고개를 까딱하더니 지저귀기 시작했다. 조용한 숲속이라 깜짝 놀랄 정도로 소리가 컸다. 윈스턴과 줄리아는 서로를 꼭 안은 채 황홀한 분위기에 젖었다. 마치 기량을 맘껏 펼쳐보이기라도 하는 듯 끊임없이 곡조를 바꿔가며 몇 분 동안 계속 지저귀었다. 새는 가끔 2, 3초 정도 노래를 멈출 때면 날개를 폈다가 오므리고 가슴을 부풀리곤 했다. 윈스턴은 경이로운 마음으로 새를 바라보았다. 저 새는 누구를 위해, 무엇을 위해 노래하는가? 친구도 적도 보는 이 없는데, 어째서 가지 끝에 외로이 앉아 노래를 울려 퍼지게 하는가? 그는 문득 근처 어딘가에 마이크로폰이 숨겨져 있지 않을까 생각했다. 낮은 소리로 속삭이는 두 사람의 목소리는 못 듣겠지만 새소리는 들을 것이다. 마이크로폰 저편에서 딱정벌레처럼 생긴 작은 사내가 열심히 새소리에 귀를 기울이고 있는지 모른다. 그러나 물이 불어나듯 점차 커지는 새소리에 윈스턴은 생각을 이어갈 수 없었다. 마치 액체 같은 것이 잎사귀 틈으로 내리쬐는 햇빛과 섞여서 그의 머리 위로 쏟아지는 것 같았다.

그는 생각을 멈추고 기분에 몸을 맡겼다. 그의 팔로 감싸고 있는 그녀의 허리는 부드럽고 따뜻했다. 그는 그녀의 몸을 돌려 가슴이 맞닿도록 바짝 끌어당겼다. 그녀의 몸이 그의 몸속으로 녹아드는 듯했다. 그녀의 몸은 그의 손길을 따라 마치 물처럼 부드럽게 출렁거렸다. 그들은 다시 입을 맞췄다. 처음과 달리 뜨겁고 격렬했다. 둘은 떨어지면서 깊은 한숨을 내쉬었다. 새가 놀랐는지 날개를 퍼덕거리며 날아가 버렸다.

윈스턴은 그녀의 귀에 입술을 갖다 대고 속삭였다.

"자!"

"여기서는 안 돼요."

그녀도 속삭였다.

"아까 거기로 가요. 거기가 더 안전해요."

두 사람은 발밑에서 나뭇가지가 바지직거리는 소리를 들으며 다시 빈터로 갔다. 관목 숲으로 둘러싸인 그곳에 이르자 그녀가 돌아서서 그를 바라보았다. 그들의 숨소리는 거칠어졌고, 그녀의 입가에 그윽한 미소가 번졌다. 잠시 그를 쳐다보던 그녀의 손은 어느새 제복 지퍼로 가 있었다. 그리고…… 그렇다! 꿈속에서 본 그대로였다. 그가 상상했던 것처럼 그녀는 재빨리 옷을 벗어던졌다. 그 모습은 모든 문명을 무(無)로 되돌리는 듯 거침없었다. 그녀의 하얀 몸이 햇빛 속에서 빛났다. 그러나 한동안 그는 그녀의 몸을 똑바로 쳐다볼 수 없었다.

그는 그녀의 주근깨 얼굴을 바라보았다. 대범한 그녀는 미소를 띠고 있었다. 그는 그녀 앞에 꿇어앉아 그녀의 손을 잡았다.

"전에도 해봤소?"

"물론이죠. 몇백 번, 아니 몇십 번."

"당원들하고?"

"네, 항상 당원들이었어요."

"내부당원?"

"그 돼지 새끼들은 아니에요. 그들은 호시탐탐 기회를 노리다가 틈만 나면 달려들려고 하죠. 보기와 달리 아주 천박한 놈들이에요."

그의 가슴이 뛰었다. 그녀가 수십 번 했단다. 수백 번, 수천 번이 었다면 더 좋았을 것이다. 당원들이 부패했다는 증거를 보거나 들을 때마다 윈스턴의 마음속에서 희망이 솟구쳤다. 누가 알겠는가? 당 내부는 썩을 대로 썩었고, 불굴의 투쟁을 찬양하고 자기 부정을 부추기는 것은 부패를 감추려는 속임수인지도 모른다. 그들 모두에게 문둥병이나 매독을 퍼뜨릴 수 있다면 윈스턴은 무슨 일이라도 기꺼이 할 것이다! 당을 타락시키고 권력을 무너뜨리고 전복하는 짓이라면 무엇이든 말이다! 그가 그녀를 잡아끌어 두 사람은 무릎을 꿇고 마주 보았다.

"이봐요, 당신이 관계한 남자들이 많을수록 나는 당신을 더욱 사랑할 거요. 내 말 이해하겠소?"

"물론이죠."

"난 순결과 착한 것을 증오해요. 세상 모든 미덕이 사라졌으면 해요. 모든 사람들이 뼛속까지 썩기를 바라요."

"그럼 내가 딱이군요. 난 뼛속까지 썩었거든요."

"당신은 이 짓을 좋아하는 거요? 꼭 내가 아니라도? 행위 자체 말이오."

"난 찬양해요."

그가 무엇보다 듣고 싶은 말이었다. 지고지순한 사랑뿐 아니라

물불 안 가리는 동물적인 본능, 이것저것 가리지 않는 단순한 욕망, 이것이야말로 당을 무너뜨릴 수 있는 힘이다. 그는 블루벨 꽃 더미 위로 그녀를 쓰러뜨렸다. 이번에는 어렵지 않았다. 들썩거리던 가슴이 점차 가라앉고 나른한 피로감이 몰려오자 그들은 비로소 떨어졌다. 햇살은 더욱 뜨겁게 내리쬐었다. 졸음이 쏟아졌다. 그는 팔을 뻗어 흩어진 옷을 끌어당겨 그녀를 덮어주었다. 두 사람은 30분 정도 깊은 잠에 빠졌다.

원스턴이 먼저 깨어났다. 그는 일어나 앉아서 팔을 베고 평온하게 잠든 주근깨 얼굴을 바라보았다. 입술 말고는 예쁜 구석이 없는 얼굴이었다. 자세히 보니 눈가에 주름이 한두 개 있었고, 검고 짧은 머리는 유달리 부드럽고 풍성했다. 그는 문득 아직도 그녀의 성과 사는 곳을 모른다는 사실을 깨달았다.

깊이 잠든 싱싱하고 발랄한 육체를 보면서 그는 그녀가 가련하게 느껴져 보호해주고 싶었다. 그러나 개똥지빠귀가 노래하는 개암나무 밑에서 솟아나던 무분별한 감정은 없었다. 그는 덮었던 옷을 치우고 그녀의 부드럽고 흰 몸뚱이를 차근차근 살펴보았다. 옛날에는 남자가 여자의 몸을 보고 성욕을 느끼는 것이 지극히 당연한 일이었다. 그러나 지금은 순수한 사랑도, 순수한 욕정도 허용되지 않는다. 어떤 식으로든 공포와 증오가 뒤엉키게 마련이었으므로 어떤 감정도 순수할 수 없었다. 부둥켜안고 뒹구는 것은 전투요, 최고조에 이르는 것은 곧 승리를 의미했다. 그것은 당에 일격을 가하는 정치적 행위였다.

3

"이곳에 한 번 정도는 더 와도 되겠어요. 한곳을 두 번 정도 이용하는 것은 괜찮거든요. 한두 달 안에 그러는 건 위험하지만."

줄리아가 말했다.

그녀는 일어나자마자 일을 처리하듯 재빠르게 움직였다. 그녀는 옷을 입고 진홍색 허리띠를 매고 나서 집으로 돌아가는 길을 자세히 가르쳐주었다. 이런 건 자기 일이라는 듯했다. 그녀는 윈스턴에게는 부족한 현실감각을 가지고 있었고, 문제 처리 능력이 뛰어났다. 또한 수없이 해온 단체행군 덕분에 런던 근교 지리를 속속들이 꿰고 있었다. 그녀는 왔던 길과 전혀 다른 길을 그에게 가르쳐주었다. 역도 달랐다.

"왔던 길로 가면 안 돼요."

그녀는 중요한 원칙을 발표하듯 말했다. 그녀가 먼저 떠나고 윈스턴은 30분쯤 뒤에 떠나기로 했다.

그녀가 나흘 뒤 퇴근하고 만날 장소를 정했다. 늘 사람이 복닥거리고 시끌벅적한 공설시장 근처 빈민가였다. 그녀는 신발 끈이나 바느질실을 사는 척하며 상점 주위를 서성거리겠다고 했다. 안전하다고 생각되면 코를 풀 테니 그때 다가오고, 그렇지 않으면 아는 척하지 말고 그냥 가라고 했다. 많은 사람들 틈에서는 15분쯤 얘기를 나눌 수 있으니 그때 다음 약속을 잡기로 했다.

그녀는 필요한 것을 모두 알려주고 나서 말했다.

"이제 가봐야겠어요. 19시 30분까지 도착해야 해요. 청년반성동맹에 가서 2시간 동안 전단지를 돌려야 하거든요. 기막히죠? 머리에 검불이 붙었나 봐요. 좀 털어주세요. 됐어요? 그럼 안녕. 잘 가요, 내 사랑."

그녀는 그에게 와락 달려들어 격렬하게 키스했다. 그리고 잠시후 관목 숲으로 들어가 조용히 사라졌다. 그는 아직도 그녀의 성과 사는 곳을 몰랐다. 그러나 집 안에서 만난다거나 편지를 주고받을 일이 없을 테니 안다고 해서 별 달라질 것도 없었다.

이후로 그들은 숲속 빈터에 가지 못했다. 5월에 그들은 딱 한 번 사랑을 나눴다. 줄리아가 알고 있는 비밀 장소에서였다. 30년 전 원자폭탄이 떨어진 폐허에 파괴된 채 서 있는 교회 종루였다. 거기까지 가기가 무척 위험했지만 몰래 만나기에 아주 좋은 곳이었다. 그때 말고는 매번 다른 시간 다른 거리에서 만났다. 게다가 30분 이상 만나지도 못했다. 거리에서는 그럭저럭 얘기를 나눌 수 있었다. 나란히 걷거나 서로 바라보지는 못했다. 그저 수많은 사람들에 떠밀리면서 마치 깜박이는 등대 불빛처럼 띄엄띄엄 기묘하게 대화를 나눴다. 제복 차림의 당원이 다가오거나 텔레스크린 가까이 갔을 때는 중단했다가 한참 뒤 다시 얘기를 이어갔다. 그러다 미리 지정한 곳에 도착하면 말없이 그대로 헤어졌다가 다음 날 만나 다시 얘기했다. 줄리아는 이런 대화에 익숙한지 '일부 대화'라고 불렀다. 그녀는 또 입술을 움직이지 않고 말하는 데 능숙했다. 한 달 동안 밤마다 그렇게 데이트를 하면서 그들은 딱 한 번 키스를 했다.

어느 날 그들이 말없이 뒷골목을 걸어가는데(줄리아는 큰길이 아니면 말을 하지 않았다) 갑자기 귀청이 떨어져 나갈 듯한 굉음과 함께 땅이 흔들리더니 암흑천지가 되었다. 윈스턴은 타박상을 입고 옆으로 나가떨어져 벌벌 떨고 있었다. 로켓 폭탄이 근처에 떨어진 게 분명했다. 잠시 뒤 그는 몇 센티미터 떨어진 곳에 널브러진 그녀를 보았다. 그녀의 얼굴은 분필처럼 하얗게 변해 있었다. 입술조차 핏기 없이 창백했다. 죽은 듯했다. 그는 얼른 그녀를 안고 입을 맞췄다. 다행히 그녀는 살아 있었다. 그녀의 입술에 가루가 묻어 있었는데, 둘 다 횟가루를 잔뜩 뒤집어쓴 것이었다.

두 사람은 만날 장소에 도착했지만 아는 척도 못 하고 지나칠 때도 있었다. 순시하는 경찰이나 위에서 감시하는 헬리콥터가 빙빙 돌 때는 어쩔 수 없었다. 늘 위험을 무릅쓰고 만나야 하는 데다 시간을 맞추기도 여간 어려운 게 아니었다. 윈스턴은 일주일에 60시간 일했고, 줄리아의 근무시간은 그보다 더 많았다. 작업량 때문에 쉬는 날도 서로 달랐고, 또 줄리아는 거의 매일 저녁 매인 몸이었다. 강의와 시위에 참석하고, 청년반성동맹의 책자를 만들고, 증오 주간을 위한 깃발도 준비해야 하고, 저축 운동의 일환으로 모금 활동을 하는 등 온갖 일을 다 하느라 자유 시간이 거의 없었다. 그녀는 그렇게 함으로써 자신의 정체를 감출 수 있다고 했다. 작은 규칙을 지킴으로써 더 큰 규칙을 어길 수 있다는 것이다. 그녀는 윈스턴에게도 열성 당원이 자발적으로 참가하는 시간제 무기 제조 일에 가담하라고 권했다. 그래서 윈스턴은 일주일에 하루 저녁 4시간씩 텔레스크린의 음악과 망치 두드리는 소리로 시끄럽고 컴컴한 공장에서 폭탄 뇌관의 첫조각을 나사로 죄며 지루한 시간을 보냈다.

교회 종루에서 다시 만났을 때 그들은 '일부 대화'로 미처 못다 한 얘기를 나눴다. 무더운 오후였다. 종루의 조그맣고 네모난 방 안은 덥고 공기가 탁한 데다 비둘기 똥 냄새가 지독하게 풍겼다. 그들은 먼지가 쌓이고 나뭇조각이 널린 마룻바닥에 앉아 몇 시간이나 이야기했다. 한 번씩 일어나 좁은 틈새로 누가 오지 않나 확인했다.

줄리아는 스물여섯 살로 여자 합숙소에서 서른 명이 함께 살고 있다고 했다(그녀는 "어휴, 지독한 여자 냄새! 난 여자들이 싫어요!"라고 말했다).

그의 추측대로 그녀는 창작국에서 소설 제작기를 맡고 있었다. 그녀는 세심하게 다루어야 하는 강력한 전기 모터를 작동하고 수리하는 일을 좋아했다. 그녀는 '머리가 좋지 않은 대신' 손재주가 좋아서 기계를 잘 다뤘다. 그녀는 기획위원회에서 보내는 전체 지시 사항부터 수정반의 마지막 윤색까지 한 편의 소설을 만드는 과정을 알고 있었다. 그러나 그녀는 완성된 작품에는 전혀 관심 없었다.

"읽는 건 흥미 없어요."라고 말했다. 책이란 그녀에게 잼이나 신발과 똑같은 생산품이었다.

그녀는 1960년대 초에 대해 기억나는 것이 없다고 했다. 어릴 때 그녀의 할아버지가 혁명 이전 시절에 대해 얘기해주곤 했는데 그는 그녀가 여덟 살 때 사라졌다. 학교 다닐 때 그녀는 하키팀 주장이었고 2년 연속 우승을 했다. 그녀는 스파이단의 분대장이었고, 청년 반성동맹에 가입하기 전까지 청년동맹 지부 사무국장이었다. 그녀는 어디를 가든 능력을 인정받았다. 그래서 노동자들에게 보급하는 값싼 음란 소설을 만드는 창작국의 외설과에 차출되기도 했다(이것은 그녀의 평판이 좋다는 확실한 증거였다). 그녀는 외설과에서 일하는 사람들이 자신들의 부서를 '쓰레기터'라 부른다고 했다. 거기에서 그녀는 1년 동안 '뜨거운 이야기'니 '여학교에서 하룻밤을' 같은 제목의 작은 책을 만들었다. 포장해서 내보내는 이 책을 젊은 노동자들이 불온서적처럼 몰래 산다고 했다.

"어떤 내용이지?"

윈스턴이 물었다.

"쓰레기 같은 것들이죠, 뭐. 정말 재미없어요. 모두 여섯 가지 줄거리를 조금씩 바꿔서 만들죠. 저는 만화경만 맡아서 수정반 일은 잘 몰라요. 문학적 소질도 없어서 윤색하는 일은 적성에 안 맞아요."

그는 외설과 직원들이 국장 빼고 모두 여자라는 말에 놀랐다. 그 이유는 남자들이 여자에 비해 욕구를 잘 억제하지 못하기 때문이라고 했다. 음담패설을 다루다 자칫 잘못하면 타락할 위험이 크다는 것이다.

"결혼한 여자들도 좋아하지 않아요. 여자들의 순결을 강조하니까요. 나 같은 사람이 있는 줄도 모르고 말이에요."

그녀가 말했다.

그녀의 첫경험은 열여섯 살 때였다고 한다. 상대는 예순 살의 당원이었는데 체포되기 전에 자살해버렸다고 했다.

"그나마 다행이죠. 자백했으면 내 이름이 나왔을 테니까요."

그 후 그녀는 여러 사람과 관계했다. 그녀의 인생관은 단순했다. 인간은 쾌락을 추구한다. 그러나 그들, 즉 당은 그것을 막는다. 그래서 자기도 당의 규율을 어긴다는 것이다. 그들이 사람들로부터 쾌락을 빼앗으려고 하는 만큼 사람들도 그들 수중에서 벗어나려 한다는 투였다. 그녀는 당을 증오하며 욕하기는 했지만 전반적으로 비판하지는 않았다. 당이 그녀의 사생활을 간섭하지 않는 한 당의 강령에 저항하지 않았다. 그녀는 일상적인 말 외에는 신어를 전혀 쓰지 않는다고 했다. 형제단 얘기도 듣지 못했고 그것을 믿지도 않았다. 당에 저항하는 반란 조직은 실패할 게 뻔하므로 쓸데없고 어리석은 짓이라고 생각했다. 당의 규칙을 어기면서 오래 버티는 것이 낫다는 것이다. 그는 그녀와 같은 젊은이들이 얼마나 많을까 하는 생각이 들었다. 혁명 이후에 자라 당을 하늘처럼 받들고, 당의 부당한 권위에 대항할 생각도 전혀 없고, 단지 토끼가 개를 피하듯 그저 피하면 그뿐이라고 생각하는 사람들 말이다.

그들은 결혼에 관해 일절 얘기하지 않았다. 그들에게 결혼은 별 의미 없었다. 윈스턴이 아내 캐서린하고 완전히 갈라선다 해도 당에서 그들의 결혼을 허락할 리 없었다. 두 사람의 결혼은 허망한 백일몽에 지나지 않았다.

"당신 아내는 어떤 사람이죠?"

줄리아가 물었다.

"아내는…… 신어로 '선사적(善思的)'이라는 말 알아? 선천적인 정통파여서 나쁜 생각을 아예 못 한다는 뜻이지."

"몰라요. 하지만 어떤 사람인지 알겠네요."

그는 자신의 결혼 생활을 그녀에게 들려주었다. 그러나 그녀는 핵심적인 것을 이미 알고 있었다. 그녀는 마치 직접 보았거나 이미 들은 것처럼 그가 캐서린에게 다가가면 그녀의 몸이 굳어졌다는 것, 그녀를 안고 있는 동안 어떻게 그를 밀어냈는지 하나하나 설명했다. 줄리아가 이런 얘기를 하는데도 그는 당황스럽지 않았다. 어쨌든 캐서린은 이제 고통이 아니라 메마른 추억이었다.

"한 가지 문제만 아니었어도 결혼 생활을 이어갔을 거야."

윈스턴은 캐서린이 날짜를 정해 그에게 강요했던 냉랭한 성교에 관해 들려주었다.

"그 여자는 그 짓을 싫어했지. 그렇지만 하지 않을 수 없었나 봐. 그 여자가 그걸 뭐라고 불렀는지…… 당신은 상상도 못 할 거야."

"당에 대한 우리의 의무라고 했겠죠."

줄리아가 얼른 대답했다.

"어떻게 알았지?"

"학교에서 그렇게 배웠으니까요. 열여섯 살 이후부터 한 달에 한 번씩 섹스를 주제로 토론을 했죠. 청년동맹에서도 그랬고. 그 말을 몇 년 동안 계속 머릿속에 쑤셔 넣는 거죠. 꽤 효과적이에요. 물론 사람들은 원래 위선적이니까 정말 효과가 있는지는 모르겠지만요."

그녀는 이 문제를 확대해서 생각했다. 줄리아는 모든 것을 자신의 성적 욕구로 귀결시켰다. 그래서 이런 문제가 나오기만 하면 그녀는 예민하게 받아들였다. 윈스턴과 달리 그녀는 당이 성적 순결을 강조하는 내막을 잘 알고 있었다. 당은 성적 본능이 당의 통제 범위를 벗어나 스스로의 세계를 구축하므로 그 싹을 아예 잘라버리는 것이었다. 더 중요한 것은 성욕을 박탈하면 히스테리를 부리게 되므로 이를 전투 의지와 지배자 숭배로 전환하려 했다.

그녀는 이렇게 설명했다.

"성행위는 정력을 소모하죠. 그다음에는 행복해지고. 그래서 누구한테 욕하고 싶은 생각이 들지 않거든요. 당은 사람들의 그런 심리를 용인하지 않는 거예요. 그들은 사람들의 정력이 왕성하기를 원해요. 행진하고, 함성 지르고, 깃발을 흔드는 것 모두 성행위의 변형이죠. 행복하면 무엇 때문에 빅 브라더나 3개년 계획, '2분간 증오' 같은 썩어빠진 일에 흥분하겠어요?"

윈스턴은 맞는 말이라고 생각했다. 순결과 정치적 교조는 직접적이고도 밀접한 관계가 있다. 강력한 본능이 원동력으로 작용하지 않는 한 당이 당원에게 공포와 증오, 광적 맹신을 어떻게 지속적으로 끌어낼 수 있겠는가? 자신들에게 위험한 성적 충동을 당이 이런 식으로 이용하는 것도 당연했다. 그들은 똑같은 방식으로 부모의 본능을 이용한다. 가족제도를 폐지할 수는 없으므로 옛날처럼 자식 사랑을 권장하면서도 아이들이 자기 부모를 적대적으로 대하도록 조직적으로 세뇌시킨다. 아이들이 어릴 때부터 부모를 몰래 감시하면서 그들이 잘못을 저지르면 즉시 고발하라고 교육하는 것이다. 결국 가정은 사상경찰의 연장선상이었다. 그리하여 누구든 밤낮으로 자신을 잘 아는 정보원에게 둘러싸여 감시의 눈을 피할 수 없는 것이다.

윈스턴은 문득 캐서린이 생각났다. 그녀가 조금만 눈치가 빨랐어도 윈스턴의 비정통적인 사상을 알아채고 사상경찰에 고발했을 것이다. 숨 막힐 듯한 오후의 더위 속에 있으니 그는 문득 캐서린 생각이 났다. 그는 줄리아에게 11년 전 어느 무더운 여름 오후에 있었던 일을 들려주었다. 정확하게 말하면 일어날 뻔했던 일이다.

그와 캐서린이 결혼한 지 3, 4개월쯤 되었을 때였다. 그들은 켄트 지방에서 단체행군을 하던 중 대열에서 이탈하고 말았다. 잠시 꾸물거리다가 2, 3분 거리에 뒤처졌는데 갈림길에서 길을 잘못 들어서고 말았다. 가다 보니 오래된 백악(白堊) 채석장의 막다른 길이었고, 10미터에서 20미터 사이의 깎아지른 낭떠러지가 있었다. 그 밑은 온통 자갈밭이었다. 주위에 길을 물어볼 사람도 없었다. 행군 대열에서 잠시 이탈한 것뿐인데 무슨 큰 잘못이라도 저지른 듯 캐서린은 안절부절못했다. 그녀는 왔던 길을 되돌아가 다른 길로 가보려고 했다. 이때 윈스턴은 발밑 절벽 틈에 핀 부처꽃을 발견하고 걸음을 멈췄다. 분명 같은 뿌리에서 나온 한 줄기에 붉은 자주색과 적갈색 두 가지 빛깔의 꽃이 피어 있었다. 그것을 처음 보고 신기해서 그는 캐서린을 불렀다.

"캐서린, 이 꽃 좀 봐! 절벽 틈에 핀 것. 한 줄기에 두 가지 색 꽃이 피었어."

그녀는 이미 돌아섰다가 잠깐 망설이더니 여전히 애타는 표정으로 되돌아왔다. 그녀는 몸을 숙이고 그가 가리킨 곳을 바라보았다. 그는 뒤에서 그녀의 허리를 잡아주었다. 이 순간 그는 둘밖에 없다는 것을 깨달았다. 주위에 사람 그림자도 보이지 않았다. 나뭇잎 하나 흔들리지 않았고, 새소리도 들리지 않았다. 이런 곳에 마이크로폰이 숨겨져 있을 리도 없었고 설령 있다 해도 소리만 작게 들릴 것이다. 무덥고 나른한 오후, 머리 위로 쨍쨍 내리쬐는 햇빛 때문에 그의 얼굴에서 땀이 줄줄 흘러내렸다. 그리고 그의 머릿속에 스친 생각……

"슬쩍 밀어버리지 그랬어요? 나 같으면 그랬을 텐데."

줄리아가 말했다.

"그랬겠지. 당신 같으면 충분히. 지금 같으면 나도 그랬을 거고. 모르긴 해도……."

"그래서 후회돼요?"

"후회돼. 후회하는 편이지."

그들은 먼지 쌓인 마룻바닥에 나란히 앉아 있었다. 그가 그녀를 끌어당기자 그녀는 그의 어깨에 머리를 기댔다. 비둘기 똥 냄새 속에서도 그녀의 머리카락에서 나는 향긋한 냄새를 맡을 수 있었다. 그녀는 젊고, 삶에 대한 기대가 컸다. 그래서 마음에 들지 않는 사람을 절벽 아래로 밀어 떨어뜨린들 근본적인 문제가 해결되지 않는다는 것을 이해하지 못했다.

"그렇게 했더라도 별 차이 없어."

그가 말했다.

"그럼 왜 밀지 못한 걸 후회하죠?"

"그건 다만 소극적이기보다 적극적이었으면 싶었다는 거야. 우리는 지금 벌이고 있는 경주에서 이길 수 없어. 하지만 지더라도 좀더 낫게 지고 싶은 거지."

그녀는 이해할 수 없다는 듯 어깨를 으쓱했다. 그가 이런 얘기를 할 때 그녀는 수긍하는 법이 없었다. 그녀는 개인 혼자서는 질 수밖에 없다는 자연의 섭리를 인정하지 않았다. 그녀는 머지않아 사상경찰에게 잡혀 처형되는 것을 피할 수 없다고 생각하면서도, 다른 한편으로는 비밀스런 자기만의 세계에서 자신이 선택한 대로 계속 살아갈 수 있다고 믿었다. 그녀는 이때 필요한 것은 행운, 술책, 결단력이라고 여겼다. 그녀는 행복 따위는 기대할 수 없고, 승리는 먼 훗날 그들이 죽은 뒤에나 찾아올 것이며, 당에 저항하는 순간 죽은 목숨이나 마찬가지라고 생각하는 것이 차라리 현명하다는 사실을 이해하지 못했다.

"우리는 죽은 목숨이야."

그가 말했다.

"우리는 아직 죽지 않았어요."

줄리아가 되받았다.

"육체적으로는 안 죽었지. 6개월, 1년, 어쩌면 5년 후에도 살아 있을지 몰라. 나 역시 죽는 게 두려워. 당신은 젊으니까 나보다 덜 두렵겠지. 물론 우리는 할 수 있는 한 죽음의 순간을 늦출 거야. 하지만 결국은 마찬가지지. 인간이 인간으로 남아 있는 한 죽음과 삶은 같은 것이지."

"천만에요! 당신은 지금 나랑 자고 싶어요, 아니면 해골이랑 자고 싶어요? 당신은 살아 있는 게 행복하지 않나요? 이것이 나다, 이게 내 손이다, 이게 내 다리다, 이렇게 못 느끼나요? 내가 살아 있다는 것만큼 확실한 게 어디 있나요? 당신은 살아 있는 게 좋지 않아요?"

그녀는 그의 품으로 바짝 파고들었다. 풍만하고 탱탱한 그녀의 젖가슴이 그의 가슴에 닿았다. 그 순간 그녀의 젊음과 생기가 그의 몸속으로 스며드는 것 같았다.

"물론, 살아 있는 게 좋지."

그가 대답했다.

"그럼 죽음이 어떻다느니 그런 얘기는 그만해요. 그리고 내 말 좀 들어봐요. 다음에 만날 곳을 정해야죠. 지난번 숲속 빈터도 괜찮을 거예요. 한동안 안 갔으니까. 하지만 이번에는 다른 길로 오세요. 내가 계획을 짜놨어요. 기차를 타고……. 보세요, 그려줄 테니."

어느새 그녀는 현실로 돌아왔다. 그녀는 비둘기 둥지에서 주워온 나뭇가지로 먼지가 수북이 쌓인 바닥에 지도를 그리기 시작했다.

4

윈스턴은 채링턴의 상점 위층의 작고 초라한 방을 둘러보았다. 창가 밑 커다란 침대에는 해진 모포와 덮개도 씌우지 않은 베개가 놓여 있었다. 12시간이 표시된 옛날 시계가 벽난로 위에서 재깍거렸다. 구석의 접이식 책상에는 그가 지난번에 샀던 유리 문진이 희미한 어둠 속에서 부드럽게 빛나고 있었다.

벽난로 받침대에 낡은 양철 석유난로와 소스펜, 컵 2개가 놓여 있었다. 모두 채링턴이 마련해준 것들이었다. 윈스턴은 난롯불을 켜고 주전자를 올려놓았다. 그는 승리 커피 한 봉지와 사카린 몇 알을 가져왔다. 시계는 7시 20분을 가리켰다. 정확히 말하면 19시 20분이었고, 줄리아는 19시 30분까지 오기로 했다.

'어리석은 짓이다. 정말 어리석은 짓이야.' 그는 마음속으로 부르짖었다. 멀쩡한 정신에 아무 이유 없이 자살을 기도하는 바보! 이보다 쉽게 발각될 범죄도 없을 것이다. 이런 생각은 책상 위에 유리 문진이 비치는 것만큼이나 또렷하게 떠올랐다. 예상대로 채링턴은 선뜻 방을 빌려주었다. 그는 몇 달러라도 받는 게 좋은 모양이었다. 윈스턴이 이 방에서 여자랑 잘 거라고 했는데도 놀라기는커녕 불쾌해하지도 않았다. 그는 단지 머리 위쪽을 멍하니 바라보며 윈스턴이 있다는 사실도 잊은 듯 혼잣말을 했다.

"사생활이란 참 값진 거야. 누구나 가끔 혼자만의 공간에 있고 싶어 하거든. 그런 장소는 남한테 절대 말해서는 안 되지. 그래야 하는 법이야."

그는 몸은 거의 사라지고 목소리만 남은 듯 공허하게 말했다. 그는 집에 문이 2개 있는데 뒤뜰로 통하는 문을 이용하면 골목길로 바로 빠져나갈 수 있다고 일러주었다.

창 밑에서 누군가 노래를 부르고 있었다. 윈스턴은 모슬린 커튼 뒤에 숨어 밖을 내려다보았다. 6월의 태양이 아직 떠 있었다. 햇볕이 내리쬐는 뜰에서 여자가 빨래를 널고 있었다. 앞치마를 두른 그녀는 노르만식 건물 기둥처럼 튼튼한 벽돌색 팔뚝이 인상적이었다. 그녀는 빨래집게를 입에 문 채 대야와 빨랫줄 사이를 부지런히 움직이며 기저귀 같은 것을 널고 있었다. 그러면서 집게를 입에서 뗄 때마다 강한 콘트랄토로 노래를 불렀다.

허망한 꿈이었네.

4월의 꽃잎처럼 스러졌네.

눈짓과 말과 꿈으로 흔들어

내 마음 앗아갔네!

　지난 몇 주 런던에서 인기를 끌었던 유행가였다. 음악국에서 노동자를 위해 만든 숱한 유행가 중 하나였다. 가사도 거의 비슷비슷했다. 가사는 사람이 직접 쓰는 것이 아니라 작시기(作詩機)가 만들어냈다. 허접하고 시시한 노래인데 여자가 부르니 아주 좋게 들렸다. 여자의 노랫소리, 그녀의 신발 끄는 소리, 거리에서 뛰노는 아이들 소리, 멀리서 자동차 소리도 아련하게 들렸다. 그러나 방 안은 이상하리만큼 조용했고 다행히 텔레스크린이 없었다.

　'어리석은 짓이다. 정말 어리석은 짓이야.' 그는 또다시 속으로 중얼거렸다. 이곳을 들락거리다가는 몇 주 안에 붙잡히고 말 것이다. 그러나 실내나 가까운 곳에 자신들만의 은신처를 너무너무 갖고 싶었다. 그들은 교회 종루에서 만난 뒤 한동안 못 만났다. 증오주간을 앞두고 근무시간이 연장되었기 때문이다. 한 달 이상 남았지만 준비할 것이 많고 복잡해서 모든 사람들이 시간외근무를 해야 했다. 운 좋게 같은 날 오후에 쉬게 된 두 사람은 숲속 빈터에 가기로 약속했다. 그 전날 저녁 그들은 거리에서 잠깐 만났다. 언제나 그렇듯 윈스턴은 군중들에 떠밀리면서 줄리아의 얼굴을 제대로 보지 못했다. 그러나 얼핏 보니 평소와 달리 그녀의 안색이 좋지 않았다.

"내일은 안 되겠어요."

그녀는 안전한 틈을 타서 속삭였다.

"뭐라고?"

"내일 오후에 못 가겠다고요."

"왜?"

"그 이유죠, 뭐. 이번에는 이르네요."

윈스턴은 화가 불끈 솟았다. 한 달 동안 그녀를 만나면서 그의 욕망은 점점 더 커졌다. 처음에는 욕정 같은 것을 거의 느끼지 못했다. 첫 정사는 의지로 행한 것이었지만 두 번째부터 달랐다. 그녀의 머리카락에서 나는 향기, 달콤한 입술, 부드러운 살결이 그의 몸속으로, 그를 둘러싼 공기 속으로 스며든 것 같았다. 그는 이제 그녀의 육체 없이는 살 수 없을 것 같았다. 그리고 그가 원하는 것을 너머 권리가 있는 것으로 여겨졌다. 그녀가 못 만나게 되었다고 말했을 때 윈스턴은 그녀가 자기를 속이는 게 아닌가 하는 생각마저 들었다.

그러나 인파에 밀리면서 두 사람 손이 스치자 그녀가 그의 손가락 끝을 지그시 잡았는데, 그는 욕망이 아닌 애정을 느꼈다. 그때 그는 여자와 살자면 이 정도 실망쯤은 흔할 거라는 생각이 들었다. 그러자 신기하게도 이제까지 한 번도 느껴보지 못한 애정이 솟아났다. 그는 그녀와 결혼한 지 10년쯤 되었다면 얼마나 좋을까 생각했다. 아무런 두려움 없이 지금처럼 이런저런 얘기를 하고 생필품을 사면서 함께 거리를 걸을 수 있다면 얼마나 좋을까? 만나면 꼭 정사를 벌여야 한다는 강박관념도 없고, 무엇보다 둘만의 장소가 있을 테니 말이다. 바로 그다음 날 그는 채링턴의 방을 빌리기로 마음먹었다. 그가 줄리아에게 말하자 예상과 달리 그녀도 순순히 찬성했다. 두 사람은 이것이 미친 짓이라는 것을 너무나 잘 알고 있었다. 이건 스스로 무덤 속으로 내려가는 계단에 발을 디디는 것이나 마찬가지였다.

그녀를 기다리면서 그는 침대에 걸터앉아 애정부의 감방을 생각했다. 운명이 결정된 듯 미리 공포를 느끼는 것이 이상하게 여겨졌다. 99 다음은 100이듯 공포 다음에는 미래의 예정된 시간에 죽음을 맞는다. 죽음을 연기할 수는 있겠지만 피할 수는 없다. 그러나 때때로 뻔히 알면서도 죽음을 앞당기는 행동을 하기도 한다.

이때 계단을 급히 올라오는 소리가 들리더니 줄리아가 방으로 뛰어들어 왔다. 그녀는 깔깔한 갈색 천 가방을 들고 있었다. 그녀가 출퇴근할 때 들고 다니는 연장 가방이었다. 그가 다가가 안으려고 하자 그녀가 얼른 몸을 피했다. 가방을 들고 있어서 그런 듯했다.

"잠깐만, 내가 뭘 가져왔는지 보세요. 당신은 그 시시한 승리 커피를 가져왔겠죠? 그렇죠? 그런 건 이제 필요 없으니 갖다 버려요."

그녀는 무릎을 꿇고 앉아 가방을 열었다. 스패너와 드라이버 따위를 꺼내자 맨 밑에 깨끗한 종이 포장이 몇 개 있었다. 그녀가 건네는 첫 번째 포장을 받아 든 윈스턴은 손에 닿는 느낌이 어딘지 낯설지 않았다. 그것은 모래처럼 묵직하고 손가락 사이로 잘 흘러내릴 것 같은 촉감이었다.

"설탕이야?"

그가 물었다.

"진짜 설탕이에요. 사카린이 아니라 설탕요. 그리고 흰 빵도 있어요. 지긋지긋한 싸구려 검은 빵 말고요. 그리고 잼 한 통이랑 우유도 한 통 있어요. 봐요! 이걸 당신한테 보여주고 싶어 한달음에 달려왔어요. 종이로 꼼꼼히 싸야 했어요. 왜냐하면……."

더 말하지 않아도 되었다. 벌써 그 향이 방 안에 가득했다. 부드럽고 고급스러운 냄새였다. 윈스턴은 어렸을 때 그 냄새를 맡아본 기억이 있었다. 요즘은 가끔 어느 집 열린 문틈에서 새어 나와 거리를 지나는 사람들 코끝을 살짝 스치고 금세 스러져버리는 냄새였다.

"진짜 커피군."

그가 속삭였다.

"내부당원이 마시는 커피예요. 이게 1킬로그램이에요."

"이런 걸 어떻게 구했지?"

"전부 내부당원 거예요. 그 돼지 새끼들은 없는 게 없어요. 이건 웨이터랑 하인들이 몰래 빼돌린 거예요. 홍차도 좀 구했어요."

윈스턴은 그녀 옆에 쭈그리고 앉아 홍차 봉지 귀퉁이를 조금 찢었다.

"진짜 홍차군. 검은딸기 잎사귀 말린 게 아니라 진짜 홍차."

"요즘에는 홍차가 흔해졌어요. 인도 같은 곳을 점령했나 봐요."

그녀는 확실하지 않다는 듯 말했다.

"부탁이 있어요. 침대 저쪽에 가서 3분만 뒤돌아 있어요. 창 쪽으로 바짝 가지는 말고요. 돌아서라고 할 때까지 가만히 있어야 해요."

윈스턴은 모슬린 커튼 틈으로 밖을 내다보았다. 뜰에는 벽돌색 팔뚝의 그 여인이 아직도 부지런히 빨래를 널고 있었다. 그녀는 입에 물고 있던 빨래집게 2개를 떼더니 한껏 감정을 담아 노래를 불렀다.

시간이 모든 것을 해결해준다지만
언제나 잊을 수 있다 말들 하지만
해를 거듭해도 미소와 눈물이
여전히 내 가슴을 쥐어짠다오!

여자는 유행가란 유행가는 다 아는 모양이었다. 더운 여름 공기 속으로 시원하게 울려 퍼지는 그녀의 노랫소리를 들으면서 그는 아련한 감상에 젖었다.

6월 저녁이 영원히 계속되고 빨랫감도 끊이지 않는다면 그녀는 그 자리에서 천년만년이라도 그렇게 빨래를 널면서 만족스럽게 노래를 부를 것 같았다. 그는 문득 혼자 노래 부르는 당원을 본 적이 없다는 생각을 했다. 사람들은 혼자 흥얼거리는 것을 혼자 중얼거리는 것 못지않게 이단적이고 위험한 행동으로 여길 것이다. 아마도 사람들은 굶어 죽을 지경이 되어야 노래를 부를 수 있다고 생각하는지 모른다.

"이젠 돌아서도 돼요."

줄리아가 말했다.

돌아선 그는 어리둥절했다. 그녀를 알아볼 수 없었던 것이다. 그는 그녀의 알몸을 기대했다. 그러나 그녀는 옷을 벗은 게 아니었다. 그녀의 변신은 더 놀라운 것이었다. 화장을 한 것이다.

그녀는 노동자 구역의 상점에 가서 몰래 화장품을 사 온 것이다. 입술에 빨간 립스틱을 칠하고 뺨도 발그스름했다. 코에도 분을 바르고 눈에도 뭔가를 발랐다. 잘된 화장은 아니었지만, 어차피 윈스턴도 볼 줄 아는 눈이 없었다. 그는 화장한 여자 당원을 본 적도 없고 상상조차 해보지 않았다. 윈스턴이 보기에 줄리아는 무척 아름다웠다. 살짝 화장했을 뿐인데 훨씬 더 예뻤고, 무엇보다 훨씬 여성스러워 보였다. 남자처럼 보이는 짧은 머리와 제복과 대비되어 더욱 그랬다. 그녀를 껴안자 향긋하고 기분 좋은 오랑캐꽃 향기가 코끝을 맴돌았다. 그는 컴컴한 지하실 부엌과 동굴 같던 여자의 입속을 떠올렸다. 그때 그 여자가 뿌린 것과 같은 향이었다. 그러나 아무래도 상관없었다.

"향수를 뿌렸군!"

그가 말했다.

"그럼요, 향수도 뿌렸어요. 다음에는 뭘 할지 아세요? 진짜 여성스러운 옷을 구해 입을 거예요. 이 보기도 싫은 옷은 벗어버리고요. 스타킹이랑 하이힐도 신을 거예요! 이 방에서는 당원 동무가 아니라 진짜 여자가 될 거예요."

그들은 옷을 다 벗고 커다란 마호가니 침대 위로 올라갔다. 그가 그녀 앞에서 벌거벗기는 이번이 처음이었다. 지금까지 그는 툭 튀어나온 장딴지 정맥과 발목의 얼룩 같은 반점, 마른 몸을 창피하게 여겼다. 시트 대신 깐 모포는 닳아서 털이 다 빠졌지만 침대는 의외로 푹신했다.

"빈대가 득실거리겠지만 뭐 어때요?"

줄리아가 말했다. 더블 침대는 노동자 집에서나 볼 수 있었다. 윈스턴은 어릴 때 가끔 더블 침대에서 잔 기억이 있지만 줄리아는 기억이 없었다.

그들은 깜박 잠이 들었다. 윈스턴이 깼을 때 시곗바늘이 9시 근처를 가리켰다. 줄리아는 그의 팔을 베고 잠들어 있었다. 그는 움직이지 않고 그녀의 얼굴을 보았다. 그녀의 화장은 그의 얼굴과 베개로 다 지워져버렸지만 볼에는 조금 남아 여전히 발그레하고 예뻤다. 노란 석양빛이 침대 끝을 지나 난로를 비췄다. 난로에서 물 주전자가 끓고 있었다. 뜰에 있던 여자의 노랫소리는 그쳤고, 거리에서 뛰노는 아이들 소리가 멀리서 들려왔다. 그는 문득 옛날에도 여름 저녁이 이랬을까 생각했다. 남녀가 벌거벗고 침대에 누워 사랑을 나누고 싶을 때 나누고, 얘기하고 싶으면 얘기하고, 억지로 일어날 필요 없이 바깥의 한가로운 소리를 들으며 한없이 누워 있었을까? 일상적인 풍경은 아니었을 것이다. 잠에서 깬 줄리아가 눈을 비비고 팔꿈치를 짚고 일어나 석유난로를 보며 말했다.

"물이 반이나 줄었네. 커피를 만들게요. 한 시간쯤 잤죠? 당신 집은 몇 시에 불이 꺼지죠?"

"23시 30분."

"제가 있는 합숙소는 23시예요. 하지만 일찍 들어가야 해요. 왜냐하면…… 에잇 꺼져, 망할 것!"

그녀는 침대에 앉은 채로 바닥에 있는 구두를 집어 방구석으로 냅다 던졌다. 그날 '2분간 증오' 때 골드스타인을 향해 사전을 던지듯이.

"뭐야?"

그가 놀라서 물었다.

"쥐 새끼예요. 구석 틈새에서 징그러운 콧잔등을 내밀잖아요. 그 밑에 구멍이 있나 봐요. 하여간 그놈 좀 놀랐을 거예요."

"쥐 새끼? 이 방에 말이야?"

그가 중얼거리듯 말했다.

"어디를 가든 있죠."

그녀는 다시 누우며 무심한 표정으로 말했다.

"우리 합숙소 부엌에도 있어요. 런던 어느 곳에는 쥐 새끼가 득실거린대요. 그놈들이 아이를 무는 거 아세요? 문다더라고요. 그곳 엄마들은 아기를 2분도 혼자 못 둔대요. 엄청나게 큰 갈색 쥐가 아기에게 덤벼들어 물어뜯는다나 봐요. 징그럽고 더러운 그놈들이 항상……."

"그만해!"

윈스턴이 눈을 질끈 감고 소리쳤다.

"왜 그래요? 얼굴이 창백해요? 어디 아파요?"

"세상에서 제일 무서운 게 쥐야!"

그녀는 자신의 체온으로 그의 불안한 마음을 달래려는 듯 가까이 다가가 온몸으로 그를 꼭 감쌌다. 그는 곧바로 눈을 뜨지 못했다. 그는 자신의 삶에 가끔씩 불쑥 끼어들던 악몽을 꾸는 기분이었다. 언제나 똑같은 악몽을 꾸었다. 꿈속에서 그는 어두운 벽 앞에 서 있었고 벽 뒤편에는 차마 볼 수 없는 무시무시한 것이 있었다. 그는 어두운 벽 뒤에 무엇이 있는지 알고 있었기 때문에 스스로를 속이고 있음을 느낄 수 있었다. 자신의 뇌 한 조각을 떼어내듯 죽을힘을 다하면 알아낼 수 있을 것이다. 하지만 그는 늘 그것이 무엇인지 알아내지 못한 채 꿈을 깼다. 어쨌든 그 꿈은 그녀가 말하려던 것과 어떤 관련이 있는 듯했다.

"미안해. 아무것도 아냐. 그냥 쥐가 싫어."

그가 말했다.

"걱정 마세요. 이젠 징글맞은 그놈들 그림자도 얼씬 못 하게 할게요. 가기 전에 천으로 구멍을 막고 횟가루로 메워야겠어요."

어둠 속의 공포가 어느 정도 사라지자 그는 조금 창피한 기분으로 침대 머리맡에 기대앉았다. 줄리아는 침대에서 내려와 제복을 입고 커피를 만들었다. 커피 냄새가 굉장히 진하고 자극적이었다. 그녀는 밖에 있는 사람들이 그 냄새를 맡고 이것저것 캐물을까 봐 얼른 창문을 닫았다. 커피뿐이 아니었다. 설탕은 너무나 달콤하고 부드러웠다. 윈스턴이 사카린 시대 이후 거의 잊고 있던 맛이었다. 그녀는 한 손을 주머니에 찔러 넣고 또 한 손에는 잼을 바른 빵을 들고 방 안을 왔다 갔다 했다. 그녀는 책장을 무심히 들여다보기도 하고, 접이식 책상을 고치는 가장 좋은 방법을 얘기하기도 했다. 낡은 안락의자가 정말 편한지 앉아보기도 하고, 재미있다는 듯 12시간이 표시된 시계를 유심히 쳐다보기도 했다. 그녀는 밝은 불빛 아래에서 더 자세히 보려고 유리 문진을 가지고 침대 쪽으로 갔다. 그녀에게 문진을 받아 든 그는 부드러운 물방울 모양에 다시 한번 감탄했다.

"이게 뭐예요?"

줄리아가 물었다.

"아무것도 아닐 거야. 무슨 용도가 있는 물건 같지는 않아. 그래서 더 좋아. 이건 그놈들이 놓친 거야. 그래서 미처 바꾸지 못한 역사의 한 조각이지. 백 년 전의 메시지. 누가 그걸 읽을 수만 있다면."

"그럼 저 그림도 백 년쯤 됐을까요?"

그녀는 맞은편 벽에 걸린 판화를 향해 고갯짓을 했다.

"더 오래되었을걸. 2백 년쯤? 정확한 시기는 아무도 몰라. 지금은 연대를 알 수 있는 게 하나도 없으니까."

그녀는 그림 쪽으로 다가갔다.

"여기서 쥐 새끼가 콧잔등을 내밀었어요."

그녀가 그림 아래 틈새를 툭툭 차며 말했다.

"그런데 여기가 어디죠? 어디서 본 것 같은데."

"교회야. 교회로 사용된 곳이지. 성 클레멘트 데인이라고 불렀지."

그는 채링턴이 가르쳐준 노래 구절이 떠올라 한동안 향수에 젖어 노래를 불렀다.

오렌지와 레몬이여! 성 클레멘트의 종이 말하네.

그런데 놀랍게도 그녀가 다음 구절을 이었다.

그대는 내게 3페니를 빚졌지. 성 마틴의 종이 말하네.
언제 갚으려나? 올드 베일리의 종이 말하네.

"그다음은 모르겠어요. 하지만 끄트머리는 기억나요. '그대 침대를 비출 촛불이 오네. 그대 목을 단칼에 잘라버릴 도끼가 오네.'"

암호의 반쪽이 서로 만나 딱 들어맞은 것 같았다. 그러나 '올드 베일리의 종이 말하네' 다음에 한 구절이 더 있을 것이다. 아마 채링턴이 기억해낼 수 있을 것이다.

"누가 가르쳐줬지?"

그가 물었다.

"할아버지요. 어렸을 때 자주 불러주셨어요. 여덟 살 때 할아버지가 증발됐죠. 스르르 사라져버린 거죠. 그런데 레몬이 어떻게 생겼는지 모르겠어요."

그녀는 생뚱맞게 덧붙였다.

"오렌지는 본 적 있어요. 두꺼운 노란 껍질이 있는 둥근 과일."

"레몬을 본 적 있어. 1950년대는 아주 흔했거든. 어찌나 시큼한지 냄새만 맡아도 침이 괴었지."

그가 말했다.

"저 그림 뒤에 빈대가 들끓을 거예요. 언제 한번 뜯어내서 청소해야겠어요. 그건 그렇고 이제 갈 때가 된 것 같아요. 화장을 지워야겠어요. 귀찮아! 당신 얼굴에 묻은 립스틱도 닦아줄게요."

그녀가 말했다.

윈스턴은 그대로 누워 있었다. 방에 서서히 어둠이 내려앉았다. 그는 밝은 쪽으로 돌아누워 유리 문진을 들여다보았다. 정말 신기한 것은 산호 조각보다 유리 속이었다. 굉장히 깊고 공기처럼 투명했다. 유리 표면은 완벽한 대기권으로 둘러싸인 작은 세계를 덮고 있는 하늘 지붕 같았다. 그는 유리 속으로 들어갈 수 있을 것 같았다. 마호가니 침대와 접이식 책상, 시계, 판화, 그리고 유리 문진까지 모두 그 속에 들어 있는 듯했다. 문진은 이 방이고, 산호는 그 유리 속에 영원히 박힌 줄리아와 자신의 생명인 것 같았다.

5

사임이 사라졌다. 어느 날 아침 그가 결근했다. 물정을 잘 모르는 몇 사람은 그가 사무실에 나오지 않은 것을 두고 말들이 많았다. 하지만 다음 날 그에 대해 얘기하는 사람이 없었다. 그다음 날 윈스턴은 게시판을 확인하러 기록국 현관에 갔다. 사임이 속한 체스 위원회 명단이 하나 붙어 있었는데, 이전 것과 똑같아 보였지만 이름 하나가 빠져 있었다. 그것으로 충분했다. 사임은 존재하지 않게 된 것이다. 과거에도 그는 존재한 적이 없다.

불볕더위가 기승을 부렸다. 창도 없고 미로 속 같은 청사는 냉방 장치를 가동해 온도를 적절히 유지했지만, 길바닥은 발에 화상을 입을 정도로 뜨거웠다. 출퇴근길 혼잡한 시간에 지하철 안은 땀 냄새가 진동했다. 증오주간 준비 기간에 모든 직원들이 정해진 시간 외에 추가 근무를 했다. 행진, 회합, 군대 사열, 강연, 전시회, 영화 상영, 텔레스크린 프로그램 등 모든 것을 계획해야 했다. 식장을 세우고, 초상화도 만들고, 슬로건도 박고, 노래를 짓고, 유언비어를 퍼뜨리고, 사진을 조작했다. 줄리아가 일하는 창작국의 부서는 소설 제작을 잠시 중단하고 잔학한 내용의 팸플릿을 만드느라 바빴다. 윈스턴은 정식 업무 말고도 〈타임스〉를 뒤져 연설에 인용될 기사를 수정하거나 삭제하는 작업에 하루 몇 시간을 할애했다. 노동자들이 왁자지껄하게 모이는 늦은 밤 도시의 거리는 묘한 열기에 휩싸였다. 로켓 폭탄은 전보다 더 자주 떨어졌다. 가끔 꽤 멀리서 무시무시한 폭음이 들렸는데, 무슨 소리인지 아는 사람은 없고 이런저런 소문만 마구 퍼져 나갔다.

증오주간의 주제가(〈증오가〉라고 한다)라고 할 수 있는 새 노래가 벌써 텔레스크린에서 흘러나왔다. 이것은 음악이라기보다 북을 쳐대거나 짐승이 울부짖는 듯 야만적인 리듬이었다. 행진하는 발소리에 맞춰 수백 명이 동시에 불러댈 때도 야만적이기는 마찬가지였다. 노동자들은 이 노래에 푹 빠져 한밤중에도 길에서 불러댔다. 이 노래는 아직 유행 중인 〈속절없는 꿈이어라〉만큼이나 인기가 있었다. 파슨스네 아이들도 빗과 화장지로 장단을 맞춰가며 밤이나 낮이나 틈만 나면 이 노래를 불렀다. 윈스턴은 밤이 되면 더 바빴다. 파슨스가 조직한 봉사대는 증오주간의 거리 장식을 맡아 깃발을 만들고, 포스터를 그리고, 지붕에 국기 게양대를 세우느라 정신없었다. 그들은 위험을 무릅쓰고 거리를 가로질러 현수막 줄을 매달기도 했다. 파슨스는 승리동에만 4백 미터짜리 깃발을 내걸 거라고 뽐냈다. 유쾌하고 활발한 그는 이 일을 즐겼다. 그는 더위와 작업을 핑계로 저녁에는 짧은 바지와 앞이 트인 셔츠를 입었다. 그는 시큼한 땀 냄새를 풍겨대며 동에 번쩍 서에 번쩍 했다. 밀고 당기고 썰고 망치질하고 톱질하고 뜯고 맞추고, 그러면서 사람들을 웃기기도 하고 의욕을 북돋우기도 했다.

어느 날 런던 전역에 일제히 새 포스터가 붙었다. 아무런 설명 문구도 없이 무표정한 몽고인 얼굴의 유라시아 군대가 커다란 군화를 신고 허리에 기관총을 차고 전진하는 3, 4미터짜리 그림이었다. 원근법으로 크게 그린 기관총의 총구가 어느 각도에서나 보는 사람을 겨누고 있었다. 이 포스터를 벽 빈자리마다 붙여 빅 브라더의 초상화보다 더 많아 보였다. 대개 전쟁에 관심 없는 노동자들도 주기적으로 이 광적인 애국심에 휩싸이곤 했다. 이런 분위기를 맞추려는 듯 로켓 폭탄이 평소보다 더 많은 사람의 목숨을 앗아갔다. 폭탄 하나가 사람들이 잔뜩 모인 스테프니의 한 영화관에 떨어져 수백 명이 파괴된 건물 잔해 속에 파묻혔다. 동네 사람들 모두 몇 시간이고 계속되는 장례 행렬에 참가했는데, 그것이 일종의 규탄 대회로 발전했다. 또 다른 폭탄은 놀이터로 사용되는 운동장에 떨어져 수십 명에 이르는 아이들의 몸이 공중으로 산산이 흩어졌다. 이를 계기로 분노에 찬 격렬한 시위가 이어졌다. 군중들은 골드스타인의 초상화를 불태웠고, 유라시아 군대 포스터도 수백 장이나 찢어서 불살랐으며, 그 와중에 수많은 상점을 부수고 들어가 약탈했다. 그러던 중 스파이들이 무전으로 로켓 폭탄을 떨어뜨릴 방향을 알려준다는 소문이 돌기도 했다. 외국 혈통이라는 혐의를 받고 있던 한 늙은 부부가 방화로 인한 화재로 집 안에서 질식해 죽었다는 소문도 있었다.

줄리아와 윈스턴은 채링턴의 상점 위층 방에 들어서면 으레 창문부터 열고 나서 알몸으로 낡은 침대에 나란히 누웠다. 찌는 듯한 더위를 견딜 수가 없었던 것이다. 쥐란 놈은 다시 나타나지 않았지만 더운 날씨에 빈대가 더욱 득실거렸다. 하지만 그런 건 아무래도 상관없었다. 더럽든 깨끗하든 그들에게 이 방은 천국이었다. 그들은 방에 들어서자마자 암시장에서 산 후춧가루를 사방에 뿌리고 옷을 벗어젖히고는 땀을 흘리며 섹스를 하고 나서 곧바로 잠들었다. 깨어보면 빈대들이 떼를 지어 덤벼들곤 했다.

6월에 그들은 네댓 번, 아니 예닐곱 번 만났다. 윈스턴은 밤이나 낮이나 틈만 나면 술을 마시던 습관이 사라졌다. 이제 그럴 필요가 없었던 것이다. 그의 얼굴에 살이 올랐고 발목 부위에 갈색 반점이 남아 있기는 했지만 정맥류궤양도 많이 좋아졌다. 아침마다 발작하듯 토해내던 기침도 사라졌다. 사는 게 지겹다거나 부질없게 느껴지지도 않았다. 텔레스크린 앞에서 인상을 찌푸리거나 목이 터져라 욕을 퍼붓고 싶은 마음도 사라졌다. 두 사람은 집과 같은 안전한 은신처가 있었으니 가끔 만나기도 쉬웠다. 자주 만나지 못하고 고작 2시간 정도 같이 있을 뿐이었지만 불만은 없었다. 무엇보다 중요한 것은 고물상 위의 그 방이 있다는 사실이었다. 윈스턴은 아무도 침범하지 않는 그 방이 있다는 생각만으로 마음이 편했다. 그 방은 하나의 세계였다. 사멸한 동물이 다시 살아나 떠돌아다니는 과거 세계. 그는 채링턴도 사멸한 동물 중 하나라고 생각했다. 그는 늘 2층으로 올라가기 전에 잠시 채링턴과 이야기를 나눴다. 그 노인은 외출을 거의 안 하는 것 같았다. 손님이 오는 것 같지도 않았다. 그는 유령처럼 작고 어두운 상점과 음식을 만들어 먹고 큰 나팔이 달린 무지무지하게 오래된 낡은 축음기가 있는 더 좁은 부엌을 오락가락했다. 채링턴은 얘기하는 게 즐거운 듯했다. 기다란 코에 알이 두꺼운 안경을 걸치고 벨벳 조끼를 입은 그가 꾸부정하게 잡동사니 사이를 왔다 갔다 하는 모습은 장사꾼이 아니라 수집가 같았다. 열성조차 시들해진 그는 사기 병마개며 부서진 담뱃갑의 색칠한 뚜껑이며, 오래전에 죽은 어린아이의 머리카락이 든 합금 상자 따위 허접한 물건들을 만지작거렸다. 윈스턴에게는 그저 구경이나 하라는 듯 사라는 말도 없었다. 그의 얘기는 마치 낡은 축음기에서 나는 소리 같았다. 그는 기억을 더듬어 잊혀진 노래 몇 구절을 더 생각해냈다. 스물하고도 네 마리의 지빠귀, 뿔이 굽은 암소, 수새 로빈의 불쌍한 죽음에 관한 노래도 있었다. 새로 기억난 노래 구절을 들려줄 때는 슬쩍 웃으면서 "당신이 좋아할 것 같구려."라고 말했다. 그러나 그는 어떤 노래든 몇 구절밖에 기억하지 못했다.

윈스턴과 줄리아 모두(이 생각은 잠시도 머리 한편을 떠나지 않았다) 지금과 같은 생활이 오래가지 못하리라는 것을 잘 알고 있었다. 어떤 때는 눈앞에 닥친 죽음이 자신들이 누워 있는 침대만큼이나 확실한 듯했다. 그래서 저주받은 영혼이 죽기 직전에 마지막으로 위안물을 꽉 움켜잡듯 절망적인 욕망을 탐닉했다. 그러나 그들은 안전하다고 생각하고 또 그것이 영원하리라는 환상을 품을 때도 있었다.

그들은 이 방에 있는 동안에는 어떤 재앙도 닥치지 않을 것이라고 느꼈다. 위험을 무릅쓰고 어렵게 오기는 했지만 일단 이 방에 들어서면 성역에 들어온 것 같았다. 마치 윈스턴이 유리 문진 속을 들여다보면서 자신이 그 속에 들어갈 수 있고, 그 속에 들어가면 시간이 멈출 거라고 생각하는 것과 같았다. 때로는 둘이 도망치는 공상에 잠기기도 했다. 계속 행운이 따른다면 남은 삶도 지금처럼 살 수 있을지 모른다고 생각했다. 또는 캐서린이 죽으면 묘안을 짜내둘이 결혼할 수도 있을 것이다. 이도 저도 아니면 함께 자살할 수도 있을 것이다. 아니면 어느 날 갑자기 자취를 감춘 다음 노동자처럼 말하는 법을 배워서 공장에 취직해 뒷골목에 숨어 살 수도 있다. 그러나 모두 불가능한 일이었다. 그들은 이 사실을 잘 알고 있었다. 도망치는 것은 더더욱 불가능했다. 유일하게 할 수 있는 것이 자살인데, 이것도 결코 쉽지 않은 일이었다. 마치 공기가 있는 한 허파가 숨을 쉬듯 거부할 수 없는 본능으로 하루하루 미래 없는 현재에 매여 사는 것 같았다.

어떤 때는 당에 대항하는 적극적인 반란에 가담하자는 얘기도 나왔지만 그들과 접촉할 방법조차 몰랐다. 전설적인 '형제단'이 실제로 있다 해도 거기에 가입할 방법을 찾아내기가 어려웠다. 윈스턴은 줄리아에게 자신과 오브라이언 사이에 묘한 친밀감이 있다고, 아니 그렇게 믿는다고 얘기했다. 때로는 오브라이언을 찾아가 단도직입적으로 자기는 당의 적이라고 말하고 도움을 청하고 싶은 충동을 느낀다고 말했다. 이상하게도 그녀는 말도 안 된다거나 무분별한 짓이라고 생각하지 않았다. 그녀는 얼굴 생김새나 분위기로 사람을 판단했다. 그래서 윈스턴이 단 한 번 눈이 마주쳤다는 이유로 오브라이언을 믿는 것을 이상하게 여기지 않는 모양이었다. 게다가 그녀는 거의 모든 사람이 속으로는 당을 증오하고, 안전한 범위 내에서 당의 규율을 어긴다고 믿었다. 그러나 그녀는 넓은 지역에서 조직적으로 활동하는 반대 세력이 있다거나 향후 있을 수 있다고 믿지 않았다. 골드스타인이나 그의 지하 군대에 관한 이야기는 당이 지어낸 것이므로 그저 믿는 척할 뿐 사실은 헛소리에 지나지 않는다고 말했다. 당 대회나 자발적인 시위에서 목청껏 사람 이름을 부르며 처형하라고 수없이 외쳐댔지만 자기는 그 이름을 들어본 적도 없고, 그가 죄를 지었다고 믿은 적도 없다는 것이었다. 그녀는 공개재판이 열릴 때 청년동맹 단원들과 함께 법정을 둘러싸고 아침부터 밤까지 "반역자를 처형하라!"고 외쳐대곤 했다. 그리고 '2분간 증오' 때는 누구보다 크게 골드스타인을 향해 욕을 퍼부었다. 그러나 골드스타인이 누구인지, 당의 강령이 무엇인지 전혀 모르겠다고 했다. 그녀는 혁명 이후에 자란 세대이기 때문에 1950년대와

1960년대의 이념 전쟁을 모른다. 따라서 개인적인 정치운동은 상상조차 하지 못했다. 절대 당을 이길 수 없고, 당은 영원히 권력을 장악할 것이라고 생각했다. 개인이 반항해봐야 은근슬쩍 규율을 어기거나 몇 사람 죽이고, 뭔가 부수는 정도라는 것이다.

어떤 점에서 그녀는 당에 대한 시선이 윈스턴보다 훨씬 날카로웠고, 그래서 당의 선전에 속지 않는 편이었다. 한번은 그가 우연히 유라시아와의 전쟁에 관해 이야기하자 그녀는 단호하게 전쟁은 없다고 말했다. 그녀의 말에 그는 깜짝 놀랐다. 매일같이 런던에 떨어지는 로켓 폭탄도 '국민들이 공포에서 헤어나지 못하도록' 오세아니아 정부가 쏘는 것이라고 했다. 그는 한 번도 그런 생각을 해본 적이 없다. 그녀가 '2분간 증오' 때 웃음이 나오려는 것을 억지로 참는다고 말했을 때 그는 부러운 생각마저 들었다. 그녀는 당의 강령이 자신의 삶을 간섭할 때만 반발했다. 그녀에게 진실이냐 허위냐는 그다지 중요한 문제가 아니었다. 그렇기 때문에 그녀는 당의 공식적인 신화를 믿었다. 예를 들어 그녀는 학교에서 배운 대로 당이 비행기를 발명했다고 믿었다(1950년대 후반 그가 학교에 다닐 때는 헬리콥터를 당이 발명했다고 가르쳤다. 그리고 12년 뒤 줄리아는 학교에서 당이 비행기를 발명했다고 배웠다. 한 세대가 지난 뒤에는 아마 증기기관까지 발명했다고 주장할 것이다). 그래서 그가 비행기는 혁명이 일어나기 훨씬 전, 자기가 태어날 때도 있었다고 말했지만 그녀는 별 관심이 없었다. 비행기를 누가 발명했든 뭐가 중요하냐는 것이었다. 4년 전 오세아니아는 동아시아와 전쟁을 했고 유라시아와 동맹 관계였다는 것을 그녀가 기억하지 못하자 그는 더욱 놀랐다. 모든 전쟁이 날조된 것이라는 그녀의 말은 맞다. 그러나 그녀는 적이 바뀐 것은 전혀 신경 쓰지 않았다. 그녀는 "우리가 늘 유라시아와 전쟁을 하고 있다고 생각했어요."라고 말하고 흐지부지 넘어갔다. 비행기를 발명했다는 것은 그녀가 태어나기 훨씬 전의 일이니 모를 수 있다고 해도 전쟁 상대가 바뀐 것은 불과 4년 전, 그녀가 성인이 되고 나서였다. 그는 이 문제로 15분 동안 그녀와 이야기를 나눴다. 마침내 그녀는 전쟁 상대국이 한때는 유라시아가 아니라 동아시아였다는 것을 어렴풋이 기억했지만 별로 놀라지 않았다. 그녀는 못 참겠다는 듯 말했다.

"그게 뭐가 중요해요? 어쨌든 간에 전쟁은 언제고 계속되고, 뉴스는 모두 거짓말이잖아요."

가끔 그가 기록국 얘기를 들려주면서 조작 행위가 태연하게 자행되고 있다고 말해도 그녀는 놀라지 않았다. 거짓을 진실로 위조한다 하더라도 자신의 발밑에 심연이 놓여 있는 것만큼 심각하게 생각하지 않는 모양이었다. 그는 존스와 아론슨, 러더포드 얘기도 들려주었다. 하지만 그들 얘기나 잠시 자신의 손에 들어왔던 종이쪽지에 대해서도 그녀는 별다른 감흥을 느끼지 못하는 듯했다. 처음에는 이야기의 요점이 무엇인지도 이해하지 못했다.

"그 사람들이 당신 친구예요?"

그녀가 물었다.

"아니야, 난 잘 몰라. 그들은 내부당원이고, 나이도 나보다 훨씬 많아. 혁명 이전 세대지. 한 번 정도 봤을 뿐이야."

"그런데 뭐가 문제예요? 사람들은 언젠가는 죽게 마련이잖아요?"

그는 그녀를 납득시키려 했다.

"이건 그런 문제가 아니야. 누가 죽고 안 죽고의 문제가 아니라고. 바로 어제 이전의 모든 과거가 없었던 일이 되었다는 것을 알아? 남아 있는 과거라고는 저 유리 덩어리처럼 아무런 증언도 할 수 없는 물건뿐이야. 우리는 벌써 혁명 당시와 그 이전에 있었던 일을 하나도 모르잖아. 모든 기록이 사라지고 날조되었어. 모든 책이 새로 쓰여지고 그림은 다시 그려져. 모든 동상과 거리와 건물 이름이 바뀌었고 심지어 역사적인 사건이 일어난 날짜까지 바뀌었어. 그리고 이런 일이 매일 지금 이 순간에도 계속되고 있어. 역사가 멈춰버린 거지. 현재만 끊임없이 존재할 뿐이야. 항상 당이 옳은 현재 말이야. 물론 나는 과거가 날조됐다는 것을 알고 내가 직접 그 일을 했지만 그것을 증명할 방법이 없어. 날조한 다음에는 모든 증거를 없애버리거든. 유일한 증거는 내 기억뿐인데 누가 그걸 믿어주겠느냐 말이야. 그걸 어떻게 확신하겠어? 그 사건이 있고 몇 년 뒤 난 구체적인 증거를 손에 쥔 적이 있어."

"그래서 그걸 쓸 데가 있었나요?"

"없었지. 몇 분 뒤 기억통에 던져버렸으니까. 하지만 오늘 그런 일이 있으면 반드시 보관할 거야."

"저는 안 그럴 거예요. 저는 좀더 값진 것을 위해서라면 몰라도 낡은 신문지 쪼가리 때문에 위험을 무릅쓰고 싶지 않아요. 보관한들 그걸로 뭘 할 수 있죠?"

그녀가 물었다.

"할 수 있는 것은 없어. 하지만 증거가 될 수는 있지. 위험을 무릅쓰고 사람들에게 보여주면 사람들이 하나둘 당에 의구심을 품기 시작할 거야. 우리가 살아 있는 동안 그것으로 뭔가를 바꿀 수는 없어. 그러나 곳곳에서 저항운동이 몇 번 일어나다 보면 세력이 점점 더 커질 거야. 그러니까 작은 기록이라도 남길 수 있다면 다음 세대가 그것을 수행하겠지."

"다음 세대가 어떻게 되든 관심 없어요. 저는 지금 우리가 중요해요."

"당신은 허리 아래만 반역적이군."

그녀는 재치 있는 말이라고 생각했는지 즐거워하며 그를 껴안았다.

그녀는 당의 강령에는 조금도 관심 없었다. 그가 신어를 써가며 영사의 원리니 이중사고니 과거의 무상함이니 객관적 현실의 부정이니 그런 얘기들을 꺼내면 그녀는 그런 것에 신경 쓰고 싶지 않다고 잘라 말했다. 누구나 다 쓸데없는 짓이라고 생각하는 일에 왜 신경 쓰냐는 것이다. 그녀는 언제 좋아하고 언제 경멸해야 하는지만 알면 되는 거 아니냐고 했다. 그래도 그가 끝까지 얘기하면 그녀는 듣는 둥 마는 둥 하다가 자버렸다. 사실 그녀는 언제 어디서나 잘 잤다. 윈스턴은 그녀와 얘기하는 동안 정통성이 무엇인지도 모르면서 정통파가 되는 것이 얼마나 쉬운 일인지를 새삼 깨달았다. 어떤 면에서 보면 당의 세계관이 뭔지 모르는 사람들일수록 그것을 순순히 받아들였다. 당의 요구가 얼마나 엄청난 것인지 모르고, 지금 일어나고 있는 국가적인 사건에 관심이 없기 때문에 가장 악독하고 가장 잔인한 현실 파괴를 아무렇지 않게 받아들이는 것이다. 그들은 모르기 때문에 정신이 정상적인 셈이다. 마치 한 알의 곡식이 소화되지 않고 새의 내장을 거쳐 그대로 나오듯, 아무런 찌꺼기도 남지 않으므로 그들은 무얼 삼키든 탈이 나지 않는 것이다.

6

마침내 일이 일어나고야 말았다. 그토록 바라던 메시지가 온 것이다. 그가 살아 있는 동안 끊임없이 고대할 일이 드디어 일어났다. 청사 긴 복도를 걷고 있던 그는 줄리아가 손에 쪽지를 쥐어주던 바로 그 자리에 다다랐을 때 자신보다 체구가 더 큰 사람이 뒤따라오는 것을 느꼈다. 누군지는 모르지만 뒷사람이 가벼운 기침을 했다. 말을 걸려는 신호인 듯했다. 윈스턴은 걸음을 뚝 멈추고 돌아섰다. 오브라이언이었다.

마침내 그들은 정면으로 마주 섰다. 그때 윈스턴은 갑자기 도망가고 싶은 충동을 느꼈다. 가슴이 격렬하게 뛰었고 아무 말도 못 할 것 같았다. 그러나 오브라이언은 여유로운 몸짓으로 윈스턴의 팔을 정답게 잡고 나란히 걸었다. 그는 다른 내부당원들과 달리 점잖게 말을 걸었다.

"당신하고 얘기를 나누고 싶었소. 전에 〈타임스〉에서 신어에 관해 쓴 당신 글을 읽었소. 신어에 대해 학문적으로 접근한 것 같더군요?"

윈스턴은 웬만큼 마음의 안정을 찾았다.

"학문적이라니 당치 않습니다. 아마추어일 뿐입니다. 제 전문도 아니고 신어를 만드는 작업에 관여한 적도 없습니다."

"하지만 아주 잘 썼더군요. 나만 그렇게 생각하는 게 아니오. 얼마 전 이 분야 전문가인 당신 친구와 얘기를 나눴소. 그 친구 이름은 잊어버렸지만."

윈스턴은 또다시 가슴이 세차게 뛰었다. 사임 말고 다른 사람을 언급하는 것은 아니었다. 그러나 사임은 사라졌고, 이제 존재한 적조차 없는 무인(無人)이었다. 그를 아는 척하는 것은 아주 위험한 일이었다. 오브라이언의 이 말은 분명 신호이거나 암호일 것이다. 어쩌면 사소한 사상죄를 저지르게 해서 공범으로 만들려는 것인지도 몰랐다.

오브라이언은 천천히 복도를 걷다가 갑자기 걸음을 멈췄다. 그는 묘하게 상대의 긴장을 풀어주는 특유의 허물없는 몸짓으로 코 위의 안경을 고쳐 썼다. 그리고 말했다.

"당신한테 정말 하고 싶었던 말은 당신 글에 이미 사라진 단어가 2개 있다는 거요. 그 단어가 없어진 것은 얼마 안 되지만. 신어사전 제10판을 본 적 있소?"

"아니요, 못 봤습니다. 아직 발간되지 않은 것으로 알고 있습니다. 저희 기록국에서는 아직 제9판을 쓰고 있죠."

"제10판은 몇 달 더 있어야 나올 거요. 하지만 견본이 몇 권 나왔소. 나한테 한 권 있는데 당신도 보면 좋을 거요."

"볼 수 있다면 좋겠네요."

윈스턴은 오브라이언이 하는 말의 의미를 깨달았다.

"새롭게 발전된 것이 몇 가지 있소. 아주 기발하지. 동사의 수가 줄어들었다는 점도 흥미로울 거요. 음, 사전을 보내드릴까요? 그런데 난 이런 걸 깜박할 때가 많소. 당신이 편한 때 우리 집에 들르는 건 어떻소? 잠깐, 우리 집 주소를 적어드리지."

그들은 텔레스크린 앞에 서 있었다. 오브라이언은 주머니를 두어 군데 뒤져서 가죽 표지의 작은 수첩과 금색 볼펜을 꺼냈다. 그러고는 텔레스크린 바로 앞에서 보란 듯이 주소를 쓰고 종이를 찢어 윈스턴에게 주었다.

"저녁때는 거의 집에 있소. 내가 없으면 하인이 사전을 줄 거요."

그는 윈스턴에게 감출 필요가 없는 종이쪽지를 건네주고 떠났다.

그러나 그는 거기에 적힌 주소를 외우고 몇 시간 후 다른 문서 뭉텅이와 함께 그 쪽지를 기억통에 던져 넣었다.

그들이 이야기를 나눈 시간은 길어야 2분 정도였다. 이 짧은 만남의 의미는 단 하나였다. 그것은 오브라이언이 윈스턴에게 자기 집 주소를 가르쳐주려는 것이었다. 직접 물어보기 전에는 자기 집 주소를 알려줄 수 없으니 이런 방법을 쓴 것이다. 달리 방도가 없으니 말이다. 그는 오브라이언의 말에 '나를 만나고 싶거든 이곳으로 오면 된다'는 뜻이 담겨 있다고 생각했다. 어쩌면 다른 메시지를 사전에 숨겨 건네주려는 것인지도 모른다. 아무튼 한 가지 명백한 것은 그가 꿈꾸던 음모가 실제로 존재하고, 비로소 그가 음모의 실마리를 잡았다는 사실이었다.

그는 오브라이언을 만나러 가기로 결심했다. 내일이 될지 한참 뒤가 될지는 모른다. 지금 일어난 사건은 몇 년 전부터 이미 준비된 결과였다. 첫 단계는 구체적이지는 않았지만 은밀하게 생각한 것이고, 두 번째 단계는 일기를 쓰기 시작한 것이다. 지금까지는 생각을 글로 옮겼지만 앞으로는 글을 행동으로 옮겨야 한다. 마지막 단계는 애정부에서 일어날 것이다. 그는 각오하고 있었다. 결과는 시작에 이미 포함되어 있었다.

그러나 그것은 경악할 만한 일이었다. 더 정확히 말하자면 마치 죽음의 전조와도 같았고 동시에 명을 줄이는 것이나 마찬가지였다. 오브라이언과 대화하는 동안 그는 섬뜩한 전율을 느꼈다. 마치 축

축하고 음산한 무덤 속에 한 발 들여놓은 듯한 기분이었다. 하지만 그는 언제나 무덤이 자기 발밑에서 입을 벌린 채 자신을 기다리고 있다는 것을 알고 있기에 썩 두렵지는 않았다.

7

윈스턴은 눈물이 그렁그렁한 채 잠을 깼다. 어렴풋이 깬 줄리아는 몸을 뒤척이며 "무슨 일이에요?"라고 중얼거렸다.

"꿈에……."

그는 말하려다 입을 다물었다. 너무 복잡한 꿈이어서 말로 설명할 수 없을 것 같았다. 꿈도 꿈이었지만 깨고 나서도 아득한 꿈속 장면이 한동안 뇌리를 떠나지 않았다.

그는 꿈속에서 헤어나지 못한 채 눈을 감고 돌아누웠다. 그것은 이제까지의 모든 삶이 비 온 뒤의 여름 저녁 풍경처럼 맑게 펼쳐지는 듯한 꿈이었다. 모든 것이 마치 유리 문진 속에서 일어난 듯했다. 유리 표면은 돔과도 같은 하늘의 지붕이고 부드럽고 밝은 빛으로 가득한 그 속은 끝이 없는 듯했다. 꿈속에서 어머니의 팔 움직임이 나왔고(어떤 의미에서 꿈은 이것을 중심으로 전개되었다), 30년 후 그가 본 영화에서 유대인 여자가 헬리콥터에서 퍼붓는 총알 세례에 온몸이 산산조각 나기 직전 자신의 아들을 팔로 감쌌던 바로 그 장면도 나왔다.

"지금까지 나는 내가 어머니를 죽였다고 생각했어."

그가 말했다.

"왜 어머니를 죽였어요?"

줄리아가 잠이 덜 깬 목소리로 물었다.

"어머니를 죽이지 않았어. 육체적으로는 말이야."

꿈속에서 그가 마지막으로 어머니를 만난 장면이 깨고 나서도 여전히 생생했다. 그러자 꿈속의 그 장면에서 연상되는 어린 시절의 사소한 사건들이 떠올랐다. 그것은 그가 몇 년에 걸쳐 머릿속에서 지워버리고자 했던 기억이었다. 정확히 언제였는지는 모르지만 어렴풋이 열두 살쯤이었던 것 같다.

아버지는 그 일이 일어나기 얼마 전에 사라졌다. 그 또한 정확한 날짜가 기억나지 않았다. 그는 어수선한 분위기에서 불안에 떨던 그때를 비교적 또렷하게 기억했다. 주기적인 공습으로 공포에 떨며 지하철역으로 피난 간 일, 사방에 쌓인 돌무더기, 거리 모퉁이마다 붙은 이해할 수 없는 성명서, 똑같은 색 셔츠를 입은 청년단원, 빵집 앞에서 배급을 받으려고 길게 줄을 서 있던 사람들, 멀리서 끊임없이 들려오던 기관총 소리……. 그리고 무엇보다 기억에 남는 것은 늘 먹을 것이 없었다는 것이었다. 그는 모든 것을 기억했다. 길고 긴 낮에 다른 아이들과 함께 쓰레기 더미를 헤집고 쓰레기통을 뒤졌다. 양배추 줄거리, 감자 껍질, 일부가 썩은 빵 조각을 주워 곰팡이가 핀 부위를 떼어내고 먹던 일. 소먹이를 싣고 지나가는 트럭을 기다리다가 울퉁불퉁한 길에서 덜컹거릴 때 콩깻묵이 떨어지면 그것을 줍던 일.

아버지가 사라졌을 때 어머니는 크게 놀란 내색도 하지 않았고 울부짖지도 않았다. 그러나 어머니는 넋이 빠진 사람 같았다. 윈스턴은 어머니가 간절하게 믿고 있는 어떤 일이 일어나기를 기다리고 있다고 생각했다. 그녀는 밥 짓고, 빨래하고, 바느질하고, 아이들을 재우고, 마룻바닥을 쓸고, 벽난로를 청소하는 등 집안일을 빠짐없이 했다. 그런데 마치 모델이 화가가 시키는 대로만 움직이듯 어머니는 아주 천천히 꼭 필요한 행동만 했다. 그녀의 날씬한 몸은 점점 정물이 되어가는 듯했다. 그녀는 침대 머리맡에서 원숭이처럼 얼굴이 비쩍 마른 데다 소리를 낼 기운조차 없는 듯 병약한 두어 살짜리 누이동생을 안은 채 몇 시간을 꼼짝도 하지 않을 때도 있었다. 오랫동안 말없이 윈스턴을 꼭 껴안고 있을 때도 많았다. 어려서 자기밖에 모르는 윈스턴이었지만 어머니를 보면서 무슨 일이 일어날 것 같은 기분을 느꼈다.

가족이 함께 살던 방은 퀴퀴한 냄새가 나는 어둠침침한 곳이었다. 하얀 시트가 깔린 침대가 절반을 차지하던 그 방에는 난롯가에 가스풍로와 찬장이 있었다. 바깥 계단참에는 다른 집들과 공동으로 쓰는 갈색 토관의 수채통이 있었다. 그는 가스풍로에 냄비를 올려놓고 음식을 하던 어머니의 그 조각 같은 모습을 잊을 수 없었다. 가장 가슴 아픈 기억은 항상 배가 고파서 식사 때마다 조금이라도 더 먹으려고 생떼를 쓰던 일이었다. 매번 그는 어머니한테 더 달라고 투정을 부렸다. 소리소리 지르며 대들기도 했고(변성기가 일찍 와서 갈라지면서 괴상하게 울리던 자기 목소리도 기억했다), 울먹이면서 버둥대기도 했다. 그러면 어머니는 좀더 많이 덜어주었다. '사내애'니까 많이 먹어야 한다고 생각했던 것이다. 하지만 그는 그러고도 더 달라고 했다. 어머니가 욕심 부리지 말고 아픈 누이동생도 생각하라고 타일렀지만 소용없었다. 그는 벌컥 소리를 지르며 어머니가 들고 있던 냄비를 낚아채 누이동생 것까지 다 먹어버렸다. 그는 자기 때문에 두 사람이 굶는다는 것을 알면서도 참을 수 없었다. 심지어 그는 자기에게 그만한 권리라도 있는 양 너무 허기져 배 속에서 꼬르륵 소리가 나는데 어쩔 수 없는 것 아니냐고 생각했다. 그뿐 아니라 그는 찬장에 있는 변변찮은 음식까지 어머니 몰래 훔쳐 먹곤 했다.

한번은 초콜릿이 배급되던 날이었다. 지난 몇 달 동안 초콜릿 배급이 없다가 오랜만에 나온 것이라 더욱 값진 초콜릿 한 조각을 그는 지금도 생생하게 기억했다. 세 식구한테 2온스(약 57그램―옮긴이)짜리 한 조각이 배급되었다(그때도 온스 단위를 썼다). 당연히 초콜릿을 세 조각으로 나눠 하나씩 먹어야 하는데도 윈스턴은 자기 혼자 다 먹겠다고 벌컥 소리를 질렀다. 자기 목소리가 마치 남이 내지르는 것처럼 자신의 귀에 꽂혔다. 어머니는 욕심 부리지 말라고 타일렀다. 한동안 울고불고 소리치고, 꾸짖고, 달래느라 한참 야단이 났다. 어린 동생은 새끼 원숭이처럼 두 손으로 어머니를 붙잡고 앉아 커다랗고 슬픈 눈으로 오빠를 바라보았다. 결국 어머니는 초콜릿의 4분의 3을 그에게 주었고, 나머지는 누이동생에게 주었다. 작고 어린 동생은 그걸 받아 들고도 무엇인지 모르는 듯 멍하게 보고만 있었다. 윈스턴은 잠시 동생을 노려보더니 동생 손에서 초콜릿을 잽싸게 낚아채 밖으로 뛰쳐나갔다.

"윈스턴! 윈스턴!"

어머니가 그를 불렀다.

"돌아와! 동생한테 돌려줘야지!"

그는 걸음을 멈췄으나 돌아가지 않았다. 어머니는 간절한 눈빛으로 그를 바라보았다. 그때도 그는 어렴풋이 무슨 일이 일어날 것 같은 느낌이 들었다. 동생은 뭔지는 모르지만 들고 있던 것을 빼앗기자 가는 소리로 보채기 시작했다. 어머니는 동생을 들어 올려 꼭 안아주었다. 윈스턴은 어머니의 그런 모습을 볼 때면 어쩐지 누이동생이 죽어가고 있다는 느낌이 들었다. 그는 돌아서서 질컥거리는 초콜릿을 꽉 쥐고 계단을 뛰어 내려갔다.

그 뒤로 윈스턴은 두 번 다시 어머니를 보지 못했다. 그는 초콜릿을 모두 먹어치우고 나서야 조금 부끄러운 생각이 들어 몇 시간이나 거리를 돌아다니다가 배가 고파서야 집으로 돌아왔다. 그런데 어머니가 보이지 않았다. 어머니와 누이동생이 없어진 것 말고는 모든 것이 그대로였다. 어머니 외투까지 그대로 있었다. 지금까지 그는 어머니가 죽었는지 살았는지 모른다. 누이동생은 윈스턴처럼 내란으로 부모를 잃은 고아들의 집단수용소(교화원이라고 했다)로 들어갔거나 어머니와 함께 강제노동수용소나 아니면 그 비슷한 곳으로 갔을 것이다. 그것도 아니면 아마 죽었으리라.

그 꿈은 여전히 머릿속에서 사라지지 않았다. 특히 보호하려는 듯 뭔가를 감싸 안은 어머니의 팔이 생생하게 떠올랐다. 그 팔의 움직임에 모든 의미가 담겨 있는 것 같았다. 이어서 그는 두 달 전에 꾸었던 꿈을 떠올렸다. 어머니가 하얀 시트를 깐 초라한 침대 위에 앉아 어린 딸을 꼭 안고 있을 때와 똑같은 모습으로 침몰하는 배 안에 앉아 아래로 계속 가라앉으면서 시커먼 물 너머로 윈스턴을 올려다보고 있었다.

그는 줄리아에게 자기 어머니가 사라진 이야기를 자세히 들려주었다. 그녀는 눈을 감은 채 편안하게 돌아누웠다.

"그때는 당신도 돼지 같았군요. 하긴, 모든 아이들이 돼지 같죠."

그녀는 중얼거리듯 말했다.

"그랬지. 그런데 내 말의 요점은……."

숨소리를 들으니 그녀는 다시 잠이 든 모양이었다. 그는 어머니에 대해 좀더 이야기하고 싶었다. 그가 기억하기로 어머니는 특별히 뛰어나지도 않았고 그렇다고 지적인 여자도 아니었다. 그러나 나름의 기준을 가지고 살아가는 고상하고 선한 여자였다. 또한 자기만의 감성을 지니고 있었다. 그녀는 아무 소용 없는 행동이 아무

의미도 없다고 생각하지는 않았다. 한번 누군가를 사랑하면 비록 그 사람에게 아무것도 해줄 수 없다 하더라도 끝까지 사랑했다. 어머니는 초콜릿을 다 뺏긴 동생을 꼭 안아주었다. 그런다고 해서 달라질 것도 없고, 초콜릿이 더 생기는 것도 아니었으며, 어린 딸과 자신의 죽음을 피할 수도 없었다. 그러나 아무 소용 없지만 당연히 그렇게 해야 한다고 생각하는 것 같았다. 보트에 탔던 그 피난민 부인도 총알을 막을 수 없다는 것을 알면서도 어린 아들을 팔로 감쌌다. 당에서 하는 일 중 가장 무서운 것은 물질세계에 대한 인간의 영향력을 모조리 앗아가는 동시에 단순한 충동이나 감정은 아무 쓸모 없다고 세뇌시키는 것이었다. 일단 당의 수중에 들어가면 느끼는 것과 느끼지 못하는 것, 하는 것과 하지 못하는 것이 말 그대로 아무 차이 없게 된다. 사람들에게 일어난 사건과 자취, 심지어 그들이 존재했었다는 사실까지 사라진다. 흔적도 없이 역사에서 사라지는 것이다. 그러나 두 세대 전 사람들은 역사를 바꾸려 들지 않았다. 그들은 각자 개인의 삶에 충실했고, 그런 삶에 별다른 문제 제기를 하지 않았다. 그들에게 중요한 것은 개인적인 관계였다. 아무 소용 없는 일이었지만 죽어가는 사람에게 포옹하고 눈물 흘리고 위로하는 이런 일에 의미를 두었다. 윈스턴은 문득 노동자들은 지금도 그렇게 살아가고 있다는 생각이 들었다. 그들은 당이나 국가, 이념에 충실할 필요 없이 자신의 삶을 살았다. 그는 비로소 노동자들이 결코 하잘것없는 존재가 아니라는 것을 깨달았다. 그들은 언젠가 일어나 새로운 세상을 만들 수 있는 잠재력을 가진 존재였다. 노동자들이야말로 진정한 인간이었다. 그들의 마음은 경직되지 않았다. 그들은 그가 다시 익혀야 할 원초적인 감정을 여전히 간직하고 있었다. 그는 문득 몇 주일 전 길가에서 폭격으로 잘려 나간 사람의 팔을 마치 양배추 줄거리인 양 도랑으로 차버린 일을 떠올렸다.

"노동자들이야말로 진정한 인간이야. 우리야말로 인간이라고 할 수 없지."

그가 말했다.

"왜죠?"

줄리아가 다시 깨어 중얼거렸다. 그는 잠시 생각하더니 말했다.

"당신은 우리가 더 늦기 전에 여기에서 나가 두 번 다시 만나지 않는 것이 상책이라고 생각하지 않아?"

"그런 생각도 몇 번 했었죠. 하지만 그러지 않을 거예요."

"지금까지는 운이 좋았어. 하지만 오래가지 못할 거야. 당신은 젊어. 또 정상적이고 꾸밈없어. 나 같은 사람하고 어울리지 않으면 적어도 50년은 더 살 거야."

"아니에요. 나도 생각해봤어요. 당신이랑 함께할래요. 너무 걱정 말아요. 어떻게든 살아남을 테니까."

"6개월쯤은 더 만날 수도 있을 거야. 아니면 한 1년쯤? 하지만 결국 우리는 헤어지겠지. 혼자 어떻게 살아가지? 그들에게 잡히면 당신이나 나나 아무것도 할 수 없어. 정말 아무것도 할 수 없지. 내가 자백하면 당신은 총살될 것이고, 자백하지 않아도 당신은 총살될 거야. 내가 뭘 하든, 뭐라고 말하든, 아니 아무 말 안 해도 당신은 5분도 더 목숨을 연장하지 못할 거야. 우리는 서로 죽었는지 살았는지도 모를 거야. 그야말로 아무 힘도 없는 거지. 중요한 것은 손톱만큼도 달라질 게 없다 하더라도 우리가 서로를 배신해서는 안 된다는 거야."

"자백을 피할 수는 없어요. 둘 다 결국 자백할 수밖에 없어요. 그놈들이 고문을 해대면 당신도 어쩔 수 없을 거예요."

"자백 문제가 아니야. 자백을 하고 안 하고는 상관없어. 자백은 배신이 아니니까. 중요한 건 감정이지. 그놈들 때문에 내가 당신을 사랑하지 않게 된다면 그게 배신이지."

그녀는 곰곰이 생각하더니 말했다.

"그럴 수 없을 거예요. 그들도 이거 하나는 할 수 없어요. 당신 입에서 무슨 말이든 끄집어낼 수는 있지만, 뭔가를 억지로 믿게 할 수는 없어요. 당신 마음까지 지배할 수는 없는 거죠."

그러자 그의 얼굴에 약간 생기가 돌았다.

"그래, 맞아. 사람 마음까지 지배할 수는 없지. 별 소득 없는 일이라 해도 인간다운 삶에서 보람을 느낄 수 있다고 믿는 것 자체가 그놈들을 굴복시키는 일이지."

윈스턴은 결코 잠들지 않는 텔레스크린을 생각했다. 그놈들이 밤낮으로 감시하지만 정신을 똑바로 차리고 그놈들을 속이는 것이다.

그놈들이 아무리 머리가 좋아도 사람들의 생각까지 꿰뚫어볼 수는 없다. 그들에게 잡히면 조금은 달라질 것이다. 애정부에서 무슨 일이 일어나는지는 아무도 모르지만 추측할 수는 있다. 고문, 최면제, 신경 반응을 측정하는 정밀기계를 동원하고, 불면과 고독과 끊임없는 심문으로 맥을 못 추게 만든 다음 사실을 털어놓게 만들 것이다. 심문을 통해 알아낼 수도 있고, 고문으로 쥐어짤 수도 있다. 그러나 살아 있는 것이 목적이 아니라 인간답게 사는 것이 목적이라면 무엇을 자백하든 궁극적으로 달라질 것은 없다. 그놈들은 우리의 감정까지 어쩌지는 못한다. 설령 우리가 원한다 해도 그렇게 할 수 없다. 그들이 우리의 말과 행동, 사상을 모조리 캐낸다 해도 깊은 속마음, 스스로도 어쩔 수 없는 신비로운 마음은 그들 역시 어떻게 할 수 없는 것이다.

8

그들은 결행했다. 마침내 결행하고 말았다. 윈스턴과 줄리아는 불빛이 은은하게 비치는 길쭉한 방에 서 있었다. 텔레스크린이 나지막하게 웅웅거리고 있었다. 검푸른 고급 카펫은 벨벳을 밟는 듯 부드러웠다. 오브라이언은 방 한쪽 끝 책상 앞에 앉아 있었다. 책상 위 양쪽에는 서류 더미가 쌓여 있었다. 하인이 줄리아와 윈스턴을 데리고 들어왔을 때 그는 일부러 쳐다보지 않았다.

윈스턴은 말도 제대로 할 수 없을 만큼 가슴이 콩닥콩닥 뛰었다. 머릿속은 온통 '우리는 결행했다. 마침내 결행했다'는 생각뿐이었다. 결국 이곳까지 온 것은 경솔한 짓이었고, 따로 와서 오브라이언의 집 문 앞에서 만나기는 했지만 어쨌든 함께 온 것은 지극히 어리석은 짓이었다. 이런 곳에 온다는 것 자체가 엄청난 신경 소모였다. 내부당원의 집 안을 구경하기는커녕 그들의 거주지에 들어가는 것도 극히 드문 일이었다. 위압감이 드는 커다란 집, 호화롭고 번듯한 가구, 맛있는 음식 냄새와 고급 담배 향, 소음이 적고 속도가 굉장히 빠른 승강기, 바삐 왔다 갔다 하는 하얀 제복 차림의 하인들……. 두 사람은 그 모든 것에 주눅이 들었다. 여기에 올 명분이 충분한데도 윈스턴은 걸음을 옮길 때마다 모퉁이에 숨어 있던 검은 제복 차림의 위병이 불쑥 나타나 신분증 좀 보자고 하면서 당장 나가라고 할까 봐 두려웠다. 그러나 오브라이언의 하인은 조금도 의심하지 않고 그들에게 들어오라고 말했다. 체구가 작은 검은 머리 하인은 하얀 재킷을 입고 있었다. 다이아몬드형의 무표정한 얼굴을 보니 중국 사람이 떠올랐다. 하인을 따라 두 사람이 걸어가는 복도에는 부드러운 카펫이 깔려 있었고, 크림색 벽지와 하얀 벽 모두 굉장히 깨끗했다. 이것도 윈스턴을 움츠러들게 했다. 그는 손때 묻지 않은 벽을 처음 보았다.

오브라이언은 손가락 사이에 끼워 든 종이를 열심히 들여다보고 있었다. 콧날만 보일 정도로 두둑한 얼굴을 푹 숙이고 있는 모습이

단호하고 지적으로 보였다. 20초쯤 그는 꼼짝도 하지 않았다. 그러더니 구술기록기를 앞으로 끌어당겨 진리부에서 사용하는 혼성 전문용어로 메시지를 불러주었다.

"항목 1 쉼표 5 쉼표 7 완결 승인 마침표 항목 6 포함 제안 지극 부적절 사상죄 버금감 취소 마침표 미완 건설 중지 부족 기계 경비 견적 마침표 이상 끝."

그는 점잖게 일어나 조용히 카펫을 밟으며 그들에게 다가왔다. 사무적인 분위기는 신어와 함께 사라졌다. 하지만 그의 표정은 방해를 받고 불쾌한 듯 평소보다 더 무거웠다. 윈스턴은 이 집에 들어왔을 때 느꼈던 두려움이 갑자기 되살아나는 것 같았다. 정말 멍청한 짓을 저지른 것 같았다. 무슨 근거로 오브라이언이 정치적 공모자라고 믿었는가? 한 번 마주친 시선과 한마디 모호한 말뿐이었다. 나머지는 모두 자신의 꿈을 바탕으로 혼자 은밀하게 상상한 것이었다. 이제는 신어사전을 빌리러 왔다는 핑계를 대고 물러설 수도 없었다. 줄리아가 왜 함께 왔는지 설명할 수 없었던 것이다. 오브라이언이 텔레스크린 앞을 지나갈 때 그는 무언가 생각난 듯 걸음을 멈췄다. 그리고 옆 벽 쪽으로 가서 스위치를 눌렀다. 찰칵 소리와 함께 텔레스크린이 툭 꺼졌다.

깜짝 놀란 줄리아는 낮은 비명을 질렀다. 두려움에 휩싸였던 윈스턴 역시 깜짝 놀란 나머지 저도 모르게 불쑥 한마디 했다.

"그걸 끌 수 있군요!"

"그렇소. 우리는 끌 수 있소. 우리의 특권 중 하나요."

오브라이언이 말했다.

그는 두 사람 앞에 마주 섰다. 꼿꼿이 서서 두 사람을 바라보는 건장한 체구는 여전히 알 수 없는 표정을 짓고 있었다. 그는 윈스턴이 먼저 말을 꺼내기를 기다리고 있는 듯했다. 그런데 어떤 말을 기대하는 것일까? 그는 바쁜 사람을 왜 방해하느냐는 듯했다. 침묵이 흘렀다. 텔레스크린을 끄고 나니 방 안에 정적이 감돌았다. 시간은 계속 흘러갔다. 윈스턴은 이러지도 저러지도 못하고 오브라이언의 얼굴만 쳐다보았다. 그러자 갑자기 그 침울한 얼굴이 곧 미소를 지을 것처럼 바뀌었다. 그는 특유의 몸짓으로 코허리에 내려온 안경을 다시 올렸다.

"내가 먼저 말할까, 아니면 당신이 먼저 하겠소?"

오브라이언이 물었다.

"제가 먼저 하죠. 그런데 저건 정말 꺼진 건가요?"

윈스턴이 얼른 말했다.

"그렇소. 완전히 꺼졌소. 이제 우리밖에 없소."

"우리가 여기 온 것은……."

윈스턴은 문득 자신이 여기까지 찾아온 동기가 명확하지 않다는 생각이 들어 잠시 말을 멈췄다. 오브라이언에게 어떤 도움을 청해야 할지 모르니 자신이 여기 온 이유 또한 말하기가 쉽지 않았던 것이다. 그러나 그는 자신의 얘기가 명확하지 않고 변명으로 비쳐질 것을 알면서도 계속 말했다.

"우리는 어떤 음모가 있다고, 그러니까 당에 저항하는 비밀단체가 있다고 믿습니다. 그리고 당신이 그쪽 편이라고 생각합니다. 우리도 함께하고 싶습니다. 우리는 당에 저항합니다. '영사'의 강령을 믿지 않아요. 우리는 사상범이고 간음한 자들입니다. 우리의 운명을 당신한테 맡기고 싶어서 왔습니다. 당신이 우리에게 범죄 행위를 하라고 하면 기꺼이 할 각오가 되어 있습니다."

윈스턴은 방문이 열리는 것 같아 말을 멈추고 돌아보았다. 황색 얼굴의 작은 하인이 술병과 술잔을 쟁반에 담아 노크도 없이 들어왔다.

"마틴은 우리 편이오."

오브라이언은 아무렇지도 않은 듯 말했다.

"술을 이리 가져오게, 마틴. 탁자에 놓게. 의자는 있나? 그럼 앉아서 편히 얘기해봅시다. 마틴, 자네도 의자를 가져와 앉게. 이제부터 10분 동안은 하인 노릇을 그만두게."

마틴도 편안히 앉았다. 그러나 마치 무슨 특권이라도 가진 양 우쭐한 하인의 태도가 남아 있었다. 윈스턴은 곁눈으로 그를 보았다. 이 사람은 한평생 한 가지 일을 해왔고, 잠깐이라도 그것을 벗어던지는 것은 위험천만한 일이라고 생각하는 모양이었다. 오브라이언은 병을 들어 검붉은 술을 잔에 따랐다. 윈스턴은 오래전 거리 벽면 광고판에서 본 커다란 네온사인 술병이 희미하게 떠올랐다. 술병이 아래위로 움직이면서 술잔에 술을 따르던 광고였다. 잔에 담긴 술을 위에서 보면 거의 검정색이었지만 술병에 담겼을 때는 루비색이었다. 술에서 달콤한 향이 났다. 줄리아를 보니 그녀는 호기심을 드러내며 술잔을 들어 냄새를 맡고 있었다.

"와인이라는 술이오."

오브라이언이 미소 지으며 말했다.

"책에서 봤을 것이오. 외부당원은 구하기 힘들지."

그러고는 다시 엄숙한 표정으로 잔을 들었다.

"건강을 위해 마십시다. 우리의 지도자, 이마누엘 골드스타인을 위해!"

윈스턴도 조금 흥분해서 잔을 들었다. 그는 와인을 책에서 보고 상상해본 것이 전부였다. 유리 문진이나 채링턴이 몇 구절만 알고 있는 그 노래처럼, 와인 역시 남몰래 회상하곤 했던, 이제는 사라진 낭만적인 시대의 유물이었다. 그는 와인이 블랙베리 잼처럼 굉장히 달콤하고 금방 취하는 술이라고 생각했다. 그래서 실제로 마셔보고 조금 실망했다. 사실 수년 동안 진만 마셨기 때문에 와인의 참맛을 느낄 수 없었다. 그는 잔을 비우고 내려놓았다.

"골드스타인이 정말 존재합니까?"

윈스턴이 물었다.

"물론이오. 심지어 살아 있지. 어디 있는지는 모르지만."

"음모나 조직도 사실입니까? 사상경찰이 꾸민 것이 아니고요?"

"물론이오. '형제단'이라고 하지. '형제단'은 실제로 존재하고, 가담자들도 자신이 거기에 속해 있다는 것 말고 다른 건 알 수 없을 것이오. 이 얘기는 나중에 또 합시다."

그는 손목시계를 보더니 말했다.

"내부당원이라도 텔레스크린을 30분 이상 꺼두는 것은 좋지 않소. 두 사람이 같이 오는 게 아니었소. 갈 때는 따로 가는 게 좋겠소."

그러고는 줄리아에게 고갯짓을 하며 말했다.

"동무가 먼저 가는 게 좋겠소. 20분 정도는 더 있어도 될 거요. 우선 몇 가지 물어볼 게 있으니 이해해주시오. 당신들은 무엇이든 할 각오가 돼 있소?"

"할 수 있다면 무엇이든 할 겁니다."

윈스턴이 대답했다.

오브라이언은 의자를 조금 돌려 윈스턴을 마주 보았다. 줄리아의 대답까지 윈스턴이 할 거라고 생각했는지 오브라이언은 그녀를 쳐다보지도 않았다. 그는 마치 교리문답을 하듯 낮고 침착하게 대답이 뻔한 질문을 했다.

"목숨을 내놓을 각오가 되어 있소?"

"그렇습니다."

"사람을 죽일 수도 있소?"

"물론입니다."

"죄 없는 사람이 수백 명도 넘게 죽을 수도 있는 태업도 불사하겠소?"

"그렇습니다."

"내 나라를 다른 나라에 팔아먹을 수 있소?"

"그렇습니다."

"속이고, 조작하고, 거짓말하고, 아이들을 타락시키고, 마약을 퍼뜨리고, 매춘을 권장하고, 성병을 퍼뜨리고………. 당을 혼란에 빠뜨리고, 당원들을 부패시키고, 권력을 약화하는 일이라면 무엇이든 할 수 있겠냐 말이오?"

"그렇습니다."

"도움이 된다면 아이들 얼굴에 황산을 뿌릴 수 있소?"

"그렇습니다."

"지금의 지위나 신분을 박탈당하고 남은 인생을 하인이나 부두 노역자로 살아갈 수 있소?"

"그렇습니다."

"지금이라도 자살하라고 명령하면 할 수 있소?"

"그렇습니다."

"두 사람이 다시는 못 만난다 해도?"

"아니요!"

줄리아가 대뜸 말했다.

윈스턴은 한동안 아무 말도 하지 않았다. 말할 기운조차 없었던 것이다. 혀가 입속에서 헛돌기만 하고 말이 나오지 않았다. 마침내 그는 자신이 무슨 말을 하는지도 모르고 "아니요."라고 대답했다.

"좋소. 우리는 모든 것을 확인해야 하거든."

오브라이언이 말했다.

그는 줄리아를 향해 돌아앉더니 좀더 힘주어 말했다.

"윈스턴이 살아 있지만 전혀 다른 사람이 될 수도 있다는 것을 이해하겠소? 우리는 그를 전혀 다른 사람으로 만들 수도 있소. 그의 얼굴, 태도, 움직임, 손짓, 머리 색, 목소리까지 말이오. 그리고 당신도 전혀 다른 사람이 되어야 할지 모르오. 우리 쪽 의사들은 감쪽같이 바꿀 수 있거든. 필요하다면 팔다리도 자르지."

윈스턴은 몽골족 같은 마틴의 얼굴을 다시 곁눈질하지 않을 수 없었다. 그의 얼굴은 흉터 하나 없이 깨끗했다. 하얗게 질린 줄리아 얼굴의 주근깨가 더욱 두드러졌다. 그러나 그녀는 대담하게 오브라이언을 마주 보고 있었다. 그녀는 알겠다는 듯 뭐라고 중얼거렸다.

"좋소. 이제 끝났소. 다 결정되었소."

오브라이언은 무심한 표정으로 탁자 위에 놓인 은제 담배 상자를 그들 앞으로 밀면서 권했다. 그는 담배를 한 대 물고 일어나서 왔다 갔다 하면 생각이 더 잘 떠오른다는 듯 천천히 걸었다. 담배는 좋은 종이로 단단하게 잘 말린 고급 담배였다. 오브라이언은 다시 손목시계를 들여다보았다.

"그만 주방으로 돌아가게, 마틴. 15분 후에 스위치를 켤 거야. 이 동무들 얼굴을 잘 봐두게. 다시 만나게 될 테니까. 나는 못 만날 수도 있지만."

그가 말했다.

처음 봤을 때도 그랬듯이 마틴은 검은 눈을 깜박거리며 그들의 얼굴을 훑어보았다. 어떤 친밀감도 느껴지지 않는 태도였다. 그는 그들의 얼굴은 기억해두겠지만 아무 관심 없고 아무 감정도 없는 듯했다. 윈스턴은 성형수술을 해서 얼굴 표정이 바뀌지 않는 것인지도 모른다고 생각했다. 마틴은 말 한마디 없이 조용히 문을 닫고 나갔다. 오브라이언은 한 손을 검은 제복 주머니에 찔러 넣고 다른 손에 담배를 들고 왔다 갔다 하더니 말했다.

"당신들은 어둠 속에서 투쟁한다는 사실을 알아야 하오. 언제나 어둠 속에서 말이오. 지령을 받으면 이유를 따지지 말고 무조건 복종해야 하오. 나중에 우리 사회의 본질과 사회를 전복하는 전략에 관한 책을 보내주겠소. 책을 읽어야 비로소 '형제단'이 되는 거요. 그러나 우리가 투쟁하는 궁극적인 목적과 당면 과제 말고는 아무것도 알 수 없을 거요. '형제단'이 실제로 존재한다고는 했지만 회원이 수백 명인지 수천 명인지는 말해줄 수 없소. 당신들이 알아보려 한들 10명이나 넘을까? 서너 명 정도 접촉하겠지만 그나마 한 명을 만나고 나면 다음에는 다른 사람을 만나게 될 거요. 접촉은 이런 식으로 하거든. 당신들한테는 내가 지령을 내릴 거요. 연락은 마틴을 통해 할 것이고. 당신들이 체포되면 자백하게 될 거요. 피할 수 없는 일이지. 하지만 당신들이 직접 한 일 말고는 자백할 게 없겠지.

자백해봤자 그다지 중요하지 않은 몇 사람만 털어놓을 거고. 내 이름을 말해도 소용없소. 그때 난 이미 죽었거나 얼굴이 완전히 바뀌어 다른 사람이 되어 있을 테니까.”

그는 부드러운 카펫 위를 여전히 왔다 갔다 했다. 체구가 큰데도 몸짓이 아주 우아하고 세련되어 보였다. 손을 주머니에 찔러 넣은 채 담배를 물고 있는 모습도 멋있었다. 완력을 쓸 것처럼 보이는 것이 아니라 든든하고 유머러스하며 포용력이 있어 보였다. 그는 굉장히 열성적이기는 했지만 광신자들과 같은 외골수는 아니었다. 살인, 자살, 성병, 사지 절단, 얼굴 성형, 이런 말을 늘어놓는데도 그저 농담을 하듯 가볍게 느껴졌다. 그는 ‘이건 어쩔 수 없는 일이오. 그러니 주저 없이 밀고 나갈 수밖에. 하지만 삶의 보람을 느낄 수 있는 세상이 오면 더 이상 그런 일을 할 필요 없지’라고 말하는 것 같았다. 윈스턴은 오브라이언이 존경스러웠다. 그 순간 그의 머릿속에 골드스타인의 어두운 모습이 떠오르지 않았다. 오브라이언의 듬직한 어깨와 못생겼지만 지적이고 무뚝뚝한 얼굴을 보니 결코 패배할 리 없다는 확신이 생겼다. 그가 어떤 전략도 능히 해낼 수 있고, 어떤 위험도 충분히 예측할 수 있을 것 같았다. 줄리아 역시 깊은 감명을 받은 듯했다. 그녀는 담배 하나를 꺼내 물고 열심히 그의 말을 들었다. 오브라이언이 계속 말했다.

“물론 당신들은 형제단에 대해 나름대로 상상한 것이 있을 거요. 어마어마하게 광범위한 지하조직이라고 생각했겠지. 지하실에서 비밀리에 만나고, 벽에 몰래 메시지를 적어놓고, 암호나 수신호로 서로를 알아본다고 말이오. 하지만 그런 일은 없소. '형제단'은 서로의 얼굴도 모르고, 몇 사람 말고는 서로의 신분조차 모르지. 골드스타인이 사상경찰에 붙잡힌다 해도 조직의 명단을 건네거나 그에 관한 정보를 줄 수 없는 구조요. 왜냐하면 그런 명단이 아예 없으니까. '형제단'이란 괴멸할 수 있는 보통의 단체가 아니기 때문이오. 완전히 괴멸할 수 없다는 신념을 바탕으로 유지되는 거지. 그러한 신념이 당신들을 받쳐줄 거요. 동료애, 사기 진작 같은 것은 없소. 당신들이 붙잡힌다 해도 도와줄 수 없소. 우리는 우리를, 즉 동료를 도울 수 없소. 기껏해야 비밀을 털어놓아서는 안 되는 사람의 감방에 면도날을 슬쩍 넣어주는 것뿐이지. 당신들은 어떤 이득이나 희망도 없이 살아가야 할 거요. 한동안 활동하다가 붙잡혀 자백하고는 죽을 운명이지. 이것이 당신들이 알 수 있는 유일한 결과요. 우리가 사는 동안 어떤 변화가 일어날 가망도 없소. 우리는 죽은 몸이나 마찬가지요. 진정한 삶은 미래에 있소. 그러나 우리는 그때쯤 한 줌 먼지와 몇 개의 뼈가 되어 있을 거요. 그 미래가 언제인지도 모르지. 어쩌면 몇천 년이 걸릴지도 모르오. 지금으로서는 조금씩 올바른 정신을 확대해가는 것뿐이오. 집단행동은 불가능하오. 기껏해야 우리의 지식을 개인에서 개인으로, 세대에서 세대로 전해줄 뿐이오. 언제 어디서나 사상경찰이 감시하고 있으니 달리 방법이 없소."

오브라이언은 말을 멈추고 세 번째로 손목시계를 들여다보았다.

"이제 일어날 시간이오, 동무."

그가 줄리아에게 말했다.

"잠깐, 술이 아직 반이나 남았군."

그는 술잔을 채우고 잔을 들더니 냉소적으로 말했다.

"이번에는 무엇을 위해 건배할까? 사상경찰의 패배를 위해? 빅 브라더의 죽음을 위해? 인간성을 위해? 과거를 위해?"

"과거를 위해."

윈스턴이 말했다.

"그렇지. 과거도 중요하지."

오브라이언이 침울한 표정으로 말했다.

세 사람 모두 술잔을 비웠다. 잠시 뒤 줄리아가 일어나자 오브라이언이 캐비닛에서 작은 상자를 꺼냈다. 그는 납작하고 하얀 알약 하나를 꺼내 줄리아에게 주면서 입에 넣으라고 했다. 그러면서 승강기 운전사가 눈치챌 수도 있으니 술 냄새를 없애야 한다고 말했다. 그녀가 나가고 문이 닫히자마자 오브라이언은 그녀의 존재를 잊은 듯했다. 그는 두어 걸음 걷다가 멈춰 서서 말했다.

"확인할 것이 있소. 은신처는 어디에 있소?"

윈스턴은 채링턴의 상점 위층 방에 대해 설명했다.

"일단은 괜찮겠군. 나중에 다른 곳을 정해주겠소. 은신처는 자주 바꾸는 것이 좋소. 그 전에 당신한테 '그 책'을 보내주겠소."

오브라이언은 '그 책'에 악센트를 붙였다.

"골드스타인의 책 말이오. 구하는 데 며칠 걸리겠지만 가급적 빨리 보내주겠소. 당신도 알겠지만 부수가 많지 않소. 발간하자마자 사상경찰이 귀신같이 찾아내 모조리 없애버리지. 그래도 그 책은 결코 없어지지 않을 거요. 단 한 권도 남아 있지 않아도 우리는 한 글자도 빼먹지 않고 다시 만들어낼 수 있거든. 가방을 가지고 다니오?"

"대개 가지고 다닙니다."

"어떻게 생긴 거요?"

"검은색이고 몹시 낡았습니다. 손잡이가 2개 달려 있고."

"검은색, 손잡이 2개, 낡았다⋯⋯. 좋소. 정확한 날짜는 말할 수 없지만 머잖아 아침에 당신이 작업해야 할 문서 가운데 오타가 인쇄된 것이 끼여 있을 거요. 그럼 당신은 다시 보내달라고 요청하면 되오. 그다음 날 가방을 집에 놔두고 출근하시오. 그날 길에서 누군가 당신 팔을 툭 치면서 '가방이 떨어졌네요'라고 말할 거요. 그 사람이 건네주는 가방 속에 골드스타인의 책이 들어 있을 거요. 책은 2주일 안에 돌려줘야 하오."

잠시 침묵이 흘렀다.

"2, 3분 내로 일어나야겠소. 또 봅시다. 다시 만날 수 있다면⋯⋯."

오브라이언이 말했다.

"어둠이 없는 곳에서 말입니까?"

윈스턴은 그를 바라보며 머뭇머뭇 말했다.

오브라이언은 놀라지도 않고 고개를 끄덕였다. 그는 윈스턴의 말이 무슨 의미인지 아는 듯 말했다.

"어둠이 없는 곳에서. 그건 그렇고 가기 전에 나한테 하고 싶은 말 없소? 전하고 싶은 말이나 궁금한 것 말이오."

윈스턴은 생각해보았지만 물어볼 만한 것이 없었다. 게다가 이론적인 이야기는 하기 어려울 듯싶었다. 오브라이언이나 '형제단'과 직접 관련된 사항 말고 그가 어머니를 마지막으로 본 어두운 침실, 채링턴의 상점 위층 작은 방, 유리 문진과 자단 액자의 판화가 떠올랐다. 윈스턴은 입에서 나오는 대로 물어보았다.

"'오렌지와 레몬이여! 성 클레멘트의 종이 말하네'로 시작되는 옛날 노래 들어본 적 있나요?"

오브라이언이 고개를 끄덕였다. 그는 침울한 표정으로 그 노래를 끝까지 외웠다.

오렌지와 레몬이여! 성 클레멘트의 종이 말하네.
그대는 내게 3페니를 빚졌지. 성 마틴의 종이 말하네.
언제 갚으려나? 올드 베일리의 종이 말하네.
부자가 되면 갚지. 쇼어디치의 종이 말하네.

"마지막 구절까지 아시는군요!"
윈스턴이 말했다.

"물론이오. 다 알고 있소. 이제 가야 할 시간이오. 잠깐, 당신도 이 알약을 먹고 가는 게 좋겠소."

윈스턴이 일어나자 오브라이언이 손을 내밀었다. 악수를 하는데 그의 손아귀 힘이 얼마나 센지 윈스턴의 손이 으스러지는 것 같았다. 윈스턴이 문간에서 돌아보니 오브라이언은 벌써 그를 잊은 듯 손은 이미 텔레스크린의 스위치에 가 있었다. 윈스턴은 그의 등 뒤 책상에 놓인 초록색 갓을 씌운 램프와 구술기록기, 서류가 잔뜩 쌓인 철망 바구니를 바라보았다. 이 일은 이제 끝났다. 30초도 지나지 않아 오브라이언은 잠시 손을 놓았던 당원으로서 해야 할 중요한 일을 다시 시작할 것이라고 윈스턴은 생각했다.

9

윈스턴은 몹시 지치고 피로했다. '녹초가 되었다'는 표현이 절로 떠올랐다. 마치 몸이 흐물흐물하고 반투명한 젤리 같았다. 몸이 뭉그러지는 듯했고, 햇빛을 향해 손을 들어보면 빛이 그대로 통과할 것만 같았다. 어떻게나 일을 많이 했던지 피와 림프액이 모조리 빠져나가고 신경과 뼈, 살갗만 남은 것 같았다. 모든 감각이 축 내려앉는 듯했다. 옷이 천근만근 어깨를 내리누르는 듯했고 발은 땅바닥에 닿을 때마다 아렸다. 살짝 쥐었다 폈는데도 손마디가 우두둑거렸다.

그는 닷새 동안 90시간 넘게 일했다. 모든 직원들이 그랬다. 이제 겨우 다 끝나 내일 아침까지 일이 없었다. 6시간 정도 은신처에서 보낼 수 있고, 집에서 또 9시간 동안 쉴 수 있다. 그는 부드러운 오후 햇살을 받으며 채링턴의 상점으로 향했다. 경찰이 언제 나타날지 몰라 조심스럽게 살피면서 지저분한 거리를 천천히 걸어갔다. 왠지 오늘 오후에는 누구도 그를 방해할 것 같지 않았다. 그래서 두렵지도 않았다. 걸을 때마다 묵직한 가방이 무릎에 부딪혀 다리가 자꾸 쑤셨다. 가방에는 '그 책'이 들어 있었다. 엿새 전에 받았지만 지금까지 책을 펴기는커녕 보지도 못했다.

행진, 연설, 함성, 합창, 국기, 포스터, 영화, 밀랍 인형, 북소리, 트럼펫 소리, 행군 발소리, 탱크 바퀴 구르는 소리, 편대비행의 귀를 찢는 듯한 소리, 총소리……. 증오주간 엿새째 되는 날 흥분은 절정에 이르렀고 유라시아를 향한 증오심이 광기로 치달았다. 마지막 날 유라시아 전범 2천 명을 공개적으로 교수형에 처할 계획이었는데, 잔뜩 흥분한 군중들은 그들이 눈에 띄기만 해도 갈기갈기 찢어죽일 기세였다. 그런데 바로 이 결정적인 순간에 오세아니아가 유라시아와 전쟁을 하지 않는다고 발표했다. 오세아니아는 동아시아와 전쟁 중이며 유라시아가 동맹국이라는 것이다.

물론 어떤 해명도 없었다. 단지 이제 적은 유라시아가 아니라 동아시아라는 소식이 재빨리 곳곳으로 퍼져 나갔다. 윈스턴은 그때 런던 중심부 광장에서 시위에 참여하고 있었다. 밤이었다. 하얀 얼굴과 진홍색 깃발이 불빛에 번득였다. 광장에는 수천 명이 몰려 있었고, 그중에 스파이단 제복을 입은 어린 학생도 1천 명가량이나 되었다. 진홍색 천으로 장식한 연단에서 몸집이 작고 홀쭉한 내부 당원이 군중들을 향해 열변을 토하고 있었다. 그는 팔이 유난히 길고, 널찍한 민머리에 머리카락이 몇 가닥밖에 남아 있지 않았다. 그는 증오심으로 얼굴을 잔뜩 찡그린 채 한 손으로 마이크 목을 잡고 뼈마디가 불거진 또 다른 손을 높이 치켜들어 위협하듯 마구 휘저어댔다. 그의 목소리가 확성기를 통해 쩌렁쩌렁 울렸다. 남자는 잔학, 대량 학살, 추방, 약탈, 강간, 포로, 고문, 양민 폭격, 허위 선전, 불법 침략, 조약 파기 같은 단어들을 쉴 새 없이 나열하며 목청을 돋웠다. 그의 연설을 들으면 처음에는 그저 그런가 보다 하다가 어느새 열광적으로 빠져들었다. 군중들이 분노를 터뜨렸고, 수천 명의 목구멍에서 짐승이 울부짖는 듯한 함성이 터져 나와 그의 목소리를 뒤덮어버렸다. 학생들의 함성이 가장 거칠고 광적이었다.

연설을 시작한 지 20분쯤 되었을 때였다. 한 전령이 급히 연단에 올라가더니 그 남자에게 쪽지를 건네주었다. 그는 연설을 계속하면서 그것을 읽었다. 그의 목소리, 태도, 그가 말하려는 내용까지 변한 것은 전혀 없었다. 다만 갑자기 이름이 달라졌을 뿐이다. 군중들은 아무 말도 하지 않았지만 알겠다는 듯 조용한 파문이 일었다. '오세아니아가 동아시아와 전쟁 중이다!' 다음 순간 군중들이 크게 동요하기 시작했다. 광장을 장식하고 있는 깃발과 포스터가 모두 틀린 것이다! 얼굴의 절반은 잘못 그린 것이다! 태업이다! 골드스타인의 부하들이 활동 중이다! 일순간 광장은 아수라장으로 변했다. 사람들은 포스터를 뜯어내고 깃발을 모두 찢어 발로 짓밟았다. 스파이단이 비상하게 움직여 지붕 꼭대기로 기어 올라가 굴뚝에서 휘날리던 현수막을 뜯어버렸다. 그러나 이 아수라장은 2, 3분도 되지 않아 정리되었다. 연사는 다시 마이크 목을 잡고 어깨를 앞으로 내밀고 한 손을 들어 하늘을 향해 휘저으면서 연설을 계속했다. 2분도 되지 않아 성난 짐승이 울부짖는 듯 분노에 찬 함성이 다시 터져 나왔다. 대상이 바뀐 것 말고 '증오주간'은 전과 똑같았다.

윈스턴은 조금 전 벌어진 일에 놀라지 않을 수 없었다. 연사가 연설을 하다가 잠깐 중단하기는커녕 문맥을 끊지도 않고 자연스럽게 노선을 바꿔버린 것이다. 그러나 이때 윈스턴에게 드디어 일이 생겼다. 사람들이 포스터와 깃발을 찢으면서 한창 소란을 피우고 있을 때 한 번도 본 적 없는 남자가 그의 어깨를 치면서 "이봐요, 가방을 떨어뜨린 것 같소."라고 말했다. 윈스턴은 한마디도 하지 못하고 얼떨결에 가방을 받아 들었다. 그는 며칠 동안 가방을 열어볼 기회가 없을 거라고 생각했다. 시위가 모두 끝나고 23시가 다 되어가는데도 그는 곧장 진리부로 향했다. 진리부의 모든 직원들이 사무실로 갔다. 텔레스크린에서 근무지로 돌아가라는 지시가 내려졌는데 그럴 필요도 없었다.

오세아니아는 동아시아와 전쟁 중이다. 오세아니아는 계속 동아시아와 전쟁을 벌이고 있었다. 지난 5년간 만들어진 수많은 정치

문서가 휴지 조각이 되어버렸다. 모든 종류의 보고서, 기록, 신문, 도서, 팸플릿, 영화, 녹음, 사진 등 모든 것을 번갯불에 콩 볶듯 재빨리 바꿔야 했다.

구체적인 지시는 없었지만 각 국장들이 일주일 내에 유라시아와 전쟁 중이고 동아시아와 동맹을 맺고 있다는 이전의 모든 자료를 이 지상에서 완전히 없애라고 지시하리라는 것을 모두 알고 있었다. 이 작업은 명목을 갖다 붙일 수 없기 때문에 복잡할 수밖에 없었다. 기록국 직원들은 하루 3시간씩 두 번에 나눠서 자고 나머지 18시간을 일해야 했다. 지하 창고에서 매트리스를 가져와 복도에 죽 깔아놓았고, 식사는 식당 직원들이 샌드위치와 승리 커피를 손수레에 실어 날랐다. 윈스턴은 잠잘 시간 전까지 책상 위에 쌓인 문서를 모두 처리하려고 애썼다. 그러나 다시 눈을 비비면서 힘든 몸을 일으켜 책상으로 돌아오면 문서 두루마리 한 무더기가 또다시 산처럼 쌓여 있었다. 구술기록기를 절반이나 가리고도 모자라 바닥에도 흩어져 있었다. 그는 매번 작업 공간을 마련하기 위해 주위를 다시 정돈했다. 작업이 단순하지 않아 골치가 아팠다. 이름만 바꾸면 되는 것도 있었지만 상세한 사건 보고서 같은 것은 꼼꼼히 확인해야 하는 것은 물론 상상력을 동원해야 했다. 전쟁터를 세계의 이쪽에서 저쪽으로 옮겨야 하니 지리적 견문도 필요했다.

사흘째 되는 날은 눈이 쓰라려 참을 수가 없었다. 안경은 몇 분마다 한 번씩 닦아야 했다. 그렇게 하지 않아도 된다고 생각하면서도 일에 몰두하다 보면 끝까지 완벽하게 해내고 싶은 그런 종류의 작업이었다. 육체적으로 너무 힘들어서 마치 전투를 하는 것 같았다. 구술기록기에 대고 불러주는 한 마디 한 마디, 펜으로 쓰는 글자 하나하나가 다 지어낸 거짓말이라는 사실에 신경 쓸 여유가 없었다. 신경 쓰인다 해도 괴로울 정도는 아니었다. 그저 기록국의 다른 동료들처럼 이 조작이 완전무결하게 끝나기만을 바랄 뿐이었다. 엿새째 되는 날 아침에야 문서가 띄엄띄엄 도착하기 시작했다. 그러다 30분 만에 하나씩 떨어지더니 더 이상 오지 않았다. 다른 책상도 마찬가지였다. 기록국 여기저기서 깊은 한숨이 새어 나왔다. 말로 다 표현할 수 없는 어마어마한 일이 드디어 끝난 것이다. 이제 누구도 오세아니아가 유라시아와 전쟁을 했다는 것을 문서로 증명할 수 없을 것이다. 12시에 모든 직원들은 내일 아침까지 쉬라는 발표가 났다. 윈스턴은 일할 때는 다리 사이에 끼우고 잠이 들 때는 깔고 있었던 '그 책'이 든 가방을 들고 집으로 돌아왔다. 면도를 한 다음 욕조에 미지근한 물을 받아 졸면서 목욕을 했다.

그는 채링턴의 상점 위층 방으로 올라갔다. 계단을 디딜 때마다 다리 뼈마디가 우드득거렸다. 피곤했지만 잠은 오지 않았다. 그는 먼저 창문을 열었다. 그리고 지저분한 소형 석유난로에 불을 켜고 커피 물을 올렸다. 줄리아가 곧 도착할 것이다. 그동안 '그 책'을 읽어보려고 낡아빠진 안락의자에 앉아 가방을 열었다.

검은 표지의 그 책은 꽤 두툼했다. 허술하게 제본된 책 표지에는 제목이나 저자 이름도 없었다. 인쇄도 고르지 않았다. 수많은 손을 거친 듯 가장자리가 해졌고 페이지가 낱장으로 떨어지기도 했다. 본문 첫 장에 제목이 적혀 있었다.

과두적 집단주의의 이론과 실제
이마누엘 골드스타인 지음

윈스턴은 읽기 시작했다.

제1장
무지는 힘

유사 이래, 아마도 신석기시대 말기부터 인간은 상중하 세 계급으로 나뉘어졌다. 그것은 다시 여러 갈래로 나뉘어졌고, 서로 다른 이름을 가지고 무수히 많은 후손들이 태어났다. 각 부류의 인구수와 서로를 대하는 태도는 시대마다 달랐지만 근본적인 사회구조는 변하지 않았다. 이쪽저쪽 아무리 쳐대도 계속 균형을 잡고 돌아가는 팽이처럼 엄청난 격변과 결코 돌이킬 수 없는 변화가 일어난 뒤에도 똑같은 양상이 되풀이되었다.

이 세 집단의 목표는 결코 타협할 수 없는…….

윈스턴은 편안히 앉아 제대로 이해하면서 읽으려고 잠시 멈췄다. 그는 혼자였다. 텔레스크린도 없고 열쇠 구멍에 귀를 대고 엿듣는 자도 없었다. 등 뒤를 돌아보거나 손으로 책을 가릴 필요도 없었다. 시원한 여름 바람이 그의 뺨을 간질였다. 재깍거리는 시계 소리와 멀리서 희미하게 들리는 아이들 노는 소리뿐이었다. 그는 의자 깊숙이 몸을 기대고 발을 벽난로 받침대에 올렸다. 끝없이 이어질 듯한 축복 같은 순간이었다. 결국은 끝까지 다 읽을 것이고 몇 번이나 다시 읽을 책이었으므로 윈스턴은 차례대로 읽지 않고 '제3장'부터 읽어나갔다.

제3장

전쟁은 평화

세계가 3개의 초거대 국가로 나누어지리라는 것은 20세기 중엽부터 예견되었고, 또 실제로 그렇게 되었다. 소련이 유럽을, 미국이 영국을 병합함으로써 3개 열강 중 유라시아와 오세아니아 두 열강은 일찌감치 존재했다. 동아시아는 10년 동안 복잡한 전쟁을 치르고 나서야 명실상부한 통일국가로 부상했다. 3개 초거대국 간의 국경은 곳에 따라 자의적이기도 하고, 정황에 따라 변동되기도 했지만 대체로 지리적 구분을 따랐다. 유라시아는 포르투갈에서 베링해협까지 유럽과 아시아 대륙 북부를 차지하고 있다. 오세아니아는 아메리카 대륙과 영국, 오스트레일리아를 포함한 대서양 제도, 아프리카 남부를 차지한다. 동아시아는 다른 두 나라보다 작고 서쪽 경계가 확실하지 않지만 중국과 그 남쪽 지역, 일본, 유동적이기는 하지만 만주 대부분과 몽골, 티베트 등을 차지한다.

지난 25년 동안 3개 초거대국은 서로 동맹을 맺어가며 끊임없이 전쟁을 벌여왔다. 그러나 이제 전쟁은 20세기 초처럼 그렇게 절망적이고 전면적인 싸움이 아니다. 그것은 실질적인 명분이나 이념 차이도 없기 때문에 서로를 파괴하는 것이 아니라 교전국 간의 특정한 목표를 위한 전쟁이었다. 그렇다고 전쟁의 양상이나 전쟁을 하는 방식이 조금 인간적이라거나 덜 잔인하다는 뜻이 아니다. 반대로 모든 나라에서 전쟁 분위기가 고조되어 있고, 공통적으로 강간, 약탈, 유아 살육, 전인구의 노예화, 포로를 산 채로 끓는 물에 넣어 죽이거나 생매장하는 등의 보복 행위가 아무렇지도 않게 자행되고 있다. 게다가 자기 편이 이런 행위를 하는 것은 공로로 인정했다. 그러나 실제 전쟁에는 강도 높은 훈련을 받은 소수정예 부대가 참여하기 때문에 사상자가 상대적으로 적다. 전투는 일반 국민들이 잘 모르는 변경 지역이나 해로의 전략적 위치에 있는 유동 요새 부근에서 일어났다. 문명의 중심지에서 전쟁은 만성적인 소비재 부족, 때때로 몇십 명의 사상자가 발생하는 로켓 폭탄의 폭발을 뜻한다. 전쟁의 성격이 변한 것이다. 더 정확히 말하면 전쟁을 일으키는 중요한 이유가 바뀐 것이다. 20세기 초 세계대전 때는 작은 동기였던 것이 지금은 가장 주요한 원인이 되었고, 그것을 인식하고 받아들이면서 행동으로 옮기는 것이다.

현대 전쟁의 성격을 제대로 이해하려면(몇 년마다 상대국은 바뀌지만 전쟁은 늘 똑같은 양상을 되풀이하기 때문에) 그것이 결정적인 결과를 안겨주지 않는다는 사실을 먼저 알아야 한다. 3개의 초거대국은 두 나라가 연합한다고 해도 나머지 한 나라를 결코 이길 수 없다. 그들의 국력이 서로 비슷하고 자연적 방위 조건이 철벽같기 때문이다. 유라시아는 넓디넓은 영토, 오세아니아는 대서양과 태평양, 동아시아는 국민의 다산성과 근면이 강점이다.

두 번째는 실제로 싸울 이유가 없다는 점이다. 자립 경제 체제로 생산과 소비가 서로 균형을 이루면서 이전 시대에 전쟁의 주요 원인이었던 시장 쟁탈은 의미가 없고, 원자재 확보는 더 이상 생사가 걸린 문제가 아니라는 것이다. 아무튼 3개 초거대국은 국내에서 필요한 모든 물자를 얻을 수 있을 만큼 넓은 영토를 가지고 있다. 경제적인 측면에서 전쟁의 목적이라고 할 수 있는 것은 노동력 쟁탈이다. 초거대국의 경계에 탕헤르, 브라자빌, 다윈, 홍콩을 꼭짓점으로 하는 네모꼴 지역이 있는데, 이곳은 어느 나라 소유도 아니다. 세계 인구의 5분의 1이 이곳에 거주한다. 세 열강이 끊임없이 전쟁을 하는 이유는 이 인구 밀집 지역과 북쪽의 빙원을 차지하기 위해서다. 어떤 나라도 이 분쟁 지역을 완전히 장악한 적이 없다. 서로를 배신하고 기습 공격을 감행함으로써 일부 지역의 점령국은 계속 바뀌었는데, 이는 곧 동맹국이 계속 바뀐다는 것을 의미한다.

분쟁 지역에는 중요한 지하자원이 대량으로 매장되어 있다. 한랭 지역에서는 비싼 합성 제품의 원료인 고무와 같은 중요한 자원이 생산된다. 무엇보다 풍부한 것은 값싼 노동력이다. 적도 아프리카나 중동, 남인도, 인도네시아 군도를 장악하면 임금이 싼 육체 노동자 수천만 명을 확보할 수 있다. 이 지역 주민들은 거의 노예로 전락해 한 국가의 지배를 받다가 또 다른 국가의 지배를 받으면서 더 많은 무기 생산, 더 많은 식민지, 더 많은 노동력을 장악하는 데 있어 석탄이나 석유처럼 일종의 소모품으로 유린되었다. 전투는 이 분쟁 지역을 벗어나지 않는다는 사실을 알아야 한다. 유라시아 국경은 콩고 분지와 지중해 북부 해안 사이를 왔다 갔다 하고, 인도양과 태평양의 섬은 오세아니아와 동아시아가 서로 뺏고 뺏기기를 반복한다. 유라시아와 동아시아의 국경선이 불분명한 몽골 지역은 언제나 불안한 상태이고, 세 열강 모두 사람이 거의 살지 않는 미개척지인 거대한 극지를 자기들 소유라고 주장한다. 그러나 3국의 세력 균형이 유지되고 있기 때문에 각국의 중심부는 침략된 적이 없다. 더구나 노동력을 착취당하는 적도 지역 주민들은 세계경제에서 꼭 필요한 존재도 아니다. 그들이 생산하는 모든 것은 전쟁에 사용되었고, 전쟁은 늘 다음 전쟁에서 유리한 위치에 서려고 벌이는 것이므로 그들이 세계경제 성장에 공헌할 일은 없다. 노예 인구의 노동력으로 계속되는 전쟁의 속도만 더해갈 뿐이다. 그러나 그들이 없어도 세계의 구조나 존속되는 과정이 본질적으로 달라지지 않는다.

현대 전쟁의 기본 목적은(이중사고에 의해 내부당원의 지도급들은 이를 인정하기도 하고 인정하지 않기도 한다) 전체적인 생활수준을 현 상태로 유지하면서 생산품을 완전히 소모하는 것이다. 19세기 말 이후 잉여 생산품 처리가 공업사회의 잠재적인 문제점이었다. 그러나 식량이 충분하지 않은 오늘날 이 문제는 그리 중대한 사안이 아니며, 인위적으로 파괴하지 않더라도 큰 문제가 되지 않는다. 오늘날의 세계는 1914년 이전, 특히 그 당시 사람들이 상상했던 미래와 비교하면 더 헐벗고 더 굶주리고 더 황폐하다. 20세기 초 대부분의 지식인들은 미래 사회가 풍요롭고, 여유 있으며, 질서가 잡혀 있고, 효율적일 거라고 생각했다. 말하자면 유리와 강철과 하얀 콘크리트 건물로 영원히 빛을 잃지 않는 세계일 거라고 믿었다. 과학과 기술은 빠른 속도로 발전할 것이며, 또 그렇게 진보하고 있다고 믿었다. 그러나 실제로는 그렇지 않았다. 오랜 전쟁과 혁명은 빈곤을 불러왔고, 엄격한 통제사회에서는 과학과 기술의 발전에 토대가 되는 경험적 사고를 발휘할 수 없었다. 전체적으로 보면 오늘날의 세계는 50년 전보다 더 퇴보했으며 더 원시적이다. 발전한 분야도 있고, 특히 전쟁과 사찰 관련 기술이 발달하기는 했지만 1950년대의 핵전쟁으로 파괴된 것이 아직 완전히 복구되지 못했다. 그런데도 기계화의 위험은 여전히 존재한다. 기계가 처음 등장했을 때 모든 사상가들은 인간의 고된 노동과 불평등이 사라질 것이라고 믿었다. 기계가 목적에 맞게 사용되었다면 기아, 과로, 불결, 문맹, 질병은 이미 근절되었을 것이다. 사실 기계가 이런 목적에 사용되지 않았지만 때로는 분배할 수밖에 없을 만큼 부를 창출함으로써 19세기 말부터 20세기 초까지 50년 동안 일반 국민의 생활수준이 상당히 향상되었다.

그러나 전체적인 부의 증가로 계급사회가 파괴될 위험(어떤 의미에서 그 자체가 파괴다)이 있었다. 누구나 적게 일하고, 충분히 먹고, 욕실과 냉장고가 있는 집에서 살며, 자동차와 비행기까지 갖게 되면 계급사회에서 가장 중요한 불평등 구조가 사라진다. 부가 보편화되면 차별은 있을 수 없다. 개인이 소유하고 사치를 누릴 만큼 부가 공평하게 분배되면서 소수의 특권층이 권력을 장악하는 사회가 있을 수는 있다. 하지만 그런 사회는 안정적으로 오래 유지될 수 없다. 왜냐하면 모든 사람들이 시간적 여유와 경제적 안정을 누린다면 빈곤하고 어리석어야 할 대중은 점점 머리가 깨이고 스스로 생각할 능력이 생기는데, 그렇게 되면 특권을 발휘할 수 없게 된 소수의 특권층이 당연히 그들을 없애려 할 것이기 때문이다. 결국 계급사회가 장기적으로 지속되려면 대중의 가난과 무지가 수반되어야 한다. 20세기 초 몇몇 사상가들이 꿈꾸었듯이 과거의 농업사회로 돌아가는 것은 실질적인 해결책이 아니다. 이것은 거의 전 세계가 본능적으로 추구하는 기계화 경향과 어긋나며, 군사력이 없는 후진 공업국은 직접적으로나 간접적으로 선진국의 지배를 받게 되기 때문이다. 재화의 생산을 억제해 대중을 계속 빈곤에 허덕이게 하는 것도 적절한 해결 방안이 아니다. 이런 방법은 자본주의의 최종 단계인 1920년부터 1940년 사이에 상당 부분 채택되기도 했다. 당시 여러 나라는 경기 침체로 토지를 경작하거나 자본재를 생산하지 않아 수많은 인구가 한꺼번에 실직해 국가의 지원으로 겨우 먹고살았다. 이로 인해 군사력이 약화되었고 이것은 불가피한 상황이 아니었으므로 불만 세력만 더 늘어났다. 문제는 부를 늘리지 않으면서 어떻게 공업을 발전시키느냐 하는 것이다. 재화는 생산되어야 하지만 분배되어서는 안 된다. 이를 실현하는 단 한 가지 방법이 바로 끊임없는 전쟁이다.

전쟁이란 본질적으로 인간의 생명을 파괴하는 것이 아니라 인간의 노동력으로 생산된 것들을 파괴하는 것이다. 생산품으로 대중이 안락한 생활을 누리게 되면 장기적으로 대중의 머리가 깨이게 된다. 따라서 그런 생산품을 하늘로 날리고, 바다에 빠뜨리고, 산산이 부숴버리는 것이 전쟁이다. 전쟁 무기가 실제로 사용되지 않는다 하더라도 소비품 생산에 투입되어야 할 노동력이 무기 공장에서 소모될 수는 있다. 예를 들어 유동 요새 하나를 만드는 데는 화물선 수백 척을 만드는 데 들어가는 노동력이 필요하다. 결국 이것은 아무에게도 물질적 혜택을 주지 않은 채 폐기되고, 또다시 엄청난 노동력을 쏟아부어 새로운 유동 요새를 세운다. 원칙적으로 전쟁 규모는 사전에 계획된다. 국민의 수요를 최소한으로 충족하고 남는 물자를 완전히 소모할 수 있는 규모로 전쟁을 벌이는 것이다. 그러나 실제로 필요한 국민의 수요는 언제나 과소평가되고, 그 결과 생활필수품은 항상 모자라는 만성적인 궁핍이 되풀이된다. 그러나 이것은 장점이라 할 수 있다. 그리고 정부의 혜택을 받는 집단까지 곤궁한 상태로 묶어두는 것이 알맞은 정책일 것이다. 왜냐하면 전반적으로 궁핍한 상태에서 작은 특혜가 더욱 크게 느껴지고 집단 간의 격차도 벌어지기 때문이다. 20세기 초에 비해 오늘날 내부당원의 생활은 더 검소하고 고되다. 그러나 다양한 설비를 갖춘 넓은 집, 좋은 천으로 만든 옷, 좋은 음식과 술, 담배, 하인 두어 명, 개인 소유 자동차나 헬리콥터 등 몇 가지 사치를 누리면서 자신들은 외부당원과 다른 세계에 살고 있다고 느낄 것이다. 외부당원 역시 소위 '노동자'라는 소외 계층에 비해 특혜를 누리고 있다. 사회 분위기는 마치 적군에 포위된 도시에서 말고기 한 덩이를 갖느냐 못 갖느냐에 따라 빈부가 결정되는 것과 같다. 또 전쟁을 계속하면서 전쟁의 위험이 있으니 목숨을 부지하려면 모든 권력을 소수 특권층에게 넘기는 것이 당연하고 불가피하다고 주입한다.

나중에 다시 쓰겠지만 전쟁은 필요에 따라 파괴 행위를 하면서 이를 심리적으로 납득시키는 방향으로 진행된다. 원칙적으로는 세계의 잉여 노동력을 성당이나 피라미드를 건설하는 데 투입하거나, 구멍을 팠다가 다시 메우거나, 방대한 재화를 생산했다가 다시 불태워버리는 데 허비하면 간단하다. 그러나 이 방법은 계급사회의 경제적 기반을 구축할 수는 있지만 감정적 기반을 구축하는 데는 효과적이지 못하다. 여기에서 중요한 것은 대중의 사기가 아니라 당 자체의 사기다. 대중이 성실하게 일에 열중하는 한 그들의 태도는 문제되지 않는다. 당원의 경우 말단 당원이라도 능력과 근면, 그리고 정해진 범위 내에서 지성을 갖추어야 하지만, 공포와 증오, 아첨과 승리에 열광하는 무조건적인 맹신도 필요하다. 말하자면 전쟁 분위기에 알맞은 정신 상태를 유지해야 하는 것이다. 전쟁이 일어나든 일어나지 않든, 그리고 확실한 승리가 불가능하기 때문에 전황이 좋든 나쁘든 상관없다. 필요한 것은 전쟁이 계속되어야 한다는 것뿐이다. 일반적으로 당은 당원들의 지각력이 분열되기를 원하는데, 이것은 전쟁 분위기에서 더 쉽게 얻을 수 있다. 사실 당원의 지위가 높을수록 더 뚜렷한 분열 현상을 보인다. 따라서 전쟁을 벌이고자 하는 열망과 적에 대한 증오심이 가장 강한 사람들이 바로 내부당원이다. 행정가로서 능력을 발휘하려면 전쟁 뉴스 중에 어떤 것이 거짓이며, 실제로는 전쟁이 일어나지 않았다면 누가 꾸민 것인지, 그리고 공언된 것과는 전혀 다른 전쟁의 목적이 있는 것은 아닌지 등을 알 필요가 있다. 하지만 이러한 정보는 이중사고로 쉽게 중화되어 실제로 전쟁이 벌어지고 있으며, 오세아니아가 전쟁에서 승리해 전 세계의 진정한 주인이 되리라는 신념을 갖게 된다.

모든 내부당원은 이러한 신념에 대해 어떤 의구심도 품지 않는다. 그들은 점진적인 영토 확장, 그에 따른 압도적인 세력 형성, 막강한 신무기 발명으로 승리를 이룰 수 있다고 믿는다. 그들은 끊임없이 신무기 연구에 매진하는데, 이것은 인간의 창조성과 이성적 사고를 쏟아부을 수 있는 몇 안 되는 분야 중 하나다. 오늘날 오세아니아에는 옛 의미에서 말하는 과학이 존재하지 않는다. 신어에는 '과학'이라는 말조차 없다. 과학적 업적의 근간이 되는 경험적 사고방식이 '영사'의 기본 원칙에 위배되기 때문이다. 인간의 자유를 억압하는 데 필요한 물건을 만드는 분야에서만 기술적 진보가 이루어진다. 유용한 기술은 대부분 더 이상 발전하지 않거나 되레 퇴보한다. 책은 기계로 쓰면서 토지는 말로 경작한다. 그러나 중요한 분야, 즉 전쟁과 사찰 분야에서는 경험적 사고방식을 장려하거나 허용한다.

당의 두 가지 목표는 전 세계를 정복하는 것과 독립적인 사고의 가능성을 완전히 뿌리 뽑는 것이다. 그러기 위해서 당은 두 가지 큰 문제를 해결해야 한다. 하나는 사람들이 무슨 생각을 하는지 어떻게 알아내느냐 하는 것이고, 다른 하나는 아무 예고 없이 몇 초 안에 수억 만 명을 어떻게 죽이는가 하는 것이다. 따라서 이것은 가장 중요한 과학적 연구 과제다. 오늘날의 과학자는 각각의 얼굴 표정, 태도, 목소리 톤이 어떤 의미를 내포하는지 면밀하게 연구하고, 약품, 충격요법, 최면술, 고문 등이 자백을 이끌어내는 데 얼마나 효과적인지 실험하는 심리학자 겸 심문관이다. 또한 이들은 인명 살상 수단을 연구하는 특수 분야에 종사하는 화학자, 물리학자, 생물학자다. 평화부의 거대한 실험실, 브라질의 삼림이나 오스트레일리아의 사막, 남극의 외딴섬에 비밀리 설치된 실험소에서는 과학자들이 쉴 새 없이 연구에 매진하고 있다. 그들은 미래의 전쟁에 대비한 병참을 구성하기도 하고, 더욱 강력한 로켓 폭탄이나 더욱 효과적인 폭탄, 더욱 탄탄한 장갑판을 개발하기도 한다. 새로운 독가스나 대륙의 모든 식물을 모조리 죽일 화학 물질, 어떤 항독소에도 죽지 않는 병균을 배양하기도 한다. 잠수함처럼 땅속을 뚫고 다니는 차, 배처럼 기지가 필요 없는 비행기를 연구하기도 한다. 가능성이 희박하지만 수천 킬로미터 상공에서 태양 광선을 모으는 렌즈를 고안하는 일에 파고들기도 하고, 지구 중심의 열에 자극을 가해 인공으로 지진이나 파도를 만들어내는 연구에 매진하기도 한다.

그러나 이러한 계획 중 실현된 것은 없다. 3개 초거대국 어디도 다른 나라보다 두드러진 성과를 거두지 못했다. 그런데 더욱 놀라운 것은 3개 초거대국 모두 현재의 연구 수준으로는 발명할 수 없는 원자폭탄을 이미 보유하고 있다는 점이다. 당은 습관처럼 자기들이 발명했다고 주장하고 있지만, 원자폭탄은 1940년대에 처음 등장했고 그로부터 10년 뒤 이미 여기저기에서 대규모로 사용되었다. 당시 수백 개의 원자폭탄이 공업 중심지, 주로 유럽 쪽 소련과 서유럽, 북아메리카에 떨어졌다. 그 결과 각국 지도자들은 원자폭탄을 계속 사용하면 기존 사회, 즉 자신의 권력이 종말을 맞게 될 거라고 확신했다. 그 후 공식적인 제안을 하거나 협정을 맺지는 않았지만 더 이상 원자폭탄이 터지지 않았다. 3개 초거대국은 머잖아 올 거라고 믿는 결정적 순간에 대비해 원자폭탄을 계속 생산해 저장해두고 있다. 그러고는 전쟁 기술은 30~40년 동안 거의 제자리걸음이다. 헬리콥터가 전보다 더 많이 생산되고 폭격기는 대부분 자체 추진 로켓으로 대체되었으며 폭격되기 쉬운 전함은 사라지고 어떤 공격에도 끄떡없는 유동 요새가 등장했다. 그러나 다른 무기의 발전은 거의 찾아볼 수 없다. 탱크, 잠수함, 어뢰, 기관총, 심지어 소총과 수류탄마저 옛날 그대로다. 그리고 신문이나 텔레스크린의 끊임없는 보도와는 달리 몇 주 만에 수십만, 수백만 명이 희생되는, 이전 시대와 같은 치열한 전투는 더 이상 없다.

3개 초거대국 중 어떤 나라도 치명적인 패배의 위험을 무릅쓰면서까지 기동작전을 펼치지는 않는다. 방대한 작전은 대부분 동맹국을 기습 공격할 때만 실행된다. 3대 열강이 채택하는 전략은 처음부터 끝까지 똑같다. 전투와 협상, 절묘한 시기의 기습적인 배반 등을 적절히 구사해 환형기지를 장악함으로써 교전 상대국을 완전히 포위한 다음 그 나라와 우호조약을 맺는다. 그러고는 상대국이 더 이상 의심하지 않도록 몇 년간 평화적인 관계를 유지한다. 그동안 원자폭탄을 탑재한 로켓을 모든 전략 요충지마다 배치한다. 이를 일제히 발사하면 상대가 보복조차 할 수 없을 만큼 치명적인 타격을 가할 수 있고, 그렇게 되면 나머지 열강과 평화조약을 맺어 새로운 공격을 준비할 수 있다는 것이다. 그러나 이 전략은 두말할 나위 없이 실현 불가능한 헛된 공상이다. 더구나 적도와 극지 부근의 분쟁 지역 말고는 사실상 전투가 없고, 적국의 영토를 침략하는 일도 없다. 이 때문에 초거대국 간 국경이 지역에 따라 자국 멋대로 정해지는 것이다. 예를 들어 유라시아는 지리적으로 유럽 지역에 속하는 영국을 쉽게 정복할 수 있다. 반면 오세아니아는 라인 강이나 비스톨라 지방까지 국경을 넓힐 수 있다. 그러나 이것은 3국이 공식적으로 약속한 것은 아니지만 서로 지키고 있는 문화 보존 원칙에 위배되는 것이다. 오세아니아가 옛 프랑스와 독일 지역을 정복했다면 실질적으로 문제가 커진다. 이곳 주민을 몰살하거나 아니면 1억에 육박하는 사람들을 오세아니아인 수준으로 동화시켜야 하기 때문이다. 이것은 3개 초거대국 모두 비켜 갈 수 없는 문제다. 제한된 범위, 즉 전쟁 포로나 유색인 노예 말고는 외국인과의 접촉을 일절 금하는 것도 체제를 유지하는 데 꼭 필요한 일이다. 공식적인 동맹국 사람들도 의심의 눈초리로 경계해야 한다. 오세아니아의 일반 시민은 전쟁 포로 말고는 유라시아나 동아시아의 시민을 보아서는 안 된다. 물론 외국어 공부도 해서는 안 된다. 누구든 외국인과 접촉하면 그들 역시 자신과 같은 인간이고 그들에 관해 들은 이야기가 모두 거짓임을 알게 될 것이다. 그렇게 되면 그들이 살고 있는 폐쇄적인 사회가 무너질 것이고, 사기를 진작하는 데 기본적으로 필요한 공포, 증오, 독선이 사라지게 될 것이다. 따라서 페르시아나 이집트, 자바나 실론 등지에서는 지배자가 수없이 바뀌어도 폭탄 말고는 그 무엇도 주요 국경선을 넘어갈 수 없다는 것을 세 나라 모두 알고 있다.

이런 상황에서 암암리에 적용되는 것이 하나 있다. 그것은 3개 초거대국의 생활환경이 똑같다는 사실이다. 오세아니아의 주된 철학은 '영사'이고, 이에 해당하는 것이 유라시아는 '신볼셰비즘', 동아시아는 '죽음 숭배'다. 죽음 숭배는 중국말로 더 정확하게 번역하면 '자기 말살'이다. 오세아니아 시민은 다른 두 나라의 주된 철학이 무엇인지 전혀 몰라야 한다. 그러면서도 다른 두 나라의 철학은 도덕과 상식을 짓밟는 야만적이고 폭력적인 것이므로 비판해야 한다고 가르친다. 실제로

이 세 철학은 다를 것이 없다. 그것이 지탱하는 사회체제도 아무런 차이가 없다. 피라미드형 구조, 지도자를 신처럼 숭배하는 우상화, 끊임없는 전쟁에 의한, 또 끊임없는 전쟁을 위해 구축된 경제체제 모두 똑같다. 따라서 초거대국은 다른 한 나라를 정복할 수도 없고 정복해봤자 아무런 이득이 없다. 반대로 세 나라가 계속 대립한다면 마치 3개를 묶은 옥수수가 똑바로 서듯이 서로의 체제를 지탱할 수 있다. 그리고 언제나 이 세 나라 지도층은 서로가 하는 일을 아는 동시에 모른다. 그들은 일생의 과업이 세계 정복이기는 하지만 또한 전쟁은 반드시 누구도 승리하지 않은 채 영원히 계속되어야 한다는 것을 잘 알고 있다. 아무튼 정복될 우려가 없다는 사실 때문에 '영사'와 다른 두 사상 체계의 특징인 현실 부정이 사회의 근간을 이루게 된 것이다. 여기에서 다시 한번 말하지만 전쟁은 끝없이 계속됨으로써 그 성격이 근본적으로 변한 것이다.

과거식으로 정의하면 전쟁은 언젠가 끝이 나고 반드시 승자와 패자가 있게 마련이다. 또한 전쟁은 인간 사회가 물리적 현실과 맞닥뜨리는 중요한 요인 중 하나였다. 어떤 시대 어떤 통치자든 국민들에게 그릇된 세계관을 주입하려 했지만 군사력을 떨어뜨릴 수 있는 어떤 환상 같은 것을 심어줄 수는 없었다. 전쟁에서 패하는 것이 바람직하지 못한 결과, 즉 자주독립을 상실하는 것을 의미하는 한 확실하게 패배하지 않을 방법을 강구해야 하므로 물리적 사실을 무시할 수 없었다. 철학이나 종교, 윤리학, 정치학에서는 '2+2=5'가 될 수도 있지만, 총이나 비행기를 설계하는 분야에서는 반드시 '2+2=4'여야 한다. 실력이 없는 나라는 머잖아 정복되게 마련이고, 환상을 심어주는 것은 실력을 배양하는 데 해가 될 뿐이다. 게다가 실력을 쌓기 위해서는 과거로부터 배워야 한다. 즉, 과거에 일어난 일을 정확히 알고 있어야 한다. 신문과 역사책의 내용은 어느 시대에나 한쪽으로 치우치고 왜곡되게 마련이지만 오늘날처럼 조작할 수는 없었다. 전쟁은 올바른 정신을 유지하기 위한 보루였고, 지배계급에게는 가장 중요한 보루였다. 전쟁에 승패가 있는 한 모든 지배계급은 그 책임을 면할 수 없었다.

그러나 전쟁이 말 그대로 끊임없이 계속된다면 위험하다고 할 수도 없다. 늘 계속되기 때문에 특별한 군사적 조치나 군수품도 필요 없는 것이다. 게다가 기술 진보는 멈추고 명백한 사실조차 부정되거나 묵살될 수 있다. 앞에서 말했듯이 과학적이라고 할 만한 연구는 여전히 전쟁을 목적으로 수행되지만, 이것은 근본적으로 헛된 공상일 뿐이고 아무런 소득 없이 실패한다 해도 심각한 문제가 되지 않는다. 실력은 필요 없다. 군사력도 필요 없다. 오세아니아에는 사상경찰 말고 실력을 갖춘 것이 없다. 3개 초거대국은 서로가 서로를 정복할 수 없으므로 각국이 실제로는 독립된 우주이고, 그 안에서 어떤 사상이든 아무런 방해 없이 왜곡될 수 있다. 현실이란 먹고 마시고, 보금자리와 옷을 얻고, 독약을 마시지 않거나 높은 창문에서 떨어지지 않는다 등 일상생활에 필요한 욕구를 충족할 때만 인정된다. 삶과 죽음, 육체적 쾌락과 고통의 차이는 분명히 있지만 단지 그뿐이다. 외부 세계나 과거를 접할 수 없는 오세아니아 시민들은 우주에 떠 있는 것처럼 올라가는 방향이 어디인지 내려가는 방향이 어디인지 알 도리가 없다. 이러한 국가의 지배자는 파라오나 카이사르를 능가하는 절대 권력자인 것이다. 이들은 말썽이 생길 만큼 많은 백성이 굶어 죽지 않도록 해야 하고, 경쟁국 수준만큼 군사기술을 유지해야 한다. 최소한 그만큼만 달성하면 현실을 자기 마음대로 왜곡할 수 있다.

옛날 전쟁의 기준으로 보면 오늘날의 전쟁은 사기다. 마치 상대방에게 상처를 줄 수 없는 각도로 뿔이 난 반추동물의 싸움 같은 것이다. 그러나 전쟁이 비현실적이라고 해서 무의미하다고 할 수는 없다. 전쟁은 잉여 생산품을 소모하고, 계급사회에 필요한 독특한 정신적 분위기를 조성한다. 다시 한번 말하지만 오늘날의 전쟁은 그저 국내 문제일 뿐이다. 과거에는 모든 나라 지배자들이 공동의 이해관계를 인정하고 전쟁의 파괴력을 제한하기는 했지만, 서로 전쟁을 벌였고, 승전국은 항상 패전국을 약탈했다. 그러나 지금 이 시대의 전쟁은 결코 서로 싸우는 것이 아니다. 전쟁은 지배 집단과 그 국민의 싸움이며, 전쟁의 목적은 영토 확장이 아니라 자신들의 사회구조를 유지하는 것이다. 그러므로 '전쟁'이란 단어는 잘못된 것이다. 항상 전쟁을 하고 있기 때문에 사실 전쟁이 없다는 말이 정확한 표현일 것이다. 신석기시대부터 20세기 초까지 전쟁이 인간에게 가했던 압박은 사라지고 전혀 다른 것으로 대치되었다. 3개 초거대국이 서로 전쟁을 하는 대신 영구적인 평화에 동의하고 서로의 땅을 넘보지 않는다 해도 결과는 마찬가지다. 그럴 경우 외적 위험은 사라질망정 국내 문제는 여전히 남아 있기 때문이다. 그러므로 영원한 평화는 영원한 전쟁과 같은 말이다. 이것이 당의 슬로건인 '전쟁은 평화'라는 말의 참뜻이다. 당원 대부분은 이것을 어렴풋이 이해할 뿐이다.

윈스턴은 잠시 책에서 눈을 뗐다. 멀리서 로켓 폭탄 터지는 소리가 들렸다. 그는 텔레스크린이 없는 방에서 금서를 들고 혼자 앉아 있는 지금 너무나도 행복했다. 노곤한 몸, 안락한 의자, 창밖에서 불어오는, 기분 좋게 뺨을 스치는 시원한 바람이 고독과 편안함과 어우러져 평온한 분위기를 자아냈다. 그는 '그 책'에 매혹되었고 거기에서 용기를 얻었다. 어떤 의미에서 책 내용은 새로울 것이 없었지만 바로 그 때문에 마음이 끌렸다. 이 책은 파편처럼 흩어져 있던 생각들을 정리할 수만 있었다면 그도 충분히 썼을 내용이었다. 이 책을 쓴 사람도 윈스턴과 비슷한 생각을 했다. 하지만 그보다 훨씬 더 강력하고 체계적인 사고를 가지고 있고 무엇보다 용기 있는 사람이었다. 좋은 책은 독자가 이미 알고 있는 것을 말하는 책일 것이다. 그가 '제1장'을 펴자마자 줄리아가 계단을 올라오는 소리가 들렸다. 그는 일어나 그녀를 맞이했다. 그녀는 갈색 연장 가방을 바닥에 던지고 그의 품으로 뛰어들었다. 서로 만난 지 일주일이 넘었다.

"'그 책' 받았어."

그가 말했다.

"그래요? 잘됐네요."

그녀는 별 관심 없는 듯 말하더니 석유난로 옆에 무릎을 꿇고 커피 끓일 준비를 했다.

두 사람이 침대에서 30분 정도 함께 보낸 뒤 그는 '그 책' 이야기를 꺼냈다. 홑이불을 끌어당겨 덮어야 할 만큼 밤공기가 선선했다. 익숙한 노랫소리와 신발 끄는 소리가 아래층 뜰에서 들려왔다. 윈스턴이 처음 여기 왔을 때 본 여자는 밤낮없이 뜰에서 사는 것 같았다. 벽돌색 팔뚝의 억센 그녀는 날마다 빨래통과 빨랫줄 사이를 부지런히 움직이며 빨래집게를 입에 물고 있지 않을 때는 항상 신나게 노래를 불러젖혔다. 줄리아는 벌써 잠을 자려고 옆으로 돌아누웠다. 그는 바닥에 놓인 책을 집어 들고 침대 머리맡에 기대앉았다.

"당신도 읽어야 해. '형제단'은 모두 이 책을 읽어야 한다고."

"당신이 읽어봐요. 크게 읽어요. 그게 좋겠어요. 그리고 읽으면서 설명해줘요."

그녀는 눈을 감은 채 말했다.

시계 숫자판이 6시를 가리켰다. 그러니까 18시다. 아직 서너 시간 더 있어도 되었다. 그는 책을 무릎에 올려놓고 읽기 시작했다.

제1장

무지는 힘

유사 이래, 아마도 신석기시대 말기부터 인간은 상중하 세 계급으로 나뉘어졌다. 그것은 다시 여러 갈래로 나뉘어졌고, 서로 다른 이름을 가지고 무수히 많은 후손들이 태어났다. 각 부류의 인구수와 서로를 대하는 태도는 시대마다 달랐지만 근본적인 사회구조는 변하지 않았다. 이쪽저쪽 아무리 쳐대도 계속 균형을 잡고 돌아가는 팽이처럼 엄청난 격변과 결코 돌이킬 수 없는 변화가 일어난 뒤에도 똑같은 양상이 되풀이되었다.

"줄리아, 잠들었어?"
윈스턴이 물었다.
"듣고 있어요. 계속해요. 재미있네요."
그는 계속 읽었다.

　이 세 집단은 각각 결코 타협할 수 없는 목표를 가지고 있다. 상층 계급의 목표는 현재 상태를 유지하는 것이고, 중간 계급의 목표는 상층 계급으로 올라가는 것이다. 하층 계급에게 목표가 있다면(이들은 너무 힘들게 살아가기 때문에 일상생활 말고 다른 것은 생각할 겨를이 없다) 그것은 모든 인간이 평등한 사회를 건설하는 것이다. 그리하여 모든 역사를 통틀어 본질적으로 똑같은 투쟁이 끊임없이 되풀이된다. 상층 계급은 오랫동안 권력을 누리지만 머잖아 대중의 신뢰나 효율적인 통치력, 또는 두 가지 다 잃고 만다. 그때 중간 계급은 자유와 정의를 위해 싸우고 있는 것처럼 가장해 하층 계급을 자기편으로 끌어들여 상층 계급을 전복한다. 그러고는 자기들의 목적을 달성하자마자 하층 계급을 다시 이전의 노예 신분으로 전락시키고 자신들은 상층 계급의 생활을 누린다. 이때 다른 두 계급 중 하나 혹은 두 계급 모두에서 갈려 나온 사람들이 중간 계급을 이뤄 다시 투쟁이 시작된다. 세 계층 중 하층 계급은 어떤 시대에도 자신들의 목표를 달성할 수 없다. 역사적으로 물질적인 진보가 이루어지지 않았다고 말할 수는 없다. 이제는 쇠퇴기에 들어섰다 할지라도 분명 몇 세기 전보다 물질적인 수준이 훨씬 향상되었다. 그러나 풍요로운 생활을 누리고, 서로 인간적으로 대하고, 개혁도 하고 혁명도 거쳤지만 인간의 평등이라는 면에서는 한 치도 나아진 것이 없다. 하층 계급의 눈으로 보면 역사적 변화는 그저 자신들의 주인이 바뀐 것일 뿐이다.

19세기 말까지 많은 사람들이 역사가 이러한 유형으로 반복되고 있음을 분명히 직시하고 있었다. 그리하여 역사는 끊임없이 순환되는 것으로 해석하고, 불평등은 인간 사회의 변하지 않는 법칙이라고 주장하는 학자들까지 생겨났다. 물론 언제나 이러한 학자들을 추종하는 사람들이 있게 마련이다. 그런데 다음에 얘기하는 방향으로 주목할 만한 변화가 생겼다. 과거에는 상층 계급이 계급적인 사회구조의 필요성을 주장했다. 왕과 귀족, 승려와 법률가, 그리고 이들에 빌붙어 사는 족속들이 이러한 이론을 신봉했고, 다른 계급에게는 달콤한 말로 죽으면 저승에서 보상받을 것이라고 꾀었다. 중간 계급은 권력을 장악하기 위한 투쟁을 벌일 때 항상 자유, 정의, 평등이라는 말을 썼다. 그러나 이제 지배계급은 아니지만 머잖아 그 계급으로 올라서고 싶은 사람들이 인류애라는 개념을 비판하기 시작했다. 과거에 중간 계급은 평등의 깃발 아래 혁명을 일으켰다. 그러나 그들은 혁명에 성공해 이전의 독재자를 몰아내고 나서 새로운 독재 체제를 구축했다. 이것은 새로운 중간 계급이 전제정치를 하겠다고 미리 선언한 것이나 마찬가지였다. 19세기 초에 나타난 사회주의는 고대의 노예 반란에서 시작되는 사상체계의 마지막 단계로서 과거의 유토피아사회주의에서 많은 영향을 받았다. 그러나 1900년 즈음 사회주의가 변모하면서 자유와 평등을 확립하겠다는 목표를 아예 대놓고 포기했다. 그리하여 금세기 중엽, 오세아니아에서는 '영사', 유라시아에서는 '신볼셰비즘', 동아시아에서는 소위 '죽음 숭배'로 불리는 새로운 운동이 속박과 불평등을 공고히 하자는 목표를 의식적으로 내세운 것이다. 이 새로운 운동은 물론 과거의 운동이 발전한 것이다. 그래서 과거의 이름을 그대로 모방하면서 말로만 과거의 이념을 주장한다. 이들의 목적은 발전을 멈추고, 자신들이 선택한 어느 시점에서 역사를 묶어버리는 것이다. 시계추의 진동이 한 번 일어났다가 멈춰버리는 것과 같았다. 중간 계급이 상층 계급을 전복하고 자신들이 상층 계급으로 올라간 다음 전략적으로 영원히 자신들의 지위를 유지하겠다는 것이다.

이 새로운 교리는 역사적 지식이 축적되고 19세기 이전에는 없었던 역사의식이 점점 커지면서 생겨난 것이다. 역사의 순환 운동은 이제 이해할 수 있거나 적어도 이해할 수 있을 듯하다. 그것을 이해할 수 있다면 바뀔 수도 있는 것이다. 그런데 원론적인 명제는 20세기 초에 접어들어 기술 분야에서는 인간의 평등이 가능하다는 점이다. 인간은 서로 다른 재능을 가지고 태어나는 데다 개인적인 취향이 다르기 때문에 개인의 기능이 세부적으로 나눠져야 한다는 주장은 여전히 유효하다. 그러나 계급을 나누거나 엄청난 빈부 격차를 유지할 필요는 없게 되었다. 이전에는 계급 차별이 불가피했고 그렇기 때문에 바람직한 것이기도 했다. 말하자면 불평등은 문명의 대가인 것이다. 그러나 기계의 발달로 생산이 증대되면서 상황이 달라졌다. 직업과 일하는 분야가 다르다고 해서 사회적, 경제적 수준 또한 달라야 할 이유가 없는 것이다. 그래서 권력을 잡으려는 새로운 집단의 관점으로 보면 인간의 평등이란 추구해야 할 이념이 아니라 제지해야 할 위험이다. 정의롭고 평화로운 사회가 사실상 불가능했던 아주 먼 원시시대에는 쉽게 평등을 믿었다. 인간이 법이나 혹독한 노동 없이 사이좋게 살아가는 지상낙원에 대한 꿈은 수천 년 동안 인간의 머릿속에서 떠난 적이 없다. 역사적 변화로 혜택을 받은 계층도 마찬가지였다. 프랑스와 영국, 미국의 혁명 후계자들도 인간의 권리, 언론의 자유, 법 앞에서의 평등, 이런 것들을 공약으로 내세웠고 어느 정도 달성하기도 했다. 그러나 20세기의 1940년대에 이르러 권위주의가 정치사상의 주류가 되었다. 지상낙원이 실현되려는 순간 불신하기 시작한 것이다. 새로운 정치 이론은 어떤 것이든 간에 예외 없이 계급과 통제를 회복해야 한다고 주장했다. 그리고 1930년 전후 전반적으로 어려운 상황에서 재판 없는 투옥, 전쟁 포로 노예화, 공개 처형, 자백을 강요하는 고문, 인질 이용, 강제노동수용소 등 수백 년 동안 사라졌던 일들이 다시 공공연하게 자행되었다. 문화인이자 진보주의자라고 자처하는 사람들조차 이것을 묵인하거나 옹호했다.

그로부터 10년 뒤 세계적으로 번진 전쟁과 내란, 혁명과 반혁명의 소용돌이 끝에 비로소 '영사'와 그 비슷한 정치 이론이 완성되었다. 그러나 이러한 이론은 20세기 초에 나타난, 일반적으로 전체주의라고 하는 다양한 체제의 후신이었고, 세계적인 추세로 보아 혼란스러운 정세 속에서 이런 결과가 나타나리라는 것은 불을 보듯 뻔했다. 이 세계를 어떤 사람이 지배할지 또한 자명했다. 새로운 귀족 정치의 핵심은 주로 관리, 과학자, 기술자, 노동 운동가, 광고 전문가, 사회학자, 교사, 언론인, 직업 정치가 등이었다. 산업의 독점화와 중앙 집권 체제로 살기가 힘들어지자 중산층 봉급생활자와 상급 노동자 출신들이 힘을 모아 세를 키웠다. 과거 권력자들에 비해 이들은 욕심이 적었고, 덜 사치스러웠으며, 권력에 대해 순수한 열정을 가지고 있었고, 무엇보다 자기가 뭘 하고 있는지 정확하게 인식하고 있었다. 그리고 반대 세력을 없애는 일에 더욱 적극적이었는데, 바로 이것이 가장 중요한 차이점이었다. 오늘날의 전제정치에 비해 과거의 정치는 철저하지 못하고 비능률적이었다. 지배 집단은 언제나 자유주의 사상에 웬만큼 물들어 허술한 구석이 조금은 남아 있었고, 겉으로 나타난 행위만을 문제 삼았기 때문에 그들의 백성이 무슨 생각을 하고 있는지 관심이 없었다. 중세 가톨릭 교회 역시 오늘날의 기준으로 보면 관대한 편이었다. 왜냐하면 과거의 어떤 정권도 시민들을 끊임없이 감시할 힘이 없었기 때문이다. 그러나 인쇄술의 발명으로 여론을 조작하기 쉬워졌고, 영화와 라디오가 등장하면서 여론 조작은 더욱 적극적으로 진행되었다. 텔레비전이 발명되면서 하나의 기계가 송수신을 동시에 할 수 있는 기술이 발달했는데, 이것은 곧 사생활이 끝났음을 알리는 신호였다. 모든 시민, 적어도 요주의 인물은 하루 24시간 경찰의 감시를 받았으며, 다른 통신망은 완전히 차단된 채 오직 정부의 선전만 들어야 했다. 그리하여 정부에 완전히 복종하고, 모든 국민의 의사를 완벽하게 통일할 수 있는 가능성이 처음으로 열린 것이다.

1950년대와 1960년대 혁명기가 지나자 사회는 이전처럼 다시 상중하로 재편되었다. 그러나 새로운 상층 계급은 그들의 선배들과는 달랐다. 그들은 본능에 따라 행동하지 않았고, 자신의 지위를 계속 유지하기 위해 무엇이 필요한지 정확히 알고 있었다. 과두정치(寡頭政治, 적은 수의 우두머리가 이끌어가는 독재적인 정치체제—옮긴이)를 안전하게 유지하는 유일한 기반은 집단주의다. 그리고 부와 권력을 모두 소유할 때 그것을 유지하기가 더 쉽다. 금세기 중엽에 실행된 소위 '사유재산의 폐지'는 실제로 전보다 더 적은 수의 사람들에게 부가 집중되는 결과를 빚었다. 다른 점은 이 새로운 소유자가 개인이 아니라 하나의 집단이라는 것이다. 당원들은 사소한 물품 말고는 개인적으로 소유할 수 없다. 그러나 당은 모든 것을 통제하고, 생산품을 마음대로 분배하기 때문에 오세아니아에 있는 모든 것을 소유하는 것이나 다름없었다. 혁명 후 몇 년 되지 않아 당은 모든 정책을 집단주의로 처리했기 때문에 거의 아무런 저항 없이 지배자의 자리에 오를 수 있었다. 오래전부터 자본가들을 제거하고 그들의 재산을 몰수하면 사회주의가 도래할 것으로 예견했다. 물론 자본가들은 제거되었고, 그들이 소유한 공장, 광산, 토지, 집, 배 등을 몰수했다. 자연히 이것은 사유재산이 아닌 공공재산이 되었다. 초기 사회주의에서 파생되어 그 용어까지 그대로 계승한 '영사'는 실상 사회주의 계획 중 중요한 조항을 수행한 결과 이미 예측하고 준비한 대로 경제적 불평등이 존속되었다.

그러나 계급사회의 존속은 이보다 더 어려운 문제다. 지배계급이 권력을 상실하는 요인은 네 가지다. 다른 나라에게 정복되거나, 제대로 통치하지 못해 대중이 들고일어나거나, 불만을 품고 세력을 형성한 중간 계급을 막지 못했거나, 통치할 자신이나 의욕이 없는 경우다. 이러한 요인은 대개 어느 하나가 아니라 여러 개가 동시에 작용한다. 따라서 이 모든 요인을 억제할 수 있는 집단만이 권력을 지속적으로 유지할 수 있다. 그러나 궁극적이며 결정적인 요인은 지배계급의 정신 자세다.

금세기 중엽 이후 첫 번째 위험 요인은 사실상 사라졌다. 지금 세계를 분할 통치하고 있는 세 열강은 서로를 정복할 수 없다. 인구가 감소한다면 가능할 수도 있지만 광범위하게 권력을 행사하는 정부는 이 문제를 쉽게 방지할 것이다. 두 번째 위험 요인도 이론적인 것에 불과하다. 대중은 스스로 봉기하지 못한다. 억압한다고 해서 들고일어나는 것도 아니다. 실제로 비교할 대상이 없는 한 그들은 억압받고 있다는 사실조차 모른다. 과거에 자주 일어났던 경제적 위기는 더 이상 일어나지 않고, 일어나도록 손 놓고 있지도 않는다. 이와 비슷한 다른 대규모 혼란이 일어날 수도 있지만 그래 봤자 불만을 표출할 방도가 없기 때문에 아무런 정치적 성과를 얻지 못한다. 기계 기술의 발전으로 인한 과잉생산 문제가 우리 사회에 잠재되어 있기도 하지만 끊임없는 전쟁으로 해결할 수 있다. 지속적인 전쟁은 또한 대중의 사기를 딱 필요한 만큼 진작하는 데도 유용하다(제3장 참조). 따라서 지배계급의 관점에서 유일한 실질적 위험은 유능하고 권력을 갈망하는 하급 고용인이 새로운 계급으로 진출하는 것, 그리고 지배계급 내에서 자유주의와 회의주의가 생겨나는 것이다. 결국 문제는 교육이다. 다시 말해 지도층과 바로 그 밑에서 일하는 거대한 실무 계급의 의식을 끊임없이 조종해야 한다. 대중의 의식은 조금만 영향을 줘도 마음대로 다룰 수 있다.

이러한 배경을 알게 되면 오세아니아 상황을 모르는 사람이라도 누구든 이 사회의 전반적인 성격을 추측할 수 있을 것이다. 피라미드 꼭대기에는 빅 브라더가 있다. 빅 브라더는 완전무결하고 전지전능한 존재다. 모든 성공과 완성, 모든 승리와 과학적 발견, 모든 지식과 지혜, 모든 행복과 도덕이 그의 지도력과 영감에서 나오는 것이다. 빅 브라더를 본 사람은 없다. 벽에 붙은 포스터, 텔레스크린에서 나오는 목소리가 전부다. 그는 결코 죽지 않을 것이라고 믿는다 해도 이상할 것이 없다. 우선 그가 언제 태어났는지 확실하지 않다. 사실 그는 당이 자신의 존재를 세상에 보여주기 위해 내세운 가공의 인물이다. 그의 역할은 집단에 영향력을 미치는 것이 아니다. 그는 개인이 쉽게 느끼는 사랑, 공포, 존경, 감동을 한곳으로 모으는 구심점 역할을 한다. 빅 브라더 밑에는 구성원을 6백만 명으로 한정하는 내부당이 있다. 이들은 오세아니아 인구의 2퍼센트도 안 된다. 내부당 밑에는 외부당이 있다. 내부당이 국가의 머리라면 외부당은 그 팔인 셈이다. 외부당 밑에 우리가 '노동자'라고 부르는 침묵하는 대중이 있는데 이들이 전체 인구의 85퍼센트 정도를 차지한다. 앞에서 말한 계급 구분으로 따지면 노동자들이 '하층 계급'이다. 적도 지역 노예 인구는 지배자가 수시로 바뀌기 때문에 이 사회구조에서 항구적이거나 불가결한 존재로 취급할 수 없다.

원칙적으로 이 세 계층은 세습되지 않는다. 내부당원의 자식이라고 해서 태어날 때부터 내부당원이 되는 것은 아니다. 내부당 혹은 외부당에 가입하려면 16세에 시험을 치러 통과해야 한다. 여기에서 인종 차별이나 지역적 특혜는 없다. 당 고위직에는 유대인, 흑인, 남미의 순수 인디언 혈족도 있고, 한 지방의 행정가는 항상 그 지방 주민 중에서 선출한다. 오세아니아 어느 지역 사람이든 자신이 멀리 떨어진 수도의 지배를 받는 식민지 시민이라고 생각하지 않는다. 오세아니아에는 수도가 없다. 이름뿐인 통치자는 어디에 있는지 아무도 모르고 실제로 본 사람도 없다. 영어가 공용어이고 신어가 공식어라는 것 말고 중앙집권적인 것이 없다. 각 지역을 통치하는 사람들은 혈연이 아니라 공통된 교리로 단결한다. 이 사회는 세습적으로 보일 만큼 계층이 엄격하게 나눠져 있다. 자본주의 시대 또는 산업화 시대 이전보다 계층 간 이동이 훨씬 적다. 내부당과 외부당 사이에는 조금씩 이동이 있기는 하지만 그것은 내부당의 능력 없는 사람을 내보내고, 야심 있는 외부당원을 내부당원으로 진급시키는 수준이다. 노동자들은 사실상 당원이 되지 못한다. 아주 유능한 노동자들은 불만 세력의 씨앗이 될 수 있기 때문에 사상경찰이 미리 색출해내서 제거한다. 그러나 이러한 상황은 영구적이지도 않을뿐더러 본질적인 문제도 아니다. 구어로 말하면 당은 계급이 아니다. 당의 목적은 자기 자손들에게 권력을 이양하는 것이 아니다. 그들은 상층 계급에 유능한 사람이 없으면 조금도 주저하지 않고 노동자계급을 새로운 지도급으로 기용할 것이다. 혁명 초기의 위태로운 시대에 당이 세습제가 아니라는 사실은 반대 세력을 잠재우는 데 아주 효과적이었다. 소위 '특권계급'에 맞서 투쟁해온 구시대 사회주의자들은 세습이 아니라면 영구적인 것은 없다고 생각했다. 그들은 과두정치를 지속하기 위해서 반드시 물리적인 요소를 동원할 필요 없다는 것을 인식하지 못했다. 세습적인 귀족 사회는 수명이 짧았지만 가톨릭교회와 같이 앞서 나타난 체제가 때로는 수백, 수천 년 동안 이어질 수 있다는 것을 미처 깨닫지 못했던 것이다. 과두

정치의 핵심은 아버지가 아들에게 권력을 세습하는 것이 아니라 죽은 자가 남긴 세계관이나 생활양식을 그대로 지키는 것이다. 지배계급은 자신들의 후계자를 지명할 수 있는 한 지배계급이다. 당은 혈통이 아니라 당 자체를 존속하고자 한다. 따라서 계급 구조를 그대로 유지할 수 있는 한 '누가' 권력을 장악하는가는 별로 중요하지 않다.

오늘날의 신념, 습관, 취미, 감정, 사고방식은 당의 신비주의를 유지하고 사회의 본모습을 볼 수 없는 방향으로 맞춰져 있다. 현재로서는 반란이나 그 예비 운동이 불가능하다. 노동자들은 두려운 존재가 아니다. 그들은 그냥 내버려두면 된다. 그러면 그들은 세대와 세기를 거듭하며 끊임없이 일하고, 먹고, 죽어갈 것이다. 반란을 일으키고자 하는 충동은 물론 세상이 달라져야 한다는 것조차 깨닫지 못한다. 산업 기술이 발달해 더 나은 교육을 받았을 때 비로소 그들은 위험한 존재가 된다. 그러나 군사적, 경제적 경쟁이 중요하지 않기 때문에 대중의 교육 수준이 떨어지고 있다. 대중들이 어떤 의견을 말하든 신경 쓸 필요 없다. 그들은 지적 능력이 없기 때문에 지적 자유를 허용해도 상관 없다. 그러나 당원들의 경우 전혀 중요하지 않은 문제일지언정 조금이라도 다른 견해를 가지는 것을 결코 용납해서는 안 된다. 당원은 태어나서 죽을 때까지 사상경찰의 감시 속에 살아야 한다. 혼자 있다고 해서 혼자라고 할 수 없다. 잠을 자든 일을 하든 쉬든 목욕탕에 있든 침대에 있든 아무런 예고도 없고 의식하지도 못하는 사이에 감시받는다. 그가 무엇을 하든 작은 것 하나라도 간과하지 않는다. 친구와 친척 관계, 아내와 자식을 대하는 태도, 혼자 있을 때 얼굴 표정, 잠꼬대, 몸짓 등 무엇이든 샅샅이 조사한다. 실제로 잘못을 저지른 것뿐 아니라 마음속 동요까지 알아차릴 수 있다. 지극히 사소한 행동이나 습관의 변화, 신경 자극까지 면밀하게 살핀다. 그에게는 어떤 선택의 자유도 없다. 그렇다고 법이나 명백한 규칙, 규정으로 행동을 규제하는 것도 아니다. 오세아니아에는 법이 없다. 발각되면 사형에 처하는 사상이나 행위를 금지한다는 공식적인 규정도 없다. 끝없는 숙청, 체포, 고문, 투옥, 증발 따위도 실제로 지은 죄를 벌하는 것이 아니라 혹시 앞으로 언젠가 죄를 지을지도 모르는 사람을 사전에 없애버리기 위한 것이다. 당원에게는 올바른 사상뿐 아니라 올바른 본능을 강요한다. 그러나 대부분 어떤 신념과 태도를 가지라고 명확하게 요구하지 않는다. 그것을 명확하게 표현하면 '영사'의 모순이 드러나기 때문이다. 타고난 정통파(신어로 선사자(善思者))라면 어떤 때 무엇이 올바른 신념이고 바람직한 감정인지 조금도 망설이지 않고 생각해낼 수 있다. 어떻든 어렸을 때부터 신어로 '죄중단(罪中斷)', '흑백', '이중사고'라는 말을 익혀야 하는 주도면밀한 정신교육을 받으면서 무슨 문제든 깊이 생각할 의욕이나 능력이 아예 생기지 않는다.

당원은 사사로운 감정을 느껴서는 안 되며 언제라도 서슴없이 열성을 보여야 한다. 외국인인 적과 국내의 반역자를 증오하고, 승리를 확신하고, 당의 권력과 지혜를 떠받들고 공경해야 한다. 가난하고 부족한 생활로 인한 불만은 '2분간 증오'와 같은 시간에 발산한다. 사색을 하면 회의감이나 반항심이 생길 수 있으므로 정신교육으로 일찌감치 사색을 할 수 없게 만든다. 어린이에게 가르치는 가장 단순한 첫 단계 훈련은 신어로 '죄중단'이라는 것이다. '죄중단'이란 어떤 위험한 생각을 하기 직전에 본능적으로 멈추는 능력을 말한다. '죄중단'을 습득하면 어떤 것을 유추할 수도 없고 논리적 오류를 깨닫지도 못한다. 이것은 '영사'에 해가 되는 것은 지극히 사소한 견해라도 잘못된 것이라고 생각하고, 이단의 기미가 조금이라도 보이는 사고는 무조건 멸시하고 혐오하는 것이다. 간단히 말하면 '죄중단'은 예비적 우매성(愚昧性)이다. 그러나 우매성만으로 충분하지 않다. 반대로 정통성의 의미는 자기 몸을 자유자재로 놀리는 곡예사처럼 자신의 사고를 마음대로 지배하는 것을 말한다. 오세아니아 사회는 궁극적으로 빅 브라더는 전능하며, 당은 절대 오류를 범하지 않는다는 신념을 바탕으로 하고 있다. 그러나 실상 빅 브라더는 전능한 존재도 아니고, 당도 오류를 범하기 때문에 사태를 무마하는 임기응변 능력이 필요하다. 바로 이것을 해결해주는 말이 '흑백'이다. 신어의 다른 단어가 그렇듯이 이 말도 반대 개념, 즉 대립하는 개념을 모두 포함하고 있다. 반대편에서 사용할 때는 명백한 '흑'인데도 '백'이라고 뻔뻔하게 사기를 치는 것을 의미하고, 당원이 사용할 때는 당이 요구하면 '흑'이 '백'이라고 말할 수 있는 충성심을 의미한다. 그러나 더 나아가 이 말은 '흑'을 '백'이라고 '믿는' 능력을 의미한다. 더욱이 '흑'이 '백'이라고 믿고 이전에 반대로 믿었다는 사실조차 잊어버리는 능력이다. 이것은 과거를 끊임없이 변조하는 것을 뜻하는데, 다른 모든 것을 망라하는 '이중사고'라는 사고체계가 있기 때문에 가능하다.

과거를 변조하는 이유는 두 가지다. 그중 하나가 부수적인 것으로, 다시 말하면 예방 차원인 것이다. 당원은 노동자처럼 비교할 기준이 없으므로 현재 상태를 수용할 수밖에 없다. 선조보다 훨씬 행복하고, 물질적인 수준도 전반적으로 향상되었다고 믿어야 하기 때문에 과거나 외국인과 단절해야 한다. 그러나 이보다 훨씬 더 중요한, 과거를 변조하는 가장 큰 이유는 당이 오류 없는 완벽한 존재라는 것을 보증해야 하기 때문이다. 당의 예측이 언제나 옳다는 것을 보여주기 위해 과거의 모든 연설과 통계, 각종 기록을 현재에 맞춰 끊임없이 수정해야 한다. 하지만 절대 수정할 수 없는 것이 있다. 바로 강령과 정치 노선이다. 생각을 바꾼다거나 정책을 수정한다는 것은 스스로가 약하다는 것을 인정하는 것과 같기 때문이다. 예를 들어 유라시아나 동아시아가 (어느 쪽이든 상관없다) 현재의 적이라면 그 나라는 언제나 적이어야 한다. 실제로는 이와 다르다면 사실을 변경해야 한다. 그리하여 역사는 끊임없이 다시 기록된다. 진리부가 맡고 있는 과거 조작 행위는 애정부가 담당하는 억압과 사찰 못지않게 정권의 안정을 위해 필요하다.

과거 변조는 '영사'의 핵심 교리다. 과거의 사건은 객관적 사실이 아니라 오직 기록된 자료와 인간의 기억 속에서 존재한다. 과거는 그 자료와 기억이 합쳐진 것이다. 그리고 당은 그 모든 자료와 당원의 마음속까지 완전히 지배하고 있기 때문에 과거를 마음대로 꾸밀 수 있는 것이다. 또한 과거를 바꾸는 데 예외가 있을 수 없다. 어떤 시기에 필요한 내용으로 과거를 재창조했다면 바로 이 새로운 내용이 과거이고 다른 과거는 더 이상 존재하지 않는다. 흔히 있는 일이듯이 하나의 사건이 1년에 몇 차례나 수정되는 경우도 마찬가지다. 언제나 당은 절대 진리를 소유하고 있고, 절대 진리는 결코 달라질 수 없는 것이다. 과거는 정신 훈련을 통해 지배할 수 있다. 모든 기록물을 당의 교리와 일치시키는 기계적인 행위를 하는 것은 물론 과거의 사건이 현재 날조한 그대로 일어났다고 기억해야 한다. 그리고 기억을 새롭게 조정하고 기록된 자료를 조작한 다음 허위로 무언가 조작하고 바꿨다는 사실도 잊어야 한다. 이러한 기술은 다른 것과 마찬가지로 정신 훈련으로 습득할 수 있다. 대부분의 당원들과 정통파이며 지적인 사람들도 이러한 기술을 습득한다. 구어로는 직접적으로 '현실제어'라고 표현하고, 신어로는 '이중사고'라고 한다.

'이중사고'는 다른 뜻도 있지만 한 사람이 두 가지 상반된 신념을 동시에 가지고 수용하는 능력을 의미한다. 당의 지식층은 자기의 기억을 어떤 방향으로 바꿔야 하는지 잘 알고 있다. 따라서 현실을 제멋대로 조장한다는 것도 알고 있다. 그러나 '이중사고'를 통해 현실이 유린되고 있다고 생각하지 않는다. 이 과정은 의식적으로 수행하지 않으면 정확하게 할 수 없다. 하지만 그와 동시에 무의식적으로 수행해야 한다. 그러지 않으면 날조하고 있다는 죄의식이 들기 때문이다. 당은 근본적으로 정직한 행위만을 한다는 신념을 가지면서, 다른 한편으로는 의식적으로 기만 행위를 하기 때문에 '이중사고'는 '영사'의 핵심 교리인 것이다. 한편으로는 고의적으로 거짓말을 하면서 다른 한편으로 이 거짓말이 진실이라고 믿는다. 필요 없는 사실을 잊어버렸다가 다시 필요하면 망각 속에서 끄집어낸다. 또한 객관적인 사실을 부정하면서 부정했던 사실을 다시 고려한다. 이런 일들은 필수 불가결하다. '이중사고'라는 말을 사용하는 데도 '이중사고'를 해야 한다. 이 말을 사용한다는 것은 현실을 왜곡하고 있다는 것을 인정한다는 뜻이며, 여기서 다시 '이중사고'를 하면 이러한 생각을 지워버리는 것이다. 결국 무한히 계속한다면 거짓은 언제나 진실보다 한발 앞서게 된다. 궁극적으로 당이 역사의 흐름을 지배해왔고 향후 수천 년 동안 지배할 수 있는 것은 '이중사고' 덕분이다.

과거의 모든 과두정치 체제는 지나치게 강경했거나 혹은 지나치게 온건했기 때문에 권력을 빼앗긴 것이다. 그들은 우매했고 지나치게 자만했기 때문에 변화에 적응하지 못하고 몰락한 것이다. 수수방관하거나 해이해진 나머지 강력한 힘을 발휘해야 할 때 오히려 한발 물러섰기 때문에 몰락할 수밖에 없었던 것이다. 즉, 의식적이었거나 혹은 무의식적이었기 때문에 망했다. 따라서 이 두 가지 조건을 동시에 충족하는 사고체계를 세운 것이 바로 당의 업적이다. 다른 어떤 지적 기반도 당의 통치를 존속할 수 없다. 누구든 지배하고 이것을 지속하려면 현실감각을 교란해야 한다. 왜냐하면 영속적인 지배를 위한 비책은 과거의 잘못에서 깨닫는 능력과 스스로 완벽하다는 신념을 결합하는 것이기 때문이다.

'이중사고'를 만든 사람들이 가장 교묘하게 '이중사고'를 하며, 그들이 '이중사고'가 엄청난 정신적 사기라는 것을 잘 알고 있음은 말할 나위 없다. 우리 사회에서 현재 어떤 일이 벌어지고 있는지 가장 잘 아는 사람이 실제 현실 세계를 제대로 보지 못하는 것이다. 일반적으로 이해력이 좋을수록 더욱 망상에 사로잡히고, 많이 알면 알수록 올바른 정신을 가지기 힘든 법이다. 사회적 지위가 높은 사람들일수록 전쟁에 더욱 열광한다는 사실이 좋은 예다. 전쟁을 이성적인 시각으로 바라보는 사람들은 분쟁 지역에 사는 예속민들이다. 이들은 전쟁을 파도처럼 자기 몸을 덮치는 끊임없는 재앙이라고 생각한다. 어느 편이 이기는지는 전혀 관심 없다. 통치자가 바뀌어도 자신들의 상황은 변하지 않을 것이고, 이전과 똑같이 새로운 주인을 위해 일해야 한다는 것을 그들은 잘 알고 있다. 이들보다 조금 나은 대접을 받는 소위 '노동자'는 전쟁을 이따금씩 의식할 뿐이다. 그들은 필요할 때는 광적인 공포와 증오에 휩싸이지만 혼자 있을 때는 전쟁이 벌어지고 있다는 사실조차 잊어버린다. 당원, 특히 내부당원들은 진정으로 전쟁에 열광한다. 세계 정복이 불가능하다는 것을 아는 사람들이 더욱 굳게 믿는 법이다. 이러한 상반된 요소의 결합, 즉 무지와 지식, 맹신과 냉소의 결합이 오세아니아 사회의 주된 특징 중 하나다. 공식적인 이념은 그럴 필요 없는 부분에서도 모순을 드러냈다. 당은 사회주의 운동의 본래 원칙을 모조리 비판하면서도 바로 이런 행위를 '사회주의'라는 이름으로 행했다. 또한 과거 몇 세기 동안 그 유례를 찾아볼 수 없을 만큼 노동자들을 멸시했다. 그러면서 한때 노동자들이 입었던 작업복을 당원들의 제복으로 입혔다. 당은 조직적으로 가족의 유대를 약화하면서 동시에 당의 지배자를 사랑하는 가족 간에 붙일 수 있는 이름으로 부르라고 명령했다. 4개의 주요 정부 기관의 이름조차 뻔뻔하게도 정반대 의미로 명명했다. 평화부는 전쟁, 진리부는 날조, 애정부는 고문, 풍요부는 굶주림을 담당한다. 이러한 모순은 우연도 아니고 일반적인 의미의 위선도 아니다. '이중사고'로 신중하게 얻은 결과다. 왜냐하면 모순이 조화를 이루어야 영원히 권력을 장악할 수 있기 때문이다. 그렇지 않으면 과거의 현상을 재현할 뿐이다. 인간의 평등을 영원히 막으려면, 다시 말해 상층 계급이 자신의 지위를 영원히 보존하려면 정신을 광적인 상태로 통제해야 한다.

그러나 우리가 지금까지 간과하고 있는 문제가 있다. 그것은 왜 인간의 평등을 막아야 하느냐 하는 것이다. 이 점을 제대로 설명했다고 하자. 그렇다면 엄청난 노력과 면밀한 계획으로 특정 시점에서 역사를 멈추게 하는 동기는 무엇일까? 여기에서 우리는 핵심적인 비밀에 도달한다. 앞에서도 말했듯이 당, 특히 내부당의 신비주의는 '이중사고'에 의한 것이다. 그러나 이보다 더 근원적인 동기가 있다. 그것은 권력을 장악하고, 이중사고, 사상경찰, 지속적인 전쟁과 그에 따르는 것들을 만들고, 이런 것들을 한 번도 회의적으로 생각해본 적이 없는 본능이다. 이 동기는 실제로…….

무슨 소리를 듣고서야 주위가 조용했음을 깨닫듯이 윈스턴은 문득 사방이 너무 조용하다는 것을 깨달았다. 조금 전부터 줄리아가 움직이지 않았던 것 같다. 그녀는 허리 위로 아무것도 입지 않은 채 그의 팔을 뺨으로 베고 돌아누워 있었다. 검은 머리 한 가닥이 그녀의 눈 위로 흘러내려 있었다. 가슴이 천천히, 규칙적으로 오르내렸다.

"줄리아."

아무 말이 없었다.

"줄리아, 자는 거야?"

대답이 없었다. 그녀는 잠들었다. 그는 조심스럽게 책을 바닥에 내려놓았다. 그리고 바로 누워 이불을 끌어당겨 그녀와 함께 덮었다.

그는 아직 근원적인 비밀을 읽지 못했다. 그는 '어떻게'는 이해했지만 '왜'는 이해하지 못했다. '제3장'처럼 '제1장'도 그가 알고 있는 것들이었다. 그가 이미 생각한 것들을 체계화한 것에 지나지 않았다. 그러나 이것을 읽고 나서 자신이 미치지 않았음을 더욱 확신하게 되었다. 소수, 아니 단 혼자라고 해서 미쳤다고 할 수는 없다. 진실과 진실이 아닌 것은 엄연히 다르고, 전 세계와 맞서면서까지 진실에 집착한다고 해서 미친 것은 아니다. 노란 석양빛이 창문으로 비껴들어 머리맡을 비췄다. 그는 눈을 감았다. 그의 얼굴을 비추는 햇살과 그의 옆에 누운 그녀의 부드러운 몸을 보면서 그는 자신감이 솟구쳤다. 그는 안전했다. 그리고 모든 것이 순조롭게 돌아가고 있었다.

"온전한 정신이란 통계로 정의할 수 없는 것이지."

그는 오묘한 이치가 숨어 있는 듯 중얼거리면서 잠에 빠져들었다.

10

윈스턴은 잠에서 깼다. 꽤 오래 잔 것 같았는데 구식 시계를 보니 20시 30분이었다. 그는 누운 채 조금 더 졸았다. 뜰에서 자주 듣던 노랫소리가 들려왔다. 가슴 깊이 울려 퍼지는 듯한 소리였다.

허망한 꿈이었네.

4월의 꽃잎처럼 스러졌네.

눈짓과 말과 꿈으로 흔들어

내 마음 앗아갔네!

이 허접하고 시시한 노래는 아직도 인기가 있는 듯했다. 어디를 가든 이 노래가 들렸다. 〈증오가〉보다 더 오래갔다. 그 노래에 줄리아가 잠에서 깨어 시원하게 기지개를 켜더니 일어났다.

"배고파요. 커피를 만들어야겠어요. 이런, 난로도 꺼지고 물은 다 식어버렸네요."

줄리아가 말했다. 그녀는 난로를 들고 흔들어보았다.

"기름도 없네."

"채링턴 씨한테 얘기하면 좀 줄 거야."

"아까 가득 차 있었는데 이상하네. 옷을 입어야겠어요. 좀 쌀쌀한 것 같아요."

윈스턴도 일어나 옷을 입었다. 여전히 노랫소리가 들렸다.

시간이 모든 것을 해결해준다지만
언제나 잊을 수 있다 말들 하지만
해를 거듭해도 미소와 눈물이
여전히 내 가슴을 쥐어짠다오!

그는 허리띠를 죄며 창가로 갔다. 해는 벌써 집 뒤로 넘어갔고 뜰에는 어둠만이 깔려 있었다. 뜰의 자갈들은 지금 막 물로 씻은 듯 젖어 있었다. 굴뚝 사이로 보이는 하늘도 씻긴 듯 맑고 깨끗했다. 그 여자는 피곤하지도 않은지 계속 왔다 갔다 하면서 노래를 부르다가 멈췄다가 또다시 부르면서 기저귀를 널고 있었다. 그녀는 빨래로 먹고사는 것일까? 아니면 손자가 20명에서 30명쯤 되고 그 아이들을 자기가 다 돌보기라도 하는 걸까? 줄리아가 옆으로 다가왔다. 그들은 나란히 서서 뜰에 있는 탄탄한 여자를 마치 홀린 듯한 표정으로 내려다보았다. 빨랫줄을 향해 뻗은 굵직한 팔이며 노새처럼 풍만하게 튀어나온 엉덩이, 독특한 몸짓을 바라보면서 윈스턴은 처음으로 그 여자가 아름답다는 생각이 들었다. 아기를 임신해 살이 쪘다가 일을 너무 많이 해서 우락부락해지고 힘이 세지면서 푹 삶은 홍당무처럼 부어오른 몸, 쉰 살쯤 된 여자의 몸이 아름답다고 생각해본 적이 단 한 번도 없었다. 그러나 아름다웠다. 그러지 말라는 법도 없지 않은가. 화강암 덩어리처럼 단단하고 맵시도 없으며 살결이 거칠고 붉은 그녀의 몸을 처녀의 몸과 비교하는 것은 장미 열매와 아름다운 장미꽃을 비교하는 것과 같다. 하지만 열매가 꽃보다 못할 게 뭐란 말인가.

"아름답지 않아?"

그가 중얼거렸다.

"엉덩이가 1미터도 더 되겠네요."

줄리아가 말했다.

"그게 저 나이 대 여자의 아름다움이지."

윈스턴이 대답했다.

그는 줄리아의 탄력적인 허리를 팔로 감쌌다. 엉덩이에서 무릎까지 그녀의 넓적다리가 그의 다리에 달라붙었다. 그들 사이에 아기는 없을 것이다. 그것만은 할 수 없었다. 그들은 말없이 마음으로 그 비밀을 서로에게 전했다. 뜰에 있는 여자는 아무 생각이 없다. 오직 튼튼한 팔과 따뜻한 가슴, 아기를 품을 배를 가지고 있을 뿐이다. 저 여자는 아기를 몇 명이나 낳았을까? 그는 적어도 15명은 낳았을 거라는 생각이 들었다. 저 여자도 한때 1년 정도 들장미처럼 활짝 피었을 것이다. 그러다 어느 날 잘 익은 열매처럼 살이 쪘다가 단단해지고, 붉어지고, 억세졌을 것이다. 그녀는 빨래하고, 설거지하고, 꿰매고, 밥을 짓고, 쓸고 닦으며 일생을 보냈을 것이다. 처음에는 자기 자식을 돌보느라, 그리고 이제는 손자들을 위해 30년을 그렇게 보냈을 것이다. 그러나 그녀는 여전히 노래를 부르고 있다. 그는 그녀에게 묘한 존경심을 느끼며 굴뚝 뒤로 한없이 펼쳐진 구름 한 점 없는 하늘을 바라보았다. 유라시아나 동아시아도 이곳과 똑같은 하늘 아래라는 생각이 들자 기분이 묘했다. 하늘 아래 사람들은 누구나 똑같으리라. 서로의 존재를 모른 채 증오와 허위의 벽에 둘러싸여 있는 전 세계 수십억 사람들은 생각할 줄은 모르지만 그들의 가슴과 배, 근육에는 언젠가 이 세상을 전복할 힘을 품고 있다. 희망이 있다면 그것은 노동자계급뿐이다. 그는 '그 책'의 마지막 부분을 읽지 않았지만 바로 이것이 골드스타인의 마지막 말이라는 것을 알 수 있었다. 미래는 노동자의 것이다. 그때 그들이 세우는 세계는 지금의 세계보다 윈스턴 스미스가 더 만족하는 세계일까? 그렇다! 적어도 그 세계는 온전한 정신으로 돌아가는 세계일 것이다. 평등이 있는 곳에 올바른 정신이 있다. 머잖아 틀림없이 그런 세계가 올 것이고, 그러면 힘은 의식으로 전환될 것이다. 노동자는 결코 죽지 않는다. 뜰에 있는 저 굳센 여자의 모습을 보면 의심할 수 없을 것이다. 마침내 그들은 깨어날 것이다. 얼마나 오래 걸릴지는 모르지만 그때까지 그들은 당이 절대 빼앗거나 없애지 못하는 생명력을 들판의 새들처럼 몸에서 몸으로 전하며 어떤 어려움 속에서도 살아남을 것이다.

"기억해? 처음 만난 날 나뭇가지에 앉아 우리를 보고 노래하던 개똥지빠귀."

그가 말했다.

"네. 하지만 그 새는 우리를 보고 노래한 게 아니에요. 저 혼자 좋아서 불렀지. 아니다. 그냥 부른 거지."

줄리아가 말했다.

새는 노래를 부른다. 노동자도 노래를 부른다. 그러나 당은 노래를 부르지 않는다. 런던과 뉴욕, 아프리카와 브라질, 국경 너머 갈 수 없는 신비의 땅에서도, 파리와 베를린의 거리, 러시아의 끝없는 벌판에 자리 잡은 마을, 중국과 일본의 시가지, 전 세계 어디든 저 여인과 같이 굳세고 결코 정복되지 않는 사람들이 힘든 노동과 잦은 출산으로 인해 일그러진 모습으로 평생을 고된 삶을 살아가면서도 여전히 노래를 부른다. 저 억센 허리에서 언젠가 의식을 가진 종족이 태어날 것이다. 그는 죽은 몸이다. 미래는 그들의 것이다. 그들이 육체를 잃지 않듯, 그가 지금의 정신을 잃지 않는다면, 그리고 '2+2=4'라는 드러낼 수 없는 법칙을 전할 수 있다면 그도 미래의 그때에 참여할 수 있으리라.

"우리는 죽은 몸이야."

그가 말했다.

"우리는 죽은 몸이에요."

줄리아가 되뇌었다.

"너희는 죽은 몸이다."

쇳소리 같은 목소리가 들렸다.

그들은 화들짝 놀란 나머지 용수철이 튕기듯 서로에게서 얼른 떨어졌다. 윈스턴은 오장이 얼어붙는 듯했다. 줄리아의 눈동자가 풀렸고 그녀의 얼굴은 노랗게 변해 두 뺨에 칠한 붉은 연지가 더욱 도드라졌다.

"너희는 죽은 몸이다."

쇳소리 같은 목소리가 다시 말했다.

"그럼 뒤예요."

줄리아가 속삭였다.

"그렇다. 그대로 서 있어. 지시를 내릴 때까지 꼼짝 마."

소리가 명령했다.

왔다! 드디어 올 것이 왔다! 그들은 꼼짝도 하지 않고 서서 서로의 눈만 쳐다보았다. 늦기 전에 도망칠까? 하지만 그들은 그런 생각조차 하지 못했다. 벽에서 나오는 쇳소리에 복종하지 않을 수 없었다. 고리가 빠지는 듯한 소리가 나더니 이어서 유리 깨지는 소리가 났다. 그림이 마룻바닥에 떨어지자 그 자리에 텔레스크린이 나타났다.

"이제 우리가 보이겠군요."

줄리아가 말했다.

"너희가 보인다. 방 가운데로 가. 서로 등 돌리고 서서 두 손을 깍지 끼고 머리 위로 올려. 서로 몸을 붙이지 말고."

쇳소리의 명령대로 그들은 서로 떨어져서 돌아섰다. 윈스턴은 줄리아의 몸이 떨리고 있음을 알 수 있었다. 어쩌면 자신이 떨고 있는지도 몰랐다. 이는 악물었지만 무릎이 후들거리는 것은 어쩔 수 없었다. 집 안팎에서 요란한 구둣발 소리가 들렸다. 뜰은 이미 사람들로 어수선한 듯했다. 뜰의 자갈 위로 무언가 끌리는 소리가 들렸다. 여자의 노랫소리가 갑자기 뚝 그쳤다. 빨래통이 굴러가는 듯한 소리가 났다. 이어서 날카롭게 악을 쓰며 화를 내는 목소리가 들리더니 곧 고통스러운 신음으로 바뀌었다. 그러고는 소리가 그쳤다.

"집이 포위된 것 같아."

윈스턴이 말했다.

"집은 포위됐다."

쇳소리가 말했다.

"이제 작별 인사나 해야겠어요."

줄리아가 이를 악물고 말했다.

"이제 작별 인사나 해."

그 목소리가 되받았다. 그러더니 전혀 다른 목소리가 들렸다. 가늘고 점잖은 그 목소리는 윈스턴의 귀에 익었다.

"어쨌든 그 노래는 이렇게 끝나지. '그대 침대를 비출 촛불이 오네. 그대 목을 단칼에 잘라버릴 도끼가 오네.'"

윈스턴 등 뒤의 침대에서 우지직 소리가 났다. 사다리 끝이 창을 뚫고 들어오더니 창살이 부숴졌다. 누군가 창문으로 들어왔고, 계단을 올라오는 발소리가 요란하게 들렸다. 어느새 방은 검은 제복에 징 박은 구두를 신고 손에 곤봉을 든 건장한 사람들로 꽉 찼다.

윈스턴은 더 이상 떨지 않았다. 그는 눈동자조차 움직이지 않았다. '움직이면 안 돼. 절대 움직이면 안 돼. 그들이 구타할 구실을 줘서는 안 돼.' 그는 이 생각뿐이었다. 권투 선수처럼 턱이 평평하고 입이 가늘게 쭉 찢어진 남자가 엄지와 검지로 곤봉을 잡고 생각에 잠긴 듯한 표정으로 그의 앞에 섰다. 윈스턴은 그의 눈을 쳐다보았다. 깍지 낀 두 손을 머리 위로 올리고 있는 그는 마치 벌거벗고 있는 듯한 수치심을 느꼈다. 사내는 혀끝으로 입술을 축이더니 그대로 지나갔다. 또다시 깨지는 소리가 났다. 누군가 책상 위에 놓인 유리 문진을 집어 벽난로 받침돌을 향해 힘껏 던진 것이다. 문진은 산산조각이 났다. 설탕으로 만든 장미꽃 봉오리 같은 분홍빛 산호 무늬 파편이 매트 위에 나뒹굴었다. 그것을 보고 윈스턴은 '굉장히 작구나'라고 생각했다. 뒤에서 거친 숨소리와 발소리가 쿵쿵 나더니 누군가 그의 발목을 힘껏 걷어찼다. 윈스턴은 바닥에 쓰러질 뻔했다. 한 사람이 줄리아의 명치를 후려쳤다. 그녀는 접히는 자처럼 고꾸라져서 숨을 쉬기 힘든지 헉헉거렸다. 윈스턴은 고개를 돌릴 수는 없었지만 납빛으로 변해 헉헉대는 그녀의 얼굴이 보였다. 겁에 질린 그는 그녀만큼은 아니지만 자기가 맞은 것처럼 고통스러웠다. 그는 그녀가 얼마나 고통스러울지 잘 알고 있었다. 그녀는 극심한 고통을 느끼면서도 숨이 막혀서 신음조차 내지 못할 것이다. 두 사람이 그녀의 무릎과 어깨를 잡고 들어 올리더니 자루처럼 들고 방을 나갔다.

윈스턴은 뒤로 꺾여서 축 늘어진 그녀의 얼굴을 힐끗 보았다. 샛노란 얼굴, 꼭 감은 눈, 그리고 두 뺨에 남은 연지 자국, 이것이 그가 본 그녀의 마지막 모습이었다.

그는 얼어붙은 듯 가만히 서 있었다. 그를 때리지는 않았다. 이런 저런 소소한 생각들이 머릿속을 마구 스치고 지나갔다. 채링턴 씨도 체포되었을까? 뜰에 있던 여자는 어떻게 되었을까? 소변이 마려워서 참을 수 없다. 두어 시간 전에 소변을 봤는데 왜 이럴까? 벽난로 위에 있는 시계가 9시, 그러니까 21시를 가리키고 있었다. 그런데 너무 밝았다. 8월이기는 하지만 21시면 어두컴컴해야 하는 것 아닌가. 그는 줄리아와 자신이 시간을 잘못 알고 있는 게 아닌가 하는 생각이 들었다. 시계가 한 바퀴 돌 때까지 잠을 잤고, 다음 날 아침 8시 30분을 20시 30분으로 착각한 것이 아닐까? 그러나 그는 더 이상 생각하지 않았다. 부질없었던 것이다.

방 밖에서 가벼운 발소리가 났다. 채링턴이었다. 그가 들어오자 검은 제복을 입은 사람들이 갑자기 격식을 갖췄다. 채링턴의 얼굴이 어딘지 달라 보였다. 그는 유리 문진 조각을 보고 엄하게 명령했다.

"저것들 주워!"

그러자 한 사람이 몸을 굽혀 유리 파편을 하나씩 주웠다. 채링턴은 특유의 런던 사투리를 쓰지 않았다. 그때 윈스턴은 그의 목소리가 바로 텔레스크린에서 들린 목소리라는 것을 깨달았다. 채링턴은 여전히 낡은 벨벳 조끼를 입고 있었지만, 하얗던 머리카락이 지금은 까맸고 안경도 쓰지 않았다. 그는 신분을 확인하는 듯 윈스턴을 한 번 쏘아보고 나서 더 이상 보지 않았다. 그의 겉모습은 여전했지만 이전의 채링턴이 아니었다. 몸을 똑바로 펴니 키가 더 커 보였다. 얼굴은 거의 그대로였지만 전혀 다른 사람 같았다. 검은 눈썹은 숱이 더 적었다. 주름살도 없고 코도 짧아진 듯해 얼굴선이 달라보였다. 서른다섯 살쯤 되어 보이는 주도면밀하고 냉혈한 얼굴이었다. 윈스턴은 난생처음 사상경찰을 보고 있었다.

제3부

1

윈스턴은 자신이 어디에 있는지 알 수 없었다. 아마 애정부일 것이다. 그러나 확실하지는 않았다.

그는 높다란 천장, 번들거리는 하얀 벽, 창 없는 감방에 있었다. 갓을 씌운 램프가 차가운 빛으로 감방 안을 비췄고, 통풍구에서 나는 듯 낮게 웅웅거리는 소리가 계속 났다. 문 앞을 빼고 온 벽을 따라 겨우 앉을 만한 좁은 의자가 빼곡히 놓여 있었다. 문 맞은편에는 변기가 하나 있었는데 깔개도 없었다. 사방 벽에 각각 하나씩 모두 네 대의 텔레스크린이 있었다.

그는 배가 아렸다. 사방이 막힌 수인차에 실려 올 때부터 그랬다. 게다가 고통스러울 정도로 배가 너무 고팠다. 음식을 입에 대지 못한 지 24시간이나 36시간쯤 되었을 것이다. 그가 체포되었던 때가 아침이었는지 저녁이었는지도 알 수 없었다. 아마 끝내 알 수 없을 것이다. 그는 체포되고 나서 한 끼도 못 먹었다.

그는 깍지 낀 손을 무릎 위에 올리고 꽉 끼는 의자에 앉아 되도록 움직이지 않았다. 그는 가만히 있는 게 상책이라는 것을 알고 있었다. 방심하고 조금만 움직여도 텔레스크린에서 소리가 났다. 그러나 점점 더 배가 고파서 미칠 지경이었다. 지금 가장 바라는 것은 빵 한 조각이었다. 그는 옷 주머니에 빵 조각이 있다는 생각이 떠올랐다. 다리에 닿는 느낌으로 보아 꽤 큰 것인 듯했다. 마침내 그는 확인해보려고 두려움도 잊은 채 주머니에 손을 넣었다.

"스미스! 6079 스미스 W! 감방에서는 주머니에 손 넣지 마!"

텔레스크린이 쩡쩡 울렸다.

그는 다시 무릎 위에 손을 올렸다. 이쪽으로 이송되기 전에 그는 일반 감옥인지 구치소인지는 모르지만 다른 곳에 있었다. 그곳에서 얼마나 오래 머물렀는지는 알 수 없었다. 아마 몇 시간쯤 될 것이다. 시계도 없고 햇빛도 들지 않아 시간을 가늠할 수 없었다. 지금 이 감방과 비슷한 그곳은 무척 시끄럽고 악취가 진동했다. 불결한 방에 10명에서 15명 정도 복닥거렸다. 대부분 일반범죄자들이었으나 정치범도 몇 명 있었다. 행색이 더러운 사람들에게 밀려난 그는 조용히 벽에 기대앉아 있었다. 그는 겁에 질린 데다 배가 너무 아파서 다른 사람들에게 신경 쓸 겨를이 없었다. 그러나 다 같은 범죄자였지만 당원과 당원이 아닌 사람의 태도가 전혀 다른 것을 보고 적잖이 놀랐다. 당원들은 겁에 질려 조용히 있었지만 일반범죄자들은 거리낌이 없었다. 그들은 간수한테 욕을 하고 소지품을 압수당할 때는 안 뺏기려고 버둥거렸고, 마룻바닥에 음탕한 낙서를 해댔다.

그리고 먹을 것을 옷 속에 몰래 감춰두었다가 꺼내 먹고, 텔레스크
린이 조용히 하라고 소리치면 되레 거기다 대고 소리를 질렀다. 그
런가 하면 어떤 사람은 별명을 부를 정도로 간수들과 친하게 지내
면서 문에 뚫린 감시구로 담배를 얻으려고 했다. 간수들도 험악하
게 다뤄야 할 때조차 그들을 웬만큼 봐줬다. 대부분의 죄수들은 앞
으로 이송될 강제노동수용소 얘기를 많이 했다. 그가 듣기로는 줄
만 잘 잡으면 수용소에서도 '문제없다'고 했다. 별별 뇌물이며 특혜,
협박이 난무하고, 동성애와 매춘도 있고, 감자로 만든 밀주까지 있
다는 것이다. 일반범죄자 가운데 특히 강도범과 살인범이 죄수들
사이에서 일종의 귀족 계급을 차지했고, 자질구레한 일은 모두 정
치범 몫이라고 했다. 마약범, 도둑, 강도, 암시장 장사치, 술주정뱅
이, 창녀 등 온갖 죄수들이 구치소를 들락거렸다. 한 술주정뱅이는
어찌나 난폭하게 굴던지 몇 명이 덤벼들어 겨우 말렸다. 한번은 예
순 살쯤 된 여자가 커다란 젖가슴을 덜렁거리며 하얀 머리칼을 풀
어헤치고 끌려왔는데, 간수 넷이 팔다리를 한쪽씩 들고 있었는데도
발버둥치며 소리를 질러댔다. 간수들은 발길질을 해대는 늙은 여자
의 신발을 벗기고 내팽개쳤다. 그런데 그녀가 윈스턴의 무릎에 떨
어져 그의 넓적다리가 부러진 듯이 아팠다. 노파는 상체를 일으키
더니 간수들 등 뒤로 "쌍놈의 새끼!"라고 욕을 퍼붓고는 남의 무릎
위라는 것을 알았는지 얼른 다른 의자에 가서 앉았다.

"미안하우. 내가 일부러 당신 무릎에 앉은 게 아니라 저 새끼들이

그런 거야. 저놈들은 숙녀를 대할 줄 모른다니까. 안 그렇소?"

그녀는 잠시 말을 멈추고 가슴을 두드리며 트림을 했다.

"이해하구려. 내가 그러려고 그런 건 절대 아니니까."

그러더니 그녀는 상체를 숙이고 바닥에 구토를 했다.

"이제 좀 살 것 같네."

그녀는 눈을 감고 몸을 뒤로 기대면서 말했다.

"참을 수가 있어야지. 다 쏟아내고 나니 속이 다 시원하네."

여자는 정신을 차리고 나서 윈스턴을 돌아보며 물었다.

"이름이 뭐요?"

"스미스라고 합니다."

윈스턴이 대답했다.

"스미스? 재밌네. 내 이름도 스미스인데. 내가 당신 어머니일지도 모르겠군!"

그는 그럴지도 모른다고 생각했다. 그녀는 나이나 몸집이 어머니와 비슷했다. 강제노동수용소에 20년만 있으면 전혀 다른 사람으로 변할 수도 있었다.

아무도 윈스턴에게 말을 걸지 않았다. 일반범죄자들은 정치범을 완전히 무시하면서 경멸하는 투로 '정범(政犯)'이라고 불렀다. 정치범들은 누구한테든 말을 걸기를 꺼렸다. 특히 같은 정치범끼리는 더했다. 딱 한 번, 윈스턴은 여자 당원 둘이 의자에 바짝 붙어 앉아 시끄러운 와중에 재빨리 몇 마디 속삭이는 소리를 엿들었다. 그들은 '101호실' 어쩌고 했는데 자세히 듣지 못했다.

그가 이 방으로 끌려온 지 두어 시간쯤 지났다. 복통은 간간이 약해졌다 다시 도지곤 하면서 완전히 가시지 않았다. 복통의 강도에 따라 그의 생각도 덩달아 늘어났다 줄어들었다 했다. 통증이 심하면 통증과 먹을 것만 생각했고 조금 줄어들면 공포가 엄습했다. 앞으로 닥칠 일을 생각하면 가슴이 뜀박질을 치고 숨이 막히는 듯했다. 벌써부터 곤봉으로 팔꿈치를 얻어맞고 징 박힌 구두로 정강이를 걷어차인 것 같았다. 바닥을 기면서 부러진 이 사이로 비명을 지르며 살려달라고 애원하는 자신의 모습이 눈에 어른거렸다. 줄리아 생각은 거의 할 수 없었다. 그녀를 사랑하고 있고, 그녀를 배반하지 않을 거라는 생각은 일종의 수학 공식 같은 것일 뿐이었다. 그녀에 대한 사랑을 느끼지도 못하고, 그녀가 어떻게 지내는지 궁금하지도 않았다.

가끔 오브라이언을 생각하면 한 줄기 희망이 솟기도 했다. 자기가 붙잡혔다는 것을 오브라이언도 알 것이다. '형제단'은 그 회원을 구하지 않는다고 했다. 그러나 면도날이 있다. 어쩌면 면도날을 보내줄지 모를 일이었다. 간수들이 뛰어오기 전까지 5초면 된다. 칼날이 짜릿하게 그의 살을 파고들고, 칼날을 든 손가락 뼈마디까지 잘려 나가는 듯한 느낌이 들었다. 그때 문득 옛날 몸이 아팠을 때가 떠올랐다. 그는 조금만 아파도 몸을 움츠렸다. 기회가 생긴다 해도 면도날을 사용할 수 있을지 자신이 없었다. 결국 고통뿐일지라도 한순간에서 그다음 순간까지 단 10분이라도 더 사는 것이 낫지 않을까 하는 생각도 들었다.

그는 가끔 벽의 타일이 몇 개인지 세어보았다. 쉬울 것 같아 시작해보았지만 어느 순간 어디까지 세었는지 잊어버렸다. 대체 여기가 어디며 몇 시나 되었는지 궁금했다. 바깥은 환한 대낮이 틀림없다고 생각하다가도 이내 캄캄한 밤인 것 같았다. 이곳은 절대 전기가 나가지 않을 거라고 그는 직감했다. 한마디로 어둠이 없는 곳이었다. 그는 그제야 오브라이언이 자기의 말을 되받으면서 암시한 것이 무엇인지 알 것 같았다. 애정부에는 창이 없다. 이 감방은 건물 한가운데 있는지도 모르고 바깥쪽인지도 모른다. 지하 10층일 수도 있고 지상 30층일 수도 있다. 그는 머릿속으로 여기저기 더듬어보고 몸의 균형 감각으로 공중에 떠 있는지 땅속에 묻혀 있는지 가늠해보았다.

밖에서 점점 가까이 다가오는 발소리가 들렸다. 철문이 쾅 하고 열리더니 검은 제복을 말쑥하게 차려입은 젊은 남자가 날렵한 동작으로 들어왔다. 가죽의 광택 때문에 그의 몸 전체가 번쩍거렸다. 그는 이목구비가 번듯하고 얼굴은 밀랍 가면을 쓴 것처럼 창백했다. 그는 밖에 있는 간수한테 죄수를 데리고 오라고 명령했다. 시인 앰플퍼스가 비틀거리며 들어오자 다시 문이 쾅 닫혔다.

앰플퍼스는 도망갈 다른 문이 있다고 생각했는지 감방 안을 두어 번 둘러보고는 서성거렸다. 그는 아직 윈스턴을 보지 못하고, 머리 위쪽으로 1미터쯤 솟은 벽을 멍하니 바라보았다. 그는 신발도 신지 않아 더럽고 커다란 발가락이 양말 구멍으로 삐쭉 나와 있었다. 며칠 동안 면도도 못 한 모양인지 수염이 광대뼈까지 덥수룩했다. 덩치는 컸지만 힘이 없어 보였고, 예민한 그가 수염 때문에 어울리지 않게 깡패 같은 인상을 풍겼다. 윈스턴은 기력은 없지만 정신을 조금 차렸다. 텔레스크린이 왕왕대더라도 앰플퍼스에게 말을 걸어야겠다고 생각했다. 앰플퍼스가 면도날을 가져왔는지도 모를 일이었다.

"앰플퍼스."

그가 불렀다.

텔레스크린은 조용했다. 앰플퍼스는 멈칫하더니 천천히 눈길을 돌렸다.

"스미스! 자네도!"

"자네는 어쩌다 들어왔나?"

"사실……."

그는 겸연쩍어하며 윈스턴 맞은편 의자에 앉았다.

"딱 하나 잘못한 게 있긴 해. 그거 있지, 왜?"

"잘못을 하긴 했군."

"그렇지."

앰플퍼스는 무언가 기억해내려는 듯 손으로 관자놀이를 눌렀다.

"그 일 때문인 것 같아. 물론 내가 경솔했지. 우리는 키플링의 시집 정본을 만들고 있었네. 그런데 맨 끝 구절에 'God(신)'이라는 단어를 그대로 두었지. 어쩔 수 없었어."

그는 화난 목소리로 윈스턴을 쳐다보며 계속 말했다.

"그 행을 고칠 수가 있어야 말이지. 각운이 'rod(막대)'인데, 자네도 알겠지만 그 운에 맞는 단어가 12개밖에 없잖나. 며칠 동안 머리를 짜내봤지만 못 찾았단 말일세."

한순간 그의 얼굴에서 괴로운 표정이 사라지고 즐거운 표정이 떠올랐다. 지적인 포용력, 쓸모없는 사실을 발견하고 기뻐하는 현학자의 희열 같은 것이 더럽고 지저분한 그의 머리카락 사이로 번득이고 있었다.

"자네 말이야, 영국 시문학의 한계가 운이 같은 단어가 부족한 거라는 점을 생각해본 적 있나?"

앰플퍼스가 물었다.

윈스턴은 그런 생각을 한 번도 해본 적이 없다. 게다가 이런 상황에서 그것은 중요하지도 않을뿐더러 신경 쓸 일도 아니었다.

"지금 몇 시나 됐나?"

윈스턴이 묻자 앰플퍼스가 깜짝 놀란 표정을 지었다.

"그 생각은 못 했네. 내가 체포되고 이틀이 지났는지 사흘이 지났는지 모르겠어."

그는 창이라도 있는지 찾아보는 듯 사방을 두리번거렸다.

"이곳에서는 밤이든 낮이든 별 차이 없어. 시간을 잴 방법이 없단 말이야."

그들은 몇 분 동안 얘기를 나눴다. 그런데 갑자기 별 이유 없이 텔레스크린이 조용히 하라고 소리쳤다. 윈스턴은 다시 손을 마주 잡고 입을 다물었다. 앰플퍼스는 몸집이 커서 좁은 의자에 가만히 앉아 있지 못하고 이리저리 뒤척였다. 그는 안절부절못하며 앙상한 손을 이쪽 무릎에 끼었다 저쪽 무릎에 끼었다 했다. 시간이 흘렀다. 그러나 20분이 지났는지 1시간이 지났는지 가늠할 수 없었다. 밖에서 다시 구둣발 소리가 나자 윈스턴은 또다시 오장이 쪼그라드는 듯했다. 저 소리는 이제 곧 5분 안에, 아니 바로 지금이 자기 차례라는 것을 알려주는 듯했다.

문이 열리더니 냉철하게 생긴 젊은 장교가 들어왔다. 그는 가벼운 손짓으로 앰플퍼스를 가리키며 지시했다.

"101호실로."

앰플퍼스는 간수 사이에 끼여 비틀거리며 나갔다. 당황한 듯, 그리고 납득할 수 없다는 표정이었다.

오랜 시간이 지난 듯했다. 윈스턴은 다시 배가 아팠다. 한번 튕겨진 공을 내버려두면 제자리에서 점점 더 낮게 튀듯이 그의 생각도 같은 자리에서 계속 맴돌면서 차츰 맥이 풀렸다. 그가 생각할 수 있는 것은 복통, 빵 한 조각, 피와 비명, 오브라이언, 줄리아, 면도날, 이 여섯 가지뿐이었다. 무거운 구둣발 소리가 다시 가까워지자 배속에서 또다시 경련이 일었다. 문이 열리더니 식은땀 냄새가 바람을 타고 왈칵 들어왔다. 파슨스였다. 그는 카키색 반바지와 트레이 닝셔츠 차림이었다.

윈스턴은 깜짝 놀라 소리쳤다.

"자네가 어떻게 여기를!"

파슨스는 윈스턴을 흘낏 보았다. 그의 눈동자에는 관심이나 놀라움은 없었고, 오직 두려움으로 가득 차 있었다. 그는 가만히 있지 못하고 계속 서성거렸다. 걸을 때마다 무릎이 눈에 띄게 떨렸다. 그는 무언가를 응시하듯 눈을 크게 뜨고 방 정중앙을 쳐다보았다.

"왜 들어왔나?"

윈스턴이 물었다.

"사상죄야!"

파슨스가 울먹이는 목소리로 말했다. 겁에 질린 그의 목소리는 자기 죄를 완전히 시인하면서도 그런 죄목이 자기에게 붙은 것이 믿을 수 없다는 듯했다. 그는 윈스턴 앞에 서더니 호소하듯 말했다.

"그들이 나를 총살할까? 이봐, 생각만 하고 아무 행동도 안 했으면 총살까지는 안 하겠지? 나도 모르게 생각나는 걸 어쩌겠나. 사정 얘기를 하면 들어주겠지. 난 그 사람들을 믿어. 내가 어떤 활동을 했는지 잘 알지 않겠어? 내가 어떤 사람인지 자네도 잘 알 거야. 난 나쁜 짓을 저지를 사람이 아니야. 물론 머리가 좋은 건 아니지만 열의를 다하잖나? 난 당을 위해 최선을 다했어. 5년쯤 있어야 할까? 아니면 10년쯤? 나 같은 사람은 강제노동수용소에서도 꽤 쓸모 있을 텐데. 한번 일탈한 것 가지고 총살이야 하겠나?"

"죄를 짓긴 한 거야?"

윈스턴이 물었다.

"그렇지! 당이 아무 죄도 없는 사람을 체포하겠나?"

파슨스는 비굴한 표정으로 텔레스크린을 쳐다보며 말했다.

개구리 같은 그의 얼굴에 조금 엄숙한 표정이 떠오르더니 점잔을 빼며 말했다.

"사상죄는 음흉한 범죄야. 중범죄지. 자신도 모르게 빠져들어. 내가 어쩌다 사상죄를 저지르게 되었는지 아나? 잠잘 때였어! 나는 열심히 본분을 다했지. 하지만 내 마음속에 나쁜 생각이 싹트는 줄은 미처 몰랐어. 그런데 내가 잠꼬대를 했다는군. 뭐라고 한 줄 아나?"

그는 치료를 받으려고 할 수 없이 창피한 부위를 내보이듯 낮은 목소리로 말했다.

"빅 브라더를 타도하라! 내가 그런 말을 하다니! 그것도 여러 번 했나 봐. 자네니까 하는 말이야. 더 큰 죄를 짓기 전에 이렇게 체포되어 차라리 잘됐네. 법정에 서면 뭐라고 할 생각인 줄 아나? 고맙다고 하겠네. 더 늦기 전에 나를 구해줘서 고맙다고."

"누가 자네를 고발했나?"

윈스턴이 물었다.

"내 딸이야."

파슨스는 자랑스러운 듯 말했지만 표정은 어두웠다.

"그 아이가 열쇠 구멍으로 엿듣고는 그다음 날 경찰에 달려간 거야. 일곱 살짜리가 꽤 똑똑하지? 그렇다고 딸년이 원망스러운 건 아니야. 따지고 보면 기특하지. 잘 키운 셈이니까."

그는 왔다 갔다 하면서 볼일이 급한 듯 변기를 몇 번 쳐다보더니 바지를 불쑥 내렸다.

"미안하네. 너무 오래 참았거든."

그는 커다란 궁둥이로 변기에 털썩 주저앉았다. 윈스턴은 손으로 얼굴을 가렸다.

"스미스! 6079 스미스 W, 손 떼. 감방 안에서 얼굴 가리지 마."

텔레스크린이 왕왕거리자 윈스턴은 손을 내렸다. 파슨스는 요란한 소리를 내며 엄청나게 싸댔다. 고장이 났는지 물이 제대로 내려가지 않아 몇 시간 동안이나 구린내가 진동했다.

파슨스 역시 방을 옮겼다. 많은 죄수들이 윈스턴이 있는 감방에 들락날락했다. 한 여자 죄수는 101호실로 이감됐는데 '101호실'이라는 말을 듣자 얼굴이 새하얗게 질리면서 몸을 부들부들 떨었다. 그가 아침에 이곳에 왔다면 지금은 오후일 것이고, 오후에 왔다면 한밤중일 것이다. 감방에는 남녀 죄수 6명이 있었다. 모두 아무 말도 하지 않았다. 윈스턴 맞은편에 토끼처럼 턱이 없고 뻐드렁니가 난 사내가 앉아 있었다. 그는 음식을 입 안 가득 물고 있는 것처럼 살지고 얼룩진 뺨이 축 늘어져 있었다. 그는 잿빛 눈동자를 이리저리 굴리다가 눈이 마주 치면 얼른 피했다.

문이 열리고 또 다른 죄수가 들어왔다. 그를 보는 순간 윈스턴은 온몸이 오싹했다. 평범한 기술자처럼 생긴 그 남자는 얼굴이 너무 말라서 마치 해골바가지 같았다. 피골이 상접해서 입과 귀, 눈이 엄청나게 커 보였고 누구를 향한 것인지는 모르겠으나 눈빛에 살기와 증오가 가득했다.

그 사람은 윈스턴과 조금 떨어진 의자에 앉았다. 윈스턴은 그를 다시 쳐다보지 않았지만 너무 충격적이어서 일그러진 해골이 계속 눈앞에 어른거렸다. 그는 문득 그가 굶어 죽기 직전이라는 것을 알았다. 감방에 있던 모든 사람들이 동시에 그 사실을 알아챈 듯 수런거리기 시작했다. 턱 없는 남자도 해골 얼굴을 보다가 미안한 듯 눈길을 돌렸다. 그러나 참지 못하고 다시 쳐다보았다. 그는 자리에 앉은 채 안절부절못하다가 마침내 일어나 감방 안을 왔다 갔다 했다. 그러고는 주머니를 뒤적거려 거무스레한 빵 조각을 꺼내더니 낯을 붉히며 해골 남자에게 건네주었다.

그러자 텔레스크린에서 귀청이 떨어져 나갈 듯한 소리가 울렸다. 턱 없는 사내는 화들짝 놀랐다. 해골 남자는 안 받겠다고 온 세상에 알리듯 얼른 손을 등 뒤로 숨겼다.

"범스테드! 2713 범스테드 J, 빵 조각 버려."

텔레스크린이 소리쳤다.

턱 없는 사내는 빵 조각을 바닥에 던졌다.

"그대로 서 있어. 문 쪽을 보고. 움직이지 마."

텔레스크린이 명령했다.

턱 없는 사내는 잠자코 명령에 따랐다. 축 늘어진 뺨이 바르르 떨렸다. 문이 요란스럽게 열리면서 젊은 장교가 들어와 옆으로 서자 우람한 어깨와 팔을 가진 간수 하나가 들어왔다. 간수는 턱 없는 사내 앞에 서더니 젊은 장교의 신호에 따라 그의 튀어나온 입을 힘껏 쳤다. 단 한 대로 그는 마룻바닥에 나가떨어졌다. 그는 내동댕이친 듯 변기 옆에 쓰러졌다. 그의 코와 입에서 검붉은 피가 흘렀다. 기절한 듯 누워 있는 그의 입에서 얕은 신음이 새어 나왔다. 잠시 뒤 그는 기우뚱거리더니 손과 무릎을 짚고 겨우 일어나 피와 침이 엉겨 붙은 부러진 틀니를 뱉었다.

죄수들은 깍지 낀 손을 무릎에 올린 채 아무 말 없이 앉아 있었다. 턱 없는 사내는 엉금엉금 기어서 제자리로 갔다. 금세 멍이 들어 얼굴 한쪽이 시커멓게 변했다. 입가가 벌겋게 부어올라 입은 마치 시커먼 구멍이 뚫린 것 같았고 피가 한두 방울씩 가슴으로 떨어졌다. 그는 이런 모습을 보고 사람들이 얼마나 얕잡아볼까 하고 생각하는 듯 더욱 죄스러운 눈빛으로 눈치를 살폈다.

문이 열리고, 장교가 손으로 해골 남자를 가리키며 말했다.

"101호실로."

윈스턴 옆에 있던 해골 남자는 당황한 빛이 역력하더니 숨을 거칠게 몰아쉬면서 갑자기 무릎을 꿇었다. 그는 두 손을 모으고 비는 듯이 소리쳤다.

"동무! 장교 동무! 저를 보내지 마세요! 다 말했잖아요! 뭘 더 알고 싶은 거예요? 더 말할 것도 없어요. 정말이에요! 무엇이든 물어봐요. 다 자백할 테니. 조서에 서명도 할게요! 뭐든 할 테니 제발 101호실만은!"

"101호실로."

장교가 다시 명령했다.

창백한 사내의 얼굴은 윈스턴이 차마 볼 수 없을 정도로 새파랗게 질렸다. 그는 소리쳤다.

"마음대로 해! 몇 주나 굶겼지? 이제 그만 날 죽여. 총살해. 아니면 목을 매달란 말이야. 25년형을 내리든지. 내가 또 불 사람 있어? 누군지 말해보란 말야. 다 불 테니. 누가 어떻게 되든 상관없어. 나는 마누라도 있고 자식도 셋이야. 제일 큰놈이 여섯 살도 안 됐어. 그 애들을 데려다 내 앞에서 목을 쳐도 참을 수 있어. 하지만 101호실만은 제발!"

"101호실."

장교가 다시 말했다.

사내는 자기 대신 보낼 사람이 없을까 하고 찾는 듯 시뻘건 눈으로 죄수들을 둘러보았다. 그는 엉망진창이 된 턱 없는 사내를 보는 순간 손가락으로 가리키며 소리쳤다.

"저놈을 끌고 가. 나 말고. 저놈이 얼굴을 얻어맞고 뭐라고 했는지 알아? 한 번만 기회를 줘요. 다 말할게. 저놈이야말로 당의 적이야. 내가 아니라고."

간수가 앞으로 다가오자 사내가 또다시 비명을 질렀다.

"저놈 얘기 못 들었어? 텔레스크린이 고장 난 거야? 잡아갈 사람은 내가 아니라 저놈이라니까. 저놈을 데려가라고."

덩치 큰 간수 둘이 그의 팔을 잡으려고 몸을 굽히는 순간 그가 튕기듯 몸을 움직여 철제 의자 다리를 움켜쥐었다. 그는 짐승처럼 울부짖기 시작했다. 간수들은 그를 의자에서 떼어내려고 했지만 그는 엄청난 힘으로 버텼다. 간수들은 20초 정도 그를 잡아당겼다. 죄수들은 무릎에 손을 얹은 채 미동도 하지 않고 앞만 바라보았다. 곧 승강이가 끝났다. 사내는 매달리기만 할 뿐 저항할 힘이 없었다. 잠시 뒤 사내가 외마디 비명을 질렀다. 간수가 그의 손가락을 구둣발로 뭉개버린 것이다.

간수들이 그의 발을 잡아당겼다.

"101호실로."

장교가 다시 말했다.

해골 남자는 머리를 축 늘어뜨리고 비틀거리며 짓이긴 손가락을 감싸 쥐고는 고분고분 끌려 나갔다.

시간이 흘렀다. 해골 같은 사내가 끌려간 시각이 자정이라면 지금은 아침이고, 그때가 아침이었다면 지금은 오후일 것이다. 감방에 윈스턴 혼자 있었다. 그는 몇 시간째 혼자였다. 그는 좁은 의자에 앉아 있자니 몸이 저려서 가끔 일어나 걸었다. 텔레스크린도 조용했다. 바닥에 턱 없는 사내가 떨어뜨린 빵 조각이 아직도 나뒹굴고 있었다. 처음에는 그걸 보지 않으려고 무척 애를 썼지만 지금은 배고픔보다 목이 더 말랐다. 입이 씁쓸하고 텁텁했다. 머릿속이 텅 빈 듯했고 혼수상태에 빠졌을 때처럼 웅웅거리는 소리가 귓가에 맴돌았다. 꺼질 줄 모르는 하얀 불빛이 여전히 감방 안을 환하게 비추고 있었다. 뼈마디가 쑤시고 너무 아파서 일어났다가도 눈앞이 어지러워서 다시 주저앉곤 했다. 몸을 조금 가다듬을 정도가 되면 또다시 공포가 엄습했다. 그는 꺼져가는 희망을 잡듯 오브라이언과 면도날을 생각했다. 음식 속에 면도날이 감추어져 있을 거라고 생각했다. 어렴풋이 줄리아 생각도 했다. 그녀는 자신보다 더 고통스러워하고 있을 것이다. 지금 이 순간에도 비명을 지르고 있을지도 모른다. 내가 2배의 고통을 짊어지는 대신 줄리아를 구할 수 있다면, 나는 그렇게 할 수 있을까? 그럼, 그렇게 해야지. 하지만 이것은 일종의 의무감처럼 머리로 내린 결정일 뿐이었다. 실제로 그럴 자신이 없었다. 그는 여기에서는 고통뿐일 거라는 예감이 들었다. 게다가 지금도 견딜 수 없는데 어떻게 더 감내하겠는가? 지금은 그 질문에 대답하기 힘들었다.

가까이 다가오는 구둣발 소리가 또다시 들렸다. 문이 열리더니 오브라이언이 들어왔다.

윈스턴은 너무 놀라 벌떡 일어났다. 그 순간 조심해야 한다는 것조차 까맣게 잊은 것이다. 처음으로 그는 텔레스크린이 있다는 것을 완전히 잊어버렸다.

"당신도 잡혔군요!"

윈스턴이 소리쳤다.

"난 오래전에 잡혔다네."

오브라이언이 말했다. 부드러우면서도 차가운 말투였다. 그가 옆으로 비켜서자 어깨가 우람한 간수가 긴 곤봉을 들고 들어왔다. 오브라이언이 말했다.

"자네는 이렇게 될 줄 알았지, 윈스턴? 속이지 말게. 자네는 이렇게 될 줄 알았을 거야."

그랬다. 윈스턴은 지금 눈앞에 벌어진 일을 이미 짐작하고 있었다. 그러나 그런 생각을 할 겨를이 없었다. 그는 오로지 간수가 들고 있는 곤봉만 쳐다보았다. 그것으로 그의 몸 어디든 내리칠 것이다. 머리, 귓등, 팔이나 팔꿈치…….

곤봉은 팔꿈치를 내리쳤다! 그는 맞은 쪽 팔꿈치를 다른 손으로 잡으면서 무릎을 꿇고 쓰러졌다. 눈앞에서 별이 반짝이는 것 같았다. 한 대 맞았을 뿐인데 이렇게 아프다니, 이렇게 아프다니! 정신을 차리고 눈을 뜨자 두 사람이 자기를 내려다보고 있었다. 간수는 몸을 뒤틀고 있는 그를 보며 조소를 띠었다. 아무튼 답이 나왔다. 결코, 어떤 이유로든 고통을 보탤 수는 없다. 바랄 것이 있다면 오직 하나, 고통을 멈춰달라는 것이었다. 세상에 육체적인 고통보다 더 아프고 괴로운 것은 없다. 고통 앞에서는 영웅도 없다. 윈스턴은 바닥에 쓰러진 채 움직일 수 없는 왼팔을 오른손으로 부여잡고 몸부림을 치며 이 생각만 했다.

2

그는 조금 높은 간이침대에 누워 있었다. 무엇으로 묶었는지 몸을 움직일 수 없었다. 일반 불빛보다 훨씬 강한 빛이 그의 얼굴에 쏟아졌다. 오브라이언이 옆에 서서 그를 유심히 바라보았다. 그 맞은편에는 하얀 가운을 입은 남자가 피하주사기를 들고 서 있었다.

그는 눈을 뜨고 나서도 주위를 제대로 인식할 수 없었다. 완전히 딴 세계에 들어온 듯했다. 깊은 바닷속을 헤엄쳐 이 방으로 온 느낌이었다. 이곳에서 얼마나 있었는지 알 수 없었다. 그는 체포되고 나서 한 번도 낮과 밤을 보지 못했다. 게다가 기억이 계속 끊어지고 있었다. 잠잘 때도 의식이 완전히 끊어져서 진공 같은 혼수상태에 빠졌다가 다시 깨어난 적도 몇 번 있었다. 그러나 며칠, 아니 몇 주, 몇 초 동안이나 그랬는지 알 수 없었다.

팔꿈치를 얻어맞은 순간부터 악몽이 시작되었다. 나중에 알게 되었지만 그것은 죄수라면 으레 받는 일종의 예비 심문이었다. 어떤 죄수든 간첩, 태업 등 여러 가지 죄목을 자백할 수밖에 없다. 그러나 자백은 그저 구실일 뿐 그들이 진짜 원하는 것은 고문이었다. 매를 몇 번이나 맞았는지, 몽둥이질이 며칠째 계속되었는지 알 수 없었다. 그의 옆에는 항상 검은 제복 차림의 남자 대여섯이 서 있었다. 때로는 주먹으로, 어떤 때는 곤봉이나 쇠몽둥이로 때렸고, 구둣발로 걷어차기도 했다. 그는 창피할 새도 없이 짐승처럼 몸부림치며 버둥거렸다. 몸을 뒤틀수록 더 세게 때렸다. 갈비뼈, 배, 팔꿈치, 정강이, 사타구니, 척추 끝, 어느 부위든 사정없이 후려쳤다. 고문이 그칠 줄 모르고 계속되면 세상에 가장 잔악하면서 이해할 수 없는 일이 간수들의 끊임없는 구타가 아니라 그렇게 맞고도 정신을 잃지 않는 것이라는 생각이 들었다. 그는 겁에 질려서 때리기도 전에 살려달라고 소리를 질렀다. 때리는 시늉만 해도 자기가 저지른 것이든 아니든 죄란 죄는 다 털어놓았다. 어떤 때는 절대 자백하지 않겠다고 결심하기도 했다. 도저히 못 견딜 때는 신음과 함께 한마디씩 내뱉을 때도 있었다. 그리고 '언젠가는 자백하겠지만 지금은 안 돼. 참을 수 있는 데까지 참아보자. 석 대, 아니 두 대만 더 맞고 나서 저들이 원하는 것을 말해주자'라고 나약한 타협을 하기도 했다. 그는 얻어맞고 나서 감자 부대처럼 감방 돌바닥에 쓰러져 정신을 잃었다가 몇 시간 뒤에 정신을 차리면 다시 맞기도 했다. 정신을 차리기까지 점점 더 오래 걸렸다.

때로는 잠을 자는 것인지 혼수상태에 빠진 것인지 모르겠지만 어렴풋이 기억나는 것도 있었다. 어떤 감방에는 선반처럼 벽에 널빤지 침대가 붙어 있었고 양철 세숫대야도 있었다. 식사로 뜨거운 수프와 빵, 커피를 주기도 했다. 우락부락하게 생긴 이발사가 턱수염과 머리를 깎아주었다. 하얀 가운을 입은 무뚝뚝하게 생긴 남자가 기계적으로 맥박을 재고 청진기를 대보고 눈꺼풀을 뒤집어보기도 했다. 윈스턴의 몸을 거칠게 다루면서 부러진 뼈가 있는지 만져보고 팔에 수면제를 주사하던 기억도 났다.

매질은 점차 덜했지만 똑바로 대답하지 않으면 다시 때리겠다고 겁을 주었다. 심문하는 사람도 이제는 검은 제복의 악당이 아니라 땅딸막하고 번쩍거리는 안경을 쓴 당의 지식층이었다. 동작이 민첩한 그들은 한 번에 열두어 시간씩 교대로 심문했다. 몇몇 심문관은 비교적 심하지 않았다. 그들은 뺨을 때리고, 귀를 비틀고, 머리끄덩이를 잡아당기고, 한 발로 서 있게 하고, 소변을 못 보게 했다. 강한 빛을 얼굴에 쏘아 눈물을 줄줄 흘리게 하기도 했다. 그러는 이유는 결국 자존심을 꺾어놓아서 자기 의견을 주장하지 못하게 하거나 판단력을 흐리게 하려는 것이었다. 진짜 지독한 심문은 몇 시간이고 쉬지 않고 모진 질문을 퍼붓는 것이었다. 유도심문을 하고, 말끝마다 물고 늘어지면서 따지고, 그의 말은 죄 거짓말이고 앞뒤가 맞지 않는다고 윽박질렀다. 그러면 그는 정신적으로 지친 데다 분노를 참지 못해 결국 울음을 터뜨렸다. 한 번 심문하면서 여섯 번이나 운 적도 있었다. 그들은 심문하는 내내 욕설을 퍼부었다. 윈스턴이 대답을 못 하고 머뭇거리면 간수한테 도로 넘기겠다고 협박했다. 그러다 갑자기 말투를 바꿔 그를 동무라고 부르고, '영사'와 '빅 브라더'를 들먹이며 안타깝다고 간곡하게 말하기도 했다. 그가 지은 죄를 씻기 위해 이제라도 당에 절대적인 충성을 맹세하지 않겠느냐고 어르기도 했다. 몇 시간에 걸친 심문으로 지칠 때면 이런 호소에도 그는 눈물을 흘렸다. 그는 간수들의 주먹질과 발길질보다 신물 나는 이들의 설교로 녹초가 되고 말았다.

결국 그는 그들이 요구하는 대로 대답하고 서명했다. 이제 그의 관심은 오직 하나였다. 그들이 바라는 것을 재빨리 알아내 괴롭히기 전에 얼른 자백해버리는 것이었다. 그는 고위 당원의 암살, 불온 문서 배포, 공금 횡령, 군사기밀 누설, 각종 태업 행위를 자백했다. 오래전 1968년 돈을 받고 동아시아의 스파이 노릇을 했다고 자백했다. 또 그는 신을 믿으며, 자본주의를 찬양하고, 성도착자라고 자백했다. 아내가 살아 있다는 것을 자신이나 심문관도 뻔히 알고 있는데도 자기가 아내를 죽였다고 자백했다. 몇 년째 골드스타인과 친분을 맺어왔고, 자기가 아는 사람들이 거의 다 가담한 지하조직의 일원으로 활약했다고 고백했다. 죄라는 죄는 다 자백하고 알고 있는 모든 사람을 얽어 넣는 것이 상책이었다. 어떤 의미에서는 그 모든 것이 진실이기도 했다. 그가 당의 적이라는 것이 사실이었고, 당의 관점에서 사상과 행동은 같은 것이니까.

다른 것도 기억났다. 어둠 속 그림처럼 기억의 파편들이 제멋대로 떠올랐다. 어두운지 밝은지도 가늠할 수 없었고 오직 두 눈밖에 보이지 않는 감방이었다. 가까운 곳에서 기계 같은 것이 천천히 규칙적으로 똑딱거렸다. 눈이 점점 더 커지면서 반짝거리더니 갑자기 그의 몸이 붕 떠서 그 눈 속으로 빨려 들어가는 듯했다. 마치 그 눈이 자기 몸을 삼킬 것만 같았다.

그는 눈부신 조명 아래에서 다이얼로 둘러싸인 의자에 묶여 있었다. 하얀 가운을 입은 남자 하나가 다이얼을 보고 있었다. 밖에서 묵직한 구둣발 소리가 들렸다. 문이 쾅 열렸다. 얼굴이 밀랍 같은 장교가 간수 둘을 데리고 들어왔다.

"101호실로."

장교가 지시했다.

하얀 가운을 입은 사내는 돌아보지도 않았다. 그는 윈스턴도 보지 않고 오직 다이얼만 보았다.

윈스턴은 굴러가고 있었다. 너비가 1킬로미터나 될 듯하고 황금빛이 가득한 복도에서 그는 깔깔거리다가 소리치다가 하며 큰 소리로 자백했다. 굴러가면서 모든 것을 자백했다. 고문을 당할 때도 끝까지 말하지 않았던 것조차 남김없이 털어놓았다. 이미 다 아는 사람들에게 자기가 살아온 이야기를 했다. 그와 함께 간수도, 다른 심문관도, 흰 가운을 입은 사내들도, 오브라이언도, 줄리아도, 채링턴도, 모두 함께 복도를 굴러가며 낄낄거리고 소리를 질러댔다. 어쨌든 언젠가는 일어날 끔찍한 일이 아직 일어나지 않았다. 모두 잘되었다. 고통도 없었고, 그가 살아온 이야기를 빠짐없이 다 털어놓았고 이해와 용서를 받았다.

그는 어렴풋이 오브라이언 목소리를 듣고 널빤지 침대에서 일어나려 했다. 심문을 받는 동안 한 번도 오브라이언을 보지 못했다. 그러나 오브라이언이 늘 그의 옆에 있는 듯했다. 오브라이언이 모든 것을 지시했다. 윈스턴에게 간수를 보내고, 또 그가 죽지 않도록 하는 것도 그였다. 언제 비명을 지를 만큼 고통을 주는가, 언제 고문을 중단하는가, 언제 밥을 주는가, 언제 재우고, 언제 주사를 놓는지를 결정하는 사람이 바로 오브라이언이었다. 질문을 하는 것도, 답을 제시하는 것도 오브라이언이었다. 그는 고문을 하는 사람이자 보호자이며, 심문관이자 친구였다. 그리고 그가 수면제로 잠든 것인지, 자연스럽게 잠든 것인지, 깨어 있었는지는 모르겠지만 누군가 윈스턴의 귀에 대고 이렇게 속삭였다.

"걱정하지 마, 윈스턴. 내가 지켜줄 테니까. 7년 동안 자네를 지켜봤네. 이제 전환점에 이르렀어. 내가 자네를 구해주지. 자네를 완전히 새사람으로 만들어줄게."

그것이 오브라이언의 목소리인지는 알 수 없었다. 그러나 7년 전 꿈속에서 윈스턴에게 "우리는 어둠이 없는 곳에서 만날 것이오."라고 말했던 그 목소리였다.

심문이 언제 끝났는지도 알 수 없었다. 한동안 어둠 속에 있던 그는 이제야 자기가 있는 곳이 방인지 감방인지 조금씩 알아보았다. 그는 똑바로 누워 있었다. 몸에서 힘을 줄 수 있는 부위는 모두 묶여 있어서 움직일 수 없었다. 뒷머리에도 무언가 끼워져 있었다. 오브라이언이 침울하고 슬픈 표정으로 그를 내려다보았다. 밑에서 보니 그의 얼굴이 꺼칠하고 파리해 보였다. 눈 밑에 나잇살이 늘어졌고 코 옆에서 턱까지 깊은 주름이 패어 있었다. 윈스턴이 생각하는 것보다 더 나이 들어 보였다. 마흔여덟이나 쉰 살쯤 된 것 같았다. 그는 빙 둘러 숫자가 적힌 다이얼의 손잡이를 잡고 있었다.

"자네한테 말했지. 우리는 여기서 다시 만날 거라고."

오브라이언이 말했다.

"그랬죠."

윈스턴이 대답했다.

아무런 예고도 없이 오브라이언이 살짝 손짓하자 윈스턴의 몸이 고통 속으로 빨려 들어갔다. 미처 생각할 틈도 없이 갑자기 당한 고통이라 더욱 무시무시하고 치명적이었다. 진짜 치명상을 입은 것인지, 전기로 공포만 준 것인지는 모르겠지만 몸에 경련이 일어나고 온몸의 뼈마디란 뼈마디가 죄 떨어져 나가는 것 같았다. 이마에서 식은땀이 솟았다. 하지만 무엇보다 참기 힘든 것은 등뼈가 부러질지도 모른다는 두려움이었다. 그는 이를 악물고 코로만 숨을 쉬면서 비명을 지르지 않으려고 기를 썼다.

오브라이언이 그를 보며 말했다.

"두려운가? 뭔가 부러질 것 같아서 말이야. 무엇보다 등뼈가 부러질까 봐 두렵겠지. 뚝 부러진 척추에서 수액이 뚝뚝 떨어지는 모습이 생생하게 떠오르지 않나? 그렇지, 윈스턴?"

윈스턴은 대답하지 않았다. 오브라이언이 다이얼 손잡이를 원위치로 돌리자 순식간에 고통이 사라졌다. 오브라이언이 말했다.

"이게 40이야. 다이얼 숫자는 100까지 있어. 자네와 이야기하는 중에 언제라도 내가 원하는 만큼 고통을 줄 수 있다는 것을 명심하게. 거짓말을 하거나 적당히 얼버무리거나 또박또박 말하지 않으면 즉시 고통을 줄 거야. 알겠나?"

"네."

윈스턴이 대답했다.

오브라이언의 태도가 조금 부드러워졌다. 그는 생각에 잠긴 듯 안경을 고쳐 쓰고 방 안을 걸었다. 그의 목소리는 신중하고 차분했다. 그는 벌을 주기보다 잘 타이르려는 듯 의사나 선생님, 목사 같은 표정을 지었다.

"윈스턴, 내가 자네 때문에 여간 힘든 게 아니야. 하지만 자네는 그럴 가치가 있는 사람이지. 자신이 왜 이렇게 됐는지 자네도 잘 알겠지. 인정하지 않겠지만 자네는 몇 년 전부터 알고 있었어. 자네는 혼란스러워하고 있었지. 불완전한 기억 때문에 고통스러워했고. 실제 일어난 일은 기억 못 하고, 일어나지 않은 일을 기억하고 있다고 생각한 거야. 게다가 조금만 노력하면 충분히 치료할 수 있는데도 그럴 생각을 하지 않았어. 그래서 병을 고치지 못한 거지. 내가 보기에 지금도 자네는 미덕이라도 되는 양 그 병에서 벗어날 생각을 하지 않아. 예를 들어 지금 이 순간 오세아니아는 어느 나라와 전쟁 중인가?"

"내가 체포될 때는 동아시아와 전쟁 중이었습니다."

"동아시아라, 좋아. 그럼 오세아니아는 항상 동아시아와 전쟁을 해왔다는 말인가?"

윈스턴은 숨을 몰아쉬었다. 그는 말을 하려고 입술을 떼다가 말았다. 그는 다이얼에서 눈을 뗄 수 없었다.

"사실대로 말해보게, 윈스턴. 자네가 생각하고 기억하는 대로."

"내가 체포되기 일주일 전까지만 해도 우리는 동아시아와 전쟁을 하지 않았습니다. 동아시아는 4년 동안 우리의 동맹국이었어요. 그 전에는……."

오브라이언의 손짓에 윈스턴은 입을 다물었다.

"다른 예를 들어보겠네. 몇 년 전 자네는 굉장한 몽상에 빠졌지. 한때 당원이었던 존스, 아론슨, 러더포드 세 사람이 실제로 반역과 태업 행위를 저질렀고, 그들 또한 자신의 죄를 자백하고 처형되었는데도 자네는 그들이 죄를 짓지 않았다고 믿었어. 그들이 거짓 자백을 했음을 증명해줄 문서를 자네 눈으로 직접 봤다고 믿은 거지. 자네가 착각할 만한 것이었지. 그것이 실제로 자네 손에 들어왔다고 믿기도 했고. 바로 이 사진 말일세."

오브라이언이 네모난 신문지 조각을 들어 보였다. 그는 그것을 5초쯤 보여주었다. 그때 그 사진이 틀림없었다. 11년 전 존스, 아론슨, 러더포드 세 사람이 뉴욕 행사장에서 찍은 사진을 복사한 것이었다. 우연히 윈스턴의 손에 들어왔으나 그가 없애버린 사진이 분명했다. 그 사진은 윈스턴 눈앞에 잠시 나타났다 사라졌다. 그러나 그는 분명히 보았다. 그는 상체를 움직이려고 기를 썼다. 그러나 아무리 해도 움직일 수 없었다. 그 순간 그는 다이얼을 잊고 있었다. 그는 오직 그 사진을 다시 한번 만져보거나 적어도 보기라도 했으면 하는 마음뿐이었다.

"실제로 있었군요!"

윈스턴이 소리쳤다.

"아니야."

오브라이언이 말했다.

그는 방 저쪽으로 걸어갔다. 오브라이언은 벽에 붙은 기억통의 뚜껑을 열었다. 윈스턴은 볼 수 없었지만 그 얇은 신문지 조각은 뜨거운 바람에 휩쓸려 화염 속으로 빨려 들어갔을 것이다. 오브라이언이 돌아서서 말했다.

"이건 재야. 형체 없는 재. 한낱 먼지일 뿐이지. 사진은 없어. 전에도 없었고."

"하지만 있어요! 있다고요! 기억 속에 있어요. 난 기억해요. 당신도 기억하고 있어요."

"내 기억에는 없네."

오브라이언이 말했다.

윈스턴은 가슴이 철렁 내려앉는 듯했다. 이것이 바로 이중사고였다. 그 순간 그는 극심한 무력감에 빠졌다. 오브라이언이 거짓말하고 있다면 그건 문제가 되지 않는다. 그러나 그 사진이 정말 기억나지 않을 수도 있었다. 그렇다면 그는 그 사진을 기억한 것을 부인했다는 사실마저 기억에서 지웠을 것이다. 이것을 어떻게 단순한 속임수라고 할 수 있겠는가? 어쩌면 환각에 사로잡혀 머릿속이 혼란스러운지도 모른다. 이런 생각이 들자 윈스턴은 더욱 기운이 빠졌다.

오브라이언은 생각에 잠긴 표정으로 그를 내려다보았다. 그는 제 멋대로 굴기는 하지만 장래가 촉망되는 학생 때문에 골치가 아픈 선생님 같은 표정을 지었다.

"과거를 지배하는 것과 관련된 당의 슬로건이 있지. 그걸 외워보게."

"과거를 지배하는 사람이 미래를 지배한다. 현재를 지배하는 사람이 과거를 지배한다."

윈스턴은 고분고분 대답했다.

"현재를 지배하는 사람이 과거를 지배한다."

오브라이언은 동의한다는 듯 천천히 고개를 끄덕이며 중얼거렸다.

"자네는 과거가 진짜 존재한다고 생각하나, 윈스턴?"

또다시 무력감이 윈스턴을 내리눌렀다. 그의 시선은 다이얼로 향했다. 그는 고통을 당하지 않으려면 '그렇다'고 해야 할지 '아니다'라고 해야 할지 혼란스러웠다. 무엇이 옳은 대답인지 판단할 수 없었다.

오브라이언은 보일 듯 말 듯 미소 지었다.

"자네는 형이상학자가 아니야, 윈스턴. 지금까지 자네는 존재의 의미를 생각해본 적이 없어. 좀더 자세히 이야기해보지. 과거는 구체적으로 어디에 존재하나? 과거의 사건이 아직도 존재하는 어떤 확고한 세계가 있나?"

"없습니다."

"그럼 과거는 어디에 존재하나?"

"기록에요. 과거는 기록되는 것입니다."

"기록된다……?"

"머릿속, 인간의 기억 속에 기록됩니다."

"기억 속이라. 그럼 좋아. 우리, 즉 당이 모든 기록과 모든 기억을 지배한다면 우리는 과거를 지배하는 것 아닌가? 그렇지?"

"하지만 사람들의 기억을 어떻게 막죠? 그건 억지로 할 수 없어요. 사람의 힘으로 할 수 없는 일이라고요. 어떻게 기억을 지배하죠? 당신은 내 기억을 지배할 수 없어요!"

윈스턴이 다이얼을 잊고 소리쳤다.

오브라이언은 무서운 표정으로 다이얼에 손을 대고 말했다.

"아니, 기억을 지배할 수 없는 것은 바로 자네야. 그래서 자네가 여기 있는 거지. 자네는 자신을 낮출 줄 모르고 자기 훈련도 부족해서 이렇게 된 거야. 정상적인 사람이라면 당연히 복종해야 하는데 그러지 못했어. 정신이 이상해져서 소수자가 되려고 했지. 수양을 쌓은 사람만이 실재를 볼 수 있는 거야, 윈스턴. 자네는 물질적이고 객관적으로 존재하는 것을 실재라고 생각하지. 그 자체로 존재하는 객체라고 말이야. 그래서 실재란 본질적으로 자명한 것이라고 믿지. 자네는 자신이 보고 있는 것을 다른 사람도 똑같이 보고 있다고 생각해. 하지만 윈스턴, 실재는 물질적인 것이 아니야. 실재는 마음속에 있는 것이지. 다른 데 있는 것이 아니라고. 그것도 오류를 범하고 언젠가는 사라지는 개인의 마음이 아니라 집단, 즉 영원히 사라지지 않는 당의 마음속에 있어. 당이 진실이라고 주장하는 것이 진실이야. 당의 눈을 통해 보이는 것만이 실재야. 이것이 자네가 다시 배워야 할 거야. 그러기 위해서는 자기 파괴, 의지, 노력이 필요하지. 자네가 정상으로 돌아오려면 먼저 자기를 낮춰야 해."

그는 자기의 말이 상대의 마음에 스며들기를 기다리는 듯 잠시 말을 멈췄다.

"'2 + 2 = 4'라고 말할 수 있는 것이 자유라고 일기에 쓴 거 기억하나?"

"네."

윈스턴이 대답했다.

오브라이언은 손등을 윈스턴 쪽으로 돌리고 왼손을 들었다. 그리고 엄지를 접고 네 손가락을 펴고 물었다.

"지금 손가락이 몇 개인가?"

"4개입니다."

"그럼, 당이 4개가 아니라 5개라고 하면 몇 개가 되나?"

"4개입니다."

그 말이 떨어지기 무섭게 고통이 온몸을 덮쳤다. 다이얼 바늘이 55를 가리켰다. 윈스턴의 온몸에 땀이 솟았다. 숨이 가쁘고 악다문 이 사이로 끊임없이 신음 소리가 새어 나왔다. 오브라이언은 여전히 손가락 4개를 펴고 그를 내려다보았다. 그가 다이얼 손잡이를 돌리자 고통이 줄어들었다.

"손가락이 몇 개지, 윈스턴?"

"4개입니다."

바늘이 60을 가리켰다.

"손가락이 몇 개지, 윈스턴?"

"4개! 4개, 맞잖아요! 4개!"

바늘이 다시 올라갔지만 윈스턴 눈에는 보이지 않았다. 오브라이언의 굳은 얼굴과 손가락 4개가 그의 눈앞을 가로막고 있었다. 커다란 기둥처럼 우뚝 솟은 손가락은 흐릿하고 흔들려 보였지만 틀림없이 4개였다.

"손가락이 몇 개라고, 윈스턴?"

"4개요! 그만해요. 그만하라고! 어쩌자는 거요? 4개요! 4개!"

"손가락이 몇 개지, 윈스턴?"

"5개! 5개! 5개요!"

"아냐, 윈스턴. 거짓말해도 소용없어. 여전히 4개라고 생각하고 있으니까. 손가락이 몇 개지?"

"4개! 5개! 4개! 마음대로 해요. 그만, 제발 멈춰요!"

윈스턴은 오브라이언의 팔에 안겨 일어나 앉았다. 몇 초간 의식을 잃은 모양이었다. 그의 몸을 조이고 있던 끈이 조금 풀렸다. 너무 추워서 아랫니와 윗니가 딱딱 부딪칠 정도로 덜덜 떨렸다. 그는 눈물을 줄줄 흘렸다. 한동안 그는 어린아이처럼 오브라이언에게 매달려 있었다. 굳센 그의 팔이 어깨를 감싸자 묘하게도 편안했다. 그순간 그는 오브라이언이 자신의 보호자이고, 그가 외부에서 가해지는 고통으로부터 자신을 구해주는 것 같았다.

"학습이 더디군, 윈스턴."

오브라이언이 부드럽게 말했다.

"어쩌겠어요? 내 눈에 그렇게 보이는데. '2+2=4'인데."

그는 울먹이면서 중얼거렸다.

"때로는 말이야, 윈스턴. 그게 '5'일 때도 있고, '3'일 때도 있어. 동시에 '3', '4', '5'가 될 수도 있어. 훈련을 더 해야겠네. 정상으로 돌아오기가 쉬운 게 아니지."

그는 윈스턴을 다시 침대에 눕혔다. 팔다리를 묶은 끈이 다시 죄어왔다. 고통이 사라지고 경련도 멈췄다. 그러나 몸이 더욱 가라앉았고 한기가 느껴졌다. 오브라이언은 이제까지 미동도 없이 서 있던 하얀 가운 차림의 사내에게 고갯짓을 했다. 사내는 몸을 굽혀 윈스턴의 눈알을 바짝 들여다보고 맥박을 체크했다. 그리고 가슴에 귀를 대보고 여기저기 두드려보더니 오브라이언을 향해 고개를 끄덕였다.

"다시."

오브라이언이 말했다.

고통이 윈스턴의 몸속을 휩쓸고 지나갔다. 바늘이 70에서 75로 올라갔을 것이다. 윈스턴은 눈을 감았다. 그는 여전히 손가락이 보였고, 4개라는 것을 알고 있었다. 어쨌든 경련이 멈출 때까지 어떻게든 살아남아야 했다. 그는 자기가 소리를 지르는지 아닌지도 모를 정도로 고통스러웠다. 그러다가 고통이 다시 가라앉자 윈스턴은 눈을 떴다. 오브라이언이 손잡이를 다시 돌려놓았던 것이다.

"손가락이 몇 개지, 윈스턴?"

"4개, 4개 같아요. 나도 5개로 보였으면 좋겠어요. 그러려고 노력하고 있어요."

"말만 그렇게 하는 거야, 아니면 정말 그렇게 보고 싶은 거야?"

"정말 그러고 싶어요."

"다시."

오브라이언이 말했다.

바늘은 아마도 80에서 90쯤 올라갔을 것이다. 윈스턴은 잠시 왜 이런 고통을 당해야 하는가 생각했다. 꼭 감은 눈꺼풀 위로 이리저리 춤을 추는 듯 수없이 많은 손가락이 사라졌다가 다시 나타나곤 했다. 그는 왜 그러는지도 모르면서 계속 손가락을 세었다. 하지만

4개와 5개가 서로 흔들리면서 겹쳐져 제대로 셀 수가 없었다. 고통이 다시 가라앉았다. 눈을 뜨자 여전히 똑같은 것이 보였다. 눈앞에서 수많은 손가락들이 흔들거리는 나뭇가지처럼 마구 엇갈렸다. 그는 다시 눈을 감았다.

"손가락이 몇 개나 보이나, 윈스턴?"

"모르겠어요. 몰라요. 차라리 날 죽여요. 4개인지, 5개인지, 6개인지 정말 모르겠어요."

"좋아졌군."

오브라이언이 말했다.

윈스턴의 팔에 주삿바늘이 꽂혔다. 그 순간 구원된 듯 몸속에 따뜻한 기운이 번졌다. 고통도 거의 줄어들었다. 그는 눈을 뜨고 고마운 표정으로 오브라이언을 올려다보았다. 주름지고 우락부락하게 생겼지만 위엄 있고 지적인 그의 얼굴을 보자 마음이 풀어지는 것 같았다. 움직일 수 있었다면 손을 뻗어 오브라이언의 팔을 잡았을 것이다. 그는 지금처럼 깊이 그를 사랑한 적이 없었다. 고통을 멈추어주었기 때문만은 아니었다. 예전에 오브라이언이 친구든 적이든 상관없다고 느꼈던 감정이 다시 떠올랐기 때문이다.

오브라이언은 유일하게 대화를 해볼 여지가 있는 사람이었다. 사람은 사랑보다 자신을 이해해주기를 더 원하는 듯했다. 오브라이언은 윈스턴의 정신이 돌아버릴 정도로 고통을 가하다가 사형장으로 보낼 것이다. 하지만 그건 아무래도 상관없었다. 두 사람은 어떤 의미에서 친구보다 더 친숙한 사이였다. 실제로 그런 적은 없지만 그들은 어디에서든 서슴없이 이야기를 나눌 수 있을 것이다. 오브라이언도 같은 생각을 하고 있다는 표정으로 윈스턴을 내려다보았다. 오브라이언이 편한 말투로 말했다.

"여기가 어딘지 알겠나, 윈스턴?"

"모르겠어요. 애정부 같기도 한데."

"여기 온 지 얼마나 됐는지 아나?"

"모르겠어요. 며칠인지, 몇 주일인지, 몇 달은 된 것 같아요."

"사람들을 왜 여기로 데려오는지 아나?"

"자백을 받아내려고 그러겠죠."

"아니야, 그게 아니야. 다시 생각해봐."

"벌주려고요."

"그게 아니야!"

오브라이언이 버럭 소리를 질렀다. 순식간에 그의 목소리와 표정이 사납게 굳어졌다.

"자백을 받아내려는 것도, 벌주려는 것도 아니야. 왜 자네를 여기 데려왔는지 말해줄까? 치료하려고! 자네의 정신을 정상으로 되돌려놓으려고! 여기에서 치료되지 않고 나간 사람이 없어. 윈스턴, 이해할 수 있겠나? 우리는 자네의 그 어리석은 범죄 같은 건 관심도 없어. 당은 겉으로 드러난 행위 따위는 신경 쓰지 않아. 우리가 염두에 두는 것은 정신이지. 우리는 적을 쳐부술 뿐 아니라 그들의 정

314

신을 개조하지. 내 말 알아듣겠나?"

그는 윈스턴에게 몸을 굽혔다. 아래에서 가까이 보니 얼굴이 더 크고 섬뜩할 정도로 우락부락했다. 게다가 그의 얼굴은 흥분으로 가득 찼고 광기 어린 열정이 뿜어져 나왔다. 윈스턴의 가슴이 또다시 철렁 내려앉았다. 할 수만 있다면 침대 속에 쑥 들어가 파묻히고 싶었다. 오브라이언이 분노를 참지 못하고 다시 다이얼을 돌릴 것 같았다. 그러나 오브라이언은 돌아서서 몇 걸음 걷더니 더욱 차분한 목소리로 말했다.

"자네가 먼저 알아야 할 것이 있지. 바로 여기에는 순교가 없다는 점이야. 과거 종교 박해 사건을 읽어보아서 알겠지. 중세기의 종교재판은 실패야. 이단을 뿌리 뽑으려고 종교재판을 만들었는데 사실은 이단이 더욱 들끓고 영원히 살아남게 되었지. 이단자 한 사람을 화형에 처할 때마다 수천 명이 들고일어났지. 왜 그랬는지 아나? 종교재판은 그들의 적을 공개적으로 죽였기 때문이야. 그리고 회개 없이 그들을 처단했기 때문이지. 회개하지 않는다고 죽여버린 거야. 그들은 자신의 신념을 굽히지 않았기 때문에 죽은 거지. 그 결과 희생자가 모든 영광을 안게 되었고, 그에게 형을 내린 재판관에게 비난이 쏟아졌지. 그리고 20세기에는 전체주의란 것이 생겨났어. 독일 나치, 소련 공산주의자들 말이야. 소련 사람들은 종교재판보다 이단자를 더욱 참혹하게 처형했어. 그들은 과거의 실수를 통해 순교자를 만들어서는 안 된다는 것을 배웠지. 그들은 죄인들을 인민재판에 세우기 전에 먼저 빈틈없이 치밀하게 그들의 권위를 완전히 실추시켰지. 고문과 감금으로 몸과 마음이 지칠 대로 지치면 비열해지고 비참해지게 마련이지. 그러면 결국 견디다 못해 다 털어놓고, 자기편을 비난하고, 밀고하고, 자기만 살려달라고 울고불고 매달리지. 하지만 이것도 몇 년 지나면 마찬가지야. 죽은 사람은 순교자가 되고 그들을 경멸했다는 사실조차 잊어버리거든. 왜 그런지 아나? 그들의 자백은 사실이 아니고, 그것도 강제로 한 것이기 때문이지. 우리는 이 같은 실수를 되풀이하지 않아. 여기에서 털어놓는 모든 자백이 진실이야. 우리가 진실로 만들지. 그리고 죽은 사람이 두 번 다시 우리에게 저항하지 못하도록 만들지. 후손들이 억울하게 죽은 조상의 편을 들 거라고 생각하지 말게, 윈스턴. 후손들은 자신들의 조상에 관해 아무것도 모를 테니까. 자네는 역사에서조차 깨끗이 사라질 거야. 흔적도 없이. 공기가 되어 하늘 멀리 날아가버리는 거지. 자네의 흔적은 털끝만큼도 남아 있지 않아. 어디에도 이름이 기록되지 않고, 살아 있는 사람의 기억 속에도 존재하지 않아. 미래가 그렇듯 과거도 완전히 없어지는 거야. 결국 자네는 존재한 적도 없게 되지.”

그렇다면 왜 이렇게 나를 고문하고 못살게 구는 거지? 윈스턴은 이런 의문이 들었다. 오브라이언은 윈스턴이 그렇게 물어보기라도 한 듯 걸음을 뚝 멈췄다. 그는 큼직하고 우락부락한 얼굴을 윈스턴에게 바짝 갖다 대고 가느스름한 눈으로 바라보며 말했다.

"자네는 이런 생각을 하겠지? 어차피 죽여버리면 자네의 말이나 행동도 전혀 남지 않을 텐데 왜 굳이 고문하며 괴롭히는가 하고 말이야. 지금 그런 생각을 하지 않았나?"

"그렇습니다."

윈스턴이 대답했다. 오브라이언은 슬며시 미소 지었다.

"자네는 견본에 생긴 긁힌 자국 같은 거야, 윈스턴. 지워야 할 흠집이지. 조금 전에 우리는 과거의 처형자들과 다르다고 말하지 않았나? 우리는 수동적인 복종이나 비굴한 행동으로 만족하지 않아. 자네가 우리에게 복종하더라도 자유 의지로 해야 해. 이단자가 저항하기 때문에 처형하는 게 아니야. 저항하는 한 절대 처형하지 않을 거야. 우리는 그를 전향시켜 그의 속마음까지 틀어쥐고 완전히 새사람으로 만들지. 그의 모든 죄와 환상을 불살라서 겉으로만 그러는 것이 아니라 마음과 영혼까지 우리 편으로 만드는 거야. 뼛속까지 우리와 똑같은 사람으로 만든 다음 그를 죽이지. 잘못된 생각이 퍼지는 것은 물론 아무런 영향을 미치지 않더라도 그런 생각이 존재한다는 것 자체를 용납할 수 없어. 죽는 그 순간까지 이단이라면 아무리 사소한 것이라도 절대 그냥 두지 않아. 옛날에는 이단자들이 여전히 이단적인 생각을 품은 채 화형장으로 끌려갔지. 그리고 자기가 이단자임을 선언하고 기꺼이 처형당했어. 소련에서 숙청된 사람들 역시 사형이 집행되는 그 순간까지 저항 의식을 간직하고 있었지. 그러나 우리는 처형하기 전에 뇌를 완전히 바꿔버리지.

옛날 전제군주의 명령은 '너희는 이걸 해서는 안 된다'였고, 전체주의자의 명령은 '너희는 이걸 하라'는 것이었다면, 우리는 '너희는 이렇게 되어 있다'고 말하지. 이곳에 들어온 사람 중에 끝까지 저항한 사람은 없어. 모두 완벽하게 세뇌되었지. 자네가 아무 죄 없다고 믿는 존스와 아론슨, 러더포드 그 어리석은 반역자들도 끝내는 굴복하고 말았어. 나 역시 그들의 심문에 참여했어. 그들은 점점 약한 모습을 보이더니 결국 울고불고 매달리더군. 고통이나 공포가 아니라 진심으로 잘못을 뉘우쳤기 때문에 그랬던 거야. 심문이 끝났을 때 그들의 본래 모습은 껍데기밖에 남아 있지 않았어. 그리고 그들의 마음속에는 자신들의 잘못을 통탄하고 빅 브라더를 사랑하는 마음만 남았지. 보는 사람이 감복할 정도로 빅 브라더에 대한 애정이 열렬하더군. 심지어 그들은 그릇된 마음이 깨끗이 씻겼을 때 죽게 해달라고 호소할 정도였어."

그는 꿈을 꾸고 있는 듯한 목소리로 말했다. 윈스턴의 귀에는 점점 꿈결처럼 들렸다. 여전히 그의 얼굴에서 흥분과 광기 어린 열정이 번뜩였다. 윈스턴은 그가 거짓말을 하는 게 아니라고 생각했다. 위선도 아니었다. 자기가 한 말을 모두 믿고 있었다. 무엇보다 윈스턴은 자신이 그보다 지적 수준이 떨어진다는 사실에 주눅이 들었다. 방 안을 계속 왔다 갔다 하면서 눈앞에 나타났다 사라졌다 하는 몸집이 크고 고상한 오브라이언을 그는 바라보았다. 오브라이언은 모든 면에서 자신보다 훨씬 대단한 사람이었다. 그가 생각해보았거나 생각할 수 있는 사상은 오브라이언이 이미 오래전에 생각하고 검토해서 통달한 것이었다. 그가 생각하는 것은 모두 오브라이언의 머릿속에 들어 있었다. 그런데 어떻게 오브라이언이 미쳤다고 할 수 있겠는가? 미친 것은 되레 윈스턴이었다. 오브라이언은 걸음을 멈추고 윈스턴을 내려다보면서 엄격한 목소리로 말했다.

"자네가 완전히 굴복한다고 해서 살 수 있을 거라는 생각은 하지 마, 윈스턴. 한번 엇나간 사람은 결코 살려두지 않아. 목숨만은 붙어 있게 해준다 해도 평생 우리한테서 벗어날 수 없어. 여기에서 일어난 일이 영원히 계속된다는 사실을 명심해. 원래 자신의 모습으로 돌아가지 못하도록 망가뜨릴 테니까. 천 년을 살더라도 절대 회복하지 못하도록 만들 거야. 자네는 보통 사람들이 느끼는 감정을 두 번 다시 못 느낄 거야. 사랑, 우정, 기쁨, 웃음, 호기심, 용기는 물론 충성심조차 생기지 않을 거야. 완전히 텅 빈 사람이 되는 거지. 우리는 자네의 속을 깨끗이 비운 다음 우리와 똑같은 것으로 다시 채울 거야."

그는 말을 멈추고 흰 가운을 입은 사내에게 신호를 보냈다. 윈스턴은 자신의 머리에 무거운 기계장치가 씌워지는 것을 느꼈다. 오브라이언이 침대 옆에 앉았다. 이제 그의 얼굴이 윈스턴의 얼굴과 나란히 있었다.

"3천!"

그가 머리맡에 있는 흰 가운 입은 남자에게 지시했다. 약간 촉촉

하고 부드러운 분첩 같은 것이 그의 양쪽 광대뼈에 붙여졌다. 윈스턴은 덜컥 겁이 났다. 새로운 고통이 시작되는 것이었다. 오브라이언은 안심시키듯이 윈스턴의 손을 잡고 부드럽게 말했다.

"아프지 않을 거야. 내 눈만 똑바로 봐."

이때 소리가 났는지는 모르겠지만 굉장한 폭발 같은 것이 일어났다. 번갯불 같은 것이 번쩍한 것은 분명했다. 윈스턴은 다치지는 않았지만 기운이 쭉 빠졌다. 계속 누워 있었는데도 마치 세게 얻어맞고 나가떨어진 것 같았다. 고통은 없었지만 무시무시한 충격이 그를 짓이겨버린 것이었다. 그리고 머릿속에 무슨 일이 일어났다. 초점을 맞추자 자기가 누구인지, 여기가 어디인지, 자기를 쳐다보는 사람이 누구인지는 알았다. 하지만 머릿속에서 뭔가 빠져나가서 커다란 빈 공간이 생긴 것 같았다.

"오래 걸리지 않을 거야. 내 눈을 봐. 오세아니아는 어떤 나라하고 전쟁 중이지?"

오브라이언이 물었다.

윈스턴은 생각했다. 그는 오세아니아를 알고 있었고, 자기가 그 나라 시민이라는 것과 유라시아와 동아시아도 알고 있었다. 그러나 누가 누구와 전쟁 중인지는 알 수 없었다. 전쟁 중이라는 것조차 기억나지 않았다.

"모르겠어요."

"오세아니아는 동아시아와 전쟁 중이다. 이제 기억하겠나?"

"네."

"오세아니아는 동아시아와 계속 전쟁 중이야. 자네가 태어날 때부터, 당이 설립되었을 때부터, 역사가 시작된 순간부터 계속. 똑같은 전쟁이 단 한 번도 멈추지 않고 계속되었지. 기억하겠나?"

"네."

"11년 전 자네는 반역죄로 사형이 확정된 세 사람에 관해 전설 하나를 꾸며냈어. 그들의 무죄를 증명할 신문 쪽지를 보았다고 생각했지. 하지만 그런 신문 쪽지는 없어. 자네가 만들어내고는 실제로 있다고 믿었지. 그 얘기를 언제 꾸며냈는지 기억하고 있어. 그렇지?"

"네."

"아까 내가 손가락을 자네한테 펴 보였을 때 자네는 5개라고 했어. 기억하나?"

"네."

오브라이언은 엄지를 접고 네 손가락을 편 채 왼손을 들었다.

"손가락이 5개 아닌가? 5개로 보이나?"

"네."

윈스턴의 눈에 분명히 그렇게 보였다. 정신을 차리기 전 일순간 5개로 보였던 것이다. 다른 모양으로 보이지도 않았다. 정상적으로 보였다. 그러더니 이전 상태로 돌아왔다. 공포와 증오, 당혹감이 다시 몰려들었다. 그러나 얼마 동안인지는 확실하지 않으나 한 30초쯤 될까? 윈스턴은 오브라이언의 새로운 교리가 텅 빈 자신의 머릿속을 채우는 것을 느꼈다. 그 순간 오브라이언의 말을 절대적인 진리라 믿었고, '2+2'가 때로는 '3'도 되고 '5'가 되기도 한다고 확신했다. 그러나 이런 정신 상태는 오브라이언이 손을 내리기 전에 이미 사라졌다. 그런 상태가 다시 오지 않더라도 먼 옛날 비정상적인 정신 상태에서 경험한 것을 정상으로 돌아왔을 때도 생생히 기억하듯이, 윈스턴도 그 순간을 기억했다.

"이제 그것이 가능하다는 것을 알았겠지?"

"네."

윈스턴이 대답했다.

오브라이언은 만족한 표정으로 일어났다. 윈스턴은 왼편에 서 있는 흰 가운 입은 남자가 앰플 주둥이를 깨서 주사기에 약을 넣고 있는 것을 곁눈으로 보았다. 오브라이언이 윈스턴을 향해 돌아서서 미소 지었다. 그러고는 콧등에 걸쳐진 안경을 다시 올렸다.

"자네를 이해할 수 있고 이야기를 나눌 수 있다면 내가 적이든 친구든 상관없다고 일기장에 쓴 거 기억하나? 자네 말이 맞아. 난 자네와 이야기하는 것이 즐거워. 나랑 통하는 게 있어. 자네가 제정신이 아니라는 것만 빼면 내 사고 체계와 비슷하지. 끝내기 전에 물어보고 싶은 게 있으면 말해봐."

"아무거나 물어봐도 됩니까?"

"그래, 아무거나."

그는 윈스턴이 다이얼을 흘깃하는 것을 보고 덧붙였다.

"껐으니 걱정 마. 맨 먼저 물어볼 게 뭐지?"

"줄리아는 어떻게 되었나요?"

윈스턴이 물었다. 오브라이언은 다시 미소 지었다.

"그 여자는 자네를 배신했어, 윈스턴. 즉시, 조금도 망설이지 않고. 그렇게 빨리 항복하는 사람도 처음 봤지. 그녀를 본들 거의 알아볼 수 없을 거야. 그녀의 반항적인 태도나 거짓말, 멍청함, 불순한 사고방식, 이 모든 것이 깨끗이 사라졌지. 완벽하게 전향했어. 교과서에 실릴 만큼 아주 모범적인 사례야."

"고문했군요."

오브라이언은 대답하지 않았다.

"다음 질문?"

"빅 브라더는 존재하나요?"

"물론, 존재하지. 당도 존재하고. 당을 구현한 것이 바로 빅 브라더지."

"내가 존재하듯 그도 실제로 살아 있는 사람이냐 말입니다."

"자네는 존재하지 않아."

오브라이언이 말했다.

윈스턴은 다시 무력감에 빠졌다. 어떤 논점으로 그가 존재하지 않는다고 말하는지 알고 있기 때문이었다. 아니 적어도 추측할 수 있었다. 그러나 그건 앞뒤가 맞지 않는 말장난이었다. '너는 존재하지 않는다'는 말 자체가 논리적으로 맞지 않는다. 그러나 그렇게 말

한들 무슨 소용이 있겠는가? 오브라이언은 허황된 논리로 한마디도 반박하지 못하게 만들 것이다. 그런 생각이 드는 순간 윈스턴은 한없이 위축되었다.

"난 내가 존재한다고 생각해요."

윈스턴은 힘없이 말했다.

"난 내 자신을 인식하고 있어요. 난 태어났고 죽을 거예요. 팔과 다리도 있고. 난 한 공간을 차지하고 있어요. 내가 차지한 공간을 다른 물체가 동시에 차지할 수 없어요. 그런 의미로 빅 브라더가 존재하냐고요?"

"그건 중요하지 않아. 하지만 빅 브라더는 존재해."

"빅 브라더도 죽나요?"

"물론 죽지 않아. 어떻게 죽을 수 있나? 다음 질문."

"형제단은 존재합니까?"

"윈스턴, 자네는 그것을 영원히 알 수 없을 거야. 자네가 여기에서 석방되어 아흔 살까지 산다 해도 모를 거야. 자네가 살아 있는 동안 영원히 풀리지 않는 수수께끼로 남겠지."

윈스턴은 대꾸하지 않았다. 심장 박동이 빨라졌다. 맨 먼저 떠오른 질문을 이제 하려고 하자 혀가 굳은 듯 말이 나오지 않았다. 오브라이언의 얼굴이 밝아졌다. 번쩍거리는 안경마저 비웃는 듯 느껴졌다. 문득 자기가 어떤 질문을 할지 오브라이언이 알고 있다는 생각이 드는 순간 그는 질문을 내뱉었다.

"101호실은 어떤 곳인가요?"

오브라이언의 표정은 변하지 않았다. 그는 차가운 목소리로 대답했다.

"자네는 101호실이 어떤 곳인지 알고 있어. 모두 다 알고 있지."

그는 하얀 가운 입은 사내에게 손짓을 했다. 심문이 끝났다. 주삿바늘이 윈스턴의 팔에 꽂히자 그는 곧 깊은 잠에 빠져들었다.

3

"자네는 회복하기까지 3단계를 거치지. 바로 학습, 이해, 수용이야. 자네는 이제 2단계로 들어섰어."

오브라이언이 말했다.

계속 그랬듯이 윈스턴은 반듯이 누워 있었다. 그러나 최근에는 몸을 묶은 띠가 조금 헐거워졌다. 그는 여전히 침대에 누워 있었지만 무릎을 약간 움직일 수 있었고, 고개를 돌리거나 팔도 조금 올릴 수 있었다. 다이얼에 대한 공포심도 조금 줄어들었다. 재빨리 머리를 쓰면 그 무시무시한 고통을 피할 수도 있었다. 그가 어리석은 말을 할 때마다 오브라이언은 손잡이를 돌렸다. 때로는 다이얼을 한 번도 돌리지 않고 심문이 끝나기도 했다. 그는 몇 번이나 심문을 받았는지 셀 수도 없었다. 꽤 오래, 아마 몇 주일 계속된 것 같았다. 때로는 며칠, 또 때로는 한두 시간 틈을 두고 심문하기도 했다.

오브라이언이 말했다.

"이미 물어보기도 했지만, 그렇게 누워 있으면 왜 애정부가 이렇게 오래도록 자네를 괴롭히는지 궁금할 거야. 자네가 석방되고 나서도 똑같은 의문으로 괴로워할 거야. 자네는 자네가 어떤 사회구조에서 살아가는지는 알겠지만 그 사회구조의 근본적인 동기는 알 수 없을 거야. 자네가 일기에 쓴 거 기억하나? 나는 '어떻게 하는지'는 안다. 그러나 '왜 그러는지'는 모른다. 이렇게 썼지. 그 '왜'를 생각할 때 자신의 정신이 멀쩡한지 의심하게 되지. 자네는 '그 책', 골드스타인의 그 책을 일부나마 읽었어. 그 책이 자네가 미처 몰랐던 사실을 가르쳐줬나?"

"당신도 읽었나요?"

윈스턴이 물었다.

"내가 그걸 썼어. 집필에 참여했다고 해야겠지. 어떤 책이든 개인의 저술로 나오지 않아. 자네도 알고 있겠지만."

"거기 적힌 내용이 사실인가요?"

"사건을 설명한 부분은 사실이라고 할 수 있지. 하지만 그 책에서 제시한 계획은 말도 안 되지. 비밀리에 지식을 축적하고 점차적으로 계몽시켜서 종국에는 노동자들이 반란을 일으켜 당을 전복한다는 계획 말이야. 그게 무엇을 의미하는지 자네도 예상했을 거야. 노동자는 결코, 시간이 아무리 흘러도, 반란을 일으킬 수 없다는 뜻이야. 그 이유를 자네도 이미 알고 있으니 굳이 말하지 않아도 되겠지. 폭동이 일어날 거라는 기대는 단념하는 게 좋아. 당을 전복할 방법은 없어. 당은 영원히 지배할 거야. 여기서부터 다시 생각해야 해."

그는 침대 가까이 다가오면서 '영원히!'라고 한 번 더 강조했다. 그는 윈스턴이 아무 말도 하지 않자 계속 말했다.

"그럼, '어떻게'와 '왜'의 문제로 돌아가지. 자네는 당이 어떻게 권력을 유지하는지 잘 알고 있어. 그럼 우리가 왜 권력에 집착하는지 말해봐. 우리의 근본적인 동기가 무엇인가? 우리는 왜 권력을 원하는가? 자, 말해봐."

윈스턴은 한동안 아무 말도 하지 않았다. 피로가 몰려왔다. 광기어린 정열이 또다시 오브라이언의 얼굴에 번졌다. 그는 오브라이언이 무슨 말을 할지 이미 알고 있었다. 그는 이렇게 말할 것이다. 당은 그 자체가 아니라 다수의 행복을 위해 권력을 추구하는 것이다. 대중이란 근본적으로 나약하고 비겁한 인간이어서 자유를 지키거나 진리를 접할 능력도 없다. 당이 권력에 집착하는 것은 더 강한 자에게 지배당하고 조직적인 기만 속에서 살아가는 것이 인간의 속성이기 때문이다. 자유냐 행복이냐 둘 중 하나를 선택해야 할 때 인간은 대부분 행복을 선택한다. 당은 약자를 지켜주고 보호하며, 대중의 행복을 위해 희생하고, 선을 위해 악을 행사하는 집단이다. 윈스턴이 진짜 두려워하는 것은 오브라이언이 이렇게 말하면 자신이 그대로 믿을 거라는 사실이었다. 그의 얼굴을 보면 알 수 있었다. 오브라이언은 모든 것을 알고 있었다. 세상의 참모습이 어떤지, 인류가 얼마만큼 퇴보했는지, 당이 어떤 거짓말과 만행으로 그 상태를 유지하는지, 윈스턴보다 수천 배 더 잘 알고 있었다. 그가 이 모든 것을 이해하고 따져본들 소용없었다. 이 모든 것은 궁극적인 목적에 의해 정당화되기 때문이다. 자기보다 더 지적이고 자신의 이야기를 주의 깊게 듣고 나서도 결국 자신의 허황된 논리를 우기는 이 광적인 인간을 어떻게 대적할 수 있겠는가.

"당신들은 우리를 이롭게 하려고 우리를 지배하는 것입니다. 당신들은 인간이 스스로를 관리하고 통제할 수 없다고 믿고 있어요. 그래서……."

윈스턴은 힘없이 말하다가 움찔했다. 하마터면 비명을 지를 뻔했다. 고통이 번개처럼 그의 몸을 엄습했다. 오브라이언은 다이얼 바늘을 35에 맞췄다.

"어리석은 소리! 윈스턴. 자네는 더 잘 알고 있어."

그는 손잡이를 원위치로 돌려놓고 말했다.

"내 질문에 내가 답하지. 바로 이거야. 당은 오직 권력 자체를 위해 권력을 추구하지. 우리는 다른 사람의 행복 따위 관심도 없어. 오직 권력만 신경 쓸 뿐이지. 재산, 사치, 장수, 행복도 아닌, 오직 권력, 순수한 권력 말이야. 그럼 순수한 권력이란 무엇인가. 자네는 이것을 이해해야 해. 옛날 과두정치와 우리의 다른 점은 바로 우리가 무얼 하고 있는지 알고 있다는 것이야. 옛날 사람들은, 우리와 비슷한 사람들조차 모두 비열한 위선자들이었어. 독일의 나치와 소런의 공산당이 우리와 비슷한 방법을 쓰기는 했지만, 그들은 자신들이 권력을 추구하는 이유를 스스로 인정하지 못했어. 그럴 용기가 없었던 거지. 그들은 마지못해 잠시 권력을 장악하는 것일 뿐이라고 말하면서 머잖아 모든 인간이 자유롭고 평등하게 사는 천국과 같은 세상이 올 거라고 거짓말했지. 실제로 그렇게 믿기도 했어. 하지만 우리는 달라. 일단 권력을 장악하면 절대 포기하지 않아. 권력은 수단이 아니라 목적이기 때문이지. 혁명을 위해 독재하는 것이 아니라 독재를 하기 위해 혁명을 하는 거라고. 박해의 목적은 박해고, 고문의 목적은 고문이야. 마찬가지로 권력의 목적은 권력이야. 알아듣겠나?"

윈스턴은 오브라이언의 얼굴을 보고 또 한 번 놀랐다. 피로해 보였던 것이다. 조금 전까지만 해도 그의 얼굴은 덩치 크고 힘센 짐승처럼 보이면서도 지적인 분위기와 절제된 정열로 충만했다. 그러나 지금은 눈 밑에 다크서클이 생기고 광대뼈 아래로 얼굴살이 축 처져 있었다. 오브라이언은 몸을 굽혀 까칠한 얼굴을 윈스턴 가까이 갖다 대고 말했다.

"내 얼굴이 늙고 피곤해 보인다고 생각하고 있군. 영원한 권력 운운하지만 자기 몸이 늙어가는 것은 어쩌지 못한다고 생각하겠지. 윈스턴, 개인이란 하나의 세포에 지나지 않아. 그걸 이해하겠나? 세포 하나가 쇠멸되면 유기체 전체는 활력을 얻지. 손톱을 잘랐다고 목숨이 끊어지던가?"

그는 돌아서서 한 손을 주머니에 찔러 넣고 왔다 갔다 하면서 말했다.

"우리는 권력의 성직자야. 우리가 믿는 신이 바로 권력이지. 그러나 자네가 생각하는 권력은 말로만 존재하는 것이야. 이제 자네는 권력의 의미가 무엇인지 새롭게 생각해봐야 해. 우선 알아둬야 할 것은 권력이 집단적으로 이루어진다는 거야. 개인이 개인으로서 존재하는 것을 포기할 때 권력을 가질 수 있지. 당의 슬로건 '자유는 속박', 이것을 반대로 생각해봤나? '속박은 자유'라고 말이야. 자유로운 개인은 패배할 수밖에 없어. 왜냐하면 모든 인간은 언젠가 반드시 죽을 것이고 죽음은 가장 큰 패배니까. 그러나 인간이 완전히 복종할 때, 그리하여 자신을 버리고 기꺼이 당에게 종속되어 자신이 곧 당이 되는 순간 영원불멸하고 전지전능한 존재가 되는 거야. 그다음으로 알아둘 것은 인간을 지배하는 것이 권력이라는 점이야. 인간의 육체뿐 아니라 정신까지 지배하는 권력이어야 해. 사물을 지배하는 것, 자네 생각처럼 물질적인 실체에 권력을 행사하는 것은 중요하지 않아. 사물에 대해 말하자면 우리는 이미 절대적인 권력을 누리고 있거든."

윈스턴은 잠시 다이얼을 무시했다. 그는 상체를 일으키려고 애썼으나 몸이 뒤틀리면서 통증만 더했다.

"어떻게 사물을 완전히 지배할 수 있죠? 날씨나 만유인력도 어찌지 못하는데. 게다가 질병과 고통과 죽음이……."

오브라이언은 손짓으로 그의 말을 막았다. 오브라이언이 계속 말했다.

"우리는 인간의 정신을 지배함으로써 사물을 지배하지. 실재란 우리 뇌 속에 있는 것이니까. 조금씩 알게 될 거야. 우리는 못 하는 것이 없어. 투명인간도 될 수 있고, 공중을 날 수도 있지. 무엇이든 할 수 있어. 원한다면 비눗방울처럼 공중을 떠다닐 수도 있지. 당이 원하지 않으니까 안 하는 것뿐이야. 19세기 자연법칙은 잊어버려. 우리가 자연법칙을 만드니까."

"말도 안 돼요! 이 지구 전체를 지배하는 것도 아니잖아요. 유라시아와 동아시아는 뭐죠? 아직 그들을 정복하지 못했잖아요."

"쓸데없는 소리. 때가 되면 정복할 거야. 우리가 지금 지배하지 않는다고 해도 문제될 건 없어. 마음만 먹으면 얼마든지 그들을 전멸할 수 있어. 오세아니아가 곧 세계니까."

"하지만 이 지구는 하나의 먼지 덩어리에 지나지 않아요. 그 속에서 인간은 지극히 작고 무력한 존재일 뿐이고요! 인간이 존재한 지 얼마 되지도 않았어요. 수백만 년 동안 이 지구상에 인간이 존재하지 않았다고요."

"헛소리 그만해. 지구의 나이와 인류의 나이는 같아. 어떻게 우리보다 더 오래될 수 있겠나? 인간의 의식 없이 어떤 것도 존재할 수 없는데."

"그럼 매머드나 마스토돈 같은 거대한 파충류의 뼈 화석은 뭐죠?

그것들은 지금은 멸종되었지만 인간이 출현하기 훨씬 전에 지구상에 살았던 동물이에요. 그건 어떻게 설명할 거죠?"

"자네, 그 뼈 화석을 본 적 있나? 물론 없을 거야. 19세기 생물학자들이 만들어낸 거니까. 인간이 생겨나기 이전에는 아무것도 없었어. 따라서 인간이 멸종하면 역시 아무것도 존재하지 않게 되지. 인간을 떠나서 아무것도 존재할 수 없으니까."

"하지만 지구 밖의 우주는 뭐죠? 별을 보세요! 어떤 별은 백만 광년이나 떨어져 있어요. 그것들은 인간이 영영 도달할 수 없는 곳에 있죠."

그러자 오브라이언이 차가운 목소리로 말했다.

"별이 뭐라고 생각하나? 그것은 강 건너 불을 보는 것과 같아. 우리와 아무 관련 없는 것이지. 하지만 원하면 거기에 갈 수 있어. 없애버릴 수도 있고. 지구는 우주의 중심이야. 태양과 별이 지구 주위를 돌고 있다고."

윈스턴은 또다시 경련을 일으켰다. 그가 아무 말도 하지 않았는데도 오브라이언은 마치 반박에 대응하듯 말했다.

"물론 어떤 점에서는 틀린 말일 수도 있어. 바다를 항해할 때나 일식을 예측할 때는 지구가 태양 주위를 돌고 별이 수백억 킬로미터 떨어져 있다고 가정하는 게 더 쉽지. 하지만 그게 어쨌다는 건가. 천문학에 관한 한 두 가지 상반된 이론이 양립할 수 없다고 생각하나? 우리의 필요에 따라 별은 강 건너에 있을 수도 있고, 수백

억 킬로미터 떨어져 있을 수도 있어. 우리 수학자들이 그렇게 할 수 없다고 생각하나? 자네는 이중사고를 잊었나?"

윈스턴은 누운 채 한없이 위축되고 있었다. 그가 무슨 말을 하든 오브라이언은 마치 몽둥이로 내려치듯 재빨리 그의 반박을 산산이 부숴버렸다. 그러나 윈스턴은 알고 있었다. 자신이 옳다는 것을. 인간의 의식을 떠나 아무것도 존재할 수 없다는 믿음은 이미 오래전 이치에 맞지 않는 오류라는 것이 밝혀졌다. 기억나지는 않지만 이것을 가리키는 명칭도 있다. 이것이 잘못된 믿음이라는 것을 증명할 수 있어야 한다. 오브라이언은 윈스턴을 내려다보면서 묘한 미소를 지었다.

"형이상학은 자네의 강력한 논점이 될 수 없다고 내가 이미 말하지 않았나. 자네가 지금 말하고자 하는 것이 유아론(唯我論) 아닌가? 하지만 자네 생각은 틀렸어. 이건 유아론이 아니거든. 자네의 사고 체계로 말하면 집단적 유아론이라고 할 수 있지만 그것과도 다르지. 사실은 정반대야. 모두 빗나갔어."

그의 말투가 바뀌었다.

"진정한 권력, 우리가 매 순간 추구해야 하는 권력은 사물을 지배하는 것이 아니야. 인간을 지배하는 것이라고."

그는 말을 멈추고 선생님이 똑똑한 학생에게 질문하는 듯한 표정으로 말했다.

"어떻게 하면 권력을 행사할 수 있지, 윈스턴?"

윈스턴은 생각 끝에 대답했다.

"괴롭히면 되죠."

"바로 그거야. 괴롭히면 되지. 복종으로는 완전하지 않아. 괴롭히지 않으면 내 뜻에 복종하는지 안 하는지 어떻게 알겠나? 고통과 모욕을 줌으로써 권력을 행사할 수 있지. 권력은 인간의 생각을 낱낱이 조각낸 다음 원하는 대로 다시 짜 맞추는 거야. 이제 우리가 어떤 세계를 창조하고자 하는지 좀 알겠나? 이건 구시대 개혁가들이 상상으로 그쳤던 어리석은 쾌락주의적 유토피아와 완전히 다른 거야. 공포와 반역과 고통이 끊이지 않는 세계지. 짓밟고 짓밟히는 세계, 공고해질수록 더 잔혹한 세계. 우리 세계에서 발전하는 것은 오직 고통뿐이지. 옛날에는 문명이 인류애와 정의 위에 세워졌다고 말했지. 하지만 우리 세계는 증오 위에 세워졌지. 우리 세계에 존재하는 감정은 공포, 분노, 승리감, 자기 비하뿐이야. 나머지 감정들은 모두 없애버렸지. 우리는 혁명 이전까지 전해 내려오던 가치관을 없애고 있네. 부모와 자식, 사람과 사람, 남자와 여자 사이의 유대감을 없애버렸어. 이제 아무도 아내와 자식, 친구를 믿지 않아. 미래에는 더할 거야. 아내와 친구라는 개념조차 없어지겠지. 암탉 둥우리에서 달걀을 빼오듯 아이들이 태어나자마자 어머니한테서 빼앗아오는 거야. 성적인 본능도 사라질 거야. 성교는 매년 새로 발급되는 배급 카드처럼 1년에 한 번 치르는 행사일 뿐이야. 우리는 오르가슴도 없앨 거야. 신경학자들이 지금 연구 중이지. 충성심도 당을 위한 것만 남고 나머지는 없어질 거야. 빅 브라더에 대한 사랑 말고 어떤 사랑도 있을 수 없게 돼. 웃는 것도 적을 무찌르고 승리했을 때만 하게 되지. 미술, 문학, 과학도 사라질 거야. 아름다움과 추한 것의 차이도 없고, 호기심이나 살아가는 즐거움도 느낄 수 없어. 한 마디로 세상 모든 기쁨을 부숴버릴 거야. 그리고 잊지 말아야 할 것 이 있어, 윈스턴. 권력에 대한 도취는 영원할 거야. 그것은 점점 더 커지고 점점 더 섬세해지지. 매 순간 승리의 전율, 힘없는 적을 무참히 짓밟았을 때의 쾌감을 느끼게 되지. 미래를 그려보고 싶다면 인간의 얼굴을 짓이기고 있는 구둣발을 상상하면 돼."

그는 말을 멈췄다. 윈스턴이 무슨 말을 하기를 기다리는 듯했다. 윈스턴은 다시 침대 속에 파묻히고 싶었다. 그는 아무 말도 할 수 없었다. 마치 심장이 얼어붙는 듯했다. 오브라이언이 계속했다.

"그리고 구둣발은 영원하다는 것을 잊지 말게. 이단자의 얼굴은 언제나 그 구둣발 밑에 깔려 있을 거야. 이단자와 사회의 적은 또다 시 패배하고 언제나 그렇게 탄압받지. 자네가 체포되고 나서 겪은 모든 일이 앞으로도 계속되는 것은 물론 점점 더 심해질 거야. 간첩 행위, 배신, 체포, 고문, 처형, 소멸의 순환과정이 영원히 계속될 거 야. 그것은 승리의 세계이자 공포의 세계지. 당의 권력이 강해질수 록 더욱 잔혹해지고, 반역자의 세력이 약해질수록 전체주의는 더욱 강해지지. 그러므로 골드스타인과 그를 추종하는 이단자들도 영원 히 남아 있어야 해. 날마다 매 시간 그들은 패배하고 불신, 조소, 굴

욕을 당해도 완전히 사라지지 않고 계속 남아 있어야 해. 지난 7년 동안 자네를 함정에 빠뜨리기 위해 내가 꾸민 연극도 다시 재연될 거야. 게다가 세대를 거듭할수록 더욱 치밀하고 정교해지지. 우리는 이단자를 원하는 방식으로 처단할 거야. 그들은 극심한 고통으로 비명을 지르고, 만신창이가 되어 애원하며, 우리의 다리를 부여잡고 목숨만은 살려달라고 애원하겠지. 윈스턴, 이것이 바로 우리가 만들고자 하는 세계다. 승리에 승리를 거듭하고 개선에 개선을 되풀이해 권력을 더욱 공고히 하는 세계. 그것이 어떤 세계인지 이제야 깨닫기 시작하는 모양이군. 그러나 마지막에는 이해한다는 정도가 아닐 거야. 그것을 기쁜 마음으로 받아들이고, 결국 그 세계와 완전히 하나가 될 거야."

윈스턴은 기운을 조금 차리고 힘없이 말했다.

"그럴 수 없어요!"

"무슨 말이지, 윈스턴?"

"그런 세계를 만들 수 없다는 말이에요. 그런 세계는 오지 않아요. 그건 공상일 뿐이에요. 불가능하다고요."

"왜지?"

"공포, 증오, 만행 위에 문명을 세울 수는 없어요. 지속될 수 없다고요."

"왜 그렇지?"

"생명력이 없으니까요. 그런 문명은 스스로 붕괴되고 말 겁니다."

336

"천만에, 자네는 증오가 사랑보다 더 사람을 힘들게 한다고 생각하고 있어. 왜 그렇게 생각하지? 설령 그렇다 한들 무슨 차이가 있나? 우리가 더 빨리 늙는다고 가정해봐. 성장 속도가 빨라져 서른 살에 이미 늙는다고 생각해봐. 그런다고 달라지는 것은 아무것도 없어. 개인의 죽음은 죽음이 아니라는 것을 왜 이해 못 하나? 당은 영원불멸해."

윈스턴은 또다시 무력감에 빠졌다. 계속 대꾸하면 또다시 다이얼을 돌릴 것 같아 두려웠다. 하지만 입을 다물고 있을 수도 없었다. 오브라이언의 목소리에서 알 수 없는 공포를 느낀 그는 어떤 논리나 의지도 없이 반박했다.

"모르겠어요. 생각하고 싶지도 않아요. 아무튼 당신들은 패배할 겁니다. 당신들을 꺾을 무언가가 있겠죠. 삶이 당신들을 쓰러뜨릴 거예요."

"윈스턴, 우리는 모든 삶의 단계를 완전히 지배하고 있어. 자네는 우리 일에 분개하고 반항하는 인간성이 있다고 생각하는 모양인데 우리는 인간성까지 만들어낸단 말이야. 인간의 융통성이란 끝이 없지. 자네는 옛날 사고방식대로 노동자나 노예가 들고일어나 우리를 넘어뜨릴 거라고 생각할지 몰라. 하지만 그런 생각은 아예 접어. 그들은 동물이나 마찬가지야. 아무 힘이 없지. 당이 바로 인간성이야. 당 말고는 다 하잘것없어."

"어쨌든 그들은 당신들을 쳐부술 거예요. 머잖아 그들은 당신들의 실체를 깨닫고 산산조각 낼 거예요."

"그런 일이 일어날 거라는 무슨 근거라도 있나? 아니, 그만한 동기가 있을까?"

"없어요. 그저 믿을 뿐이죠. 당신들은 분명 패배할 거예요. 이 세상에는 당신들이 정복할 수 없는 것이 있어요. 뭐랄까, 영혼이나 원칙, 뭐 그런 거 말이에요."

"신을 믿나, 윈스턴?"

"아니요."

"그럼 우리를 무너뜨릴 원칙이란 게 뭔가?"

"모르겠어요. 인간의 정신이라고 할까."

"자네는 자신이 인간이라고 생각하나?"

"물론이죠."

"자네가 인간이라면, 윈스턴, 자네는 마지막 인간이야. 자네 같은 족속은 멸종됐어. 우리는 그 후계자지. 따라서 자네는 '혼자'라는 사실을 모르겠나? 자네는 역사 밖에 있고 존재하지도 않아."

그의 목소리가 점점 더 험악해졌다.

"우리가 거짓말을 일삼고 무자비하다고 해서 자네가 우리보다 더 도덕적이라고 생각하지?"

"그래요. 내가 더 낫다고 생각합니다."

오브라이언은 아무 말도 하지 않았다. 대신 다른 두 사람의 목소리가 들렸다. 잠시 뒤 윈스턴은 그중 하나가 자기 목소리라는 것을 깨달았다. 그가 '형제단'에 가입하던 날 밤 오브라이언과 나눈 대화를 녹음한 것이었다. 거짓말하고, 훔치고, 조작하고, 사람을 죽이고, 마약을 복용하고, 매춘을 장려하고, 성병을 퍼뜨리고, 어린아이 얼굴에 황산을 뿌릴 수도 있다고 약속하는 자신의 목소리가 들렸다. 오브라이언은 이런 식으로 반항해봤자 소용없다는 듯한 표정으로 스위치를 껐다. 녹음한 목소리도 뚝 끊어졌다.

"일어나."

오브라이언이 명령했다.

윈스턴을 묶은 끈이 자동으로 풀렸다. 그는 바닥으로 내려와 섰다. 다리가 휘청거렸다.

"자네는 마지막 인간이다. 자네는 인간 정신의 수호자야. 그렇다면 자네의 진정한 모습을 봐야지. 옷을 벗어."

오브라이언이 말했다.

윈스턴은 옷 위에 맨 허리띠를 풀었다. 지퍼는 이미 뜯어져 있었다. 수감되고 나서 한 번도 옷을 벗지 않은 모양이었다. 겉옷을 벗으니 속옷이라고 겨우 알아볼 정도로 더럽고 누런 누더기를 걸치고 있었다. 그 속옷까지 벗어 바닥에 내려놓다가 그는 방 끝에 있는 삼면경(三面鏡)을 보았다. 거울 쪽으로 다가가던 그는 흠칫하며 걸음을 멈췄다. 자신도 모르게 비명이 새어 나왔다.

"더 가까이, 거울 사이에 서봐. 옆모습까지 보이게."

오브라이언이 명령했다.

다시 다가가던 윈스턴은 또다시 흠칫하며 걸음을 멈췄다. 꾸부정하고 잿빛 해골 같은 것이 가까이 다가오고 있었다. 그것이 자신의 몰골이라는 것도 충격이었지만 모습 자체도 끔찍했다. 그는 거울 앞으로 더 가까이 다가갔다. 꾸부정한 자세 때문에 마치 얼굴이 툭 튀어나온 듯 보였다. 넓은 이마, 정수리까지 훤한 대머리, 휘어진 코, 찌그러진 듯한 광대뼈, 경계하는 눈빛으로 부라리는 눈, 그것은 절망에 빠진 죄수의 몰골이었다. 두 뺨은 움푹 꺼지고 입은 쪽 들어가 있었다. 분명 자신의 얼굴이었다. 그러나 마음보다 겉모습이 더 망가진 것 같았다. 자신이 품고 있는 감정과는 전혀 다른 감정이 얼굴에 나타나 있었다. 머리는 듬성듬성 벗어져 있었다. 처음에는 머리카락이 하얗게 샌 줄 알았는데, 다시 보니 머리카락이 빠져서 그렇게 보인 것이었다. 묵은 때로 인해 손과 얼굴 말고는 온몸이 잿빛이었다. 잿빛 피부 사이로 여기저기 뻘건 상처가 보였고, 발목 부위의 정맥류궤양은 곪아 터져 하얗게 껍질이 일어났다. 그러나 정말 놀라운 것은 해골처럼 앙상한 몸뚱이였다. 가슴이 바싹 말라 갈비뼈가 우툴두툴했고, 허벅지가 쪼그라들다 못해 무릎보다 얇았다. 그는 그제야 왜 오브라이언이 옆모습도 보이게 서라고 했는지 알 것 같았다. 옆모습을 보니 척추가 깜짝 놀랄 정도로 굽어 있었다. 앙상하고 가냘픈 어깨가 구부정하니 가슴이 움푹 들어가 있었다. 뼈만 남은 목은 머리 무게를 이기지 못해 곧 내려앉을 것만 같았다. 병을 심하게 앓은 환갑노인의 몸뚱이 같았다.

"자네는 내부당원인 내 얼굴이 늙고 고단해 보인다고 생각하곤 했지. 그런데 지금 자네 얼굴은 어떤가?"

오브라이언이 물었다.

그가 윈스턴의 어깨를 돌리자 거울 속 모습이 정면으로 보였다.

"자네 꼴을 보라고. 온몸을 뒤덮고 있는 찌든 때를 봐. 발가락 사이의 때를. 발목의 곪아 터진 염증을 보라고. 구역질 날 것 같지 않나? 자네 몸에서 염소 냄새가 나. 악취가 코를 찌르는 거 알고 있나? 모르겠지. 피골이 상접한 몸을 봐. 보이나? 팔은 한 주먹 굵기고, 자네 목은 홍당무처럼 뚝 부러뜨릴 수도 있을 것 같아. 체포되고 나서 자네 몸무게가 25킬로그램이나 빠진 거 아냐? 머리털도 한 움큼씩 빠지고 있어. 보라고!"

그는 윈스턴의 머리를 잡고 머리털을 한 움큼 뽑았다.

"입을 벌려 봐. 9개, 10개, 11개, 이가 11개 남았네. 체포되기 전에는 몇 개였지? 그나마 다 흔들거리는군. 이거 보라고!"

그는 굵직한 엄지와 검지로 윈스턴의 앞니 하나를 쥐더니 힘껏 잡아당겼다. 턱이 뽑히는 듯했다. 오브라이언은 흔들거리는 이를 뿌리째 뽑아 감방 모서리로 던져버렸다.

"자네는 썩어가고 있어. 엉망진창이 되어 망가지고 있다고. 자네라는 사람이 뭔 줄 아나? 더러운 맷덩이. 다시 한번 보라고. 자네와 마주 보고 서 있는 형체가 보이나? 이것이 마지막 인간의 모습이야. 자네가 인간이라면, 저것이 인간의 모습인 거지. 다시 옷 입어."

윈스턴은 옷을 주섬주섬 주워 천천히 어설프게 입었다. 이곳에 들어오고 나서 지금까지 그는 자신이 얼마나 수척하고 야위었을지 생각해본 적이 없다. 오직 한 가지, 여기 들어온 지 꽤 오래된 것 같다는 생각뿐이었다. 그는 닳아 떨어진 옷을 입으면서 갑자기 망가진 자신이 가엾다는 생각이 들었다. 그는 자신도 모르게 침대 옆 작은 의자에 털썩 주저앉아 울음을 터뜨렸다. 그는 자신이 뼈만 앙상한 몸뚱이에 더러운 속옷만 걸친 채 환한 불빛 아래서 흉한 몰골로 흐느끼고 있다는 것을 알고 있었지만 어쩔 수 없었다. 오브라이언이 한 손으로 그의 어깨를 잡고 다정하게 말했다.

"오래가지 않을 거야. 마음만 먹으면 언제든지 여기서 벗어날 수 있어. 모든 것이 자네 하기 나름이지."

"당신이 그런 거예요! 당신이 나를 이 꼴로 만들었어요."

윈스턴이 흐느끼면서 말했다.

"아니, 윈스턴. 자네 탓이야. 자네가 당에 반항하기 시작했을 때 이렇게 되리라는 것을 자네는 이미 알고 있었어. 첫 행위에 모두 포함돼 있었지. 모든 것이 자네가 예상한 그대로야."

그는 잠시 뒤 계속했다.

"우리는 자네를 때렸어. 만신창이가 될 때까지 말이야. 자네 꼴이 어떤지 봤지? 마음도 똑같이 만신창이가 되었지. 이제는 자존심도 남아 있지 않을 거야. 우리가 자네를 걷어차고 때리고 능멸하면 자네는 비명을 지르면서 피와 침으로 뒤범벅되어 바닥에 뒹굴었지.

살려달라고 매달리면서 무슨 일이든 다 했고, 누구든 다 배신했고, 하나도 남김없이 자백했어. 자네가 자존심을 지켰다고 할 만한 것이 하나라도 있던가?"

윈스턴은 눈물을 계속 흘렸지만 울음은 그쳤다. 그는 오브라이언을 올려다보며 말했다.

"줄리아를 배신하지는 않았어요."

오브라이언은 생각에 잠긴 듯 그를 내려다보더니 말했다.

"그렇지, 그건 맞아. 자네는 줄리아를 배신하지 않았어."

그때 윈스턴은 무엇으로도 오브라이언을 쓰러뜨릴 수 없다는 생각이 들면서 그에 대한 존경심이 솟구쳤다. 얼마나 똑똑한 사람인가! 그는 생각했다. 오브라이언은 그의 말 한 마디 한 마디를 다 알아들었다. 알아듣지 못한 부분이 없었다. 그가 아니면 누가 곧바로 윈스턴이 줄리아를 배신하지 않았다고 말할 수 있겠는가? 고문으로 끌어내지 못할 말은 없었다. 그는 그녀에 관해 알고 있는 모든 것을 그들에게 털어놓았다. 그녀의 습관, 성격, 과거까지. 만나는 동안 일어났던 일, 그녀와 주고받은 이야기, 암시장에서 산 식료품, 성관계, 당에 맞서려고 음모를 꾸민 일까지 하나도 빠짐없이 낱낱이 고했다. 그러나 그가 말하는 의미의 배신은 하지 않았다. 여전히 그녀를 사랑하고 있고, 그녀에 대한 마음이 조금도 달라지지 않았으니 말이다. 오브라이언은 일일이 듣지 않고도 그가 말하려는 바를 알고 있었다.

"언제 나를 총살할 거죠?"

윈스턴이 물었다.

"오래 걸릴 거야. 자네는 좀 골치 아픈 인간이지. 그러나 희망을
버리지 말게. 완치되지 않은 사람은 없으니까. 마지막 단계에서 자
네를 총살할 거야."

오브라이언이 대답했다.

4

윈스턴의 상태가 많이 호전되었다. 하루가 다르게 살이 오르고
기력을 되찾았다.

하얀 불빛과 웅웅거리는 소리는 여전했지만 이 감방은 전에 있던
어떤 감방보다 편안했다. 판판한 침대에 매트리스가 깔려 있었고,
베개와 의자도 따로 있었다. 그는 목욕도 하고 양철 세숫대야에 물
을 떠서 세수도 자주 했다. 그들은 따뜻한 물도 주었다. 새 내의와
깨끗한 겉옷도 한 벌 주었다. 정맥류궤양 부위에 약을 바르고 붕대
를 감아주었고, 남은 이를 모두 뽑고 틀니를 맞춰주었다.

몇 주, 아니 몇 달이 지났을 것이다. 정해진 시간에 식사를 하기
때문에 조금만 신경 쓰면 시간을 재어볼 수도 있을 것이다. 추측해
보면 하루 세 번 식사를 하는 것 같았다. 가끔 점심 식사인지 저녁
식사인지 궁금하기도 했다. 음식은 아주 잘 나왔다. 세 끼에 한 번

정도 고기도 나왔고 담배도 한 갑 나왔다. 성냥이 없어 식사를 가져 다주는 간수가 불을 붙여주었다. 그 간수와는 이제까지 말 한 마디 나눠보지 않았다. 처음에 담배를 한 모금 빨았을 때는 속이 뒤집힐 듯 구역질이 났지만 억지로 참고 피웠다. 식후 반 개비씩 피우니 담배 한 갑이 꽤 오래갔다.

그는 하얀 석판도 받았다. 한 귀퉁이에 토막 연필이 달려 있었다. 처음에는 그것을 거들떠보지도 않았다. 깨어 있다 해도 무기력한 상태에서 헤어나지 못했던 것이다. 그는 식사와 식사 사이, 그리고 잠이 들었을 때나 깨었을 때도 계속 눈을 감은 채 꿈쩍도 하지 않고 누워 있었다. 때로는 몽상에 빠져 가물가물하기도 했다. 이제는 환한 불빛 속에서도 잠이 들 만큼 감방 환경에 적응했다. 불빛이 밝으면 꿈이 더 또렷한 것 말고는 어둠 속에서 잠이 들 때랑 별 차이를 못 느꼈다. 그는 굉장히 많은 꿈을 꾸었는데 늘 행복한 꿈이었다. '황금의 나라'나 햇빛이 찬란한 거대한 유적지에서 어머니나 줄리아, 때로는 오브라이언과 함께 가만히 앉아 있거나 평화롭게 이야기를 나누는 꿈도 꾸었다.

깨어 있을 때 생각한 것이 그대로 꿈에 나타나는 경우가 많았다. 고통이 사라지면서 머리를 쓰거나 생각하는 능력까지 사라진 것 같았다. 지루하지도 않았다. 이야기를 나누고 싶다거나 뭔가 재미있는 일이 있었으면 하는 생각도 없었다. 그저 혼자 있고, 구타나 심문을 당하지 않고, 충분히 먹을 수 있고, 깨끗하게 씻을 수 있는 것만으로 만족했다.

　잠자는 시간이 차츰 줄어들기는 했지만 침대에서 일어나고 싶은 생각은 없었다. 조용히 누워 기력이 생기는 것만 신경 썼다. 그는 자기 몸을 여기저기 눌러보면서 근육이 생기고 피부에 탄력이 오르는 것을 확인했다. 때로는 꿈이 아닌가 하는 생각이 들기도 했다. 살이 찌고 있는 것이 분명했다. 허벅지에도 살이 올라 무릎보다 더 굵었다. 억지로 시작하기는 했지만 운동을 규칙적으로 계속했다. 얼마 뒤에는 감방 안에서 걸음 수로 계산해서 3킬로미터까지 걸었다. 형편없이 굽었던 어깨도 반듯하게 펴졌다. 좀더 힘든 운동도 해보았으나 할 수 없다는 것을 알았다. 그는 뛸 수 없었고 팔을 쭉 뻗어 의자를 들어 올리지도 못했다. 한 발로 서서 버티지도 못했다. 한쪽 발을 드는 순간 곧바로 넘어졌다. 뒤꿈치가 바닥에 닿은 채로 쪼그리고 앉았다가 일어나면 허벅지와 장딴지가 몹시 아프게 당겼다. 팔굽혀펴기도 해보았으나 1센티미터도 들 수 없었다. 그러나 며칠 뒤 식사를 여러 번 더 하고 나서 팔굽혀펴기를 여섯 번이나 했다. 그는 점점 자기 몸에 대한 자신감을 되찾았고 얼굴도 원래 모습으로 돌아오고 있었다. 어쩌다 벗어진 머리를 쓰다듬을 때면 거울에 비치던, 해골처럼 말라비틀어진 얼굴이 떠올랐다.

　그는 차츰 정신적으로도 원기를 회복하기 시작했다. 그는 평평한 침대 위에서 벽에 기대앉아 석판을 무릎 위에 올려놓고 스스로 재교육에 몰두하기도 했다.

그는 항복했다. 결국 항복하기로 마음먹은 것이다. 마음속으로는 이미 오래전부터 항복할 준비가 되어 있었다. 애정부에 들어올 때부터, 아니 그와 줄리아가 텔레스크린의 엄격한 쇳소리에 따라 무기력하게 서 있던 그때 이미 당의 권력에 맞서고자 했던 것이 얼마나 경솔하고 무모한 짓인지 깨달았다. 7년 전부터 사상경찰이 확대경으로 딱정벌레를 들여다보듯 그를 감시해왔다. 그들은 말과 행동 하나하나를 훤히 꿰고 있었고, 어떤 생각을 하고 있는지도 꿰뚫어 보았다. 심지어 그들은 그가 일기장 표지 한쪽에 살짝 올려놓은 허연 먼지 뭉치까지 제자리에 놓아두었다.

그들은 그에게 녹음한 것을 들려주었고 사진을 보여주었다. 줄리아와 함께 있는 사진도 있었다. 두 사람의 잠자리 사진까지 있었다. 그렇다. 그는 당에 맞서 싸울 수 없었다. 그리고 당이 옳았다. 당연했다. 영원히 사라지지 않는 집단적 두뇌가 어떻게 오류를 범할 수 있겠는가? 무슨 기준으로 그들 판단의 옳고 그름을 따질 수 있겠는가? 제정신인지 아닌지는 통계로 결정된다. 그들이 생각하는 대로 생각하는 법을 배우면 된다. 오로지 그뿐이다!

손가락에 낀 연필이 무겁고 불편하게 느껴졌다. 그는 머릿속에 떠오르는 생각을 서툴게 적었다.

자유는 속박

그는 멈추지 않고 계속 썼다.

2+2=5

그러다 잠시 멈칫했다. 생각이 뒷걸음질을 치는 듯했다. 머릿속이 혼란스러워서 무엇을 써야 할지 몰랐다. 잠시 뒤 무엇을 써야 할지 생각났으나 그것은 저절로 떠오른 것이 아니라 의식적으로 끄집어낸 것이었다. 그는 다시 썼다.

신은 권력

그는 모든 것을 인정했다. 과거는 바꿀 수 있는 것이다. 오세아니아는 동아시아와 전쟁 중이다. 오세아니아는 항상 동아시아와 전쟁 중이었다. 존스, 아론슨, 러더포드는 그들이 자백한 대로 실제로 죄를 지었다. 그들의 무죄를 증명할 사진 따위는 본 적이 없다. 그런 것은 원래 없었다. 그가 꾸며낸 것이었다. 그는 이와 상반되는 기억을 갖고 있었으나 그것은 모두 잘못된 기억이며 스스로를 속인 것이었다. 이 얼마나 쉬운가! 항복하기만 하면 다른 모든 것이 저절로 해결되었다. 그것은 물살을 거슬러 아무리 헤엄쳐봤자 뒤로 밀리다가 문득 마음을 바꿔 물살이 흐르는 방향으로 헤엄치는 것과 같았다. 자세만 바꾸었을 뿐이다. 어떤 경우든 이렇게 되도록 정해져 있었다. 그는 이전에 왜 반항했는지 알 수 없었다. 모든 것이 너무 간단했다. 다만……

그들이 말하는 모든 것이 진실일 수 있다. 소위 말하는 자연법칙은 난센스다. 만유인력의 법칙도 난센스다. 오브라이언은 원한다면 비눗방울처럼 공중을 떠다닐 수도 있다고 말했다. 윈스턴은 어떻게 하는지 알게 되었다. 오브라이언이 공중을 떠다닐 수 있다고 생각하고, 윈스턴도 그가 그럴 수 있다고 생각하면 그 일이 일어나는 것이다. 그러나 마치 난파선의 선미가 물 위로 불쑥 떠오르듯 어떤 생각이 떠올랐다. '그런 일은 실제로 일어날 수 없어. 상상 속에나 있을 뿐이야. 공상에 지나지 않아.' 하지만 그는 곧 이런 생각을 억눌렀다. 잘못된 생각이었기 때문이다. 그런 생각은 어떤 일이 '실제'로 일어나는 '실재'의 세계가 있다는 것을 전제로 한 것이다. 하지만 의식을 벗어나서 어떻게 사물에 대해 알 수 있겠는가? 모든 현상은 생각 속에 존재한다. 생각한 것은 무엇이든 실제로 일어날 수 있는 것이다.

그는 어렵지 않게 오류를 제거했다. 더 이상 그런 오류에 빠질 것 같지도 않았다. 하지만 그런 생각조차 결코 해서는 안 된다는 것을 그는 잘 알고 있었다. 위험한 생각이 고개를 쳐들 때마다 자동적이고 본능적으로 그런 생각을 중단할 수 있어야 한다. 이것이 신어로 '죄중단'이다.

그는 '죄중단' 훈련을 시작했다. 그는 '당은 지구가 평평하다고 말한다', '당은 얼음이 물보다 무겁다고 말한다'는 명제를 제시하고, 그와 반대되는 의견은 듣지도 생각하지도 않는 연습을 했다. 쉽지 않았다. 합리화하는 능력과 임기응변이 필요했다. 예를 들어 '2+2=5'의 수학적인 문제점은 그의 머리로 해결할 수 없는 것이다. 또한 교묘한 논리를 펴고 나서 곧바로 뻔히 드러난 논리적 모순을 의식하지 않는 능력, 즉 일종의 정신 훈련이 필요했다. 지성만큼이나 어리석은 생각이 필요한데 사실 어리석기가 더 어려웠다.

그러면서도 한편으로 그는 늘 자기가 언제 총살에 처해질지 궁금했다. 오브라이언은 "모든 게 자네 하기 나름이지."라고 말했다. 그러나 그것을 의도적으로 앞당길 수 없다는 것을 알고 있었다. 10분 후가 될지 10년 후가 될지……. 그들은 몇 년이고 독방에 감금할지도 모르고 강제노동수용소로 보낼지도 모른다. 전처럼 얼마 동안 석방할지도 모를 일이다. 총살되기 전에 체포부터 심문까지 전 과정이 연극처럼 재연될 수도 있다. 확실한 것은 오직 한 가지, 죽음은 결코 예상치 못한 순간에 찾아온다는 것이다. 그들이 공개적으로 알려주지도 않았고 윈스턴이 직접 들은 것도 아니지만, 감방 복도를 걷는 중에 아무런 예고 없이 뒤에서 머리를 쏘는 것이 관례라고 했다.

어느 날 한낮에 윈스턴은 기이하지만 행복한 몽상에 빠진 적이 있다. 그러나 '한낮'은 정확한 표현이 아닐 수도 있다. 한밤중일지도 모르니까. 그는 총알이 날아오기를 기다리며 복도를 걷고 있었다. 그는 곧 총알이 날아올 것을 직감했다. 모든 것이 해결되고 정리되고 이해되었다. 의심도, 논란도, 고통도, 공포도 사라졌다. 그는 건강하고 힘도 있었다. 그는 몸을 움직일 수 있다는 것 자체로 기분이 좋아서 마치 햇살을 받으며 걷듯 가볍게 걸어갔다. 어느덧 그는 애정부의 좁고 하얀 복도가 아니라 눈부신 햇살이 내리쬐는, 폭이 1킬로미터나 되는 넓은 길을 약에 취한 듯 걷고 있었다. '황금의 나라'였다. 토끼가 풀을 뜯는 들판을 가로지르는 오솔길을 따라 걷고 있었다. 발바닥으로 짧고 폭신한 잔디의 촉감이 느껴졌고, 온화한 햇살이 얼굴 위로 내려앉았다. 들판 끝에는 느릅나무가 바람에 가지를 흔들며 서 있었고, 그 너머에 시냇물이 흐르고, 버드나무 아래 푸른 웅덩이에서 황어 떼가 헤엄치고 있었다.

그는 극심한 공포에 사로잡혀 벌떡 일어났다. 그는 소리치는 자신의 목소리를 들었다. 등줄기에서 땀이 줄줄 흘러내렸다.

"줄리아! 줄리아! 내 사랑! 줄리아!"

한순간 그는 줄리아가 눈앞에 있는 줄 착각했다. 그녀가 그의 옆에 있을 뿐 아니라 그의 마음속에 들어와 있는 듯했다. 마치 그녀가 자신의 살갗을 뚫고 들어온 것 같았다. 그 순간 그는 두 사람이 함께 지냈던 그때보다 더 깊은 사랑을 느꼈다. 또한 그녀가 어딘가에서 그가 구해주기를 기다리고 있다는 생각이 문득 들었다.

그는 다시 누워 흥분한 마음을 가라앉히려고 애썼다. 도대체 무슨 짓을 한 것인가? 한순간의 나약함 때문에 이 굴욕적인 생활이 몇 년이나 더 길어질까?

곧 구둣발 소리가 들릴 것 같았다. 격렬한 감정을 분출했는데도 그들이 벌주지 않고 그냥 넘어갈 리 없었다. 그들은 그가 약속을 지키지 않고 있다는 것을 전에는 몰랐다 하더라도 지금은 분명히 알 것이다. 그는 당에 복종하기는 했지만 여전히 당을 증오하고 있었다. 옛날에는 복종하는 척하면서 마음속으로 몰래 이단을 품고 있었다. 그러나 이제 그는 한 걸음 더 물러나 진심으로 항복했다. 하지만 더 깊은 속내는 침범당하지 않기를 바랐다. 그는 자기가 잘못하고 있다는 것을 알면서도 그것을 거부하지 않았다. 그들은 이것을 알아챌 것이다. 오브라이언은 윈스턴의 속내를 알아차렸을 것이다. 이 모든 것이 그 바보 같은 외마디에 고스란히 드러나고 말았다.

그는 처음부터 다시 시작해야 할 것이다. 몇 년이 더 걸릴지 알 수 없었다. 그는 새로운 자신의 모습을 익히려고 한 손으로 얼굴을 만져보았다. 뺨에 생긴 깊은 주름, 툭 튀어나온 광대뼈, 조금 내려앉은 코. 게다가 지난번 거울을 본 뒤에 틀니를 새로 해 넣었다. 자기 얼굴이 어떻게 생겼는지도 모르면서 무표정한 얼굴을 꾸미기는 어려운 법이었다. 자제력만으로는 감정을 감추기가 힘들었다. 그는 철저하게 숨기려면 자신까지 속여야 한다는 사실을 비로소 깨달았다. 비밀이 있다는 것을 완전히 잊어버려서는 안 되지만 필요한 순간 말고는 의식하지 말아야 한다. 지금부터는 올바른 생각을 하고 올바로 느끼고 올바른 꿈을 꾸어야 한다. 그리고 자기의 일부이면서 다른 부분과는 별개인 증오심을 마음속 깊이 감추어야 한다.

그들은 어느 날 갑자기 그를 총살하기로 결정할 것이다. 그것이 언제인지 예측할 수는 없지만 총살되기 몇 초 전에는 직감할 수 있을 것이다. 복도를 걷고 있을 때 뒤에서 총을 쏠 것이다. 10초면 충분하다. 10초 만에 그의 마음은 전복될 것이다. 얼굴의 주름살 하나 움직이지 않고, 아무 말 없이 꼼짝도 안 하다가 갑자기 가면이 벗겨지면서 그의 증오심이 일제히 폭발할 것이다. 증오심이 거대한 불길처럼 그의 온몸에 휘몰아칠 것이다. 그와 동시에 탕 하는 소리와 함께 총알이 날아올 것이다. 하지만 그 순간 이미 늦을 것이다. 마침내 그의 머리통을 산산이 박살 내겠지만 이미 폭발한 증오심을 되돌릴 수는 없으리라. 그러면 이단적인 그의 사상은 영원히 그들 손에서 벗어나 처벌을 받지도, 회개하지도 않을 것이다. 그리하여 완벽한 그들에게 오점이 생기는 것이다. 그들을 증오하면서 죽는 것, 이것이 자유다.

윈스턴은 눈을 감았다. 그러나 그것은 지적인 훈련보다 더 어려운 일이었다. 이것은 자신이 퇴화되고 불구가 되는 일이었다. 그는 가장 더러운 곳에 빠져 있었다. 세상에서 가장 무시무시하고 구역질 나는 것은 무엇인가? 그는 빅 브라더를 떠올렸다. 두툼하고 검은 콧수염, 사람들을 좇아 이리저리 움직이는 눈동자, 어마어마하게 큰 얼굴(그는 포스터를 볼 때마다 얼굴 너비가 1미터는 될 거라고 생각했다)이 저절로 떠올랐다. 그는 빅 브라더에 대해 진정으로 어떤 감정을 느끼는가?

복도에서 묵직한 구둣발 소리가 들렸다. 쾅 하고 철문이 벌컥 열렸다. 오브라이언이 들어왔다. 그의 뒤에 밀랍 인형처럼 하얀 얼굴의 장교와 검은 제복을 입은 간수가 따라 들어왔다.

"일어나서 이쪽으로 와."

오브라이언이 명령했다.

윈스턴은 그의 앞으로 가서 섰다. 오브라이언은 억센 두 손으로 윈스턴의 양 어깨를 잡고 뚫어져라 쳐다보았다.

"자네는 나를 속이고 있어. 어리석기는. 자, 똑바로 서서 내 얼굴을 봐."

그는 잠시 뒤 부드러운 목소리로 말했다.

"많이 나아졌어. 지적인 면에서는 아무 문제 없어. 하지만 감정은 아직 멀었어. 윈스턴, 말해봐. 거짓말하지 말고. 나는 자네의 거짓말까지 다 알아챈다는 것을 잘 알고 있을 거야. 빅 브라더를 어떻게 생각하는지 자네의 진심을 말해보게?"

"그를 증오합니다."

"증오한다, 좋아. 그럼 마지막 단계를 진행해야겠군. 자네는 빅 브라더를 사랑해야 해. 복종만으로는 안 돼. 다시 한번 말하지만 그를 진심으로 사랑해야 해."

그는 윈스턴을 간수에게 떠밀면서 말했다.

"101호실."

윈스턴은 감방이 바뀔 때마다 창 없는 애정부 건물 어디쯤인지 알 것 같았다. 기압이 조금씩 다른 듯했다. 간수들이 그를 구타한 감방은 지하에 있었고, 오브라이언이 그를 심문했던 방은 건물 꼭대기 쪽에 있었다. 지금 있는 곳은 지하 수십 미터 아래인 듯했다. 이 방은 전에 있던 감방보다 훨씬 넓었다. 그러나 그는 주변을 둘러볼 수 없었다. 그의 앞쪽으로 녹색 천으로 덮인 책상 2개가 놓여 있는 것밖에 볼 수 없었다. 책상 하나는 1, 2미터 정도 떨어져 있었고, 또 하나는 조금 멀리 문가에 있었다. 그는 의자에 똑바로 앉은 채단단히 묶여 있었다. 몸은커녕 머리조차 움직일 수 없었다. 머리 뒤로 받침대 같은 것이 고정되어 있어서 정면밖에 볼 수 없었다.

한동안 그는 혼자 있었다. 이윽고 문이 열리더니 오브라이언이 들어왔다.

"나한테 101호실이 뭐냐고 물어본 적 있지? 난 101호실이 어떤 곳인지 자네가 알고 있다고 말했어. 모든 사람들이 알고 있다고 말이야. 101호실은 세상에서 가장 끔찍한 곳이지."

문이 다시 열리더니 간수 하나가 철사로 만든 상자인지 바구니인지 아무튼 그 비슷한 것을 들고 들어왔다. 그는 멀찍이 놓인 책상에 그것을 올려놓았다. 오브라이언의 몸에 가려서 윈스턴은 자세히 볼 수 없었다.

오브라이언이 계속 말했다.

"세상에서 가장 끔찍한 것은 사람마다 다르지. 그러니 사람에 따라 사형 방법이 달라질 수도 있지. 산 채로 땅에 묻거나 물속에 쳐넣거나 불에 태우거나 말뚝을 박을 수도 있고. 쉰 가지는 될 거야. 고통이 적고 아주 쉬운 방법도 있지."

그가 한쪽으로 조금 물러서자 탁자 위에 놓인 물건이 좀더 자세히 보였다. 그것은 철사로 만든 네모난 상자였는데 위에 손잡이가 달려 있었다. 앞쪽으로 펜싱 마스크 같은 것이 붙어 있었고 옆쪽은 볼록 튀어나와 있었다. 3, 4미터쯤 떨어진 거리였지만, 윈스턴은 상자 속이 칸막이로 나눠져 있고, 각각의 칸에 서로 다른 짐승이 들어 있는 것이 보였다.

"자네라면 세상에서 가장 끔찍한 것이 쥐겠지."

오브라이언이 말했다.

윈스턴은 상자를 처음 본 순간 자신도 모르게 공포와 전율에 휩싸였다. 그러나 이 말을 듣는 순간 그는 상자 앞쪽에 붙어 있는 마스크처럼 생긴 것이 무엇인지 알아챘다. 그는 가슴이 철렁 내려앉았다. 그리고 섬뜩했다.

"안 돼요! 안 돼요! 안 돼! 그럴 수 없어요."

그는 찢어지는 듯한 목소리로 소리쳤다.

"자네 꿈에서 자주 경험했던 공포의 순간을 기억하나? 자네 앞에 시커먼 벽이 놓여 있고 짐승이 울부짖는 소리가 들렸지. 벽 저편에 무시무시한 게 있었어. 자네는 그게 뭔지 알고 있었지만 감히 입 밖으로 꺼낼 수는 없었지. 벽 뒤에 있었던 것은 바로 쥐였어."

그때 윈스턴은 애써 목소리를 가라앉히면서 말했다.

"오브라이언! 이렇게까지 할 필요 없잖아요? 나한테서 원하는 게 뭐예요?"

오브라이언은 바로 대답하지 않았다. 윈스턴에게 말할 때 늘 그랬듯이 그는 선생님 같은 표정을 지었다. 그리고 먼 시선으로 윈스턴 뒤쪽을 바라보며 청중에게 연설을 하듯 말했다.

"고통만으로는 부족하지. 인간은 고통으로 죽을 지경에 이르더라도 견뎌내곤 하거든. 하지만 누구에게나 참을 수 없는 것이 있는 법이야. 생각만 해도 끔찍한 것 말이야. 그건 용기와 비겁함의 문제가 아니야. 절벽에서 떨어질 때 줄을 잡는 것은 비겁한 게 아니야. 물속에 들어갔다 나와서 숨을 크게 들이마시는 것은 비겁한 짓이 아니라고. 그건 자기도 모르게 나오는 본능적인 행동이지. 쥐도 마찬가지야. 자네는 쥐를 못 견디지. 자네가 아무리 몸부림쳐도 벗어날 수 없는 강박이지. 이제 자네는 자네한테 필요한 행동을 하게 될 거야."

"그게 뭐예요? 뭐냐고요? 뭔지도 모르는데 어떻게 하란 말이에요?"

오브라이언은 상자를 들고 와서 가까이 있는 탁자 위에 조심스럽게 올려놓았다. 윈스턴의 귓가에 찍찍대는 소리가 들렸다. 그는 정적이 흐르는 가운데 혼자 앉아 있는 기분이었다. 마치 황량한 들판

한가운데, 햇빛이 쏟아지는 광활한 사막 한가운데 홀로 서 있는 듯했다. 모든 소리가 아득하게 들렸다. 그러나 쥐가 든 상자는 2미터도 채 안 되는 거리에 있었다. 굉장히 커다란 쥐였다. 쥐는 나이가 꽤 들어 주둥이가 뾰족한 것이 거칠고 험악해 보였고 털도 회색이 아니라 갈색이었다.

오브라이언은 여전히 보이지 않는 청중에게 연설하듯 말했다.

"쥐다. 육식을 하는 설치류지. 자네도 알고 있을 거야. 이 도시 빈민가에서 일어나고 있는 사건에 대해 들어본 적이 있을 거야. 어떤 곳에서는 아기를 2분도 혼자 못 놔두지. 쥐들이 덤벼들거든. 순식간에 뜯어 먹고 뼈만 남는다더군. 쥐들은 병자나 죽어가는 사람한테도 덤비지. 그놈들은 힘없는 사람들을 귀신같이 알아내거든."

상자 속에서 찍찍거리는 소리가 났다. 윈스턴의 귀에는 아득하게 들렸다. 쥐들이 칸막이를 사이에 두고 서로를 물어뜯으려고 발버둥을 쳤다. 윈스턴의 입에서 절망적인 신음이 새어 나왔다. 그의 귀에는 자기가 아닌 다른 사람의 한숨 소리처럼 들렸다.

오브라이언은 상자를 들고 무언가를 밀었다. 짤까닥 하고 날카로운 소리가 났다. 윈스턴은 의자에서 일어나려고 발버둥쳐보았지만 소용없었다. 옴짝달싹도 할 수 없었다. 몸은 물론 머리조차 움직일 수 없었다. 오브라이언은 상자를 더 가까이 갖다 댔다. 그것은 윈스턴의 얼굴에서 1미터도 채 떨어지지 않은 거리에 있었다.

오브라이언이 말했다.

"첫 번째 빗장을 열었네. 이 상자의 구조를 알아두게. 저 마스크가 자네 머리가 들어갈 자리야. 피할 공간은 없어. 딱 들어맞을 테니까. 다른 빗장을 밀면 상자 문이 열리지. 그러면 굶주린 짐승이 총알처럼 튀어나오겠지. 자네, 쥐가 공중으로 뛰어오르는 걸 본 적 있나? 그놈들은 곧장 자네 얼굴로 덤벼들어 파먹을 거야. 어떤 놈은 눈부터 파먹고, 또 어떤 놈은 뺨을 물어뜯은 다음 혓바닥을 갉아먹기도 하지."

오브라이언이 상자를 더 가까이 갖다 댔다. 빗장은 닫혀 있었다. 윈스턴의 머리 위로 계속 찍찍거리는 소리가 들렸다. 그러나 그는 공포심을 떨쳐버리려고 기를 썼다. 정신을 차리자, 정신을 차리자. 자신이 할 수 있는 일은 단 1초만이라도 정신을 차리는 것뿐이었다. 갑자기 썩은 짐승의 악취가 코를 찔렀다. 구역질이 올라왔다. 거의 정신을 잃을 지경이었다. 그는 어둠 속에서 짐승처럼 울부짖으며 오직 한 가지 생각만 떠올렸다. 자신을 구할 수 있는 방법은 단 한 가지뿐이었다. 그와 쥐 사이에 다른 몸뚱이를 집어넣는 것이었다.

윈스턴은 마스크가 너무 커서 다른 것을 볼 수 없었다. 마스크가 시야를 완전히 가린 것이다. 철사 문은 얼굴 앞으로 두 뼘 거리에 있었다. 쥐는 무슨 일이 일어날지 아는 듯 벌써부터 한 놈은 날뛰기 시작했고, 하수구에 사는 듯 땟국물이 줄줄 흐르는 늙은 놈은 분홍색 앞발을 철망에 걸치고 서서 코를 쳐들고 연신 킁킁댔다. 그놈의 수염과 누런 이빨이 똑똑히 보이자 윈스턴은 다시금 무시무시한 공포에 휩싸였다. 그는 아무것도 볼 수 없고, 생각조차 할 수 없는 무기력한 상태에 빠졌다.

"이건 중국 제국주의 시대 때 많이 했던 형벌이야."

오브라이언은 여전히 선생님 같은 투로 말했다.

마스크가 그의 코앞까지 다가왔다. 철사가 그의 뺨을 긁었다. 그리고 그때 구원, 아니 희망, 한 조각 희망이 번뜩 떠올랐다. 그러나 너무 늦은 듯했다. 하지만 그는 자기 대신 이 형벌을 받아야 할 단 한 사람, 그와 쥐 사이에 밀어 넣을 단 하나의 몸뚱이가 문득 떠올랐다. 윈스턴은 흥분해서 마구 소리를 질러댔다.

"줄리아한테 하세요! 줄리아! 내가 아니라고! 줄리아예요! 그 여자한테 무슨 짓을 해도 상관없어요. 그 여자의 얼굴을 갈갈이 찢고 뼈를 발라내도 상관없어요. 내가 아니에요! 줄리아라고! 내가 아니라고!"

그는 끝없는 심연으로 떨어지는 듯했다. 몸은 여전히 의자에 묶여 있었지만 그는 마룻바닥, 건물 벽, 땅바닥, 바다를 뚫고, 대기 속으로, 우주 속으로, 그리고 별 사이로 끝없이 쥐로부터 멀어지고 있었다. 오브라이언은 여전히 그의 옆에 있었지만, 그는 마치 몇 광년 멀리 달아난 듯했다. 하지만 차가운 철사의 감촉이 아직도 그의 뺨에 남아 있었다. 그는 어둠 속에서 다시 짤까닥 하는 쇳소리를 들었다. 윈스턴은 그것이 상자 문이 열리는 소리가 아니라 닫히는 소리라는 것을 알았다.

6

체스넛트리 카페는 거의 텅 비어 있었다. 창으로 들어온 노란 햇빛이 부옇게 먼지 쌓인 탁자 위로 비쳐 들었다. 한가하고 고요한 15시였다. 텔레스크린에서 양철 두드리는 소리처럼 쟁쟁거리는 음악이 나지막하게 흘러나왔다.

윈스턴은 늘 앉는 구석 자리에 앉아 가만히 빈 잔을 바라보고 있었다. 그러다 한 번씩 그를 노려보고 있는 맞은편 벽의 커다란 얼굴을 슬쩍 올려다보곤 했다. '빅 브라더가 당신을 지켜보고 있다'는 문구가 씌어 있었다. 주문하지도 않았는데 웨이터가 다가와 그의 잔에 승리주를 따라주었다. 그리고 코르크 마개에 빨대를 끼운 다른 병에서 액체 몇 방울을 승리주에 떨어뜨렸다. 이것이 바로 체스넛트리 카페에서 특별히 만든, 정향을 첨가한 사카린이었다.

윈스턴은 텔레스크린에서 나는 소리에 귀를 기울였다. 지금은 음악 소리만 흘러나왔다. 하지만 곧 평화부의 긴급 뉴스가 보도될지 모른다. 아프리카 전선에서 날아오는 뉴스가 매우 불길했다. 그는 하루 종일 그 걱정을 했다. 유라시아 군대(오세아니아는 유라시아와 전쟁 중이다. 오세아니아는 항상 유라시아와 전쟁 중이었다)가 무서운 속도로 남진하고 있었다. 정오 특보에서 명확한 지역을 언급하지는 않았지만 콩고 부근에서 전쟁이 벌어지고 있는 것 같았다. 브라자빌과 레오폴드빌이 위험했다. 굳이 지도를 펼쳐 거기가 어디쯤인지 확인할 필요는 없었다. 그것은 중앙아프리카를 잃는 것뿐 아니라 전쟁이 일어난 후 처음으로 오세아니아 영토가 위태롭다는 것을 뜻했다.

공포라기보다 한 번도 느껴보지 못한 흥분 같은 격한 감정이 솟구쳤다 이내 사그라들었다. 곧 그는 전쟁에 대한 생각을 접었다. 요즘 들어 한 가지 문제에 몇 분 이상 지속적으로 골몰하기가 힘들었다. 그는 잔을 들어 한 모금 들이켰다. 늘 그랬듯이 술이 들어가자 몸이 오싹하면서 속이 울렁거렸다. 독한 술이었다. 정향을 첨가한 사카린에서 욕지기가 올라올 것 같은 기름 냄새가 물씬 풍겼다. 그러나 무엇보다 참을 수 없는 것은 밤낮으로 그의 몸에서 떠나지 않는 진 냄새였다. 그 냄새는 알 수 없는 다른 냄새와 뒤섞여 있었다.

그는 어떤 냄새인지 알아내려고 하지 않았다. 애써 생각해보지도 않았다. 하지만 어렴풋이 알 것 같기도 했다. 그것은 얼굴 주위를 맴돌며 간간이 코끝으로 들어오는 냄새였다. 위에서 소화되지 않은 진이 복받쳐 자줏빛 입술 사이로 트림이 나왔다. 그는 석방된 뒤로 살이 올랐고 얼굴빛도 예전으로 돌아왔다. 몸이 눈에 띄게 좋아졌다. 얼굴은 통통하고 코와 뺨의 거친 피부, 벗어진 머리까지 분홍빛이었다. 웨이터가 갖다 달라고 하지도 않았는데 체스판과 체스 문제가 실린 면이 펼쳐진 〈타임스〉를 가지고 왔다. 웨이터는 윈스턴의 잔이 비어 있는 것을 보고 진을 가져와 따라주었다. 그는 매번 일일이 주문할 필요 없었다. 웨이터는 윈스턴의 습성을 잘 알고 있었던 것이다. 항상 그에게 체스판을 가져다주었고, 그를 위해 구석 자리를 비워두었다. 자리가 만원일 때도 그는 늘 앉는 자리에 혼자 앉았다. 어떤 피해를 입을지 몰라 아무도 그와 가까이 앉으려 하지 않았기 때문이다. 그는 술을 몇 잔이나 마셨는지 셀 필요도 없었다. 가끔 계산서라고 더러운 종이쪽지를 가져다주기는 했지만 늘 싸게 주는 것 같았다. 비싸게 받는다 해도 상관없었다. 그에게는 돈이 많았다. 한직이기는 했지만 직장도 있었고 월급도 전보다 훨씬 더 많았다.

텔레스크린에서 흘러나오던 음악이 멈추고 목소리가 들려왔다. 윈스턴은 고개를 들고 귀 기울였다. 그러나 전선에 관한 속보가 아니었다. 풍요부에서 발표하는 단신이었다. 지난 4분기에 제10차 3개년 계획 중 구두끈 생산량이 목표치보다 98퍼센트나 초과되었다는 것이다.

윈스턴은 체스 문제를 풀다가 말을 놓았다. 말 2개를 쓰는 어려운 문제였다. '백이 선(先)이 되어 두 수 만에 장군을 부를 것.' 윈스턴은 빅 브라더의 초상을 올려다보았다. 언제나 '백'이 장군을 부른다는 것이 수수께끼처럼 느껴졌다. 언제나, 예외 없이, 그랬다. 체스 문제가 생긴 이래 '흑'이 '백'을 이긴 적이 없다. 이것은 '선'이 언제나, 그리고 예외 없이 악을 이긴다는 것을 상징하는 것이 아닐까? 위엄으로 가득한 빅 브라더의 커다란 얼굴이 그를 바라보고 있었다. 언제나 '백'이 장군을 부른다…….

텔레스크린에서 또 다른 목소리가 흘러나왔다. 이번에는 훨씬 더 침울하고 무거운 목소리였다.

"15시 30분에 중대 발표가 있을 예정입니다. 15시 30분! 매우 중대한 뉴스입니다. 놓치지 마십시오. 15시 30분!"

그러더니 다시 음악이 흘러나왔다.

윈스턴의 가슴이 뛰기 시작했다. 전선에서 날아온 특보일 것이다. 그는 좋지 않은 소식일 거라고 직감했다. 아프리카에서 치명적인 패배를 당했을 거라는 생각에 하루 종일 불안했다. 유라시아 군대가 철벽같은 방어망을 뚫고 쳐들어와 개미 떼처럼 아프리카 대륙을 휩쓸고 있는 광경이 눈앞에 펼쳐진 것 같았다. 어떻게 하면 그놈들을 섬멸할 수 있을까? 서아프리카 연안의 지형이 머릿속에 생생하게 펼쳐졌다. 그는 체스판 위에서 백마를 움직였다. '여기'가 적소다. 그는 시커먼 적군이 남쪽으로 진격하는 상상을 했다. 그리고 한쪽에서 집결한 아군이 갑자기 적의 후방에 나타나 육지와 바다에서 적의 통신망이 끊어지는 광경을 상상했다. 그러자 실제로 적의 배후에 아군이 나타난 듯 흥분되었다. 어떻게든 신속하게 움직여야 한다. 그놈들이 아프리카 전역을 장악하고 케이프타운에 비행장과 해군기지를 세운다면 오세아니아는 둘로 쪼개질 것이다. 이렇게 되면 패배, 붕괴, 세계의 재분할, 당의 몰락, 이런 일들이 일어날 것이다. 그는 숨을 깊이 들이마셨다. 그는 갈피를 잡을 수 없을 정도로 혼란스러웠다. 아니 그보다 여러 가지 감정이 겹겹이 쌓여 맨 밑바닥에 깔린 것이 어떤 감정인지 알 수 없는 그런 기분이었다.

경련이 일어났다. 그는 백마를 제자리에 옮겨놓았다. 하지만 체스 문제에 골몰할 수만은 없었다. 머릿속이 또다시 뒤숭숭했다. 그는 거의 무의식적으로 먼지 쌓인 탁자 위에 손가락으로 이렇게 썼다.

$$2 + 2 = 5$$

"그놈들이 당신 마음까지 지배할 수는 없어요."라고 그녀가 말했다. 그러나 그들은 그의 마음까지 침범했다. "여기에서 일어났던 일이 영원히 계속된다."고 오브라이언이 말했다. 진짜 그랬다. 그곳에서 윈스턴이 결코 되돌릴 수 없는 일들이 일어났다. 그러면서 그의 가슴속 무언가가 죽고, 소진되고, 마비되었다.

윈스턴은 줄리아를 만났고, 이야기도 나눴다. 이제 그것은 위험한 일이 아니었다. 그들이 자신의 행동에 거의 신경 쓰지 않는다는 것을 그는 본능적으로 느꼈다. 두 사람이 원했다면 다시 한번 만날 수도 있었을 것이다. 3월, 어느 쌀쌀한 날 공원에서 두 사람은 우연히 만났다. 땅은 꽁꽁 얼어붙어 있었다. 잔디는 모두 말라버렸고 사프란 꽃 몇 송이만 한들거릴 뿐이었다. 나뭇가지에는 아직 싹도 돋아나지 않았다. 너무 추워서 그의 손은 얼음장 같았다. 그는 눈물을 질금거리며 급히 걷다가 10미터도 채 떨어지지 않은 앞쪽에서 걸어오는 그녀를 보았다. 조금 추하게 변한 그녀의 모습에 그는 충격을 받았다. 그들은 아는 체하지 않고 그냥 지나쳤다. 그러나 곧 그는 발길을 돌렸다. 그러고 싶은 마음이 든 것은 아니었지만 아무튼 그녀를 따라갔다. 그것은 위험한 행동도 아니었고, 아무도 그들에게 관심을 두지 않는다는 것을 그는 잘 알고 있었다. 그녀는 아무 말도 하지 않았다. 처음에는 그를 피하려는 듯 잔디밭을 가로질러 갔다. 그러나 마음을 바꿨는지 그가 옆으로 와서 나란히 걷는데도 피하지 않았다. 그들은 곧 잎사귀 하나 없는 나무숲으로 들어갔다. 그들의 몸을 감추기는커녕 바람을 막을 수도 없는 앙상한 숲이었다. 그들은 걸음을 멈췄다. 몹시 추웠다. 바람이 불자 드문드문 꽃이 피어 너저분해 보이는 사프란이 흔들렸다. 그는 팔로 그녀의 허리를 감쌌다.

텔레스크린은 없었지만 어디엔가 마이크로폰이 숨겨져 있을 것이다. 그렇지 않더라도 남들 눈에 띄기 쉬운 훤한 곳이었다. 그래도 상관없었다. 꺼릴 것도 두려울 것도 없었다. 그들은 원한다면 땅바닥에 누워 '그 짓'도 할 수 있으리라. 그러나 그런 생각이 들자 몸이 얼어붙을 듯한 공포가 엄습했다. 그가 팔로 그녀를 안았는데도 그녀는 아무 반응이 없었다. 그의 팔에서 빠져나오려고 하지도 않았다. 그제야 그는 그녀가 변했다는 것을 깨달았다. 그녀의 얼굴빛은 누렇게 변해 있었다. 흘러내린 머리카락이 얼굴 한쪽을 가리고 있었는데 이마에서 관자놀이까지 긴 흉터가 있었다. 변한 것은 그뿐이 아니었다. 허리가 굵어졌을 뿐 아니라 깜짝 놀랄 만큼 뻣뻣했다. 오래전 로켓 폭탄이 떨어진 곳에서 짚 더미에 파묻힌 시체를 끌어낸 적이 있다. 시체는 엄청나게 무거운 데다 잡을 수도 없을 만큼 뻣뻣해서 살덩이라기보다 돌덩이 같았다. 그녀의 허리를 감싸는 순간 그때 기억이 떠올랐다. 그녀의 피부 결도 완전히 달라졌을 거라는 생각이 들었다.

그는 그녀에게 키스할 생각도 하지 않았다. 할 말도 없었다. 그들이 잔디밭을 지나 되돌아올 때 그녀가 처음으로 그를 똑바로 쳐다보았다. 잠깐이었지만 경멸과 혐오로 가득 찬 눈빛이었다. 지난일 때문에 그런 눈빛으로 보는 것인지, 아니면 누렇게 뜬 얼굴과 차가운 바람에 눈물이 흘러내려서 그렇게 보이는 것인지 알 수 없었다. 그들은 철제 의자에 조금 떨어져 나란히 앉았다. 그녀는 그에게 무슨 말을 하려는 듯했다. 그녀는 발을 몇 센티미터 옮기더니 앞이 무딘 구두로 나뭇가지 하나를 밟아 부스러뜨렸다. 그녀의 발이 예전보다 더 넓어진 것 같았다.

"난 당신을 배신했어요."

그녀가 또렷한 목소리로 말했다.

"나도 당신을 배신했어."

그가 말했다.

그녀는 증오하는 눈빛으로 그를 슬쩍 한 번 쳐다보더니 말했다.

"그들은 도저히 견딜 수 없는 것으로 계속 위협했겠죠. 상상도 할 수 없는 끔찍한 것으로 말이에요. 그러면 당신은 '나한테 하지 마세요. 다른 사람한테 하세요. 누구누구한테 하세요'라고 말했겠죠. 그리고 나중에 그건 진심이 아니라 고통을 끝내고 싶어서 아무 말이나 지껄였다고 변명하겠죠. 하지만 그건 거짓말이에요. 그런 일이 닥치면 누구나 그렇게 되거든요. 목숨을 부지하려면 그럴 수밖에 없어요. 살기 위해 어쩔 수 없이 다른 사람한테 고통을 전가하는 거죠. 그런 일이 닥치면 타인의 고통은 안중에도 없고 오직 자기만 생각하게 되죠."

"자기만 생각하게 되지."

그가 줄리아의 말을 그대로 따라 했다.

"그러고 나면 그 사람에 대한 감정이 달라지죠."

"그래, 감정이 달라지지."

더 이상 할 말도 없는 것 같았다. 얇은 옷 속으로 차가운 바람이 들어오자 몸이 떨렸다. 묵묵히 앉아 있으려니 갑자기 어색했다. 게다가 너무 추워서 계속 앉아 있기도 힘들었다. 그녀는 지하철을 타야겠다며 일어섰다.

"다시 만나겠지?"

그가 말했다.

"네, 그러겠죠."

그는 반걸음쯤 뒤처져서 머뭇머뭇 그녀를 따라갔다. 그들은 더 이상 이야기를 나누지 않았다. 그녀는 노골적으로 그를 뿌리치지 않았다. 그저 그가 뒤처져 걸을 만큼 속도를 냈다. 그는 지하철역까지 그녀를 바래다줄 생각이었다. 그러나 추위에 떨면서 그녀의 뒤를 따라가는 것이 우습고 무의미한 일이라는 생각이 들었다. 그는 줄리아와 헤어지고 싶다기보다 체스넛트리 카페로 돌아가고 싶은 마음이 더 간절했다. 지금처럼 그곳이 매력적으로 느껴진 적도 없었다. 신문, 체스판, 잔이 비워질 때마다 술을 따라주는 그곳 구석자리의 탁자가 그리웠다. 무엇보다 거기는 따뜻할 것 같았다. 그때 순전히 우연은 아니겠지만 사람들이 끼어들어 그녀와 조금 더 떨어졌다. 그는 그녀를 쫓아가려고 빨리 걷다가 걸음을 늦추고 돌아섰다. 그는 50미터쯤 걷다가 뒤를 돌아보았다. 사람들이 그리 많지 않았는데도 그녀를 찾을 수 없었다. 급히 걸어가는 10여 명 중 그녀가 있을 것이다. 살집이 두둑하고 뻣뻣하게 변한 그녀의 뒷모습을 이제는 알아볼 수 없었다.

"그런 일이 닥치면 누구나 그렇게 되거든요."라고 그녀가 말했다. 그도 그렇게 돼버렸다. 말만 그런 게 아니라 진심으로 그러기를 바랐다. 자기가 받고 있는 고통을 그녀가 대신 받기를 원했던 것이다.

텔레스크린의 음악이 바뀌었다. 빈정거리는 느낌이 들기도 하고 선정적이기도 한 음악이었다. 그리고 실제로 들린 것인지, 아니면 곡이 비슷해서 기억이 떠오른 것인지는 모르겠지만 노랫소리가 들렸다.

우거진 밤나무 아래

내 그대를 팔고, 그대는 나를 팔았네.

윈스턴은 눈물이 왈칵 쏟아졌다. 지나가던 웨이터가 그의 빈 잔을 보고 진을 따라주려고 술병을 가져왔다.

그는 잔을 들어 냄새를 맡아보았다. 이 술은 마실수록 기분이 좋아지는 것이 아니라 더 불쾌했다. 그러나 이제는 몸에 익어서 술 없이 살 수 없을 것 같았다. 술은 그에게 생명이자 죽음이며 부활이었다. 밤마다 정신없이 잠에 빠질 수 있는 것도, 다음 날 아침 다시 눈을 뜰 수 있는 것도 모두 술 덕분이었다. 거의 11시가 넘어서야 깨어나면 눈꺼풀이 들러붙고, 입 안은 바싹 타고, 등은 부러질 것처럼 아팠다. 밤새 침대 옆에 놓인 술병과 잔이 없다면 일어나기조차 힘들 것이다. 그는 대낮에도 술병을 옆에 끼고 벌건 얼굴로 텔레스크린에 귀를 기울였다. 그는 15시에 체스넛트리 카페에 가서 문을 닫을 때까지 앉아 있었다. 그가 무엇을 하든 아무도 신경 쓰지 않았다. 호루라기 소리로 깨우지도 않았고, 텔레스크린도 그에게 명령하지 않았다.

그는 일주일에 두 번씩 진리부에 나가 거의 잊혀지다시피 한 먼지 쌓인 사무실에서 일이라고 하기도 뭣한 일을 처리했다. 그는 신어사전 제11판을 편찬하는 과정에서 생기는 자잘한 문제들을 처리하는 많은 위원회 중 한 분과위원회 위원이었다. 그들은 '중간보고서'를 작성했는데 그는 무엇을 보고하는지 구체적인 것은 잘 몰랐다. 아마도 마침표를 괄호 속에 넣을지, 밖으로 뺄지 따위를 결정하는 것 같았다. 분과위원회에는 그와 비슷한 사람들이 4명 더 있었다. 그들은 모였다가 할 일이 없어서 곧바로 다시 헤어지는 날이 많았다. 그러나 또 어떤 날은 꼼짝도 않고 앉아 결국 끝내지도 못할 비망록 초안을 만드는 데 몰두하기도 했다. 이런 때는 세세한 부분까지 파고들면서 열성을 보였다. 그러다 보면 논의가 점점 더 복잡해지고 어려워져서 그들은 무엇을 결정할지를 두고 상반된 의견을 내놓으면서 서로 다투기도 하고, 상부에 알리겠다고 협박하기도 했다. 그러다 갑자기 시들해져서는 수탉 울음소리를 듣고 사라지는 유령처럼 폭 꺼진 눈으로 책상 앞에 둘러앉아 멍하니 서로의 얼굴만 쳐다보았다.

텔레스크린이 잠시 멈췄다. 윈스턴은 번득 고개를 들었다. 전쟁 특보인가! 그러나 아니었다. 그저 음악이 바뀐 것이었다. 그는 눈앞에 아프리카 지도를 그려보았다. 군대의 이동 경로가 표시된 도면이 떠올랐다. 검은 화살표가 세로로 남진하고 하얀 화살표가 검은 화살표의 꼬리를 자르며 가로질러 동진한다. 그는 확인하는 듯 초상화 속의 침착한 얼굴을 올려다보았다. 두 번째 화살이 없을 수 있겠는가?

또다시 흥미가 시들했다. 그는 술을 한 모금 마시고 백마를 옮겨보았다. 장군. 그러나 좋은 수가 아니었다. 왜냐하면…….

문득 기억이 하나 떠올랐다. 촛불 켜진 방에 하얀 시트가 깔린 넓

은 침대가 있었다. 아홉 살이나 열 살쯤이었던 그는 마룻바닥에 주
저앉아 주사위 통을 흔들며 깔깔깔 웃었다. 어머니도 맞은편에 앉
아 웃고 있었다.

어머니가 사라지기 한 달 전쯤이었을 것이다. 행복한 순간이었
다. 그는 쥐어짜는 듯한 배고픔도 잊고 다시금 어머니를 사랑했던
그날이 떠올랐다. 비가 억수같이 퍼부어 창문으로 빗물이 흘러내렸
는데도 방 안 불빛이 너무 흐릿해서 비가 오는 줄도 몰랐다.

어둡고 좁은 방에 틀어박힌 두 아이는 몹시 심심하고 갑갑했다.
윈스턴은 낑낑거리며 먹을 것을 달라고 보챘다. 그러다 방 안을 뛰
어다니며 아무거나 집어던지고 벽을 발로 차면 이웃집에서 벽을 치
면서 조용히 하라고 욕을 해댔다. 그러면 어린 동생은 힘없는 소리
로 작게 울었다. 마침내 어머니가 "조용히 있으면 엄마가 장난감 사
줄게. 아주 멋진 걸로. 네가 아주 좋아하는 걸로 말이야."라고 말했
다. 어머니는 빗속으로 뛰어나가 아직 문을 닫지 않은 동네 작은 잡
화점에서 마분지 상자에 넣은 '뱀과 사다리' 게임을 사 왔다. 그는
지금도 그 축축한 마분지 냄새를 기억했다. 정말 볼품없는 장난감
이었다. 게임판은 찢어지고 나무 주사위는 대충 깎아 만들어서 똑
바로 세워지지도 않았다. 실망한 윈스턴은 심드렁하게 장난감을 바
라보다가 어머니가 촛불을 켜자 바닥에 앉았다. 그는 작은 말이 사
다리를 거침없이 올라가다가 뱀을 만나 출발점으로 다시 미끄러지
면 소리를 지르며 웃어댔다. 그들은 여덟 번이나 게임을 해서 각각

네 판씩 이겼다. 누이동생은 어려서 게임을 이해할 수 없었지만 베개를 깔고 앉아 엄마와 오빠가 웃으면 따라 웃었다. 저녁 내내 그들은 그가 더 어렸을 때처럼 행복했다.

그는 떠오르는 옛 기억들을 지웠다. 그것은 잘못된 기억이었다. 그는 가끔 잘못된 기억이 떠오를 때마다 힘들었다. 그러나 잘못된 기억이라는 것을 알고 있었기 때문에 괜찮았다. 어떤 기억이 진실이어야 하고 어떤 기억이 잘못된 것이어야 하는지 잘 알고 있었다. 그는 다시 체스판의 백마를 집었다가 곧 다시 떨어뜨렸다. 그는 바늘에 찔린 것처럼 깜짝 놀랐다.

트럼펫 소리가 날카롭게 울려 퍼졌다. 전쟁 특보였다! 승리다! 트럼펫이 울리면 어김없이 승전 소식이 날아들었다. 카페 전체가 전율에 휩싸였다. 웨이터들도 놀라 귀를 기울였다.

트럼펫 소리가 요란하게 흘러나왔다. 텔레스크린에서 흥분된 목소리로 뉴스가 나왔지만 밖에서 울리는 환호성에 묻혀 들리지 않았다. 뉴스는 마치 마술처럼 거리에서 거리로 퍼져 나갔다. 윈스턴은 텔레스크린에서 나오는 뉴스를 드문드문 겨우 알아들었다. 전황은 자신이 예상한 그대로였다. 거대한 함대가 비밀리에 집결해 적의 후방을 급습했다. 하얀 화살표가 검은 화살표의 꼬리를 자른 것이다. 승전 소식이 소음 사이로 간간이 들렸다.

"일대 기동 작전―완벽한 합동 작전―패주―포로 50만 명―완전 사기 저하―아프리카 전역 장악―다가온 종전―승리―인류 역

사상 최대의 승리―승리, 승리, 승리!"

탁자 아래 윈스턴의 다리가 후들거렸다. 그는 자리에서 일어나지 않았지만 마음속으로는 밖으로 뛰어나가 군중들과 함께 펄쩍펄쩍 뛰면서 귀청이 떨어지도록 환호성을 질렀다. 그는 다시 빅 브라더의 초상화를 바라보았다. 세계를 손에 넣은 거인! 아시아 유목민의 공격을 완벽하게 격파한 거물! 10분 전, 그렇다, 10분 전만 해도 그는 전선에서 승전 소식이 들려올지 패전 소식이 들려올지 불안한 마음으로 가늠해보았다. 패배는 유라시아 군대만 한 것이 아니었다. 애정부에 들어간 뒤로 그는 많은 변화를 겪었다. 그러나 이 순간처럼 확실하게 구원받을 수 있는 변화가 일어나지는 않았다.

텔레스크린은 여전히 포로, 전리품, 사상자 등을 떠들어대고 있었지만, 거리의 환호성은 조금씩 잦아들었다. 웨이터도 다시 제 일을 했다. 웨이터가 술병을 들고 그에게 다가왔다. 윈스턴은 잔에 술이 차는 것도 모르고 행복감에 젖어 있었다. 그는 이제 마음속으로 기뻐 날뛰거나 환호성을 지르지 않았다.

그는 애정부에 돌아가 모든 것을 용서받았고, 그의 정신은 눈처럼 깨끗하게 씻겼다. 피고석에 앉아 모든 죄를 자백하고, 알고 있는 모든 사람을 읽어 넣었다. 그는 쏟아지는 햇빛 속을 걸어가는 기분으로 하얀 타일 복도를 걸어갔다. 그의 뒤로 총을 든 간수가 나타났다. 오랫동안 그토록 바라던 총알이 날아와 그의 머리에 박혔다.

윈스턴은 빅 브라더의 커다란 얼굴을 올려다보았다. 그가 저 검은 콧수염 뒤에 감춰진 미소의 의미를 알기까지 40년이 걸렸다. 오, 잔인하고 부질없는 오해여! 오, 저 사랑이 충만한 품속에서 벗어나 끈질기게 스스로 선택한 유형(流刑)이여! 술 냄새 나는 눈물 두 줄기가 코 양옆으로 흘러내렸다. 그러나 다 잘된 일이었다. 투쟁은 끝났다. 그는 자신과의 싸움에서 이긴 것이다. 그는 빅 브라더를 사랑했다.

부록_신어의 원리

오세아니아의 공용어인 '신어'는 '영사', 즉 '영국 사회주의' 이념에 필요한 문자로 만들어졌다. 1984년까지 말이든 글이든 신어로만 의사소통을 하는 사람은 없었다. 〈타임스〉 주요 기사는 신어로 게재되었지만, 신어로 글을 쓰는 것은 전문가들이나 할 수 있는 어려운 작업이었다. 그러나 2050년까지 신어가 구어(표준 영어)를 대체할 것으로 전망된다. 그동안 신어의 사용 범위가 차츰 넓어져 지금은 모든 당원들이 일상적인 대화를 할 때도 신어 단어와 문법을 사용하는 추세다. 1984년에 사용된 신어는 신어사전 제9·10판에 수록된 것들인데 이것은 과도적 단계의 어휘로서 쓸데없는 단어와 고어체들은 나중에 없앨 예정이다. 여기에서 설명하고자 하는 것은 최종본이자 완전한 언어로서 신어사전 제11판에 수록된 것들이다.

신어는 '영사'를 신봉하는 사람들의 사고 체계와 세계관을 적절히 표현할 뿐 아니라 '영사' 이외의 다른 사상을 받아들이지 못하도록 만들어졌다. 사상이 언어에 의해 존재하는 한, 신어가 전면적으로 사용되고 구어가 완전히 사라지면 이단적인 사상, 즉 '영사'의 원칙에 위배되는 사상은 존재할 수 없다. 신어의 어휘는 당원이 말하고자 하는 정확한 의미를 표현할 수 있도록 굉장히 정교하고 치밀하게 만들어졌다. 반면 다른 뜻으로 말하거나 간접적으로 돌려 말할 여지를 배제했다. 이것은 완전히 새로운 단어를 창조하는 한편 비정통적이거나 이차적인 의미의 단어를 없앴기 때문에 가능하다. 예를 들어 '자유로운(free)'이라는 단어는 신어에도 있지만, '이 개는 이가 없다(This dog is free from lice)'라든가 '이 들판에는 잡초가 없다(This field is free from weeds)'와 같은 문장에서의 의미로만 쓰인다. '정치적으로 자유로운(politically free)'이라든지 '지적으로 자유로운(intellectually free)'이라는 의미로는 쓰일 수 없다. 왜냐하면 정치적 자유나 지적 자유라는 개념조차 존재하지 않기 때문에 아예 그런 의미를 없애버린 것이다. 개념이 없으면 단어도 필요 없는 것이다. 이단의 의미를 가진 단어를 없애는 것뿐 아니라 단어 수를 줄이기 위해 없어도 살아가는 데 아무 문제 없는 말들을 모두 없애버렸다. 신어는 사고 영역을 넓히는 것이 아니라 '좁히기' 위해 만들어졌기 때문에 이러한 목적을 간접적으로 달성할 수 있는 것이 바로 선택할 수 있는 단어를 최대한 줄이는 것이다.

신어는 표준 영어를 근간으로 만들어졌지만 오늘날 영어를 사용하는 사람은 신어 문장을 이해할 수 없다. 신조어가 전혀 포함되지 않고 기존에 있던 단어로만 구성된 문장도 마찬가지다. 신어 어휘는 A어군, B어군('합성어'라고도 한다), C어군으로 나누어진다. 이해하기 쉽도록 세 어군을 따로 설명하겠지만 이 언어의 문법적 특성은 A어군을 설명하면서 알아볼 것이다. 세 어군에 똑같은 규칙이 적용되기 때문이다.

A어군

A어군은 먹고 마시고 일하고 옷 입고 층계를 오르내리고 차를 타고 정원을 가꾸고 요리하는 등 일상생활에 필요한 단어를 포함한다. '때리다', '달리다', '개', '나무', '설탕', '집', '들판'과 같이 우리가 이미 사용하고 있는 단어이지만 오늘날의 영어 단어에 비하면 그 수가 훨씬 적고 지극히 제한적인 의미를 담고 있다. 모호한 의미나 숨은 뜻은 완전히 없애버렸기 때문이다. A어군의 단어들은 '단 하나'의 명백한 개념만을 표현하는 단음(斷音)이다. A어군을 문학이나 정치 및 철학적 토론에 사용할 수는 없다. 이것은 구체적인 물건, 물리적 행동, 단순하고 의도가 명확한 사고를 표현하는 데만 사용된다.

신어는 두 가지 뚜렷한 문법적 특성을 가지고 있다. 첫째는 다른 품사로 전용된다는 것이다. 어떤 단어든(원칙적으로는 '만약(if)'이라든가 '언제(when)'라는 추상어까지 포함된다) 동사, 명사, 형용사, 부사로 사용될 수 있다. 동사와 명사의 어근이 같은 경우 한 단어만 사용함으로써 많은 고어가 사라졌다. 예를 들어 '사고(thought)'라는 단어가 없고 그 대신 '생각하다(think)'라는 말이 동사와 명사 두 가지 품사를 모두 포함한다. 신어의 경우 어원학적 원칙이 전혀 적용되지 않는다. 원래 명사인 단어가 어떤 경우에는 명사로 쓰이고 다른 경우에는 동사로 쓰인다.

또한 어원은 전혀 다르지만 비슷한 뜻을 가진 동사와 명사의 경우도 둘 중 하나는 없애버렸다. 예를 들어 신어에 '자르다(cut)'라는 동사가 없고, 이 뜻은 일명 명·동사인 '칼(knife)'로 충분히 표현할 수 있다. 형용사는 명·동사에 어미 '-로운(ful)'을 붙여 만들고, 부사는 '-롭게(wise)'를 붙여 만든다. 예를 들어 영어 단어 '빠른(rapid)'은 '속도로운(speedful)', '빨리(quickly)'는 '속도롭게(speedwise)'에 해당한다. 오늘날 사용되는 '좋은(good)', '강한(strong)', '큰(big)', '검은(black)', '부드러운(soft)'과 같은 형용사는 그대로 남아 있지만 그 수가 극히 적다. 명·동사에 어미 '-로운(ful)'만 붙이면 형용사 의미를 거의 다 표현할 수 있기 때문에 굳이 별도의 단어가 필요 없는 것이다. 부사의 경우 '-롭게(wise)'로 끝나는 기존의 단어 몇 개를 제외하고 남아 있는 것이 없다. 신어의 모든 부사는 '-롭게(wise)'로 끝난다. 예를 들어 '잘(well)'이라는 단어는 '좋다롭게(goodwise)'로 대체되었다.

게다가 어떤 단어든(원칙적으로는 모든 단어에 적용된다) 접두사 '안(un)'을 붙여 부정의 의미로 쓸 수 있고, 뜻을 강조할 경우 접두사 '더욱(plus)'을 붙이고, 더 강조할 때는 '더욱더(doubleplus)'를 붙인다. 예를 들어 '안 추운(uncold)'은 '따뜻한(warm)'을 의미하고 '더욱 추운(pluscold)'과 '더욱더 추운(doubleplus cold)'은 각각 '매우 추운(very cold)', '최고로 추운(superlatively cold)'을 의미한다. 또한 오늘날의 영어처럼 대부분의 단어 앞에 '앞(ante)', '뒤(post)', '위(up)', '아래(down)' 따위의 전치사를 접두사로 붙여 그 의미를 바꿀 수 있다. 이런 방법으로 어휘를 대폭 줄일 수 있었다. 예를 들어 '좋은(good)'이라는 단어가 있으므로 '나쁜(bad)'이라는 말이 필요 없다. 그런 뜻은 '안 좋은(ungood)'이라는 단어로 근사하고 더 좋게 표현할 수 있다. 의미가 상반되는 두 단어 중 하나를 없앤 것이다. 예를 들어 '어두운(dark)'은 '안 밝은(unlight)'으로, '밝은(light)'은 '안 어두운(undark)'으로 대체할 수 있다.

신어의 두 번째 문법적 특성은 규칙성이다. 뒤에서 설명할 몇 가지 예외를 제외하고 모든 어미변화는 동일한 규칙을 따른다. 따라서 모든 동사의 과거형과 과거분사형이 똑같이 '-ed'로 끝난다. 'steal(훔치다)'의 과거형은 'stealed'이고 'think(생각하다)'의 과거형은 'thinked'이다. 과거의 의미를 내포하고 있는 단어 '수영했다(swam)', '주었다(gave)', '가져왔다(brought)', '말했다(spoke)', '가졌다(taken)'와 같은 형태의 단어는 없애버렸다. 복수형은 모두 예외 없이 '-s'나 '-es'를 붙인다. 따라서 '사람(man)', '소(ox)', '인생(life)'의 복수형은 각각 'mans', 'oxes', 'lifes'이다. 형용사의 비교급도 모두 '-er', '-est'(good, gooder, goodest)를 붙여 만들고, 불규칙형과

'more', 'most'는 없애버렸다.

불규칙 어미변화가 허용되는 것은 대명사, 관계사, 지시형용사, 조동사다. 이들은 모두 옛날 규칙을 적용한다. 그러나 예외적으로 '누구를(whom)'은 불필요하다는 이유로 없앴고, 'shall', 'should'는 사라지고 'will', 'would'로 대체되었다. 또한 말을 빠르고 쉽게 하기 위해 불규칙형 단어를 만들기도 했다. 발음하기 어렵거나 잘못 발음하기 쉬운 단어는 없애버려야 할 나쁜 단어로 간주되면서 발음하기 편하도록 다른 글자를 집어넣거나 고어를 그대로 사용한다. 이러한 것은 주로 B어군에 속하므로 뒤에서 설명한다. 발음을 쉽게 하는 것이 '왜' 그렇게 중요한 문제인지는 후반부에 설명할 것이다.

B어군

B어군은 정치적 목적으로 신중하게 만든 단어들이다. 즉, 어떤 경우든 정치적 의미를 포함하는데, 이것은 그 말을 사용하는 사람들이 바람직한 정신을 가지게 하기 위함이다. '영사'의 원칙을 충분히 이해하지 않으면 이 말을 정확하게 사용하기 어렵다. B어군은 구어나 A어군으로 번역되는 경우도 있지만, 이때는 길게 의역해야 하므로 원문의 정확한 의미를 잃게 된다. B어군은 일종의 속기 문자로 모든 사고를 몇 음절로 축약하는 동시에 원래 언어보다 더 명확한 의미를 포함한다.

모든 B어군은 합성어다('구술기록(speakwrite)'과 같은 합성어는 A어군에 속하지만, 단순히 편의상 약어로 만들었을 뿐 이념적 의미는 없다). 이것은 둘 이상의 단어 또는 단어의 철자를 부분적으로 따와서 쉽게 발음할 수 있는 형태로 결합하는 것이다. 이렇게 만들어진 합성어는 명·동사로서 일반적인 신어 규칙에 따라 어미가 변한다. 예를 들어 '선사(goodthink)'라는 단어는 정확하지는 않지만 대체로 '정통(orthodoxy)'이라는 의미로 쓰이는데, 이것이 동사로 쓰일 때는 '정통적인 방식으로 생각하다(to think in an orthodox manner)'는 뜻이 된다. 이 단어의 명·동사는 'goodthink', 과거 및 과거분사는 'goodthinked', 현재분사는 'goodthinking', 형용사는 'goodthinkful', 부사는 'goodthinkwise', 동명사는 'goodthinker'다.

B어군은 어원학적 체계에 따라 만든 것이 아니다. 어떤 품사든 합성할 수 있고 순서도 제멋대로다. 원뜻이 남아 있는 한 발음하기 쉽게 철자 일부를 없애버릴 수도 있다. 예를 들어 '사상죄(crimethink)'는 'think'가 뒤에 오지만 '사상경찰(thinkpol)'은 앞에 오면서 '경찰(police)'의 뒤 철자가 사라졌다. 쉽게 발음하기 위해 B어군은 A어군보다 불규칙형을 더 많이 허용한다. 예를 들어 '진부(Minitrue, 진리부)', '평부(Minipax, 평화부)', '애부(Miniluv, 애정부)'의 형용사형은 각각 어미가 '-trueful', '-paxful', '-loveful'이 되어야 하는데, 발음이 어렵기 때문에 'Minitruthful', 'Minipeaceful', 'Minilovely'로 쓴다. 그러나 B어군의 어미변화는 원칙적으로 일반 규칙을 따른다.

B어군 중에는 신어를 완전히 습득하지 못한 사람은 이해하기 힘든 단어도 있다. 〈타임스〉 사설에서 흔히 볼 수 있는 '구사고자는 영사를 불감한다(Oldthinkers unbellyfeel Ingsoc)'는 문장을 예로 들어보자. 이것을 구어로 가장 짧게 번역하면 '혁명 전에 사고가 형성된 사람은 영국 사회주의 원칙을 감정적으로 충분히 이해할 수 없다'가 된다. 하지만 이것은 정확한 번역이 아니다. 신어 문장의 의미를 완전히 파악하려면 우선 '영사(Ingsoc)'의 의미를 명확하게 이해해야 한다. 게다가 '영사'가 뇌리에 깊이 뿌리박힌 사람만이 오늘날 이해하기 어려운 그 맹목적이면서 열성적인 수용 태도를 의미하는 '감(感)하다(bellyfeel)'는 말이나 '악덕'과 '퇴폐'의 뜻이 포함된 '구사고(oldthink)'라는 말의 의미와 위력을 완전히 이해할 수 있다. '구사고'처럼 신어의 어떤 단어는 의미를 표현한다기보다 오히려 파괴하는 기능을 한다. 이러한 단어가 많지는 않지만 이들은 그와 비슷한 뜻을 가진 단어들을 없애면서 그 단어의 의미를 포섭한다. 신어사전 편찬자들이 당면한 가장 큰 문제점은 단어를 새로 만드는 것뿐 아니라 새로운 단어의 의미를 확정하는 것, 다시 말해 새로운 단어가 생김으로써 없애야 할 단어를 선정하는 것이다.

앞에서 '자유로운(free)'이라는 단어를 살펴봤듯이 원래 이단적인 뜻을 가진 단어들이 편의상 남아 있기도 하지만 못마땅한 의미가 완전히 삭제된 것이다. '명예(honour)', '정의(justice)', '도덕(morality)', '국제주의(internationalism)', '민주주의(democracy)', '과학(science)', '종교

(religion)'와 같은 말들이 사라졌다. 이 단어들을 대신하는 포괄적인 용어가 있지만 대체한다는 것은 곧 그 말을 없앤다는 뜻이다. 예를 들어 자유와 평등의 개념에 속하는 모든 말들은 '사상죄(crimethink)' 한 단어에 모두 포함되고, 객관성과 합리성의 개념을 가진 단어는 '구사고(oldthink)'라는 한 단어에 포함된다. 의미를 상세하게 나누는 것은 위험하기 때문이다. 잘 모르면서 다른 나라는 모두 '거짓 신 (false gods)'을 숭배한다고 믿어버리는 고대 히브리인과 비슷한 사고 방식을 당원들에게 요구한다. 히브리인들은 이런 거짓 신들로 '바알'이니, '오시리스'니, '몰록'이니, '아스타로스' 등이 있다는 것을 알 필요도 없고 오히려 모르는 것이 정통성에 더 유리하다. 그들은 야훼와 그의 계명만을 알고, 다른 이름을 가졌거나 다른 종파의 신 들은 모두 거짓 신이라고 믿었다. 당원들도 그와 비슷하다. 그들은 어떤 것이 올바른 행동인지 알고 있고, 극히 모호하고 포괄적인 단 어에 해당되지 않는 행동이 어떤 것인지 알고 있다. 예를 들어 '성 생활'은 '성죄(sexcrime, 성적 부도덕성)'와 '선성(goodsex, 정절)'이라는 두 단어로 통제된다. '성죄'는 모든 성적 비행의 의미를 포함한다. 즉, 음탕한 마음, 간통, 동성애, 기타 성도착은 물론 정상적인 성행위라 하더라도 성교 자체를 목적으로 하는 것까지 포함한다. 이런 음탕 한 행동들은 모두 똑같은 죄가 성립되고 원칙적으로 모두 사형감이 기 때문에 여러 단어가 존재할 필요 없는 것이다.

과학 및 기술 용어인 C어군에서는 이러한 성적 비행에 전문용어를 붙일 수도 있지만 일반 시민들한테는 필요 없다. '선성'은 말하자면 오직 아기를 낳으려는 목적만으로 부부간에 하는 정상적인 성교를 의미한다. 육체적인 쾌감을 느끼는 것을 비롯해 다른 모든 종류의 성교가 '성죄'에 해당한다. 신어에는 이단적이라고 규정할 수 있는 단어는 있지만 이단적인 사고를 할 수 있는 단어는 없다. 그 이상 필요한 단어는 아예 존재하지 않는 것이다.

B어군의 이념적인 단어는 모두 이중적이다. 굉장히 많은 낱말이 완곡어법으로 표현된다. 예를 들어 '쾌락수용소(joycamp)'는 강제노동수용소를 부르는 말이고, 전쟁을 담당하는 기관의 이름은 '평부(Minipax, 평화부)'라고 정반대 의미의 단어로 부른다. 그런가 하면 오세아니아 사회의 본질을 경멸스러운 단어로 표현한 경우도 있다. 대표적인 예가 대중들에게 제공하는 시시한 오락과 허위 보도를 의미하는 '노동자사료(prolefeed)'다. 또한 당에 사용되면 '선'이고 적에게 사용되면 '악'을 뜻하는 상충적인 단어도 있다. 언뜻 보면 단순한 약어인데 사실상 의미보다 구조적으로 이념적 색채를 띤 단어가 상당히 많다.

각종 정치적 의미를 가졌거나 가진 것처럼 보이는 모든 단어는 B어군에 속한다. 각종 조직, 단체, 강령, 지방, 제도, 공공건물의 이름은 모두 원뜻이 훼손되지 않는 범위 내에서 쉽게 발음할 수 있는 최소한의 음절로 축약되었다. 예를 들어 윈스턴 스미스가 일하는 진리부의 '기록국(Records Department)'은 '녹국(Recdep)'으로, '창작국(Fiction Department)'은 '작국(Ficdep)', '텔레스크린 프로그램국(Tele-programs Department)'은 '텔국(Teledep)'이라 부른다. 이런 식의 약어는 단순히 시간을 절약하는 차원이 아니라 이미 20세기 초 정치적 용어의 특징이었다. 그리고 이런 경향은 전체주의 국가나 전체주의 체제에서 뚜렷이 나타났다. '나치', '게슈타포', '코민테른', '인프레코르(코민테른 기관지—옮긴이)', '아지트프로프(선동 및 선전—옮긴이)'도 모두 약어로 만들어진 정치적 용어다. 처음에는 이런 것들을 무의식적으로 만들어 사용했지만 신어에서는 의도적으로 만들었다. 약어로 만들어버리면 뜻이 한정되면서 교묘하게 변해서 다른 의미가 연상될 여지가 없기 때문이다. 예를 들어 '국제공산당'이라는 말은 보편적인 인류애, 붉은 깃발, 바리케이드, 카를 마르크스, 파리코뮌 등으로 이루어진 통합된 이미지가 떠오른다. 반면 '국제공산당(Communist International)'의 약어인 '코민테른(Comintern)'이라고 하면 엄격하게 조직된 단체와 명백하게 정의된 강령만을 암시할 뿐이다. 이것은 의자나 책상처럼 쉽게 알 수 있고 목적이 제한된 어떤 것을 가리킨다. '국제공산당'은 순간적으로 다른 것이 연상되지만 '코민테른' 하면 다른 의미를 생각할 수 없다. 이와 같이 '진부'라고 하면 '진리부'보다 연상되는 것들이 훨씬 적고 의미가 명백하다. 이러한 이유로 가능한 축약할 뿐 아니라 쉽게 발음할 수 있는 단어를 만드는 데 그토록 신경 쓰는 것이다.

신어에서는 편리한 발음이 정확한 의미 다음으로 큰 비중을 차지한다. 발음을 쉽게 하기 위해서라면 문법도 파괴해버린다. 무엇보다 정치적 목적으로 빨리 발음할 수 있으면서 다른 의미가 연상되지 않는, 즉 의미가 명확하고 짧은 말이 필요한 것이다. B어군의 모든 단어들의 조합이 매우 비슷하다는 것만으로 상당한 역작이라고 할 수 있다. 'goodthink, Minipax, prolefeed, sexcrime, joycamp, Ingsoc, bellyfeel, thinkpol' 등 이런 말은 하나같이 둘 혹은 세 음절 단어로 똑같이 첫 음절과 끝 음절 사이에 악센트가 붙는다. 이런 단어들은 소리가 짧고 단조롭기 때문에 빨리 말할 수 있다. 이것은 바로 발음, 특히 이념적으로 편향된 주제를 가지고 연설할 때 가능한 한 의식하지 않고 속사포처럼 말을 쏟아내기 위해서다. 일상생활에서는 생각을 하고 말해야겠지만 당원으로서 정치적이거나 윤리적인 주장을 펼 때는 기관총에서 총알이 발사되듯 당의 의견을 자동적으로 빠르게 지껄일 수 있어야 한다. 거친 발음과 '영사'의 정신에 따라 의도적으로 잔인한 의미를 담은 단어가 이런 화법에 도움이 되고, 신어는 이렇게 말하는 데 딱 맞는 완벽한 언어가 될 수 있다.

선택할 단어가 극히 제한적이라는 사실도 빨리 말하는 데 도움이 된다. 우리의 언어와 비교했을 때 신어의 어휘는 아주 적은 데다 그 수를 줄이는 새로운 방안이 끊임없이 연구되고 있다. 사실상 신어는 해가 거듭될수록 단어가 늘어나는 것이 아니라 점점 줄어들고 있다는 점에서 다른 언어와 다르다. 선택의 범위가 줄어들수록 그만큼 생각할 여지도 줄어들기 때문에, 당의 입장에서는 단어 하나가 줄어드는 것도 하나의 수확이다. 궁극적으로 당은 당원들이 뇌 중추를 전혀 쓰지 않고 목구멍으로 의미 없는 말을 또렷하게 내뱉기를 바란다. 이러한 목적은 '오리처럼 꽥꽥거리다'라는 뜻의 '오리말(duckspeak)'이라는 신어에 그대로 드러나 있다. B어군의 다른 단어처럼 '오리말'의 의미 역시 꽤 모호하다. 꽥꽥거리는 의견이 정통적이면 '칭찬'을 의미한다. 예를 들어 〈타임스〉가 당의 한 연사를 두고 '더욱더 좋은 오리말을 하는 사람'이라고 평했다면 그것은 호평을 뜻한다.

C어군

C어군은 A · B어군의 보조적인 단어로서 주로 과학기술 용어들이다. 오늘날 사용되는 과학 용어와 비슷하고 동일한 어근을 가지지만 의미가 철저하게 제한되고 당의 입장에서 못마땅한 의미는 제거해버렸다. 이들은 다른 어군과 동일한 문법을 따른다. C어군의 용어 대부분이 일상생활이나 정치적인 연설에는 사용되지 않는다. 과학자나 기술자는 필요한 말을 모두 해당 분야 전문용어 목록에서 찾아서 사용할 수 있다. 그러나 다른 분야 목록에 있는 말들은 거의 모른다. 모든 분야의 목록에 공통적으로 수록된 단어가 몇 개 있기는 하지만 전문 분야를 벗어나서 과학의 기능이 정신의 습성이나 사고의 방법이라고 표현할 단어가 없다. 사실 '과학'이란 말조차 없

고, 이 단어는 '영사'라는 말로 대체되었다.

지금까지 설명한 내용에서 신어로는 극히 미미한 수준을 제외하고 비정통적인 의견을 표현할 수 없다는 것을 깨달았을 것이다. 물론 모독적인 말이나 이단의 의미가 내포된 거친 단어를 쓸 수는 있다. 예를 들어 '빅 브라더는 안 좋다(Big Brother is ungood)'라고 말할 수 있다. 그러나 정통파에게 이 말은 명백하게 허무맹랑한 것인 데다 마땅한 어휘가 없기 때문에 논쟁에서 주장할 수 없다. '영사'에 대한 적대적인 생각은 말로 표현할 수 없는 어렴풋한 형태로만 가능하다. 말로 표현한다고 해도 모든 이단적 단어를 모두 갖다 붙인들 그저 막연한 의미만 전달될 뿐이다. 예를 들어 '모든 사람은 동등하다(All mans are equal)'라는 신어 문장을 구어로 바꾸면 '모든 사람의 머리털은 붉은색이다(All men are redhaired)'라는 문장과 같은 의미가 된다. 문법적인 오류는 없다. 하지만 신어 문장을 구어로 바꾸면 '모든 인간은 같은 신장, 체중, 체력을 갖고 있다'는 완전히 엉뚱한 내용으로 해석된다. 정치적 평등의 개념은 이미 존재하지 않고, 따라서 '동등한(equal)'에 들어 있는 '평등한'이라는 이차적인 의미도 삭제된 것이다.

1984년에는 사람들이 일반적으로 구어를 사용했으므로 이론상으로는 신어의 단어를 사용하다가 원뜻을 떠올릴 위험이 있었다. 실제로 '이중사고'를 하다 보면 이런 위험에 빠지기도 하는데, 두 세대가 지나기도 전에 이러한 실수를 저지를 가능성이 사라질 것이다. 마치 체스를 듣도 보도 못 한 사람은 '여왕(queen)'이나 '성장(rook, 성을 지키는 장수)'의 이차적인 의미를 모르듯이, 신어만 배우고 자란 사람들은 '동등한(equal)'이라는 단어에 '정치적으로 평등한'이라는 의미가 있었다거나 '자유로운(free)'이라는 단어에 '정신적 자유'의 의미가 포함되어 있었다는 사실을 알 수 없다. 갖다 붙일 단어가 없으므로 상상할 수도 없고, 그렇기 때문에 죄나 실수를 범할 수 없는 것이다. 그리고 시간이 지남에 따라 신어의 특징은 더욱 뚜렷해진다. 즉, 단어 수는 점점 더 줄어들고, 의미는 더욱더 엄격해지며, 그 말을 잘못 사용할 가능성 또한 점점 더 줄어들 것이다.

구어가 완전히 사라지면 과거와의 유대도 끊어질 것이다. 역사는 이미 다시 기록되었지만 완벽한 검열에 한계가 있는 만큼 과거의 문학이 단편적으로 남아 있다. 구어를 알고 있다면 그것을 충분히 읽을 수 있는 것이다. 그러나 미래에는 이러한 문학작품이 단편적으로 남아 있다 하더라도 읽을 수도 없고 번역할 수도 없을 것이다. 신어로 번역할 수 있는 구어 문장은 기껏해야 기술적 과정이나 극히 단순한 일상적 행동, 또는 정통적(신어로 '선사로운(goodthinkful)')인 것으로 제한될 것이다. 이것은 곧 1960년 이전에 씌어진 책은 어떤 것이든 완벽하게 번역될 수 없다는 것을 의미한다. 혁명 이전의 문학은 언어뿐 아니라 의미까지 바뀐 이념적인 번역으로만 남게 될 것이다. 미국 독립선언문의 유명한 구절을 예로 들어보자.

우리는 다음 사실을 자명한 진리로 인정한다. 모든 인간은 평등하게 태어났고, 창조주로부터 타인이 침해할 수 없는 권리, 즉 생명과 자유와 행복을 추구할 권리를 부여받았다. 이 권리를 보장하기 위해 정부를 수립했으며, 정부의 정당한 권력은 국민들의 동의에서 나온 것이다. 어떤 형태의 정부든 이러한 목적들을 훼손할 경우 언제든지 기존 정부를 변혁하거나 폐지하고 새로운 정부를 수립하는 것이 국민의 권리다…….

이 글의 원뜻을 유지하면서 신어로 번역하기는 불가능하다. 가장 의미에 가깝게 번역한다 해도 모든 문장이 '사상죄'라는 한 단어에 잠식될 것이다. 오직 이념적인 번역만 가능하므로 제퍼슨의 말은 독재 정부에 대한 찬사로 바뀔 것이다.

사실 과거의 많은 문학작품들이 이런 식으로 번역되었다. 역사적 인물은 계속 보존하는 것이 이롭기 때문에 이름은 그대로 기록하면서 그들의 업적을 '영사'의 원칙에 맞게 바꿨다. 이런 이유로 셰익스피어, 밀턴, 스위프트, 바이런, 디킨스 등 여러 작가들의 작품이 번역 중이다. 이 과업이 완수되면 그들의 원작은 아직 남아 있는 과거의 다른 문학작품들과 함께 소멸될 것이다. 이것은 무척 오래 걸리고 어려운 작업이어서 21세기의 10년대나 20년대 전에 끝날 것 같지 않다. 게다가 이와 똑같이 처리해야 할, 이용 가치가 큰 작품(없어서는 안 될 기술 입문서 등)들이 많이 남아 있다. 최종적으로

신어를 채택하는 시기를 2050년으로 늦춘 것은 번역과 같은 예비
작업을 하는 데 필요한 시간을 감안한 것이다.

조지 오웰

George Orwell, 1903. 6. 25~1950. 1. 21

　인도 주재 영국 공관의 하급관리였던 리처드 블레어의 아들로 인
도에서 태어났다. 본명은 에릭 아서 블레어(Eric Arthur Blair)이나 스코
틀랜드 출신임이 드러나는 본명을 싫어해 조지 오웰이라는 필명을
주로 썼다. 아버지가 스코틀랜드계 영국인으로 정통 영국 가문이
아니라는 점 때문에 종종 차별을 받았기 때문이다. '오웰'은 그의
부모가 사는 집 근처 강 이름이라고 한다.

　오웰은 세 살 되던 해에 가족과 함께 영국으로 돌아왔다. 하층 계
급은 아니었으나 넉넉지 못한 형편에도 여덟 살 되던 해(1911년)에
영국의 상류층 자제들이 다니는 사립 예비학교에 입학했다. 그러나
그곳에서 오웰은 어린 나이에 빈부의 격차를 실감하고 열등감 속에
서 생활했다. 이후 장학금을 받으며 영국의 고등학교 중에 가장 비
싼 이튼학교를 졸업했지만(1917년), 가난한 자가 부유한 자들 틈에서
교육받는 것은 위선이자 허위라는 것을 느끼고 외할아버지가 목재

상을 했던 미얀마의 식민지 경찰관이 되었다(1922년).

미얀마 시절은 조지 오웰이 작가로서 인생의 진로를 결정하는 계기가 되었다. 식민지에 대한 탄압을 직접 경험한 오웰은 인간이 인간을 차별하는 것에 대해 혐오감과 죄책감을 느끼고 1927년 영국으로 돌아와 빈민가의 생활에 관심을 가지며 글을 쓰기 시작했다. 영국 지배층의 잔혹성을 그린 《버마의 나날(Burmese Days)》(1934년)은 미얀마 시절의 경험을 담은 것이다.

오웰은 1927년부터 1929년까지 파리의 빈민가에서 궁핍한 생활을 하며 글을 썼다. 노숙을 하기도 하고 구걸도 하고 도둑질도 하면서 가난한 사람들이 억압받는 현실을 통감하고 스스로 사회주의자가 되었다.

미얀마 시절과 부랑자로 생활했던 시기에 제국주의의 폐해와 빈곤에 눈을 뜬 오웰은 첫 작품으로 《파리·런던의 밑바닥 생활(Down and Out in Paris and London)》(1933년)을 발표하고 작가로서 호평을 받았다. 이후 오웰은 교사 생활과 서평 원고 등으로 궁핍한 생활을 하면서 꾸준히 작품을 썼다.

사회주의자 오웰은 하층 계급과 빈민 노동자들의 삶을 본격적으로 조사하며 르포르타주(사실에 관한 보고)를 쓰던 중 1936년 7월 스페인전쟁(좌익인 인민전선 정부가 출범하자 파시즘 진영이 일으킨 내란)이 발발하자 그해 결혼한 아내 아일린과 함께 취재를 위해 바르셀로나로 떠났다. 오웰은 취재에 그치지 않고 정부군이 아닌 마르크스주의 통일노동당 민병대에 들어가 전투에 직접 뛰어들었다. 그러나 1937년 아라곤 전투에서 목에 총상을 입고 바르셀로나로 후송되었다. 그러던 중 인민전선 내부의 분열로 권력을 잡은 공산주의자들이 트로츠키주의자들을 색출하기 시작하자 아내와 함께 스페인을 탈출해 프랑스로 건너갔다. 이때의 생생한 기록을 담은 것이 바로《카탈로니아 찬가(Homage to Catalonia)》(1938년)이다.

스페인에서 공산주의자들의 변절과 포악성을 목격한 오웰은 이후 공산주의를 포기하고 심지어 증오하기 시작했다. 스페인에서의 숙청은 소련에서의 대숙청과 거의 같은 시기에 이뤄졌고, 오웰은 권력을 잡은 공산당이 스페인전쟁의 진실을 은폐하고 왜곡하는 것을 목격하면서 우익이든 좌익이든 전체주의는 변질되기 쉽다는 것을 인식했다. 그때의 경험은《동물농장》과《1984》를 쓰는 동기이자 소재가 되었다.

오웰은 전쟁 중 부상으로 인해 지병인 폐결핵을 앓으면서 작가로서 작품 활동을 이어갔다. 그는 1943년 11월 영국 노동당이 지지하는 신문 〈트리뷴〉의 문예부장으로 일하면서 비로소 오랫동안 구상해오던《동물농장》을 본격적으로 쓰기 시작했다.

오웰은 한 소년이 짐마차 모는 말을 채찍질하는 모습을 보고 처음 영감이 떠올랐다고 밝혔다. 인간이 동물의 노동을 착취하는 것에서 가진 자가 가지지 못한 자를 착취하는 모습을 본 것이다. 1944년 러시아 혁명과 스탈린의 배신으로 인한 혁명의 변질, 뒤이은 혁명 동지에 대한 숙청과 공산당 독재 등 일련의 역사적 과정을 동물 세계에 비유한 정치우화《동물농장(Animal Farm)》은 그렇게 해서 탄생했다.

조지 오웰은 6개월 동안 작품을 구상하고 1944년 2월《동물농장》을 완성했다. 오웰 자신이 "내 평생 피땀을 쏟아 완성한 유일한 작품"이라고 평할 정도로 심혈을 기울인 작품이었다. 특히 신선한 문체와 군더더기 없는 구성, 번득이는 위트와 풍자가 돋보이는, 기실 20세기 최고의 우화가 탄생한 것이다.

《동물농장》은 1943년 11월에 시작해 1944년 2월 탈고했으나 작품이 출간된 것은 한반도가 해방된 해인 1945년 8월 17일이었다. 당시 소련의 동맹국인 영국의 출판사들이 스탈린과 그의 독재를 대놓고 비판한 책을 출간하는 것은 위험천만한 일이라고 판단했던 것이다. 책은 출간되자마자 초판이 순식간에 판매되었고, 영국과 미국에서 베스트셀러가 되었다. 출간 이후부터 지금까지 누적 판매량이 1천만 부가 넘는다. 마흔두 살의 오웰은《동물농장》으로 비로소 경제적인 안정과 더불어 작가로서의 명성을 얻었다.

1945년 아내가 가벼운 수술을 받던 중 사망했다. 아내의 죽음 이후 실의에 빠진 오웰은 지병인 결핵이 악화되어 요양을 되풀이하던 중 자신의 최고 걸작《1984(Nineteen Eighty-Four)》(1949년)를 구상하고 집필했다. 사랑하던 아내가 죽고 건강마저 악화된 상황에서 씌어진《1984》에는 오웰의 염세주의와 깊은 절망감이 배어 있다. 그는

"나의 병이 그렇게 심하지 않았다면 이 소설도 그렇게 어둡지 않았을 것이다."라고 말한 바 있다.

《1984》는 출판된 지 1년 만에 영국과 미국에서 40만 부 이상 팔렸다. 오웰은 이 책을 출간한 후 기적적으로 몸이 호전되는 듯했으나 다시 악화되어 런던의 한 병원에 입원했다. 그리고 1949년 10월 〈호라이즌〉의 편집부원인 소냐 브라우넬(Sonia Brownell)과 재혼했다. 1950년 건강이 조금 회복되어 스위스로 여행을 떠날 계획이었으나 출발하기 며칠 전 건강이 악화되어 런던의 국립대학병원에서 갑작스럽게 피를 토하고 몇 분 만에 숨을 거뒀다. 그의 나이 마흔일곱 살이었다.

전 세계적으로 전체주의가 확산되어가고 있던 1940년대 조지 오웰은 이러한 현상을 우려하면서 이 전체주의가 극에 달한 미래의 어느 날 우리 인간이 어떤 삶을 살아가게 될지를 예언하듯이 쓴 소설이 바로《1984》다.

1984년, 세계는 3개 초거대국, 오세아니아, 유라시아, 동아시아로 분할되어 있다. 사회체제와 그것을 지탱하는 사상체계가 비슷한 세 나라는 자신들의 독재체제를 더욱 공고히 하기 위해 동맹과 배신을 거듭하며 끊임없이 전쟁을 벌이고 있다. 주인공 윈스턴 스미스가 사는 곳은 오세아니아 제1공대 런던이다. 당을 체화한 가상 인물 빅 브라더를 숭배하는 이 나라는 과거의 역사를 날조하는 동시에 현재 사회를 철저히 통제해 이단적인 사상이 뿌리 내리지 못하게 한다. 당원들의 숙소, 사무실, 거리, 화장실, 복도 등 모든 곳에 텔레스크린이라는 송수신기를 설치해 사람들의 표정과 목소리를 감시하고, 하늘에서 헬리콥터가 창문을 통해 사람들을 관찰한다. 또한 사상경찰은 보이지 않는 곳에서 당원들의 행동을 주시하고 있다. 도시 곳곳에 붙은 빅 브라더의 초상화 밑에는 '빅 브라더가 당신을 지켜보고 있다'는 문구가 적혀 있다.

교육과 예술을 관장하는 정부 기관인 진리부 기록국에서 과거의 문서와 신문 내용을 날조하는 일을 맡고 있는 윈스턴은 당이 주입하는 이념과 가치관이 잘못되었다는 것을 자각하고 갈등하는 인물이다. 과거는 절대 변하지 않는다는 진리가 오세아니아에서는 아무 의미가 없다. 왜냐하면 과거는 매 순간 바뀌며 사람들은 '이중사고'라는 정신 훈련을 통해 과거가 바뀌었다는 사실조차 기억에서 지워 버린다. 또한 오세아니아는 신어라는 새로운 언어를 창조해 미래를 지배하려 든다. 당의 이념에 위배되는 단어, 예를 들어 '자유', '평등'이라는 말 자체를 없앰으로써 사람들이 불온한 생각을 아예 하지 못하도록 만들려는 것이다.

한마디로 1984년은 당의 독재체제가 완전무결하게 수행되는 시대다. 그 속에서 윈스턴은 끊임없이 과거를 찾고, 당에서 금지하는 것들을 하며 자신의 생각이 옳았음을 확신한다. 그러나 윈스턴 스미스가 이단적인 생각과 행동을 하는 것은 결국 사상경찰이 미리 쳐놓은 덫이었다. 결국 그는 체포되어 고문과 설득 끝에 완전히 세뇌당하고 빅 브라더를 진심으로 사랑하게 됨과 동시에 총살을 당한다.

사회주의자이자 트로츠키주의자를 자처한 조지 오웰은 미얀마에서 영국 제국주의의 만행을 목격하고, 스페인전쟁을 통해 사회주의 혁명이 또 다른 독재로 변질되어가는 과정을 지켜보면서, 전제주의 국가뿐 아니라 어떤 형식이든 지배 구조가 갖고 있는 위험성이 먼 미래에 어떤 식으로 드러날지 경고하듯이 써 내려갔다.

제2차세계대전의 상처가 아직 남아 있는 1948년에 조지 오웰은 '48'을 뒤집은 1984년의 미래를 가상하고 소설을 썼다. 그러나 오웰은 이상향인 유토피아와는 반대로 가장 부정적인 암흑세계를 그린 디스토피아를 그려내고 있다. 미래 세계의 환경 또한 현재의 연장선상으로 가상의 국가 오세아니아는 아메리카 대륙과 영국을 가리키고, 사회체제는 스탈린이 지배하는 소련, 빅 브라더에게 쫓겨난 골드스타인은 트로츠키라는 것을 어렵지 않게 짐작할 수 있으며, 주인공 윈스턴 스미스는 오웰 자신이 좋아했던 윈스턴 처칠을 떠올리게 한다. 오웰은 《1984》를 통해 프롤레타리아 혁명 정부인 소비에트가 사회주의를 표방하면서도 실질적으로는 독재 정부를 구축하는 과정을 비판하면서 당의 독재가 극단으로 치달았을 때 인간은 어떤 세계와 맞닥뜨리게 되는지를 극명하게 보여준다.

이 책에는 독재자 빅 브라더(당)가 영원히 권력을 유지하기 위해 자신을 숭배하게 하고, 개인의 생활을 감시하며, 진실을 은폐하기 위해 언론과 사상을 통제하고, 역사를 날조하며, 반대자들을 탄압하는 과정이 적나라하고 세밀하게 묘사되어 있다. 빅 브라더는 텔레스크린을 통해 매년 신발 생산량이 목표치를 웃돌았다고 발표하지만 실제로 오세아니아 국민 대부분이 맨발로 생활하며, 가족제도는 있으나 아이들은 어릴 때부터 부모를 몰래 감시하고 고발하라는 교육을 받는다. 성적 본능은 당의 통제 범위를 벗어나 스스로의 세계를 구축한다는 이유로 그 싹을 아예 잘라버리고, 부부 관계는 오직 당에 충성할 아이를 생산할 때만 허용된다. 이 세계에서 인간의 자연스러운 감정은 말살된 지 오래고 이전 시대에 인간적이라고 표현했던 모든 행위들은 '사상죄', 불만스러운 표정은 '표정죄'에 해당된다. 인간은 당이라는 개체를 구성하는 하나의 세포일 뿐이며 한 인간의 말살은 손톱을 자르는 것과 같이 아무런 영향을 미치지 않는 세계가 바로《1984》의 시대다.

《1984》는 체제가 어떻든 간에 인간이 감시당하는 환경이 점점 더 발달하고 있다는 점에서 오늘날에도 시사하는 바가 크다. 정치적으로 심각하게 오용되지 않을 뿐 인간은 이미 기술적으로 완벽한 감시 제도 아래 있다고 할 수 있다. 미디어의 발달로 누구나 공평하게 정보를 얻을 수 있지만 동시에 정보를 왜곡하기 쉽고 날조된 정보를 사실로 받아들일 위험도 더 크다.《1984》에서 당원들을 24시간 감시하는 텔레스크린이 오늘날 한 사람이 하루 평균 1백 차례 찍힌다는 CCTV를 떠올리게 하는 것도 간과할 수 없는 점이다. 미국의 〈타임〉지는 올해의 인물 대신 컴퓨터를 표지 사진으로 실은 지 오래다. 인간이 만든 컴퓨터가 인간에 버금가는 위치에까지 오른 시대가 된 것이다. 기계든 사회체제든 인간이 만들어낸 무언가로부터 지배를 당하는 한 인간의 자연스러운 본능과 권리, 자유가 박탈될 수밖에 없다는 점에서 30년이 넘은 지금도《1984》의 세계는 아직 끝나지 않았다고 할 수 있다.

1984

초판 1쇄 발행 2013년 9월 30일
초판 2쇄 발행 2018년 4월 16일

지은이 조지 오웰 | **옮긴이** 북트랜스
펴낸이 신경렬

펴낸곳 (주)더난콘텐츠그룹
경영기획 김정숙 · 김태희
기획편집 송상미 · 김순란 · 이희은 · 조은애 | **디자인** 박현정
마케팅 장현기 · 정우연 · 정혜민 | **제작** 유수경

출판등록 2011년 6월 2일 제2011-000158호
주소 04043 서울특별시 마포구 양화로 12길 16, 더난빌딩 7층
전화 (02)325-2525 | **팩스** (02)325-9007
이메일 book@ibookroad.com | **홈페이지** www.ibookroad.com

ISBN 979-11-85051-16-1 04840